SARA GUSELLA

# A esperança da Primavera

A ORIGEM DAS ESTAÇÕES – Livro 2

THOMAS NELSON
*histórias*

RIO DE JANEIRO, 2025

Copyright © 2025 por Sara Gusella

Todos os direitos desta publicação são reservados à Vida Melhor Editora Ltda.
Nenhuma parte desta obra pode ser apropriada e estocada em sistema de banco de
dados ou processo similar, em qualquer forma ou meio, seja eletrônico, de fotocópia,
gravação etc., sem a permissão dos detentores do copyright.

PRODUÇÃO EDITORIAL
Leonardo Dantas do Carmo

COPIDESQUE
Daniela Vilarinho e Leonardo Dantas do Carmo

REVISÃO
Maurício Katayama

PROJETO GRÁFICO
Lilian Guimarães

DIAGRAMAÇÃO
Joede Bezerra

MAPA
Matheus Faustino

ILUSTRAÇÕES E CAPA
Rafaela Villela

Dados Internacionais de Catalogação na Publicação (CIP)
(BENITEZ Catalogação Ass. Editorial, MS, Brasil)

G982e
1. ed.  Gusella, Sara
        A esperança da Primavera / Sara Gusella. – 1. ed. –
Rio de Janeiro: Thomas Nelson Brasil, 2025.
       496 p.; 13,5 × 20,8 cm.

      ISBN 978-65-5217-312-6

      1. Aventuras – Literatura infantojuvenil.
  2. Fantasia – Literatura infantojuvenil.
  3. Ficção – Literatura infantojuvenil. I. Título.

04-2025/48                        CDD 028.5

Índices para catálogo sistemático:

1. Literatura infantojuvenil  028.5
2. Literatura juvenil  028.5

Bibliotecária: Aline Graziele Benitez CRB-1/3129

Os pontos de vista desta obra são de responsabilidade de seus autores e colabora-
dores diretos, não refletindo necessariamente a posição da Thomas Nelson Brasil, da
HarperCollins Christian Publishing ou de suas equipes editoriais.

Thomas Nelson Brasil é uma marca licenciada à Vida Melhor Editora LTDA. Todos os
direitos reservados à Vida Melhor Editora LTDA.

Rua da Quitanda, 86, sala 601A - Centro,
Rio de Janeiro/RJ - CEP 20091-005
Tel.: (21) 3175-1030
www.thomasnelson.com.br

Dedico este livro aos meus pais, que se alegraram, choraram comigo e ministraram esperança ao meu coração nos momentos em que pensei que este livro nunca veria a luz do dia.

Dedico também a Jane Teodoro, minha psicóloga, que caminhou comigo nos meus momentos mais escuros e cujo auxílio, por vezes, me impediu de dar ouvidos às vozes sussurrantes.

Dedico finalmente a *Jesus*, àquele que salvou meu coração, o tomou para si, como sua propriedade, e, com sua incandescente luz, expurgou toda escuridão.

"Darei a vocês um novo coração
e porei um espírito novo em vocês;
tirarei de vocês o coração de pedra
e lhes darei um coração de carne."

Ezequiel 36:26

UTRIA

TRIVNA

USKIA

OGIOS

IMPÉRIO DE
RESHAIM

ESPARIA

RIO RHEMA

CAVALEIROS
DE ODRIA

ESHAL

TUMBRA

NAÇÃO DAS FLORESTAS
DO OESTE

MAR
DE ACAN

REINO DE
MORÁVIA

TERRAS
INVERNAIS

POVO DE
ATHULA

N

DRIUQUA

TERRA
NATURAL

MAR DE TROGHE

KEN

BRIE

SACSHA

BEL

MONTANHAS
DEMILÚR

TEITH

FLORESTAS
MORCAS

GRANDE REINO
DE
FILENEA

MENOR DE
ASTELA

VEREDAS

FILENEA

TERRAS
DO SOL

SAÇÃO DA FLORESTA
DO LESTE

CIDADE LIVRE DE
WATHO

NAÇÃO DE
UMAR

NAÇÃO DOS FREIN

DESERTO
DE UTHANA

POVO DE
UTHANA

MAR DE
DOMAIN

# Prólogo

## Cidade de Sagsha, Terras do Sol,
### três dias após a coroação do novo Verão

Construída bem na fronteira norte entre os dois continentes, a cidade de Sagsha era conhecida como a cidade interestacionária, apesar de ser inteiramente localizada nos territórios do Verão. Era um ponto turístico muito visitado na região norte por aristocratas curiosos advindos de Filenea, pela vista única que ela fornecia do outro continente. Apesar de o Sol reinar por completo por todo o local, bastava abrir a janela que era possível ver, a alguns metros de distância, após a baixa corrente de pedras que dividia as terras e seguia até o oceano, a neve caindo do outro lado, com árvores brancas e o gelo cobrindo tudo. Vez ou outra, era possível observar os moradores do outro lado, que encaravam com desprezo a comunidade e seus habitantes, afinal, o Verão era tão desprezível para eles quanto o Inverno era para os sagshanianos; ninguém nunca havia atravessado de um lado para o outro, mesmo que esse feito não fosse difícil.

Aquela era uma manhã especial de sexta, a primeira sexta-feira com o sol novamente brilhando no céu e com a primeira leva de visitantes chegando em carroças de Filenea depois de meses. O curto domínio do Inverno foi um evento traumático para todos eles, que lutavam para retomar as atividades da cidade na intenção de esquecerem o mais rápido possível os sofrimentos que haviam vivido. Os guias turísticos já estavam a postos no portão de entrada da cidade, com seus largos sorrisos, entusiasmados por voltarem ao trabalho e sedentos por ganharem dinheiro, enquanto as padarias já estavam a todo vapor, fabricando seus pães para a comunidade que recém-acordara. As crianças já estavam nas ruas, a caminho da escola, que seria reaberta naquele dia, e o prefeito estava sentado confortavelmente na sala do seu escritório, saboreando um bom *espresso*, quando bateram à sua porta.

— O que foi? — ele respondeu ao toque, irritado.

O prefeito de Sagsha era Kegan, um homem de meia-idade, de pele escura, que usava roupas caras e tinha uma grande paixão por café. Comandar aquela cidade nas infindáveis semanas de neve e frio extremo havia quase esgotado suas forças por completo, mas, no fim, a cidade sobrevivera, muito melhor até do que outras comunidades, e estava retomando suas atividades em tempo recorde, tudo graças à sua gerência. Por isso, ser interrompido naquele momento de solitude e contemplação, o primeiro que tinha em muito tempo, o deixou irritado.

— Senhor, desculpe interromper, mas é uma emergência. Não queremos causar alarme na cidade, mas... precisa ver isso.

O guarda afobado que havia batido em sua porta, de olhos esbugalhados e corpo magro demais para caber apropriadamente no uniforme, o guiou para fora da prefeitura, até a tal emergência. Eles atravessaram a cidade e o prefeito foi forçado a acenar para todos que passavam, mesmo não tendo ainda entrado em seu estado de bom humor, o que só acontecia após sua terceira xícara de café.

— Para onde é que você está me levando, rapaz? — ele resmungou. — Juro que, se isso não for de devida importância...

— Chegamos — o guarda anunciou, puxando o ar com dificuldade.

Eles pararam na frente de uma casa simples e pequena, construída após o limite permitido de aproximação do outro continente, o que teoricamente a tornava ilegal, mas a família era pobre demais e por isso os guardas dali acabavam fazendo vista grossa.

— O que é isso? — o prefeito perguntou quando eles entraram pela porta.

— Ah, graças às estrelas, ele veio! — Uma mulher em seus quarenta anos, trajando um vestido gasto, correu até ele. — Obrigada, senhor prefeito, obrigada.

— O que aconteceu aqui? — O olhar do homem não estava nela, e sim na parede dos fundos da casa de um cômodo só, cuja superfície estava totalmente congelada e os vidros, todos trincados.

Para eles, que haviam se libertado há pouco tempo do Inverno, aquela parede congelada era como voltar exatamente a seu último pesadelo.

— Aconteceu pela madrugada, meu marido já tinha saído para trabalhar, ele é segurança noturno de um dos comerciantes, quando senti um frio muito forte e então vi essa mancha azul crescendo pela parede. É aquele frio, senhor, será que ele vai voltar? Justo agora que acabamos de ter o Sol de volta — ela choramingou, mas o prefeito não mais ouvia.

Kegan saiu às pressas da casa, correndo pela porta da frente e dando a volta na construção, se dirigindo até a corrente de pedras. Chegando lá, observou a estrutura rachada, algumas das pedras soltas, caídas no chão de ambos os lados, a proteção começando a se desfazer. Foi então que viu o gelo que atravessava a barricada avançar e crescer um pouco mais para dentro da casa, cobrindo-a por inteiro, e sentiu, naquele mesmo momento, um calor um pouco mais intenso do que fazia alguns minutos atrás. Com as costas da mão, limpou a testa, que começava a pingar. A onda de calor passou por ele e quebrou mais uma parte da proteção de pedras, causando uma pequena explosão que ele presenciou, avançando para o outro território e derretendo de forma imediata a neve onde quer que tocasse, criando uma mancha marrom em meio àquele oceano branco.

Ele avistou alguém do outro lado, se aproximando alguns metros. Deu um passo para trás, temeroso, e até pensou em correr, mas firmou os pés e permaneceu ali. A pessoa era uma mulher, que estava tão coberta da cabeça aos pés que tinha sido difícil de reconhecer seu gênero a princípio. Ela se aproximou de forma hesitante, com um olhar apavorado, atraída pela mancha de calor que havia derretido a neve; no próximo passo que deu, a onda de calor se moveu e a atingiu.

A mulher caiu para trás, aterrorizada, e começou a tentar tirar suas peças de roupas, mas, tomada pelo desespero, estava começando a sufocar. Sem tempo para ponderar sua atitude, o prefeito pulou o baixo muro de pedras e correu até ela, caindo no chão e ajudando-a a tirar o cachecol e a camada que estava pressionando sua cabeça e pescoço. A mulher tossiu e ofegou, voltando a respirar; havia sido ajudada por um homem do povo inimigo.

Quando os dois olharam para cima, a onda de calor havia se espalhado mais adiante e eles estavam agora em um chão coberto de lama, com árvores secas despontando em todas as direções. Do outro lado, no território sagshaniano, o frio havia avançado igualmente, tomando as ruas da frente com gelo maciço. Um barulho sonoro foi ouvido e a corrente de pedra que até então separava ambos os climas se quebrou por completo. O prefeito exasperou-se, coberto de lama, e entendeu naquele momento que sua comunidade nunca voltaria a ser o que fora um dia, porque seus problemas não tinham acabado há três dias, quando o Sol voltou ao céu; eles só estavam começando.

# PARTE 1

# O rompimento do tratado

# 1

# A primeira lição de um Verão

Ele era o Verão.

O vento zunia em seus ouvidos e, naquele momento, todo o restante do mundo pareceu desaparecer. O chão estava cada vez mais distante e, quanto mais alto ele voava, mais vivo se sentia. Sua capa dançava violentamente, se enroscando em correntes de ar que passavam por ele, levando-o cada vez mais longe. Beor girou no ar, inspirando com profundidade e pausando o seu corpo em pleno voo. Ele deixou que, por aqueles breves instantes, a luz do Sol banhasse seu rosto e fechou os olhos, acolhendo aquela sensação.

Tudo tinha mudado. Ele havia deixado sua casa, lutado contra lobos e lagos amaldiçoados, assistido à morte de uma estação e assumido o seu lugar para salvar sua família. Ele contemplava agora, a mais de mil metros de altura, uma terra onde o Sol brilhava novamente, e o verde coloria o horizonte antes tomado por tons de cinza. Essa consciência fez nascer um sorriso em seus lábios, mesmo com todas as dúvidas que carregava. Ele *era* o Verão, e nada o fazia se sentir uma estação como quando voava.

Um raio dourado passou em alta velocidade por ele, balançando sua capa e fazendo-o perder o equilíbrio. Seu corpo foi jogado pelo ar, sendo envolvido por uma nova corrente, e ele observou uma águia jovem, menor do que as outras, voando acima de si, dando um meio círculo e se posicionando novamente em sua direção. Até aquele momento o animal nunca havia falado uma só palavra, mas Beor percebeu que gostava de acompanhá-lo toda vez que ele voava. O garoto sorriu e juntou os braços rente ao corpo, ganhando velocidade e subindo cada vez mais alto, aceitando o desafio do animal. Águia e garoto voaram em círculos, circundando cada torre do palácio à medida que o coração de Beor retumbava cada vez mais alto com adrenalina, até chegarem ao destino final.

Quando pousou em frente ao arco dourado que marcava a entrada para o pátio das águias, o ponto mais alto de todo o Palácio do Sol, Beor estava ofegante.

O pátio se estendia à frente, com as diferentes águias do verão em seus ninhos, gloriosas e majestosas. A águia que voava com ele pousou logo após e o saudou com um movimento da asa, voltando para o seu ninho.

— Eu quase te alcancei dessa vez — Beor falou, acenando para o animal.

Ele adentrou o pátio, procurando por uma águia específica. O espaço era oval e sem paredes, uma área completamente aberta que fornecia uma das melhores vistas de toda a Terra Natural.

Além da floresta que pertencia ao jardim do palácio se encontrava o horizonte, dourado, como sempre era por ali, e com finos vislumbres do que se estendia além dele, de uma outra terra.

O palácio ficava na fronteira entre terras, existia ao mesmo tempo na Terra Natural e também no limiar da Terra que há de vir. Não era em exato uma porta para esse outro local, Beor não podia acessá-lo, mesmo se quisesse, mas podia ao menos vislumbrá-lo, observar ao longe aquela que ainda seria sua realidade.

O olhar do garoto pousou na maior de todas as águias, que estava parada de costas, na outra extremidade, fitando o horizonte.

Ele puxou o ar, aprumou o corpo e caminhou até ela. Aquele era Gwair, o senhor das águias, o animal mais sábio (e antigo) do palácio e o único que teria as respostas das quais ele precisava naquele momento.

— Certo. — Beor balançou a cabeça, falando consigo mesmo. — Os Verões do passado conseguiram se comunicar com ele. Por que eu não conseguiria? É moleza.

Ele passou pelos ninhos das águias no caminho, era reverenciado por todas elas e sorria em resposta; notou um ovo reluzindo em dourado em um dos ninhos mais distantes e seu coração se aqueceu. O guardião do palácio, porém, permanecia imóvel alguns metros à sua frente, o único movimento era de suas penas douradas sendo balançadas pelo vento.

— Hum… bom dia — disse Beor, finalmente, ao parar ao lado da águia.

Gwair moveu a cabeça com lentidão, como se tivesse todo o tempo do mundo sob seu domínio, e encarou o garoto. Seus olhos eram sérios e profundos, severos e acolhedores e, por fim, totalmente aterrorizantes. Beor engoliu em seco, sentiu que a águia vasculhava cada centímetro de sua alma apenas com sua mirada. Sua primeira reação foi dar meia-volta, mas se lembrou da garota que bateu à sua porta: o palácio havia sido descoberto por uma humana e estavam vulneráveis. Com isso em mente ele respirou fundo e se abaixou, sentando ao lado do animal. Gwair não se comunicava como os outros animais, e para conseguir falar com ele era necessário estar adormecido. Sua voz só podia ser ouvida em sonho.

— Preciso muito falar com você e espero encarecidamente que me responda — disse com convicção e respeito. — Tudo bem… É só dormir, certo? — Olhou para o chão, desconfortável. — Só dormir, só dormir.

A águia parada ao seu lado o observou enquanto ele se estirou de forma desengonçada no chão e fechou os olhos, apenas para abri-los no instante seguinte e virar para o outro lado. Beor se levantou irritado e então se deitou de barriga para baixo, com o rosto colado na pedra. Não durou muito, pois logo se ergueu novamente e, cruzando as pernas, tentou abaixar apenas a cabeça. Ele fechou os olhos e forçou uma boca de sono, mas foi tudo em vão.

— Olha, eu não acho que vou conseguir dormir a…

Antes que ele terminasse a frase, Gwair encostou o bico em sua testa. O corpo de Beor adormeceu instantaneamente e ele caiu para trás. Seus olhos se abriram no instante seguinte e ele se levantou; ainda estava no pátio das águias, mas agora estava sonhando. Todo o ambiente à sua volta adquiriu uma tonalidade lilás e parecia ainda mais mágico do que antes.

— Seja bem-vindo, Beor. Fico feliz que tenha me procurado — a águia à sua frente falou. Sua voz era pesada como as rochas mais profundas da terra e leve como uma brisa. — O que te trouxe até mim?

Beor sorriu, fascinado e atemorizado.

— Bom, o que me trouxe até o senhor? — Por aquele breve instante ele havia esquecido. — Ah, certo. Uma garota, senhor, encontrou o palácio, uma humana. Eu diria que é bastante falta de sorte isso acontecer logo nos meus primeiros dias, sabe? Mas acontece que ela nos encontrou. Me entenda, ela não parece ser uma ameaça de forma alguma, eu realmente não acho; porém, me disseram que isso nunca tinha acontecido em toda a história do palácio, e isso é levemente desesperador. Quero dizer, os animais estão bem assustados e eu não sei o que fazer.

— Não — foi tudo o que a águia respondeu.

— Hã? Não, você não acha que eles estão assustados?

— Não, não foi isso que te trouxe até mim — a águia afirmou com gentileza.

— Foi, sim, senhor. Foi exatamente por isso que vim. É o animal mais sábio de toda a Terra Natural e certamente pode me aconselhar sobre o que fazer. — O menino respirou fundo. — Por favor, me aconselhe.

O semblante da águia permaneceu austero, até que então nasceu um pequeno sorriso.

— A garota ficará bem, era necessário que ela encontrasse o palácio.

— Então isso não é algo ruim? Ela ter encontrado o palácio?

— Bem e mal podem vir disso no futuro, mas não hoje.

— Então, o que eu faço?

— Me diga o que te trouxe até aqui.

— Mas eu já disse! A garota.

— Não, Beor, você não veio até mim por causa da garota. Ela está segura na ala norte, desperta, mas você é quem está aqui comigo. Por quê?

— Ela despertou?!

A águia não respondeu.

Beor respirou fundo, tentando encontrar sentido nas palavras do animal.

— Porque eu... não sei o que fazer, não só em relação à garota; em relação a muitas coisas, na verdade. O palácio é gigantesco, existem tantos conhecimentos que preciso absorver. Todos me dizem que eu não sou mais humano, mas eu ainda me sinto exatamente como um; eu odeio não saber as coisas, ao mesmo tempo que preciso mostrar que estou no controle de tudo. Mas não estou. O idioma das estrelas me assusta, eu sinto falta dos meus pais todos os dias e... — Ele engoliu em seco. — Eu tenho medo de enfrentar o Inverno, tenho medo de que ele esteja me olhando e rindo de mim neste exato momento. Tenho medo de parecer fraco. — Uma lágrima involuntária rolou por sua bochecha. — Pensei que me tornar o Verão faria eu me sentir mais forte, mas definitivamente não me sinto o ser mais poderoso de toda essa terra. Muito pelo contrário.

Beor riu e a águia o acompanhou com uma pequena gargalhada.

— Caro Beor, isso é ótimo, verdadeiramente excelente. Você entendeu a primeira lição de ser o Verão.

— Qual?

— De que ter poder não significa que você tenha o controle. O verdadeiro poder torna as pessoas mais humildes, não mais orgulhosas. E ninguém nessa terra deve entender melhor de humildade do que um Verão. Quanto mais poder você tem, mais dependente se torna.

— Das estrelas?

— Precisamente. O controle não pertence a quem recebe, mas sim a quem dá, e, para aprender tudo o que constitui a vida de um Verão, você precisará delas mais do que nunca. Os Verões que não entenderam esse princípio no passado buscaram sua própria desgraça.

Beor sentiu uma pequena fincada em seu peito.

— O Verão Louco — sussurrou. Desde sua visão na espada, quando o viu expulsar sua família de Filenea, o homem nunca havia saído de sua mente.

— Sim. E não somente ele.

Beor pensou por um instante.

— Augusto? — Colocou em palavras a pergunta que já trazia em sua mente.

— Infelizmente.

— Mas Augusto não era mau, era? Ele foi bom comigo.

— Não, ele não era mau, mas quando foi mais necessário não conseguiu entregar o controle. Ele não era mau, mas acabou por amaldiçoar a si mesmo e aos que amava.

— O que garante que eu vou ser diferente deles? Que vou ser melhor? — indagou Beor.

— Você sabe a resposta — a águia falou com um sorriso.

O encontro de Beor com as estrelas voltou imediatamente à sua consciência; ele de fato sabia a resposta.

— Enquanto olhar para nós, saberá quem você é e o que você deve fazer — repetiu o que ouvira da voz feita do próprio vento.

— Exatamente. — A águia sorriu. — Continue olhando, Beor, apenas continue olhando.

Beor respirou fundo e vislumbrou o céu à sua frente, onde estavam as estrelas, como sempre. Ele as fitou com calma e intensidade e sentiu seu coração se acalmar mesmo em meio a todas as preocupações que se acumulavam em seu peito. A ameaça do Inverno, a garota misteriosa, seu progresso como Verão.

"Continue olhando" era a última resposta que ele queria para tudo aquilo, mas, naquele momento, observando como o sol batia nas construções de um mundo distante e fazia refletir a silhueta de prédios que se misturavam a nuvens, enquanto as três estrelas se encaixavam perfeitamente no topo, percebeu que era exatamente a resposta de que precisava. Era uma vista verdadeiramente linda, continuaria olhando com prazer.

— Gostaria de conhecê-la? — a águia perguntou de repente.

— Eu posso?! — Beor virou o rosto com expectativa.

— É claro, os portões para a cidade estão sempre abertos no mundo adormecido.

Beor piscou, estava dormindo nesse exato momento, tinha esquecido completamente.

— Vamos. — A águia se levantou e aprumou suas asas. — Suba. Não existe outra forma de acessá-la senão através de mim.

Beor se levantou em um pulo, a adrenalina lhe tomando o peito. Percebeu rapidamente que não conseguia voar no sonho, o que lhe foi incômodo, mas logo subiu na águia e se ajeitou por entre suas penas. Antes que pudesse se preparar, a águia alçou voo, cortando o horizonte com uma velocidade que o jogou para trás e quase o fez cair. Ele se segurou com toda a força no animal, enquanto o via alcançar uma velocidade muito além do que ele mesmo era capaz de voar como Verão.

Gwair cortou as nuvens e passou por debaixo de um arco dourado, adentrando oficialmente os domínios da Terra que há de vir. Os olhos de Beor falharam por um instante, o brilho que vinha de cada construção, cada pessoa, era incandescente. Eles passaram por cima de um centro onde as construções eram todas abertas, sem qualquer teto e adornadas com ouro. Um grande rio que parecia estar vivo cortava a cidade; ele assumia formas em meio ao caminho e interagia com as pessoas em volta. As árvores ao redor não eram adormecidas como as de sua terra, elas eram vivas, completamente despertas. E um barulho suave e quase imperceptível de batidas de coração tomava todo o lugar, como uma baixa melodia.

Para a surpresa de Beor, Gwair mergulhou para dentro da cidade, voando para baixo, e eles passaram por pessoas e animais que os cumprimentaram com acenos e sorrisos. Todos irradiavam luz, era uma cidade de estrelas. A águia voou até o grande rio, se aproximando cada vez mais. A adrenalina fazia o coração de Beor retumbar e a presença que vinha das águas era forte e, ao mesmo tempo, tão familiar. Eles estavam agora a apenas alguns centímetros de tocá-las, Beor olhou para baixo e pôde ver sua imagem refletida, porém percebeu que estava sozinho; por algum motivo o rio não mostrava a águia.

Toda a experiência se dissipou lentamente enquanto ele abria os olhos, despertando. Beor se levantou, estava de volta ao pátio no topo do palácio. Ele olhou para a águia ao seu lado e sorriu, ainda assimilando tudo o que havia presenciado.

— Obrigado.

Nenhum som veio de resposta do animal, que virou o rosto e voltou a encarar o horizonte.

Beor se levantou e encarou o horizonte. As estrelas ainda estavam lá, brilhando firmes e seguras por entre as nuvens, enquanto o coração do garoto se agitava no peito. Ele era o Verão, mas percebeu, com o frio que preencheu seu estômago (a antecipação por um futuro do qual não tinha controle), que parte de si ainda permanecia humano.

# A menina sem memórias

**Palácio do Sol — localização desconhecida na Terra Natural**

Florence despertou com o raio de sol que entrou pela janela; estava em uma cama estranha e espaçosa, em um grande cômodo que não reconhecia. Seu coração estava pesado e suas memórias, embaralhadas, como se algo, um pedaço muito grande de si, estivesse faltando; somado a isso, teve a sensação de que havia dormido por muito tempo, mas não se sentia descansada. À medida que se levantava, suas memórias foram retornando: ela estava perdida na floresta e, então, havia encontrado um grandioso palácio, localizado no meio do nada. Era nele que estaria agora?

Olhou em volta, observando o cômodo. A cama era três vezes o seu tamanho, e havia espelhos, cômodas e pequenas mesinhas espalhadas pelo espaço; poderia muito bem ser do tamanho de uma casa.

*Casa.*

A palavra ressoou em sua mente. Não se lembrava da sua; na verdade, não se lembrava de nada! A percepção desse fato fez com que saltasse da cama. Ela empurrou os lençóis com dificuldade até seus pés tocarem o chão. Por que estava ali? Por que suas memórias estavam fragmentadas? Ela correu até o espelho mais próximo, necessitada de ver seu próprio reflexo. Como ela era? Lembraria ao menos da sua aparência?

A garota que ela encontrou à sua frente era familiar. Ela era magra e estava usando um robe bege que a deixava desbotada, e tinha um longo cabelo ruivo ondulado, que chegava até a cintura. Cicatrizes se formavam em seu rosto e seus braços, deixando alguns vestígios do que deveria ter sido sua jornada até ali.

Ainda se encarando, a menina fechou os olhos com força, fazendo uma pequena careta, na tentativa de se lembrar. Sua memória era um túnel escuro, com vislumbres de rostos e vozes que um dia ela havia amado, mas tudo estava embaralhado demais para fazer qualquer sentido. Seu único fragmento de memória era do caminho que a havia levado até ali. Ela estava sozinha, vagando por muito tempo, guiada por vozes sem rostos.

Incomodada pelos espaços vazios em sua mente, ela caminhou até o armário mais próximo em busca de roupas, e acabou tropeçando em uma elevação da pedra no chão, o que ativou um pequeno lapso de memória.

*Ela corria por uma floresta escura, a chuva caía por entre as árvores, sua roupa estava encharcada e seus pés, descalços, o chão era frio e irregular.* A garota piscou, tentando afastar as imagens; se ficasse sozinha naquele cômodo por mais alguns minutos poderia enlouquecer.

Ela trocou de roupa rapidamente, tentando manter o controle. Escolheu um vestido verde — por algum motivo gostava da cor — com um corpete marrom. Ela não sabia muito mais sobre si do que o seu nome, mas agora tinha um objetivo mais urgente: entender o que era aquele lugar e por que estava ali.

Ela saiu pela porta e se deparou com um largo corredor, entalhado em pedra ardósia, que brilhava refletindo os raios de sol que entravam no ambiente. Suspirou, encantada, e começou a caminhar. Ao virar para o corredor que se abria à esquerda, deparou-se com uma égua branca adulta bem à sua frente.

— Ah! — gritou de susto, pondo a mão no peito. — O que um cavalo está fazendo aqui dentro? — comentou consigo mesma.

— Ora, garota insolente, eu vivo aqui — exclamou uma voz feminina.

Florence abriu um sorriso de pavor e deu um passo para trás.

— Você... — Ela apontou para a égua, a mão tremendo.

— Sim, eu falo. Você também fala e, de fato, todos os animais aqui falam.

— Então esse palácio é habitado por *animais*?

— Bom, poderia se dizer que sim — o animal respondeu hesitante, medindo suas palavras.

— Mas havia um garoto também, não é? Ele me recebeu ontem quando eu cheguei! — ela exclamou, aliviada por ter lembrado de mais uma coisa.

— Hum... Sim, de certa forma. Quem você encontrou foi o senhor do palácio. Ele me colocou na responsabilidade de vigiar sua ala até que você acordasse.

— Um *menino* é o senhor desse palácio *e* os animais falam?! Céus, eu estou louca. — A garota colocou a mão na testa, sentindo o cômodo a sua volta começar a girar.

Ela se escorou na parede com dificuldade, e no instante seguinte seu estômago roncou, em um tom mais alto do que deveria.

— Eu não tenho autorização para lhe dar respostas, mas tenho a ordem de mantê-la segura e bem. E, se minha audição não me engana, acredito que precisa de comida.

— Não, eu estou... — ela hesitou.

Sim, estava terrivelmente faminta, não comia há muito tempo. A última vez que havia feito uma refeição foi...

*Ela estava debaixo de uma tenda, construída sob a areia da praia. Havia música em volta, pessoas conversando e uma grande mesa de madeira com várias opções de comida e um belo bolo no centro.*

Outra memória lhe voltou.

— Eu aceito a comida — ela respondeu engolindo em seco e com o coração batendo um pouco mais acelerado.

— Ótimo, siga-me, por favor.

A égua guiou Florence até o final de um corredor que levava a duas longas rampas, que seguiam para cima e para baixo no palácio. Elas pegaram a primeira e desceram sem dificuldade, até o andar debaixo. No processo, a garota teve pela primeira vez uma noção melhor da vista que a cercava, através das largas janelas que cobriam a parede direita do amplo espaço. A sensação era de que estavam no ponto mais alto do mundo, mais próximos ao Sol do que qualquer outro lugar na Terra Natural. Um sorriso inesperado nasceu em seu rosto; era a vista mais linda que já havia visto.

Égua e garota chegaram até o andar de baixo, onde o corredor era mais largo e o teto parecia mais baixo. O olhar de Florence passou por todo o espaço, até parar no teto.

— Aquilo é água? — ela perguntou, confusa.

No lugar onde deveria estar o teto havia uma pequena porção de água, cobrindo todo o espaço com pequenas ondas que dançavam para lá e para cá, criando diferentes sombras no lugar.

— Bom, sim. Eu não sei como explicar... o palácio está cheio de lugares assim — a voz da égua saiu em um sussurro.

— Isso é fantástico. Tudo aqui é tão mágico. — Com a cabeça erguida o máximo que podia, Florence começou a andar em círculos, hipnotizada pelo longo quadro em movimento. — Mas isso é água de verdade? — O teto era baixo e a curiosidade dela, alta. Em um impulso a garota se colocou na ponta dos pés e encostou na água com as mãos.

— Eu não faria isso se fosse você. — O conselho da égua veio tarde, já que, na hora em que a garota tocou na superfície líquida, um bocado de água caiu em cima dela.

SPLASH!

*A chuva caía mais forte que nunca e os trovões tomavam conta de todo o céu, desenhando linhas intermináveis. O coração de Florence batia forte, enquanto ela ouvia os gritos que ecoavam nas ruas. A chuva encharcava seu cabelo antes bem-arrumado em um alto coque e seu vestido esmeralda de festa.*

— Pai?! Pai, por favor! O que está acontecendo? — ela gritou, girando o corpo na tentativa de encontrar qualquer rosto que lhe fosse familiar.

O barulho das ondas chacoalhando a alguns metros fazia tudo pior, a palpitação em seu peito, os espasmos nas mãos. Mãos. Ela olhou para baixo, elas estavam cobertas de sangue, assim como seu vestido.

— Mãe, não!

Florence estava de volta ao palácio, estática no lugar e com os olhos cheios de água. Ela sofria, com o coração acelerado e uma ausência terrível lhe preenchendo todo o peito.

— Mãe, eu tinha uma mãe... — balbuciou, com o olhar perdido.

— Criança, você está bem? É apenas um pouco de água.

— O quê? — A garota virou o rosto e piscou, voltando à realidade. — Sim, é claro. Estou bem, só levei um susto.

— Certo. — A égua a fitou com desconfiança. — Precisamos andar mais rápido; quando os outros animais do palácio souberem que você despertou...

A égua foi interrompida por um pássaro de cor avermelhada que entrou pela janela mais próxima.

— A humana... você disse que nos avisaria! Ela despertou! — ele falou com uma mistura de susto e desconfiança na voz.

— Grim, ela não está pronta, me deixe apenas alimentá-la antes do interrogatório.

— Interrogatório? — Florence exclamou, confusa.

— Não foi isso o acordado, Lúdain; assim que a garota acordasse, nós a interrogaríamos.

— Beor nunca concordou com isso — a égua respondeu com firmeza.

— Porque ele ainda é teoricamente humano, e humanos são burros e misericordiosos. — Ele olhou para a garota, que ainda estava processando o fato de assistir a um pássaro falar. — Sem ofensas.

— E nós não somos?

— Não quando a segurança da nossa morada está em risco. O palácio vem primeiro.

— Vidas deveriam vir primeiro.

— É só um interrogatório, ela não vai morrer. Por que você tem que ser sempre tão moralista? MARTIIIIN!!

Segundos depois um urso chegou correndo, acompanhado de duas raposas.

— A garota! Ela despertou! — ele exclamou, colocando as patas na boca.

— Sim, eu despertei. — Florence deu de ombros, mal-humorada, sentindo-se cada vez mais fraca.

Em instantes aquele corredor já estava preenchido de animais que surgiam de todos os cantos, fitando-a de forma desconfiada e ameaçadora. Decidiu que não gostava tanto assim do palácio.

— Desculpe, pequena, você deverá ir com eles — a égua falou, abaixando a cabeça enquanto dois ursos pegavam os braços dela e já começavam a arrastá-la.

— Pare! Não, espere! — ela gritou, tomada de susto pelo movimento brusco, que ativou uma nova memória.

*Ela estava na sua cama. O coração batia acelerado, havia acabado de acordar de um pesadelo; eles eram recorrentes. Não percebeu que estava gritando até um homem (o seu pai?) entrar correndo no quarto.*

— *Filha, eu estou aqui. Estou com você.* — *Ele sentou na cama ao seu lado e a abraçou. Ela afundou os cabelos ruivos desgrenhados em seu pescoço.* — *Você está segura, está ouvindo? Foi só um pesadelo.*

— *Mamãe te contou deles?* — *Ela afastou o rosto, fitando-o com um semblante de dor.*

— *Sim. Estão se tornando mais recorrentes, não é?*

*Ela balançou a cabeça em afirmação, os olhos sangrando de dor.*

— *Eu estou cansada, pai.* — *Ela afastou o rosto e enxugou as lágrimas com dificuldade.* — *Eu só queria dormir, como as outras pessoas fazem.* — *Ela cerrou o olhar e seu semblante se suavizou, com um pequeno biquinho se formando nos lábios.* — *Você poderia... fazer um sonho para mim? Por favor, pai.*

*O homem a observou, pensativo; estava relutante, mas seu coração de pai não suportava vê-la sofrendo.*

— *Tudo bem, apenas esta noite* — ele respondeu finalmente, tirando um sorriso da filha. — *Mas antes quero que fale o credo. Eu não vou estar aqui sempre para te ajudar, e toda vez que tiver um pesadelo é ele que você deve falar, tudo bem?*

— *Tudo bem* — ela assentiu.

— *Vamos, então* — ele a encorajou.

Com os lábios trêmulos, Florence fechou os olhos.

— *Eu acredito nas estrelas. Acredito na relva que me refresca. Acredito no vento que me alenta. Acredito no sol que me aquece. Acredito na bondade que nunca me esquece. Acredito nas estrelas, acredito que somos sua propriedade. Acredito na história da qual faço parte e...acredito na restauração da humanidade.*

Ao finalizar, ela abriu os olhos e encarou o pai com uma expressão que dizia "pronto, fiz minha parte".

— *Não, não. Esqueceu de uma parte muito importante.*

— *Qual?* — A garota fechou os olhos, forçando-se a lembrar.

— *Acredito que sou...* — o pai iniciou, ajudando-a.

— *Ah, sim. Acredito que sou amada por toda a eternidade.* — Ela engoliu em seco. — *Pronto. Você pode?* — Virou o rosto para o travesseiro.

— *Claro.* — O pai sorriu. — *Deite-se.*

E, então, ela estava de volta ao corredor, sendo pressionada por animais de todos os lados. Eles a levaram até um saguão central, próximo dali, e a colocaram sentada em um sofá.

— Desculpe, garota, é o necessário — o urso Martin falou, antes de afrouxar o braço dela.

O mesmo pássaro de antes, que ainda a fitava com hostilidade, voou até ela.

— Diga-nos, invasora, como encontrou a sagrada morada do Verão?

— Sagrada? Verão? — Florence se sentia ainda mais confusa.

— Pelas estrelas, Grim! Você só está piorando tudo! Quando Beor descobrir... — uma voz grossa ecoou, e os animais ali presentes abriram o caminho para um cavalo de pelo marrom-escuro.

— Estou fazendo isso por ele! Juramos protegê-lo e não sabemos se *essa garota* é uma ameaça a essa proteção. — O pássaro apontou para ela com a asa.

O cavalo pareceu hesitar, mas então se deu por vencido.

— Por favor, nos conte, garota, como exatamente encontrou o palácio?

— Eu... eu não me lembro. — Florence cerrou os olhos, sentindo as mãos suarem e o coração palpitar, seu corpo parecia afundar no sofá e ela não conseguia encará-los.

Foi nesse momento, então, que ouviu. As vozes. Sussurros sobrepostos, vindos do fundo de sua mente.

Ela abriu os olhos de imediato, tentando afastá-las. Algo em si dizia que não era a primeira vez que ela as escutava.

— Eu estava na floresta — ela falou finalmente, abafando as várias acusações e comentários que os animais lançavam em sua direção. — Me lembro de ter sido guiada até aqui. Mas não lembro quem me guiou.

— Como isso é possível?! Certamente foi o Inverno, os lobos dele atacaram o palácio, eles sabiam a localização — uma raposa à esquerda acusou, com hostilidade; ela usava um tecido azul amarrado no pescoço, vestimenta que poucos dos animais no círculo possuíam.

— O quê? Eu não sei de quem vocês estão falando! — ela exclamou, acalorada. — Eu não sei o que é esse lugar nem por que eu vim parar aqui!

Os animais a observaram em silêncio por um instante, confusos.

— Mentirosa! Ela está mentindo! — um guaxinim gritou do fundo, criando um coro selvagem e agressivo dos animais.

— Mentirosa!

— Invasora!

— Ela é uma espiã!

— Expulsem ela!

Assustada, a garota tapou os ouvidos, abaixando a cabeça.

— *É claro que você está mentindo.* — *Uma menina entre seus nove anos cruzou os braços e fitou uma Florence criança com incredulidade.*

— Não, eu não sei como fiz isso — ela respondeu.

Elas observavam um jardim, com vários girassóis abertos, voltados para o Sol.

— Nós plantamos as sementes ontem. Aposto que você veio aqui de noite e as substituiu por flores inteiras, só para agradar a professora. O que não importa, porque ninguém vai acreditar em você — a garota falou com desdém.

— O que você quer dizer? — Florence franziu as sobrancelhas, magoada.

— O seu pai. Dizem que ele é um mentiroso, que ele some por todos esses meses não porque está viajando em Filenea, mas por outro motivo.

— O meu pai não é mentiroso!

— Não, a filha dele é quem é, e ela fez as flores crescerem em uma noite. — A garota soltou uma gargalhada que ardeu no fundo do peito de Florence.

Antes que percebesse, sua raiva já havia tomado conta de si. Ela pulou para cima da menina, as duas rolando por cima dos girassóis, uma puxando o cabelo da outra. Florence nunca havia batido em ninguém e nunca pensou que teria coragem o suficiente para fazê-lo, mas a garota havia falado de seu pai. E o que a havia deixado com mais raiva era que ela não estava errada: talvez seu pai estivesse mesmo mentindo.

— O que está acontecendo aqui!? — a voz furiosa de um garoto ecoou pelo cômodo, calando todos de imediato.

# 3

# O senhor do palácio

Palácio do Sol — localização desconhecida na Terra Natural

Para o susto ainda maior da visitante já abalada, um garoto desceu do teto, flutuando em pleno ar, e parou no centro no aposento. Todos os animais o reverenciaram ao mesmo tempo, desfazendo o círculo com semblantes envergonhados. Ele tinha o cabelo loiro, olhos dourados, uma cicatriz no olho esquerdo que o fazia parecer mais velho e usava uma longa capa que flutuava à sua volta. Era ele o garoto que a havia recebido, mas pelo que ela se lembrava, ele era apenas um menino; agora parecia um rei.

— O que vocês pensam que estão fazendo? — Ele tocou o chão e olhou para os animais de forma inquisidora. — Eu pedi que me avisassem quando ela despertasse.

— Ela despertou há poucos minutos, senhor — Martin respondeu, incapaz de manter contato visual com o garoto.

— E é assim que vocês a recebem?!

— Era necessário, Verão. Não sabíamos se poderíamos confiar nela — Grim comentou, tentando pousar no braço do garoto, que balançou o membro, recusando o contato.

— Nós podemos — ele afirmou com confiança no olhar.

— Podem? — Florence sussurrou, tão surpresa quanto os animais.

— Gwair confia nela e, depois de mim, ele tem a palavra final neste palácio. Ou querem questionar a sabedoria do mais antigo dos animais? — o garoto provocou, olhando em volta.

Todos reverenciavam Gwair; ter a águia de volta ao palácio após a coroação de Beor como novo Verão vigente era a segurança que há muito tempo eles não tinham. Ninguém sabia por que Gwair havia deixado de servir a Augusto, mas sabiam que era impossível que a culpa fosse da águia.

Os animais assentiram de imediato; ainda estavam insatisfeitos e inseguros, mas ninguém questionaria o julgamento de Gwair.

— Agora, por favor, deixem a gente a sós — Beor ordenou, sem olhar para os animais.

Ele guardou sua espada na bainha e se aproximou da garota, encolhida no sofá. Quando chegou mais perto, observou mais uma vez o lilás vivo na cor dos olhos dela; de fato, nunca havia visto alguém com aqueles olhos.

— Prazer, eu sou o Beor, nos conhecemos antes. — Estendeu a mão para ela.

— Florence. — Ela se forçou a levantar, sentindo as pernas fracas, e segurou a mão dele. Ela via em seus olhos que ele estava tão curioso sobre ela quanto todos os outros, mas sabia disfarçar melhor.

— Confia mesmo que eu não sou um perigo?

— Por que você seria?

— Porque eu não me lembro de nada. Se o seu palácio não deveria ser encontrado, ou vocês estão fazendo um péssimo trabalho em escondê-lo ou eu sou, sim, algo a se temer — comentou ela, com o semblante tomado de hesitação e medo.

Ela realmente não se lembrava, e isso a apavorava tanto quanto a ele.

— Olha, eu não sei o que a trouxe até aqui, nem do que poderia estar fugindo, considerando o estado em que chegou, mas você está segura. Pode descansar agora.

Descansar. A palavra lhe pareceu estranha, estrangeira, desconhecida. Florence não se lembrava da última vez em que havia descansado.

— Espera, você falou sobre o estado em que cheguei?

— Sim — Beor assentiu, com o cenho franzido. — Parecia que você havia sido atacada ou algo do tipo. Sua roupa estava rasgada, havia sangue seco por todo lado, tinha galhos emaranhados em seu cabelo e cortes nos braços.

— Céus, eu estava deplorável.

O comentário fez um pequeno sorriso abrir no rosto de Beor. Lembrou-se de como as garotas se importam com a aparência e isso o levou involuntariamente a pensar em Naomi e Kira. O sorriso se dissipou.

— Isso não importa, a questão é que seu estado era preocupante. Estamos há dias esperando você acordar.

— Dias? Eu cheguei ontem, não?

— Sinto muito, mas não, você está dormindo há três dias.

*Três dias.* Era por isso que sua barriga doía tanto. Além de ter perdido a memória, ela também havia perdido a percepção de tempo.

— E é exatamente por isso que estava tentando levá-la para comer algo, senhor, me preocupo com sua saúde. — Lúdain se aproximou do par, com Felipe ao seu lado.

— Por favor. — Beor virou o corpo para o animal. — Faça isso e garanta que ela esteja segura e bem alimentada.

— É claro. Venha comigo, garota, dessa vez não teremos interrupções. — Florence assentiu e caminhou até a égua, segurando-se nela para manter a estabilidade do corpo.

Antes de sair ela parou e se virou.

— Beor, certo? Obrigada por receber uma estranha. O seu palácio é bem legal.

Beor assentiu, cerrando os lábios em um sorriso preocupado, mas verdadeiro. A menina estava bem melhor do que no dia em que chegara ao palácio, mas o semblante permanecia o mesmo, cansado, perdido; suas olheiras contavam histórias em um idioma que ele não era capaz de decifrar.

— De nada. Sei que vai se lembrar de tudo com o tempo.

— Eu espero — a garota falou, depois saiu com a égua.

Foi então que Beor pôde suspirar, deixando a pressão evaporar de seu corpo.

— Por que deixou isso acontecer, Felipe? Por que deixou os animais a tratarem assim?

— Me desculpe, garoto, eu só estava preocupado, assim como os outros. Sabe o que penso dos humanos.

— Eu sou... eu era um! Essa garota não é mais velha do que eu! — Beor defendeu, insatisfeito.

— Mas ela *encontrou* o palácio! Isso nunca aconteceu antes.

— No entanto, Gwair já tinha total consciência de que ela estava chegando. Não confia nele?

— Eu confio, mas isso apenas me deixa mais preocupado.

Beor cerrou as sobrancelhas e o fitou, sem entender.

— Se o Senhor das águias sabia que ela estava chegando, isso significa que ela não é inteiramente inocente e que ela *não* encontrou o palácio por coincidência. Ela não é uma humana que podemos abrigar por um tempo e depois mandar para casa; ela está aqui por um motivo.

— Eu sei, e isso muda tudo — Beor assentiu, concluindo o pensamento.

— Exatamente. Teremos que ser ainda mais firmes em seu treinamento, os tempos são estranhos.

— Eu concordo, mas isso não é um problema para agora, podemos lidar com ele amanhã. Por agora, preciso estudar para o nosso treinamento de conjuração e *preciso* que confie em mim.

— E eu confio, meu caro, não deixaria Teith ao seu lado se já não confiasse. Só gostaria que também confiasse em mim. Sei que está assustado, a chegada da garota pegou a todos nós de surpresa, sei que esse sorriso que mantém no rosto não mostra exatamente como se sente.

Beor coçou a garganta e abaixou o olhar, um pouco emburrado, mas indicando que o cavalo continuasse.

— Sei que parece terrivelmente assustador que isso tenha acontecido em tão poucos dias. Sei que está com medo e se questionando. Sei também que tinha plena consciência do peso que viria com o cargo de um Verão quando escolheu pegar aquela espada e sei que não é o tipo de humano que foge quando as coisas ficam difíceis. Augusto me escolheu como seu conselheiro e quero que saiba que estou aqui por você. As estrelas já sabiam de tudo isso e elas não erraram ao escolher você.

O rosto de Beor suavizou e ele deixou um pequeno sorriso nascer em seus lábios.

— Isso não significa que você possa faltar ao treinamento de amanhã. Te espero às dez em ponto no jardim. — O cavalo retornou à sua forma seca de ser e virou o corpo, prestes a partir.

— Tudo bem. — Beor soltou uma risada baixinho, surpreendido com a mudança de tom. — Felipe, espere. — Ele hesitou.

— Sim?

— Você disse que as estrelas me escolheram. Não é que eu não acredite, mas acho que acabei me vendo mais como a necessidade que surgiu no momento, pela falta de opções, sabe? Já que não tinha mais ninguém, fui eu. Eu escolhi pegar a espada e elas permitiram.

Um pequeno riso seco saiu do cavalo, o que surpreendeu Beor.

— Você quase me enganou com sua pose de homem, mas em alguns momentos revela ser ainda apenas um potro tolo.

— O que quer dizer? — Beor perguntou, ofendido.

— Garoto, não é que não existia mais ninguém: você era esse alguém. As estrelas não trabalham nem nunca trabalharam com a necessidade; elas trabalham apenas com a vontade imutável e transcendente delas. Se você é o Verão hoje, é porque já era o Verão desde o dia em que nasceu.

Beor sorriu, reflexivo. Só havia passado alguns dias e sua mente tomava seu próprio tempo para absorver cada elemento de sua nova vida, de sua nova identidade. Mas pensar que nada daquilo era novo para as estrelas, nem seu cargo como Verão, nem a garota, lhe deu a esperança de que precisava. Como Gwair havia dito, elas estavam no controle, sempre haviam estado.

— Acho que sou mesmo um potro tolo.

— Você aprende com o tempo — o cavalo falou e, depois de esboçar um leve sorriso, saiu do cômodo, deixando-o sozinho com os seus pensamentos.

Beor passou o restante do dia focado em seus estudos como Verão, mesmo que vez ou outra seus pensamentos sempre se desviassem para a garota. Queria ver como ela estava, se havia se lembrado de algo. Mas sua consciência o corrigia toda vez, pedindo que desse a ela mais tempo, e foi isso o que ele fez.

Naquela noite, ao deitar em sua cama e se cobrir com o lençol, Beor se sentiu tão cansado quanto nos dias vagando em busca do Verão, e também sentiu falta de casa. Sentiu falta de sua mãe brigando com ele por qualquer coisa, das histórias de seu pai e de adormecer sabendo que eles estavam logo no quarto ao lado. Aqueles pensamentos sempre voltavam àquela hora da madrugada, a simples e pura saudade. Ele os aceitava por alguns minutos, às vezes o suficiente para fazê-lo rir ou chorar, e depois os colocava de lado, como um bom Verão deveria fazer. Virava a cabeça e a deitava no travesseiro, pensando em como agora tanto dependia dele. Era uma estação, apenas duas horas de sono seriam o suficiente para reabastecê-lo por completo, mas naquela noite desejou dormir como um humano, um sono longo e profundo.

Infelizmente seu desejo não foi realizado, pois algo incomum aconteceu, incomum até mesmo para um garoto que lutou contra lobos do Inverno e atravessou o limiar entre os continentes. Naquela noite, Beor não teve nem sonho nem pesadelo; pela primeira vez, ele acessou a memória de um Verão passado.

Beor estava no Palácio do Sol; reconheceu o local assim que o ambiente à sua volta se iluminou, os corredores revestidos de dourado, o teto alto pintado com ilustrações. Aquele era de fato o seu palácio. Porém, algo estava estranho; a sensação era de que as coisas não estavam exatamente onde deveriam.

Ele caminhou pelo local, tentando compreender o que via, até que o vulto de um homem passou ao seu lado. Ele era alto e magro e tinha poucos fios de cabelo na cabeça; estes eram quase tão longos quanto o robe que o homem usava e, por serem finos, ressaltavam grandes buracos sob a careca. Pelas roupas que trajava, Beor reconheceu que aquele era um Verão — um deplorável e definhante, mas certamente um Verão. O homem caminhou com dificuldade pelo corredor, usando sua espada como uma bengala, e Beor percebeu que em suas mãos havia grandes manchas escuras, semelhantes a infecções.

Ele acompanhou o homem até ele chegar em uma porta feita de um metal verde, diferente de qualquer outra porta do palácio. Beor reconhecia o corredor, mas não a porta. O Verão antigo encostou a mão sobre a fechadura e ela se abriu com um estalo, então ele adentrou o cômodo e Beor o seguiu. Era um pequeno quarto, abafado e escuro, sem janelas e com um teto tão rebaixado que fez o garoto se sentir claustrofóbico. Não havia prateleiras nem cômodos no quarto, apenas uma mesa velha e achatada e, sobre ela, um mapa. O homem mancou até ela, e, ao subir as mangas da roupa para manusear melhor o material, Beor percebeu que as manchas escuras se estendiam por todo o corpo.

— Ele está morrendo — sussurrou para si mesmo.

Ele se aproximou cautelosamente e deu uma espiada no mapa ao qual o homem dedicava tanta atenção. Não reconheceu nenhum dos nomes que estavam ali, eram cidades e lugares de que nunca tinha ouvido falar. Notou que por todo o mapa havia rascunhos de rios, marcados por setas e uma tinta de cor azulada. Beor levantou a cabeça e fitou o rosto do homem ao seu lado, tentando reconhecer quais dos Verões passados aquele seria. Notou que seu semblante era abatido e maléfico, de alguma forma; e que a espada em sua mão parecia repeli-lo e que seus olhos eram de um dourado desbotado, com parte da esclerótica de um tom cinza, como se o brilho do Verão estivesse sendo apagado dele à força.

O coração de Beor errou uma batida e seus músculos se enrijeceram; o próprio tempo no cômodo pareceu passar mais devagar. O garoto sabia agora quem estava diante dele, a memória que acessava não era de um verão qualquer, mas sim do pior dos que o haviam antecedido: o Verão Louco.

# 4

# A missão das árvores e a escuridão

Na manhã seguinte, Florence estava sentada na borda da janela do cômodo em que fora hospedada, observando a vista. Ela havia dormido profundamente, dessa vez uma noite sem sonhos; apesar disso, não se sentia descansada, já que sua mente não havia parado de pensar nas memórias que lhe estavam retornando pouco a pouco. Quanto mais ela sabia sobre seu passado, mais gostaria de não ter lembrado. Tudo, independentemente de qual ângulo ela olhasse, era coberto por tristeza e tragédia. E, se isso fosse o escopo de toda a sua vida, ela estava melhor sem saber. E ainda tinha o palácio *e* o garoto. Ela não tirava da mente a imagem dele voando como se essa fosse uma habilidade humana comum. Ele também brilhava de uma forma estranha e seus olhos certamente não eram humanos. As duas opções que ela tinha eram um passado obscuro, coberto por tristeza e dor, e um presente sobrenatural, que parecia ter saído de dentro dos seus livros. E o pior é que ela não gostava de nenhuma das duas opções, especialmente de como elas poderiam se conectar.

Quando Florence saiu dos aposentos naquela manhã, o corredor estava silencioso, e ela não encontrou Lúdain no caminho; talvez Beor tenha pedido que lhe deixassem um pouco em paz. Ela caminhou por alguns minutos sem rumo, esquadrinhando cada detalhe da arquitetura, tentando encontrar o seu caminho por aquele palácio gigantesco. Foi quando atravessava de um corredor para outro que uma suave melodia chamou sua atenção. Eram como minúsculos sinos batendo de maneira coordenada, formando uma suave melodia. No mesmo instante sua pupila dilatou. Já havia ouvido aquele som antes.

Mudando seu rumo, ela começou a procurar pelo som e caminhou na direção contrária, entrando em um corredor menor, mais estreito que os outros e sem muitas portas no caminho. O caminho a levou até um jardim interno, um cômodo circular, que conectava vários corredores da ala norte. O teto era uma cúpula de vidro com pequenas janelas que permitiam a entrada do ar, e o lugar era preenchido por diferentes árvores e plantas de regiões distantes, que faziam o cômodo parecer uma pintura particular, tantas eram as cores que se misturavam.

O jardim estava vazio e a luz do sol da manhã o banhava com um belo tom de dourado. Sua atenção foi logo atraída para uma árvore que havia sido plantada bem no meio do jardim. Era uma alta cerejeira, suas flores haviam desabrochado recentemente e revezavam entre tons de branco e rosa. Ela reconheceu que a música vinha dela e começou a caminhar até lá, mal tendo controle sobre seus passos. Sem nem entender ao certo por que estava ali, aproximou-se da árvore, a melodia a *chamava*. Ela estendeu o braço e tocou com a palma o tronco áspero e trincado de madeira. No mesmo momento, um fluxo de energia percorreu seu corpo, fazendo-a arrepiar e preenchendo seu corpo com a sensação de encontrar algo que estava perdido havia muito tempo. Ela fechou os olhos por impulso, absorvendo a sensação.

— Florence, ficamos felizes que tenha encontrado o caminho para casa — uma voz serena falou.

Ela abriu os olhos sobressaltada e vasculhou os arredores. Não tinha ninguém.

— Quem falou isso? — balbuciou.

— Isso é meio ofensivo, é claro que fui eu. — A energia pulsou novamente pela sua mão, que continuava sobre a árvore.

— Você... — Não havia nenhum rosto à sua frente, nem lugar de onde a voz poderia ter vindo, mas ela sabia que era a árvore.

— É claro.

— Então árvores também falam aqui, como os animais?

— Não! Não nos compare a eles, é uma grosseria de sua parte. Somos infinitamente mais velhas e mais sábias. — A voz soou irritada e ofendida.

— Mas vocês falam?

— Apenas entre nós. Há muito tempo retraímo-nos em um grande silêncio. Nossa sabedoria é limitada apenas a nossos semelhantes ou superiores.

— Por que eu consigo te ouvir, então?

— Porque nós estávamos te chamando. Quem acha que a guiou até o palácio?

— As vozes que eu ouvi... foram as árvores. — Florence reconheceu, enquanto sentia clarear mais uma parte de sua memória. — Vocês me guiaram até aqui.

— Sim.

— Por quê?

— Porque somos suas guardiãs. Fomos encarregadas com essa responsabilidade, a de trazê-la para casa. Estamos apenas... atrasadas.

— Atrasadas? — Florence riu, incrédula. — Eu nunca nem estive nesse lugar! Como aqui poderia ser a minha casa?

A árvore não respondeu.

— E quem deu tal missão? Quem pediu que vocês me encontrassem?

— O mesmo que me plantou.

— O dono anterior do palácio? Por que ele me conheceria? Por que se importaria comigo?

Os galhos chacoalharam com o vento e a árvore recaiu em silêncio.

— Fale comigo! Me diga! — A garota sacudiu o tronco com a mão, sem sucesso. — Por que eu esqueci de tudo? Por que estou aqui? Por que eu *ainda* estou aqui? — Ela começou a dar socos no tronco, enquanto lágrimas começaram a rolar pelo seu rosto.

Beor estava a postos na parte oeste do grande jardim que cobria todo o palácio e as árvores à sua volta balançavam, animadas pela sua presença. Ele tentava esquecer do sonho estranho que havia tido na noite anterior enquanto se concentrava na missão daquele dia. Felipe estava parado a alguns metros de distância, observando o garoto com um olhar austero e focado.

— Vamos, então? — ele perguntou.

— Só me dê mais alguns minutos — Beor respondeu enquanto folheava de forma frenética um conjunto de papéis que tinha em mãos.

Era de extrema importância que ele dominasse o idioma das estrelas o mais rápido possível, só assim poderia crescer em poder e se desenvolver como Verão. Ele estava estudando incessantemente há uma semana, com o auxílio do cavalo e dos materiais que haviam sido deixados no palácio. Aos seus pés, na grama, estava o dicionário de alnuhium, edição única, feito manualmente pelo primeiro Verão, há mais de quatro mil anos. Ali estava cada palavra, cada comando, cada poder contido naquela língua transcendente. Os papéis que Beor lia eram rascunhos que havia feito das partes mais importantes, e seu objetivo da manhã era especialmente desafiador: conseguir conjurar a runa criacional de uma árvore.

— Primeiro, precisa conseguir lê-la nas árvores à sua volta e, então, poderá replicá-la — explicou Felipe.

Havia seções inteiras no palácio dedicadas aos trabalhos dos conselheiros das estações mais jovens ao longo das eras e como eles eram de vital importância no período de adaptação. Felipe não fazia mais do que cobrar do garoto assuntos que ele próprio nunca seria capaz de dominar, mas permanecia tão incisivo e firme como se conhecesse aquele idioma.

— Certo — Beor falou depois de alguns minutos; dobrou os papéis e os prendeu no cinto da calça.

Ele se aproximou da árvore mais próxima, um carvalho com um grosso tronco e tão alto que se estendia cinco vezes além do garoto. Fitou-a com certo temor, encheu o peito de ar e se aproximou. Se relacionar intimamente com a natureza era um dos principais chamados de um Verão; não só cuidar e proteger, mas conhecer aquilo de que estava cuidando.

Ele aproximou a palma da mão e tocou a árvore, fechando os olhos. As árvores eram os moradores mais antigos de toda a Terra Natural, elas tinham mais direito sobre aquele chão do que qualquer outro ser vivente; seu conhecimento e suas memórias eram reclusas apenas a elas, e adentrar esse íntimo e perigoso território só era possível para uma estação.

— *Treaya, thil valithrya thul mihulhya*[1] — ele pediu, em alnuhium.

Nenhum elemento na natureza criada estava no direito de não obedecer ao idioma criacional, por isso, no instante em que o garoto pronunciou as palavras, toda a vida e memória daquela árvore eram dele por direito. Tudo escureceu e ele sentiu sua consciência sugada para baixo, como se estivesse sendo levado pelos intermináveis túneis que constituíam as raízes daquela árvore. Ele mergulhou mais e mais profundo, adentrando a escuridão da terra, mergulhando ainda mais nas memórias que aquelas raízes continham. Viu o brotar daquela semente, eras atrás, quando

---

1 Árvore, mostre-me suas memórias.

o próprio Sol não existia. Viu o Verão descer à terra, o Palácio do Sol ser rapidamente construído. Viu chuvas arrasadoras e dias de calor escaldantes. Sentiu as folhas murcharem e secarem, como se fosse sua própria pele, e, por fim, alcançou o centro de toda árvore: suas emoções. Elas eram fortes e tempestuosas, cheias de raiva e também cheias de amor. Ele mergulhou por cada emoção, cada sensação, até finalmente encontrar uma que o surpreendeu: a culpa. Culpa por não ter cumprido a missão, não ter conseguido realizar a tarefa dada pelo seu senhor. Mas não, ele percebeu, essa culpa havia sido substituída pelo alívio, ela havia se atrasado, mas havia cumprido sua tarefa. Finalmente a Primavera estava em casa.

O corpo de Florence falhou e ela se agachou no chão, com as imagens de uma grande tempestade voltando à sua mente. Eles estavam mortos, todos os que amava. Seu pai a havia abandonado e ele falou que voltaria para buscá-la. Sim, ela se lembrou, ele falou que voltaria para buscá-la e nunca voltou.

Incapaz de controlar todo o turbilhão que se desvelava, ela se levantou do chão entre soluços e correu para fora do jardim, sem rumo.

Por que ela estava ali? Ela havia sido abandonada. Ninguém nunca tinha ido procurá-la, seu pai nunca voltou. E ela havia ficado presa, sim… presa com eles, com as vozes. Florence enxergava com dificuldade enquanto corria e pressionou com força as mãos contra os olhos, tentando impedir as lágrimas de saírem. Mas agora a represa já havia se rompido, os destroços se misturaram à lama e a água inundara todo o seu coração. Ela não queria se lembrar; é claro, quem gostaria de lembrar que havia sido deixada para trás?

Ela correu entre tropeços até cair no chão, os joelhos batendo com força na pedra lisa. Estava em um corredor que não reconhecia, e assim que notou isso se forçou a ficar de pé. Levantou-se com dificuldade e olhou ao redor. Não sabia onde estava, mas, a cada momento que as memórias retornavam, uma coisa ficava clara à sua mente: seu pai não ter voltado não era o pior de tudo, o pior era ele tê-la deixado com *eles*.

"Florence." Uma voz sussurrou no canto da sua mente.

— Não, não! — Ela tampou os ouvidos com as mãos, sendo levada de volta a seus piores pesadelos.

As garras a puxando para baixo, seu corpo sendo engolido pela escuridão, sua mente sendo quebrada em tantos pedaços que era impossível torná-la inteira de novo. Ela pertencia a eles, ela pertencia à escuridão.

— Não. — Um gemido doloroso saiu de sua garganta enquanto ela começava a ver sua sombra, refletida na parede à sua frente, se mexer. — Por favor, não. — Ela soluçou, dando um passo para trás.

A sombra cresceu bem à sua frente, tornando-se maior e maior. Ela assumiu uma forma grotesca e, em meio à escuridão, dois olhos emergiram.

"Ele te abandonou." A voz da sombra sussurrou, enquanto ela tomava a parede por completo. "Você sempre foi esquecível mesmo."

Desesperada, a garota começou a dar passos para trás, trombando na parede e se escorando nela para não cair. Ela fechou os punhos, fincando as unhas nas mãos, sua garganta estava fechada e ela puxava o ar com dificuldade enquanto sua vista era embaçada pelas lágrimas que continuavam a cair.

— As palavras. As palavras. — Um antídoto lhe veio à mente: seu pai lhe havia ensinado algo para quando isso acontecesse. Ela cerrou os olhos, mas não foi capaz de relembrá-las, tudo o que veio foram frases sem qualquer ordem. — As pa... — Sua voz cessou assim que seu corpo parou em algo macio.

Florence travou os pés, assustada, e virou o corpo lentamente. Parada diante dela estava uma águia duas vezes o seu tamanho; ela tinha penas douradas e olhos que refletiam todas as constelações do céu. Para o total pavor da garota, a ave piou, um som agudo e contínuo que fez o corredor tremer e ela cair no chão. Ela observou a cena com as mãos tampando os ouvidos, enquanto a sombra na parede diminuía, retornando ao tamanho original e, enfim, desaparecendo por completo. No exato momento em que a escuridão deixou o corredor, ela se sentiu mais leve, como se sacos de areia fossem retirados de seus ombros. Ela se levantou, trêmula e assustada, parando novamente em frente ao animal. Beor havia falado dele; era Gwair, o senhor das águias, que, diferente dos outros seres do palácio, estava silencioso, apenas a fitava com a compaixão de uma terra inteira.

Ela deu um passo para frente, fraca e cansada, e apenas o abraçou, se deixando cair por entre as penas.

— O-obrigada.

Ele a havia salvado, havia feito aquilo que ninguém nunca tinha sido capaz de fazer, nem mesmo seu pai: mandado a escuridão embora.

Beor abriu os olhos, confuso, e se afastou da árvore dando um passo para trás. À sua frente brilhava em dourado vivo uma runa, a runa criacional, todos os anos de vida e todas as memórias daquela árvore condensados em um único símbolo. Cada runa criacional era única; existiam runas para cada elemento criado, uma árvore, uma pedra, um rio, uma montanha, o ponto inicial de quando haviam sido criadas. Porém, os anos vividos e as experiências passadas acrescentavam elementos às runas, alterando a versão original.

— Você conseguiu! — Felipe exclamou, embasbacado ao ser capaz de também ver o elemento.

— E... o que eu faço agora? — Beor piscou, tentando se lembrar.

— Você retira a runa criacional bruta, para então ser capaz de replicá-la.

— Certo.

Com sua mão esquerda, Beor mantinha a runa no lugar, tornando-a exposta a olho nu e flutuando no ar, e, com a direita, ele manipulava o cerne da runa, trazendo-o para frente. Tudo aquilo que constituía os anos e memórias daquela árvore se dissipou, deixando a runa bruta, o DNA de uma árvore.

Respirando pausadamente e controlando seu peito que subia e descia, Beor a moveu de lugar, levando-a para seu lado direito em direção ao centro do local onde não havia nenhuma árvore.

— Lembre-se, é parte da tradição. Quase todas essas árvores aqui foram criadas pelos Verões passados, em seus dias iniciais. É essencial que também consiga conjurar a sua.

— Eu sei. Obrigado pela pressão — Beor resmungou.

— Estou aqui para isso.

Guardiões comuns só tinham acesso a uma parte fragmentada do idioma criacional, podendo no máximo manipular a natureza já criada; as estações, por outro lado, tinham aquelas palavras como sua própria língua materna, ela lhes dava o poder de não só manipular a natureza, mas de criá-la a partir do zero. O objetivo de Beor naquela manhã não era plantar uma semente, mas conjurar uma árvore inteira.

— Certo, então. Lá vai.

Unindo ambas as mãos lado a lado, com as palmas voltadas para baixo, Beor as movimentou de uma só vez, empurrando a runa para debaixo do solo. Com o mesmo movimento sincronizado, separou as mãos e desenhou com elas dois lados de um círculo, debaixo para cima, até que elas se encontrassem novamente.

— *Earthrya treaya*[1] — pronunciou, com os lábios trêmulos.

Ele contemplou assombrado enquanto as raízes saíram por entre a terra e começaram a crescer, tomando forma bem diante de si. Elas se enrolaram umas nas outras, como fibras que estavam se transformando em um tronco grosso e maior.

— Eu consegui, eu consegui! — Beor exclamou com um grande sorriso no rosto.

---

1  Criar árvore.

Nesse instante, uma memória invadiu sua mente. Uma memória remanescente das que ele havia vasculhado na árvore. Ele estava de volta à escuridão que existia depois que as raízes cessavam, depois que toda a terra acabava. Ele estava de volta aos dias iniciais, quando a escuridão não se limitava à noite ou às profundezas, quando ela não era intrusa nessa terra, pelo contrário, era a governante suprema. Beor viu uma luz cortar o céu, um vão ser criado e a escuridão ser expurgada.

Ele abriu os olhos, atônito, e notou que a árvore tão bela que estava criando agora estava definhada à sua frente; era metade de um tronco aberto e oco, sem cor o suficiente para sequer ser considerada uma árvore de verdade.

— Eu não consegui — sussurrou, deixando os ombros caírem. As faíscas douradas da runa desapareceram no ar.

— Faz parte, garoto. Conjurar uma runa em perfeição demanda prática e experiência. Pensando bem, duvido que os anteriores acertaram de primeira.

Beor olhou desencorajado para seu primeiro fracasso, enquanto seu coração ainda batia acelerado pela memória que o havia invadido.

Florence chorou abraçada na grande águia por tanto tempo que suas lágrimas secaram. O animal continuava ali, parado, silencioso e gentil, fitando-a com olhar de consolo.

Ela engoliu em seco e se afastou, na tentativa de retomar o controle. Ela estava bem e estava segura, não precisava se lembrar. Agora a represa já havia estourado e inundado toda a cidade da sua mente, mas ela andaria muito bem por entre a lama e a água se isso significasse não precisar de fato olhar e aceitar o estrago.

— Obrigada e… me desculpe. Eu não ando muito bem esses dias — ela se justificou.

A águia a fitou em silêncio.

— Os piores pesadelos são quando estamos acordados, não é mesmo? — Tentou forçar um sorriso, enquanto enxugava o rosto.

O pássaro nada disse.

— Bom, é isso. — Ela deu um passo para dar a volta no animal e sair pelo corredor, mas interrompeu o movimento.

— Você poderia não comentar nada disso com o Beor? Por favor? Ou com mais ninguém? Eu estou bem, juro. Não gostaria de ser vista como um problema, entende?

A águia piscou, o mesmo semblante pacífico, o mesmo silêncio ensurdecedor.

— Acho que você não é muito de *falar*... Tudo bem. — Ela abriu um sorriso sem vida e partiu, atravessando o corredor e tentando encontrar o caminho de volta para seu quarto. — Eu não estou ficando louca, eu não estou ficando louca — repetiu para si mesma, baixinho. — Eu não ouvi uma árvore falar, nem vi minha sombra se mover.

Com uma fisgada, a imagem do sorriso macabro emergindo em meio à sua sombra lhe voltou à mente. Ela parou por um instante, imóvel, o medo paralisando cada músculo do seu corpo.

— Eu não vi, eu não vi, eu não vi. — Deu pequenos socos na sua cabeça, na intenção de fazer a imagem ir embora.

Funcionou momentaneamente e ela voltou a caminhar. Seus passos se tornaram cada vez mais apressados, ela só precisava encontrar alguém real que falasse, fosse humano ou animal, e então sua sanidade voltaria, pelo menos parcialmente. Encontrou o caminho para seu quarto depois de alguns minutos e suspirou com alívio quando encostou na porta. Colocou a mão sob o peito, tentando controlar a respiração, enquanto fechava na mente toda porta que insistia em lhe mostrar fragmentos daquela noite. A noite em que havia perdido tudo.

# 5

# Os fenômenos na fronteira

Os dias que vieram depois que Florence despertara no palácio passaram mais rápido do que o comum. Todos estavam agitados pela nova presença, uma humana na moradia; aos poucos, alguns animais começaram a se afeiçoar a ela e trocaram os olhares assustados por semblantes curiosos. Ela se dedicou a conhecer ao máximo o palácio, passando longe dos lugares de aparência intimidadora e também das árvores, principalmente as grandes e que pareciam de alguma forma chamar por ela. Fazia de tudo para evitar as memórias e os sussurros na mente, enquanto Beor estava sempre ocupado com treinamentos que ela não entendia. Eles mal se viam, apenas nos raros dias em que a rotina do garoto estava menos intensa e ele conseguia compartilhar a hora da refeição com ela.

Naquele início da tarde, os dois almoçavam juntos no saguão principal. Por mais que não verbalizasse isso, Beor secretamente gostava da companhia da garota. Ela era sempre silenciosa e certamente não confiava nele mais do que ele confiava nela, mas era animador ter uma humana no palácio, o fazia se sentir menos sozinho, especialmente durante as refeições, já que geralmente era nelas que ele sentia mais falta de casa, visto que os almoços na mansão costumavam ser tão cheios de vida. Ele comia com seus pais e pelo menos mais três pessoas, funcionários que estavam escalados para servir no local em determinados dias. As refeições eram barulhentas e cheias de conversas, seja por discussões calorosas quando ele tentava repetir o prato pela terceira vez, seja pelos relatórios dos pacientes que os adultos faziam. Ele agora sentia saudade de tudo, mas a presença de Florence almoçando à sua frente tornava aquele grande cômodo um pouco menos solitário.

Eles estavam sentados um na frente do outro, saboreando um macarrão com o melhor molho de tomate que o garoto já provara. Os olhos de ambos se encontravam ocasionalmente durante a refeição, mas ninguém ainda havia decidido começar a conversa.

— Já chega. — Florence falou de repente, em um suspiro, largando os talheres no prato. Naquele dia ela tinha o cabelo ruivo repartido em duas tranças soltas, o que a fazia parecer um pouco mais nova do que era.

— O quê? — Beor levantou a cabeça, confuso.

— Eu... me lembrei de algumas coisas — ela falou, de forma hesitante. — Tenho tido lapsos de memória durante toda a semana.

— Mas o quê?! Por que não nos contou? — ele questionou, com o semblante mudando.

— Porque tive medo que você me expulsasse assim que eu contasse.

O olhar do garoto se tornou alarmante e o primeiro pensamento que veio a sua mente foi: *o Inverno*.

— Não é bom, nada do que eu estou me lembrando — a garota falou com dificuldade, como se lhe custasse muito verbalizar aquilo. — Eu morava perto da praia. Tinha pai e mãe, ambos estão mortos agora. Acho que o evento que os matou é o mesmo que me trouxe para cá — ela admitiu, com o macarrão ganhando um gosto metálico na boca.

— Você se lembra de rostos? Coisas mais específicas?

— Não, por algum motivo não consigo ver o rosto dos meus pais, não com clareza. Tudo ainda está embaralhado, como um quebra-cabeça complexo, mas tenho certeza de que teve uma noite específica que mudou tudo. Alguém ou algo veio com a chuva.

— Alguém? — Beor sussurrou, sentindo sua cabeça trabalhar.

— Eu não sei, mas te dei algo. Não consigo mais ficar aqui sem saber o que é esse palácio, o que é você.

— Como assim? — Beor pareceu ofendido.

— Você não é humano! Você voa e o seu corpo brilha e você carrega uma espada todo o tempo. Que garoto de quinze anos anda por aí com uma espada?

— Eu tenho quatorze, teoricamente. — Beor se defendeu com um biquinho.

— O que é você, Beor? Onde estão os seus pais? Você também os perdeu?

— Não, meus pais estão vivos — ele respondeu em um impulso, quase na defensiva. — Eles estão vivos e bem.

— E foi você quem os deixou?

— Foi necessário, eu tive que deixá-los para salvar a vida deles.

— E você não sente falta deles?

— Eu sinto, mas eu não posso voltar, eu não devo.

Florence aguardou, esperando em vão que algo mais saísse dele.

— Você não vai me contar, não é? Nem mesmo se isso nos ajudar a saber por que eu vim parar aqui? Por quanto tempo mais pretende me deixar morar nesse palácio sem compreender o que ele é?

Beor largou o prato e bufou, olhando para cima.

— Tudo bem. — Ele finalmente se deu por vencido. — É difícil de explicar, mas não, eu não sou mais humano. Quando o Sol desapareceu, eu descobri que o clima aqui na Terra Natural funciona de forma diferente, as estações são pessoas e, sempre que um Verão envelhece, uma nova pessoa precisa ser escolhida para continuar no cargo. Eu fui escolhido e precisei abrir mão da minha família para trazer o Sol de volta.

O olhar de Florence se abriu em surpresa e maravilhamento.

— Então é por isso que você brilha!

— Essa é a parte que mais te intrigou? — Beor esboçou um sorriso, surpreso com a reação.

— Bom, é algo bem incomum. — Florence deu de ombros, contendo um sorriso. — Então foi isso que eu encontrei: a casa de uma… estação?

— Exatamente. Um palácio mágico que não deveria ser encontrado por ninguém. Nunca.

— Então eu devo estar conectada a esse sistema de alguma forma? Às estações?

— Pelas estrelas, eu gostaria que não. Porque isso tornaria a minha vida ainda mais caótica, mas eu realmente não sei; quanto mais eu tento pensar, mais confuso eu fico.

Batidas sonoras e aceleradas foram ouvidas na porta, que foi aberta em seguida, interrompendo a conversa mais longa que os dois haviam tido até então.

— Senhor, senhorita, desculpe interrompê-los. — Era Martin, o urso que Beor conheceu na cabana do Verão e que fazia parte do Conselho dos Animais. Ele tinha um semblante preocupado, o que alertou Beor de imediato, já que até nos piores dias Martin era conhecido por manter seu doce sorriso.

— Não tem problema, aconteceu alguma coisa? — ele perguntou, colocando-se de pé.

— Sim, o espião que enviamos para procurar o homem da clareira, Erik Crane, acabou de retornar.

— Com Erik? — Beor perguntou, confuso, mas ao mesmo tempo com expectativa.

— Não, mas infelizmente com más notícias. Ele está convocando uma reunião do conselho de emergência, mas você é quem deve aprová-la.

— Tudo bem. Eu aprovo, é claro — Beor assentiu, empurrando a cadeira para trás e começando a contornar a mesa. — Chame os membros para o salão.

— Isso é... ruim? — Florence se levantou da cadeira também, confusa com o que presenciava.

— Eu não faço ideia — Beor respondeu, sincero.

Em todo o trajeto até o salão do conselho, Beor pediu incessantemente às estrelas que aquilo não fosse um segundo problema, mas, quando a raposa de olhos vidrados e fala acelerada se pôs no centro do cômodo e falou, percebeu que era ainda pior do que imaginava.

Viggo era uma raposa experiente, que, na mesma tarde em que Beor tomou posse do palácio, havia sido enviada por Felipe para investigar o paradeiro do aliado que havia desaparecido. O concílio, convocado às pressas, era formado por Felipe, Martin, Lúdain, Alonio (uma raposa mais velha), Suana (uma tartaruga que Beor só havia visto uma vez no último concílio) e o próprio Beor. O animal à frente deles estava em pé, como um humano, e usava um colar no pescoço que indicava sua posição no palácio.

— Eu estava no meu quarto dia de viagem quando finalmente alcancei as terras da fronteira. Havia algo estranho no ar, eu pude farejar assim que cheguei. À medida que avançava, vi neve em algumas árvores, o que estranhei um pouco, mas não considerei extremamente alarmante, já que nossa terra está recém-recuperada do grande congelamento. Mas foi quando cheguei até a corrente de pedras da fronteira que percebi como tudo estava mais grave do que imaginava.

— Mais grave *como*? — Beor perguntou, mantendo o tom de voz firme enquanto o coração vacilava de ansiedade.

— Ela não estava mais lá, senhor, não havia mais muro de pedra. De alguma forma, a magia que dividia ambos os continentes, que impedia que os climas se misturassem, foi quebrada. A corrente que dividia ambos os continentes não é mais do que pedras ruindo agora.

— Isso não é possível. — Beor soltou uma risada nervosa. — Eu visitei a fronteira antes de vir para o palácio e estava tudo normal, isso não faz mais de duas semanas.

— Mas não está normal, meu senhor, não está mesmo. Não é só o Inverno que está vindo para o nosso lado; o lado de lá está derretendo também. Eu vi a terra barrenta e nenhum sinal de neve à vista. Desde aquele momento, comecei a viajar pela fronteira, descendo em direção ao mar de Domain, para coletar mais informações antes de trazer o relatório. Por enquanto, o fenômeno está acontecendo apenas nas fronteiras; o clima parece estável de ambos os lados no interior dos continentes. Mas avistei duas comunidades que estavam sendo evacuadas, Sagsha, no norte, e Trombeu, mais abaixo. Essas anomalias estão tornando inviável a vida nas fronteiras.

— Mas como isso aconteceu? Eu deveria ter sentido algo assim — Beor protestou, ainda incrédulo.

— Porque talvez tenha começado antes de você — Felipe respondeu, o olhar estava pensativo, como se unisse pontos.

— Como assim?

— Quais são os compromissos primordiais de uma estação? — o cavalo perguntou a Beor, fazendo parecer como se estivessem de volta a um dos intermináveis testes.

— Proteger sua terra, manter-se oculto dos humanos e... — Beor pausou, com uma mudança no olhar — e não invadir o território inimigo.

— Exato, o Tratado das Estações — Felipe falou.

— Feito em 1600, o tratado conjurou o poderoso encantamento que dividiu oficialmente nossas terras em duas, limitando o domínio de cada estação para apenas o seu lado. Ele foi criado como solução para a grande Guerra Estacionária, que arrasou diferentes cidades e regiões naquela época — Suana, a tartaruga, falou de repente, como se recitasse as informações direto de um livro.

— Guerra Estacionária? — Beor engoliu em seco. — Eu ainda não cheguei nessa parte em *História das Estações*, ainda estou nos cinco primeiros Verões.

— A guerra foi um conflito movido pelo orgulho de ambas as estações que afetou drasticamente toda a terra; muitos humanos morreram nas destruições geológicas, e foi nessa mesma época que as duas ordens dos guardiões foram criadas — Suana completou, pausada e sobriamente.

— O estabelecimento do tratado foi o que deu fim à guerra e instaurou a Segunda Era das Estações, a Era da Ordem — Felipe completou, pensativo.

— Se o tratado foi criado para assegurar, acima de tudo, que não houvesse mais guerras por territórios, então quando o Inverno atacou Augusto e tomou nossas terras ele... quebrou isso. Ele quebrou o tratado! — Beor concluiu, sentindo a cabeça girar como mil engrenagens.

— De acordo com a página primeira do tratado, é terminantemente proibido que uma estação pise na terra da outra e, caso feito, será considerado como afronta, traição, e, portanto, a quebra permanente e irreversível do tratado — Suana adicionou, de olhos fechados, recitando o conhecimento que, de algum modo, estava armazenado dentro de si.

— Então o tratado já tinha sido quebrado quando eu assumi.

— Sim, e ele está se desmantelando aos poucos — Viggo, no centro, respondeu. — Foi isso que eu vi, algo gradual, que a cada dia toma um pouco mais da fronteira.

Beor deixou o corpo cair na cadeira, sem saber o que pensar.

— O Inverno sabia disso quando ele invadiu aqui, ele sabia que seria uma ação sem volta — o Verão refletiu. — Sabe se alguém morreu com isso?

— Não tem como eu saber sobre o outro lado, mas em nossas fronteiras algumas pessoas perderam suas casas, porém não suas vidas.

Beor assentiu, com o olhar acelerado e distante.

— O que eu devo fazer, então? — ele perguntou, com suas mãos apertando as bordas do assento.

— De acordo com a tradição, o ideal seria convocar um encontro com a outra estação no centro neutro da fronteira e propor a instauração de um novo tratado o quanto antes. Mas, no caso do atual Inverno, sabemos que ele não tem interesse em

acordos; se ele quebrou o tratado é porque não quer paz, e sim…
guerra — Viggo concluiu com pesar.

Um silêncio pesaroso se instaurou sobre a sala, enquanto cada representante ali presente processava o que aquelas notícias significavam. O fim de uma era de paz.

— Eu preciso ir lá — Beor falou de repente e se pôs de pé. — Gostaria de ver a fronteira.

# 6

# As consequências

Florence estava parada do lado de fora do aposento onde o conselho realizava sua reunião. Ela não deveria se importar, não deveria se preocupar, mas suas mãos suavam enquanto ela andava em círculos. A garota esperava juntamente com Grim, que há uma semana fazia questão de fitá-la com desconfiança e espalhara entre alguns animais o boato de que ela seria uma espiã, mas que naquele momento repousava em seu ombro, enquanto ambos se reclinavam sobre a porta tentando ouvir algo, unidos momentaneamente pela curiosidade mútua.

— Pessoas perderam suas casas... — ela reproduziu em um sussurro, com pesar.

— É algo na fronteira — Grim acrescentou alguns minutos depois.

Florence se sentia uma impostora. E se ela estivesse relacionada a esse evento e tivesse de alguma forma prejudicado essas pessoas? A dúvida a corroía e, por mais que ela não quisesse lembrar, sentia que a cada momento aquilo estava se tornando cada vez mais impossível.

Quando as portas se abriram, ela conseguiu respirar novamente e aguardou, com reverência, que os animais saíssem; um a um eles partiram, não sem antes passarem por ela com olhos desconfiados.

— O que aconteceu? — ela perguntou com a voz entrecortada, entrando no cômodo sem saber se sua presença seria aceita ali.

— O que você está fazendo aqui? — Beor perguntou, mais seco do que o normal.

— Eu... eu fiquei preocupada, só queria saber o que...

— Não, o que você está fazendo *aqui*. No palácio — ele reforçou a pergunta, os olhos pareciam perdidos. — E não me responda com *não sei*.

Ela engoliu em seco e cerrou o maxilar, ofendida e, ao mesmo tempo, não conseguindo encontrar mais uma desculpa. No cômodo só restavam agora Lúdain, Felipe e Beor.

— A árvore do jardim interno falou comigo — ela admitiu de uma vez só, com um rápido respiro.

— O quê? — Beor, que já tinha voltado a fitar o chão, levantou o olhar.

— Eu... — As palavras pesavam como brasa na sua boca, era fisicamente doloroso falar. — Eu fui abandonada pelo meu pai no meio da floresta, em uma noite com muita tempestade. A árvore do jardim me disse que ele tinha me perdido e que mandou as árvores me procurarem.

Beor piscou, se lembrou de algo similar que sentiu vindo da árvore em que treinou a manipulação da runa, dias antes.

— E por que não me contou isso? — ele indagou, irritado.

— Porque eu fiquei assustada e com medo. Eu pensei que, se eu não passasse mais pelo jardim e tentasse esquecer o que ouvi, as árvores não falariam comigo e eu não precisaria reviver aquele momento. Mas eu juro que não tenho nada a ver com o que quer que tenha acontecido na fronteira, por favor, você *tem* que acreditar.

Beor a fitou, deixando que seu rosto suavizasse novamente.

— Florence, eu sei que você não tem culpa disso. É um feito do Inverno — ele a confortou, notando a preocupação em seus olhos.

— O que é o Inverno?

— Ele é como eu, mas governa o outro continente.

— E é um tirano maníaco e cruel que quase sucumbiu a nossa terra, seria pertinente acrescentar — Lúdain falou.

— Você realmente não se lembra do grande congelamento? Foi há tão pouco tempo — Beor perguntou, ainda inconformado com a garota.

— Eu só me lembro da floresta, e nada mudou nela até o dia em que eu saí. — Os ombros da garota caíram e ela abraçou os braços de leve.

— Bom, você não perdeu muita coisa, foi horrível, e, agora que eu pensei que tinha acabado, parece que ficaram consequências — Beor respondeu, virando o rosto para o teto, aflito.

— Eu sinto muito — Florence falou baixinho, mas ele não ouviu.

— Eu já estive lá antes, vou voltar exatamente para o ponto da fronteira onde trouxe o Sol de volta — o garoto falou, olhando para Felipe, como se buscasse algum tipo de autorização.

— E nós vamos com você — foi tudo o que o cavalo respondeu.

— Isso é uma viagem? Eu posso ir também? — Florence perguntou em um impulso. — Apesar de que… se for muito longe do palácio vou preferir ficar por aqui mesmo. — Ela coçou a cabeça, repensando.

— Não é exatamente uma viagem, mas você pode vir junto, se quiser — ele respondeu, virando o rosto para encontrar com o dela.

Beor então pegou sua espada da bainha e a fincou no chão de mármore branco, o que rachou de leve a pedra e fez um som agudo ecoar pelo aposento.

— Ele está bem? — Florence deu um passo para trás e perguntou baixinho para Lúdain.

Beor esperou até que a espada estivesse firme no chão e então soltou as mãos. Raízes douradas saíram da base, enroscando-se umas nas outras e formando o portal oval com que Beor já estava familiarizado. Florence presenciou com os olhos esbugalhados e a boca semiaberta enquanto a imagem do outro lado do portal se alterava, reluzindo como um espelho quando recebe luz e, então, refletindo um local completamente diferente do cômodo em que estavam. Uma grama opaca com poças d'água preenchia a imagem, com um céu arroxeado colorindo o outro lado.

Beor não chamou nenhum deles, apenas atravessou para o outro lado e Felipe, Lúdain e Grim o seguiram. Florence foi deixada sozinha no cômodo e, depois de um suspiro doloroso, forçou suas pernas a se moverem e os acompanhou. Eles estavam na mesma região da fronteira que Beor havia visitado, onde colheu a flor que levou para sua mãe. As botas de couro do Verão abriram caminho, pisando nas poças de água barrenta que cobriam parcialmente o lugar, juntamente com grandes manchas de gelo que também eram vistas a alguns metros de distância.

O garoto caminhou de forma pesarosa, ainda em negação, até chegar onde ficava a corrente de pedras que até poucas semanas ainda estava completamente erguida, as pedras firmes umas nas outras, presas pela própria magia. Porém, naquele momento não restava nada mais do que escombros, a baixa corrente havia ruído e suas pedras estavam por todo o lugar, algumas nas poças, na grama e poucas ainda presas umas nas outras, prestes a se soltarem. Beor se aproximou e pegou uma das pedras com as mãos, sentindo o frio na sua palma enquanto olhava para o outro continente. De fato, algo também estava diferente por lá, a neve não caía, por mais que algumas partes do chão ainda estivessem brancas, e as árvores pareciam murchas, sem vida. Nada do lado de lá era tão assustador como já tinha sido e isso fez Beor se sentir estranho. Como se o cenário de toda a sua dor e sofrimento passados tivesse desaparecido, mas o mesmo medo e perigo permanecessem no ar.

Florence caminhou até a corrente de pedras caídas no chão, tentando entender o que acontecia; não compreendia como algumas pedras rompidas poderiam ser algo tão terrível quanto eles falavam. Ela se aproximou, os pés pisando em uma poça d'água. Seus olhos fecharam no mesmo instante e ela pôde ouvir os trovões, tão fortes e agressivos quanto naquela tarde. Ela os abriu com dificuldade e fitou o outro lado, sentindo-se observada de alguma forma, atraída por algo de lá que não compreendia; o vento roçou seu rosto e bagunçou seus cabelos, soltando de leve suas tranças frouxas, como se mandasse uma mensagem, uma que dizia que ela não devia estar ali.

Depois de constatar a gravidade da situação, Beor deixou cair a pedra que segurava nas mãos e foi ao encontro do cavalo.

— O que isso significa, Felipe? — perguntou com a voz entrecortada. — O que isso significa para *mim*?

— Que nada pode te preparar para o que seu tempo de estação será; está vivendo uma era que nenhum Verão antes de você viveu.

— Que ótimo — Beor soltou entredentes, com os lábios trêmulos de frustração. — As coisas não podiam melhorar.

— Sem o tratado, todas as linhas e limites estão borrados. Sinto muito, garoto, nem eu sei como te orientar, apenas as estrelas podem — Felipe completou, virando o rosto para Beor, que continuava a observar o outro lado, com olhos pesados.

— Ninguém me disse que seria assim.

— Não tinha como saber. E, mesmo se soubesse, isso mudaria sua escolha naquele dia na clareira?

Beor pensou por um momento e então fitou o chão, engolindo em seco.

— Não — respondeu finalmente.

— Então pronto, você é o Verão agora, vai encontrar uma forma de lidar com isso. Assim como já está lidando com outras coisas — disse o cavalo com um tom de consolo, movendo seu olhar até a garota.

— Quem é ela, Felipe? — Beor cruzou os braços, observando Florence a alguns metros de distância.

— Eu tenho uma teoria e suspeito que você compartilhe dela, apesar de que nenhum de nós quer aceitá-la.

— O quê? — Beor virou o corpo para ele, sobressaltado.

Naquele instante, contudo, algo mudou no horizonte, chamando a atenção de ambos. De início não pareceu mais do que uma nuvem se movendo com exagerada agilidade no céu, vindo das Terras Invernais na direção deles. Porém, assim que olhou com mais atenção para o ponto no céu, Beor percebeu que era um bando de pássaros muito maiores do que os das Terras do Sol e que se moviam em perfeita sincronia em alta velocidade. Apenas quando eles se aproximaram da fronteira agora inexistente o garoto percebeu o que acontecia. Eles tinham um foco e se moviam na direção em que eles estavam, voando cada vez mais baixo, rumo ao chão. Beor seguiu-os com o olhar e viu que o alvo deles era Florence, que estava agachada, observando as pedras.

— Florence! — Beor tirou a espada do chão, fechando rapidamente o portal, e correu em direção a ela.

Os pássaros a alcançaram no instante seguinte. Agindo com uma organização excepcional, meia dúzia de pássaros a atacaram primeiro, mirando suas roupas. Florence gritou de pavor e começou a se debater, atingindo alguns deles.

Nesse momento, Beor já estava correndo até eles, a apenas alguns metros de distância.

— Beor! — Florence gritou, pedindo ajuda.

À medida que os pássaros a puxavam e a feriam, mais altas as vozes sussurrantes cresciam em seu inconsciente. Mesmo assim ela se debatia, puxando com força as penas que estavam ao seu alcance; alguns pássaros grunhiram e revidaram bicando sua pele. Em pouco tempo seus braços já estavam cobertos de sangue, lembrando-a da memória recorrente da noite que a atormentava.

Um segundo grupo de pássaros voou em direção ao Verão, impedindo que ele chegasse até a garota, enquanto uma segunda investida vinha até ela, dessa vez mirando em suas pernas. Florence gritou em desespero quando se viu sendo levantada no ar e começou a chutar e espernear, tornando mais difícil para os animais a tarefa de levantá-la, e então caiu, livre por um momento.

Felipe não hesitou em correr na direção em que Beor estava, tentando ajudar o garoto. Beor se viu cercado por pássaros com quase a metade do seu tamanho e então percebeu que eles eram da mesma espécie do pássaro invernal que, meses antes, havia pousado em sua janela. Os pássaros eram agressivos e bem treinados. O garoto tirou a espada da bainha e começou a movê-la de maneira frenética, vendo pedaços de cabeças, asas e patas caírem pelo chão. Estava matando-os, e seu estômago embrulhou ao se dar conta disso; nunca matara nenhum animal, nem para se alimentar, e estava fazendo aquilo agora. Mas eles não eram pássaros quaisquer, forçou a se lembrar; eram pássaros invernais, a serviço do Inverno, que pareciam querer levar a garota.

Assim que caiu no chão, Florence se levantou às pressas e começou a correr com toda força que tinha na direção de Beor, que lutava sua própria batalha, apenas alguns metros à frente. O grupo de mais de doze pássaros a seguiu ferozmente, reorganizando sua posição em voo como uma seta, logo atrás dela.

Beor movia a espada com segurança, mesmo que não soubesse uma variedade de movimentos, mas os pássaros continuavam a surgir, cobrindo sua visão. Entre bicos e penas, ele avistou Florence correndo até ele. A visão fez o garoto saltar no ar, alçando voo, o que confundiu os pássaros, que tiveram alguns instantes de atraso até começar a segui-lo. Ele ganhou velocidade e subiu o mais alto que pôde, então virou o corpo para baixo e estendeu sua espada, em queda livre. Enquanto os pássaros voavam para cima para alcançá-lo, ele desceu, encontrando-se com eles e girando a espada em círculos, notando que, quanto mais era movimentado, mais o objeto estacionário brilhava. Ele abateu um pássaro após o outro, sem conseguir, porém, não ser atacado no processo. Sua roupa foi rasgada e seu cinto, cortado; ofegante, ele alcançou o chão, parando logo ao lado de Florence, acompanhado de uma

sequência de pássaros que caíam do céu, sem vida. Os que a ata-
cavam recuaram com a investida dele, voltando à formação com
os restantes e retornando para o outro lado do continente.

Beor não hesitou em dar um passo para trás e fincar a espada
no chão.

— Vamos! Temos que sair daqui agora — ele exclamou para
Florence, só então notando que a garota tinha penas de pássaro
espalhadas pelo corpo, inclusive em sua boca; ela havia lutado
com a própria vida.

O portal se abriu enquanto o bando de pássaros se afastava.
O grupo do Verão correu de volta para o palácio: Lúdain, Grim
e Felipe, que também havia sido ferido, e Florence, com Beor
logo atrás de si.

# 7

# A verdade

Foi só quando se encontrou em segurança no palácio, com o portal fechado, que a adrenalina deixou o corpo de Florence e ela percebeu o quão ferida estava. Suas pernas e mãos tremiam, sangue cobria seus braços e suas roupas e ela queria gritar, chorar, mas não conseguia, toda e qualquer reação estava presa em sua garganta, incapaz de sair.

— A… aqueles pássaros… — ela tentou falar, mas a voz não saiu e suas pernas falharam.

— Ei, ei. — Beor a segurou pelas costas, impedindo-a de cair.

Ele também tremia e seu coração batia tão rápido que parecia querer saltar do peito.

*Que raios havia acontecido?*

— Felipe, precisamos de um quarto. Grim, chame as doninhas curandeiras agora.

— É para já! — o pássaro prontamente respondeu e saiu voando.

— Florence, você consegue andar? — ele perguntou, notando o quão vazio os olhos dela estavam; provavelmente a garota havia entrado em um estado de choque. — Tudo bem, eu te ajudo.

Antes que Florence protestasse, ele a pegou no colo, levantando suas pernas trêmulas e caminhando com ela pelo corredor até o quarto que Felipe estava indicando.

— Felipe! — Beor exclamou, assim que viu as feridas no cavalo.

— Eu estou bem, precisamos tratar da garota primeiro — o cavalo respondeu com a voz firme, mesmo mancando.

Após entrarem no cômodo, Beor a deitou com dificuldade no colchão, enquanto os animais os cercaram, todos atônitos e preocupados.

— Aaaaah — ela conseguiu deixar um grito abafado sair dos lábios. — Eu quase... morri. Eu quase morri! — Voltou o rosto para Beor, encarando-o com pavor.

— Eu sei. Mas você está segura agora, está no palácio — ele respondeu, tentando acalmá-la.

Beor correu os olhos pelo corpo da menina, notando que seus braços concentravam a maioria das feridas urgentes, cortes abertos na pele, com o sangue saindo e correndo o risco de infecção.

— Onde estão as doninhas? — ele grunhiu para Felipe.

— Não sei, a enfermaria delas fica do outro lado do palácio, vão demorar alguns minutos para chegarem aqui — o cavalo respondeu.

— Tudo bem. — O olhar do garoto encontrou com o de Florence. — Fique parada, eu vou tentar te curar, não queremos que perca muito sangue.

Florence assentiu, temerosa; seus olhos brilhavam pelas lágrimas que não conseguiam sair e seus lábios tremiam.

Beor balançou a cabeça de forma positiva, mas, quando tocou na pele ferida dela, suas mãos também tremiam. Lembrou-se de Augusto curando Felipe na floresta sem nem precisar estar perto e se lembrou do chá do Sol que havia recuperado suas forças na cabana. Aquele dom de cura estava intrínseco nele, mesmo que ainda não o tivesse acessado. Ele tocou na primeira ferida da garota, a maior, localizada no tríceps esquerdo, e a ouviu gemer e se contorcer de leve na cama.

— Vai dar certo. — Ele fechou os olhos e fez uma pequena oração às estrelas.

Um fluxo de poder correu pelos seus braços, como uma brisa suave que o havia encontrado, e, ainda de olhos fechados, sentiu o poder fluir através dele de forma incrivelmente natural, *natural até demais*, pensou.

Quando abriu os olhos, testemunhou não somente a ferida que ele tocou, mas as três maiores feridas de Florence cicatrizando ao mesmo tempo. Não havia lhe custado nada, nem sido minimamente desafiador, era quase como se a pele dela tivesse gerado o poder por conta própria, como se ele houvesse apenas ativado algo que já estava ali. Mas, quando levantou o olhar e encontrou a expressão confusa da garota, percebeu que ela não havia notado.

— O... obrigada. — Ela levantou o torso do travesseiro, sentindo seu corpo mais forte e esfregando os braços onde antes estavam os ferimentos, misturando ainda mais o sangue que começava a secar na pele.

Ela deixou o ar sair e respirou com alívio, sentindo o pânico deixar seu corpo.

— Aqui. — Martin abriu caminho entre os animais e entregou para ela uma toalha úmida, com um olhar compadecido. — Deixe-me te ajudar.

O urso se abaixou e começou a limpar o sangue, gesto que a garota agradeceu com um sorriso honesto. Tudo aquilo era novo para Florence, ser cuidada, não estar sozinha quando as piores coisas acontecem. Mas a imagem dos pássaros atacando-a com violência ainda reverberava em sua mente, acompanhada das vozes sussurrantes de sempre que nunca a deixavam de fato. Até mesmo ali, elas ainda permaneciam no canto da sua mente, como pequenos zumbidos.

Beor suspirou e se sentou na cama, ao lado das pernas dela, enquanto limpava o suor da testa.

— Os pássaros que te atacaram estavam a serviço do Inverno; eu conheci um deles tempos atrás.

Florence ajeitou as costas na cama e o ouviu com olhos vidrados.

— O que leva ao ponto que não faz sentido. — Beor coçou a garganta, já se preparando para as reações da garota que viriam a seguir. — Eu sou o Verão, se tinha alguém que eles deveriam atacar era eu, não você. Mas você era o alvo e me pareceu que eles queriam te levar, como se tivessem recebido uma ordem para fazê-lo. Por quê?

— Eu não sei, eu nunca havia visto essa espécie antes.

— Tem certeza? Nem mesmo quando foi atacada?

Florence cerrou as sobrancelhas, notando a mudança na voz do garoto.

— Eu te contei tudo o que sei e tudo o que eu me lembro.

Beor inclinou o rosto, tendo dificuldade em acreditar.

— Como você encontrou este palácio?

— Eu fui... fui guiada até aqui pelas árvores! — ela explodiu; essa informação não havia sido compartilhada, já que não fazia sentido nem para si mesma. — Elas me chamaram, de alguma forma.

— Florence, as árvores não falam com humanos — ele questionou, o coração retumbando no peito.

— Eu não estou mentindo! Eu não... — Ela fechou os olhos, controlando as lágrimas; a cor já havia voltado ao seu rosto, e seus membros haviam parado de tremer. — Eu não consigo lembrar, eu não quero.

— O quê? — Beor franziu o cenho.

— Toda vez que olho para trás, tudo o que eu sinto é dor, uma dor física, aqui no meu peito. — Ela colocou a mão no busto, tentando fazer o garoto entender. — E eu sinto que, se eu olhar mais um pouco, se eu olhar de verdade, isso vai me consumir por inteiro e eu não vou aguentar.

— Mas... — Beor tentou falar, porém as palavras sumiram. Ela estava em pedaços à sua frente e agora ele via isso.

— Eu sinto muito. Eu nunca devia ter batido na sua porta — ela falou com o tom mais firme que conseguiu e se levantou da cama, para a surpresa de todos.

— Florence, espera!

Antes que eles pudessem impedi-la, a garota correu até a saída, trombando nos ombros dele e abandonando o cômodo.

— Ela não estava ferida? — Felipe comentou, perplexo. — Até mesmo quando eu fui curado por Augusto, demorei algum tempo para me recuperar por completo.

Beor bufou, sem prestar atenção; estava confuso e, principalmente, irritado. Irritado com ela e, acima de tudo, consigo mesmo: como ele poderia ajudar alguém se nem entendia o que a fazia sofrer? Ainda sentado na cama, ele repousou a cabeça sob as mãos, sentindo os olhos arderem. Martin e os dois cavalos o fitavam.

— O que eu faço? — Ele levantou o rosto, dirigindo a pergunta a todos.

— Ela não deve encontrar a saída do palácio a partir deste andar, então não tem perigo — Lúdain respondeu, pensativa.

— Porém, acho que deve ir atrás dela — Felipe comentou, com uma voz mansa; era incrível como a cada dia ele se tornava menos o cavalo frio da floresta e demonstrava ser um dos animais com o maior coração do palácio. — Você enfrentou sua dor e seus medos no passado e os venceu, mas... nem todos são como você. O sofrimento tem sua própria forma de nos deixar paralisados, e o que prende a garota parece ser mais forte do que ela é capaz de vencer. E, quando não conseguimos fazer algo sozinhos, é aí que entra um amigo. Talvez seja apenas isso que ela precise agora.

Beor assentiu e se levantou, passando a mão no rosto, com a culpa ardendo em sua garganta. Por mais trágica que parecia sua sorte naquele momento, ele havia crescido com os melhores dos amigos, que por vezes o compreendiam melhor do que ele próprio; mesmo agora ainda tinha Felipe, com quem podia desabafar. Florence brilhava em tons de solidão, estava presa a ela, à sua pele; o jeito que falava e a forma como andava, os sinais de alguém que não havia vivido em comunidade por um bom tempo e que não havia tido um rosto para chamar de amigo.

— Você está certo — Beor falou antes de sair correndo pela porta.

Florence estava farta de tudo aquilo e, principalmente, estava farta de si mesma. Percebeu agora que por todo esse tempo estava se enganando; ela lembrava mais do que queria admitir. Voltar para as memórias era voltar a estar presa naquela dor sem fim. Os infindáveis dias presa na escuridão, a fome dilacerante, a solidão enlouquecedora e as lágrimas que nunca cessavam. Ela não queria voltar para lá.

— Florence, espera! — a voz de Beor ecoou pelo corredor alguns metros atrás dela.

Irritada, a garota olhou ao redor, procurando por alguma porta que a salvasse de ter de se explicar novamente e falar sobre tudo o que menos queria. Ela entrou na primeira que encontrou, uma porta de tom bege e coberta por desenhos em dourado alguns metros à sua direita. Fechou a porta atrás de si e a voz de Beor assim como todo e qualquer som do palácio cessaram de uma vez.

Naquele cômodo reinava um silêncio absoluto, do tipo que não poderia ser natural, mas produzido por magia. Era uma sala ampla e longa, tão extensa que ela não conseguia ver o final. Atraída, ela começou a percorrer aquele espaço. O teto era coberto de lustres, um após o outro, que brilhavam criando sombras alaranjadas por todo o local; nas paredes, quadros maiores que a própria garota estavam pendurados de forma perfeitamente simétrica, cobertos por molduras de ouro puro, que conectavam uma obra a outra. Florence se aproximou, curiosa, e percebeu que os quadros eram pinturas de diferentes pessoas. Primeiro um homem de olhar gentil, depois um adolescente com o semblante triste, em seguida uma mulher com uma cicatriz no rosto. Todos eram completamente distintos, mas usavam o mesmo manto e eram acompanhados da mesma espada em todas as telas.

Ela girou o corpo e percebeu que as pinturas continuavam nas demais paredes, e debaixo delas, nas molduras, havia nomes e datas. Ela continuou a andar pelo cômodo, fascinada por cada rosto desconhecido. Ali parecia que o tempo não passava e que seu coração não doía tanto quanto do lado de fora. Quando sua exploração havia quase terminado e ela já estava no final do cômodo, viu de repente um rosto conhecido. Seus pés travaram no lugar de imediato.

— Florence, você está aqui? — a voz de Beor cruzou o corredor, acompanhada do rangido da porta aberta.

Ninguém respondeu, mas ele entrou mesmo assim. Aquele era o memorial dos Verões passados, cômodo que continha a memória de todos os que haviam empunhado a espada do Sol antes dele. Ele se sentira secretamente intimidado pelo local, na única vez em que o havia visitado, há uma semana; teve a sensação de que os olhos de cada estação passada repousavam sobre ele, assistindo-o com expectativa, aguardando para ver como seria o desenrolar de sua história, de seu reinado, se ele falharia como alguns deles, ou se viveria à altura do que lhe havia sido confiado.

Ele encontrou a menina parada no final do cômodo e, afastando aqueles pensamentos, caminhou até ela.

— Florence, olha, me desculpe. Eu sei que você está assustada, e a verdade é que estou tão assustado quanto você. Você... Sua presença é mais uma coisa que eu não consigo controlar, e isso... — Ele parou, percebendo que a garota não se movia. — Florence, está tudo bem?

Ela não respondeu.

Beor correu até ela, enquanto uma sensação ruim começou a crescer em seu peito.

— Florence, o que você está fazendo?

Ele parou ao lado da garota, que olhava de forma fixa, sem ao menos piscar, para a pintura de Augusto.

— Florence? — Tentou mais uma vez, encostando com delicadeza no ombro dela.

Respirar era difícil para a garota, e todo o seu peito ardia. Ela puxou o ar com dificuldade e soltou um suspiro pesado. Nada mais à sua volta importava, nem o cômodo, nem o garoto ao seu lado, nem o palácio. À medida que a consciência de quem era a pessoa que ela via ia se materializando em sua mente, as lágrimas, que até então não conseguiam sair, lentamente encontraram lugar pelo seu rosto. Ela sentiu tudo naquele momento: alívio, raiva, luto e abandono. Abandono mais que todos os outros, pois ele havia prometido ir buscá-la, mas nunca tinha voltado.

De repente todos os anos anteriores, todo aquele tempo presa na floresta se tornou claro para ela. Havia tido uma grande tempestade, sua vila havia sido dilacerada bem na sua frente e seu pai havia fugido com ela. Ele a escondeu em uma caverna e disse que voltaria na manhã seguinte.

— Você não voltou. Você disse que ia voltar e não voltou — ela falou para a pintura, com a voz embargada. Suas palavras gotejavam raiva e dor e isso era tudo o que consumia a menina no momento.

— O quê? — Beor deu uma risada de nervoso, com a voz falhando pela tensão. Não entendia o que estava acontecendo.

— Florence, por favor, precisa falar comigo. Quem não voltou? — Ele encostou sem jeito no ombro dela novamente, tentando fazer com que ela o notasse. — Como você... como você conhece o Augusto? Ele era o Verão antes de mim, morreu algumas semanas atrás.

— Ele morreu?! — O rosto da menina empalideceu de imediato, suas pernas vacilaram e ela finalmente virou o rosto, encontrando o olhar de Beor.

— Mo-morreu. Por quê?

O garoto estava mais perdido do que nunca e seu coração começou a acelerar a batida dentro do peito, preparando-se para o que viria a seguir.

— Não, não. — Florence se afastou do quadro, dando passos para trás. — Isso é um pesadelo, é um pesadelo e eu ainda estou sonhando.

— Florence, quem era Augusto para você? Como você o conhecia?! — Beor reforçou a pergunta, agora com sua própria voz vacilante.

O rosto da menina finalmente se encontrou com o dele, e Florence o olhou como se toda a vida que lhe restava tivesse sido retirada permanentemente.

— Ele... — Ela apontou com a mão trêmula para o quadro — é o meu pai.

# 8

# A garota que não deveria existir

Florence colapsou no chão do cômodo no momento seguinte, e suas pernas falharam por completo. Beor cambaleou para trás e encostou na parede, o suor voltando a escorrer por seu rosto, enquanto o enjoo lhe subiu à garganta. Ele piscava com dificuldade, como se quisesse acordar de um sonho ruim, do pior dos pesadelos, aquele em que ele descobria que havia sacrificado tudo por orientação de alguém que não havia feito o mesmo.

— Isso não pode ser... — ele encontrou forças para falar depois de um tempo. — Estações são proibidas de se relacionarem com humanos, ainda mais de constituírem *família*! Augusto não... — Ele não completou a frase.

O coração de Beor batia forte sob o peito e, por mais que ele quisesse acreditar no contrário, sabia que era verdade; estava evidente desde o momento em que a garota pisou no palácio, ela parecia muito com seu pai. Sem contar que o nome dela era familiar, assim como seu rosto; ele não sabia antes, mas agora havia ficado claro, ele já a havia visto antes, nas memórias de Augusto.

Florence não respondia a qualquer estímulo e parecia se encolher cada vez mais a cada soluço baixinho que dava. Seu rosto estava voltado para o chão, e o garoto não conseguia vê-la com clareza.

Depois de alguns minutos, Beor recuperou a postura; sua cabeça doía e a inquietação em seu peito o fez querer correr uma maratona inteira, só para ver se a acalmava. Naquele momento, ele compreendeu a menina; pela primeira vez quis muito fugir, simplesmente correr e tentar ignorar aquela revelação, ignorar o fato de que ele havia deixado seus pais, abandonado tudo que lhe era mais importante no mundo, enquanto Augusto tinha não só se *relacionado* com humanos, mas ainda tido uma filha.

Seus pés o forçaram a permanecer exatamente onde estava; não era mais um garoto, era o Verão, e ele não fugia quando as coisas ficavam difíceis. Beor virou o rosto, ainda lutando contra suas emoções, e novamente se deparou com a garota desolada, caída no chão como uma boneca que havia sido abandonada. A raiva e indignação que cresciam em seu peito se apaziguaram por um instante; ela não tinha culpa de nada, era tão refém dessa revelação quanto ele, e o único que devia explicações a ambos já havia falecido.

A cabeça de Florence girava, assim como todo o cômodo à sua volta; ela chorava de raiva, chorava de dor, chorava por tudo que havia perdido e chorava, principalmente, por como sua vida inteira havia sido roubada em um único dia. Seu último dia em Brie, a pequena e afastada comunidade costeira na qual ela crescera, era a última memória que faltava para completar seu quebra-cabeça. Dia 1º de fevereiro, o dia do festival das estrelas e seu tão esperado aniversário de quinze anos.

Até aquele momento, não havia nada extraordinário em sua vida; ela era uma criança solitária, com muitos pesadelos e um pai ausente. Ela não conseguia fazer amigos na escola, por mais que tentasse; vivia praticamente sozinha com sua mãe, que nos últimos anos se tornara cada vez mais melancólica e infeliz por estar longe de casa, e seu pai aparecia esporadicamente, nunca ficando por mais do que alguns dias. Ele era a única fonte de luz em seu cotidiano e, nos raros dias em que estava em casa, tudo se tornava mais leve e um pouco mais colorido, como se sua própria presença fizesse o sol brilhar um pouco mais forte. Tão rápido quanto a alegria chegava, ela logo se esvaía, pois seu pai partia e sua mãe nunca sabia dizer quando ele voltaria.

Contudo, o que havia devolvido a vida para o lar e aproximado mãe e filha foi o planejamento do seu aniversário. Essas eram, provavelmente, suas últimas memórias felizes. A garota ia completar quinze anos, o que em sua vila era comemorado com a festa do desabrochar, e tudo sobre essa celebração era marcante e simbólico. Ela sinalizava uma transição: depois de quinze anos plantada, a semente finalmente estava pronta para florescer; a menina iniciaria sua jornada de se tornar mulher, processo que se concretizaria em um segundo evento, quando ela completasse vinte anos: a festa da colheita.

Florence nunca havia ligado muito para celebrações, mas encontrou naquela oportunidade a motivação necessária para vencer os pesadelos durante a noite e acordar todos os dias de manhã. O olhar da sua mãe também havia suavizado, ela estava mais bem-humorada e esperançosa. Até as crianças do colégio, pela primeira vez, pareceram menos assustadoras.

Tudo estava caminhando de acordo com o plano, até mesmo seu pai havia aparecido e esteve presente durante toda a semana que antecedeu a data. Por um breve período sua vida foi completa: ela tinha amigos, a companhia de seu pai e o sorriso de sua mãe. Mas então, em uma só noite, tudo lhe foi retirado.

O dia de seu aniversário amanheceu nublado, o que por si só já era um mau presságio; *sempre* fazia sol em Brie, mas estavam todos tão animados e ocupados que nem deram atenção. A festa começou com normalidade, as pessoas compareceram e até mesmo o garoto que fazia o estômago de Florence embrulhar e as bochechas arderem apareceu e lhe direcionou um sorriso. Ela se lembrava disso, se lembrava de tudo.

O dia estava perfeitamente em paz, até que, minutos antes da dança com seu pai, o céu foi partido ao meio com um trovão e uma tempestade caiu sobre a vila. O mar se agitou e avançou sobre a terra, levando pessoas consigo em um massacre de água e gelo. Era nesse ponto que os detalhes se tornavam obscuros; Florence só se lembrava de correr por sua vida ao lado de sua mãe e ver seu pai lutando com monstros que saíram do mar. Os pés da garota falharam quando notou que sua mãe não tinha mais forças para acompanhá-la, após ter o estômago perfurado por uma estaca de gelo.

Como um raio, o pai alcançou a garota, a pegou no colo e correu com ela para dentro da floresta de um modo que nenhum humano seria capaz. Ele a direcionou em uma trilha e pediu que ela corresse até a caverna para onde aquele caminho a levaria; prometeu que em algumas horas ele voltaria para buscá-la. Florence correu, com o sangue da mãe em suas mãos e a força se esvaindo do corpo, até adentrar a caverna, onde um pequeno acampamento para ela já estava montado; então caiu no chão e se encolheu no canto. Ela esperou por toda aquela noite, regada por suas lágrimas, mas seu pai nunca retornou. Tudo foi rápido demais, doloroso demais, e num instante ela não tinha mais nada.

— Florence? — Beor a chamou, notando que algo não estava certo.

Mas a garota não o ouvia, estava afogada em suas memórias.

O que ela encontrou dentro daquela caverna foi ainda pior do que aquilo que antecedeu. A solidão contínua, dia após dia, a consumiu, e do meio dela vieram as vozes. Ela não precisava mais estar dormindo para ouvi-las, agora elas estavam presentes o tempo inteiro. As sombras à sua volta ganharam formas e rostos, puxavam seu cabelo, arranhavam sua pele, gritavam tão alto em sua cabeça que ela às vezes desmaiava de exaustão. Florence só permaneceu viva pelas raízes que a protegiam e pelas árvores que cercavam a caverna. Elas geraram frutos para alimentá-la, mas suas próprias salvadoras impediam também que ela saísse do local.

Eram suas raptoras, movendo-se e reagindo de forma violenta sempre que a garota, tomada pelo desespero, tentava se esgueirar por entre suas raízes. Fraca, ela simplesmente parou de tentar; o tempo a abandonou e a escuridão a abraçou.

— Florence, está tudo bem? — Beor perguntou, enquanto assistia horrorizado à sombra da garota no chão começar a se mover lentamente, crescendo pelo mármore.

A sombra, que antes não passava de um feixe que se estendia para o lado esquerdo de Florence, começou a se espalhar, crescendo como uma praga e avançando aos poucos pelo chão. Beor deu um passo para trás e, em um reflexo, pôs sua mão sobre a bainha da espada que ficava em seu cinto. O cômodo, antes tão iluminado, foi tomado por uma presença pesada e ele teve a sensação de que a luz na sala agora se retraía, minguando aos poucos. Beor se sentiu levemente zonzo e não gostou nem um pouco da sensação; aquilo não era natural e certamente não era bom.

*"Venha para nós, Florence, venha para nós."* As vozes voltaram a sussurrar na mente da garota, que, trêmula, não conseguia abrir os olhos; estava presa em sua última memória, sendo sugada de volta para a escuridão.

Sabendo que precisava fazer algo, Beor retirou a espada da bainha e a moveu em direção ao chão, por onde a sombra se espreitava, fincando-a na mancha. Ao toque do objeto a escuridão retraiu de uma só vez, voltando com tanta força para a garota que ela rolou para o lado. O cômodo se iluminou novamente e o peso instantaneamente deixou os ombros de Beor. Ele olhou ao redor, confuso, e então se voltou para a garota.

Florence abriu os olhos lentamente, como alguém que despertava de um sonho, e Beor notou que eles estavam vermelhos de tanto chorar.

— Você está bem? O que aconteceu? — ele perguntou se ajoelhando ao lado dela.

Ela o fitou confusa, prestando atenção pela primeira vez na grande cicatriz que cortava o olho do menino. Fazia ele parecer como um guerreiro selvagem das florestas, um guerreiro-menino.

— Florence? — ele a chamou mais uma vez.

— Eu…eu não sei — ela respondeu com dificuldade, o corpo fraco como uma pena. — Tudo está confuso e embaralhado e, ao mesmo tempo, terrivelmente claro. Eu me lembro agora, a minha vila foi destruída, meu pai falou que voltaria para me buscar e nunca mais apareceu. Em vez disso, eu fui deixada sozinha na floresta com *eles*. — Ela engoliu em seco, o choro pressionando sua garganta.

— Eles quem?

— Vozes? Sombras? Eu não sei, eles não tinham forma ao certo. — Ela balançou a cabeça, a enxaqueca se espalhava por cada fração da sua testa.

— Agora mesmo, de algum modo, você parecia estar presa. Você não respondia e sua sombra começou a se mexer.

— O quê? — O olhar dela se voltou para ele em alerta.

— Sua sombra! Ela começou a crescer e se espalhar pelo chão. Eu nunca vi isso antes.

— Pelos céus, de novo não. — Ela afundou o rosto nas mãos trêmulas. — Eu pensei que era só eu que as via.

— Florence, converse comigo. Isso já aconteceu antes? — ele perguntou enquanto tentava mover com cuidado a mão dela do rosto, sentando ao seu lado. — Precisa me contar o que está acontecendo.

— Mas eu não sei! — Ela explodiu, voltando o rosto para ele. — Eu sou a última pessoa que sabe o que está acontecendo. Meu pai supostamente não deveria nunca ter tido uma filha, e essas sombras, eu as vejo sempre, desde muito tempo. — Ela fechou os olhos, sendo invadida por uma lembrança súbita. — As sombras da minha mãe, sim, elas se mexiam também. Ela dizia que era coisa da minha cabeça, mas eu sabia, *sabia* que ela estava mentindo.

— O quê? — Beor exasperou-se, com os lábios entreabertos. Ele estava tão assustado e confuso que, pela primeira vez, quis simplesmente chorar toda a raiva e medo que sentia. Mas não podia, não naquele momento, tinha que segurar mais um pouco, *precisava* ser forte.

— Eu não sei. — A menina coçou os olhos. — Eu não tenho resposta para qualquer uma das suas perguntas; se eu pudesse simplesmente voltar para aquela noite e entender como tudo aconteceu. Não só entender, mas... saber o porquê. Por que tudo foi tirado de mim de uma só vez, por que o meu pai nunca voltou? — ela verbalizou as perguntas que a atormentavam por muito tempo, olhando para Beor como se ele pudesse ter a resposta.

— Por que ele mentiu, por que ele não me contou sobre isso? — Beor respondeu, apenas acrescentando outras indagações à lista dela.

— Ele não conseguiria. — Ela suspirou, seus olhos sendo banhados por memórias. — Meu pai era a pessoa que gostava de fazer todas as coisas certas; ele era ausente, mas sempre que voltava fazia de tudo para compensar o tempo perdido. Ele odiava a ideia de fazer alguma coisa errada, mesmo que estivesse errando o tempo todo. Se tudo o que ele estava fazendo, ter tido uma filha, era contra isso — ela olhou amargurada para os quadros em volta —, ele devia estar sendo consumido pela culpa. Talvez foi até por isso que ele nunca voltou, talvez ele quisesse se livrar de mim.

— O quê? Não. Não! — Beor balançou a cabeça, contrariado com a ideia. — O Augusto que eu conheci não era assim, não era mau. Ele tinha um olhar tão triste, como se tivesse perdido a razão de toda a sua vida, e provavelmente foi quando ele perdeu você.

— Co... como ele morreu? — ela perguntou, finalmente, com um gosto amargo na garganta.

Beor a fitou com o olhar caído; a morte de Augusto era uma das suas piores memórias. Por aqueles breves instantes eles haviam perdido a batalha, e Beor temeu que o mundo nunca recuperasse sua cor novamente.

— Eu não sei se você...

— Eu quero saber — Florence disse com o maxilar cerrado, segurando um pouco do choro.

— O Inverno o matou; o homem que eu comentei na fronteira. Existem duas estações que regem nossas terras, Verão e

Inverno. Diferentes pessoas assumem esses cargos com o passar dos séculos, e o Inverno atual é um ser cruel e perverso, ele tem intenções que eu ainda não entendo e invadiu essas terras, desafiando o domínio do seu... pai. — A palavra pareceu pesada em seus lábios; teria que se acostumar agora.

— E o Inverno foi derrotado?

— Não. Não completamente. Além da fronteira ele ainda reina, tendo o domínio sob o outro continente, e agora que ele também quebrou o tratado, sabe-se lá o que mais pode fazer. Porém, seu pai morreu de forma honrada, tentando nos proteger dele. Ele lutou pelas nossas terras até seu último suspiro.

Um sorriso amargo nasceu nos lábios dela.

— É claro, protegendo outras pessoas, esquecendo dos seus. Mamãe costumava dizer isso.

— Eu sinto muito, Florence, por tudo isso. Mas você está segura aqui no palácio, é sua casa por direito.

— Tem certeza? — Sua voz saiu mais vulnerável do que ela gostaria.

— É claro — Beor assentiu e se aproximou para consolá-la.

Eles se abraçaram de uma forma desconfortável e ainda distante; Florence se permitiu esse gesto simplesmente porque precisava abraçar alguém, seja quem fosse. Beor aceitou o ato um pouco receoso; nunca foi muito de demonstrar afeto, especialmente com desconhecidos, mas sabia que a menina estava sofrendo e não pensava em outra forma de ajudá-la senão aquela.

— Eu perdi tudo. Tudo — ela sussurrou entre soluços.

Beor sentiu o tremor que vinha da garota, tão vulnerável em seus braços, que temeu por ela. Lentamente, ele levou os dedos até o topo da cabeça de Florence, afagando seu cabelo.

Ela era a garota que não deveria existir, a filha perdida de uma estação, o maior segredo de Augusto. Era sobre isso que o Inverno o atormentava e foi por isso que as águias haviam deixado o palácio. Augusto havia quebrado seu juramento como estação, desonrado as estrelas e enganado seus súditos. Mas, ao mesmo tempo, aquela menina que agora estava ali, tão ferida e perdida, não tinha nada daquilo, ela *não* era os erros de seu pai. E por mais que seu coração ardesse e sangrasse de raiva, Beor entendeu isso enquanto a consolava.

— O que eu ainda estou fazendo aqui? Eu não tenho mais nada... — ela balbuciou, a cabeça doendo do choro e a voz perdendo a força.

— Você tem as estrelas — Beor respondeu. — Você ainda tem as estrelas.

Naquele momento percebeu que a resposta também era para si mesmo. Ele não tinha mais o exemplo de Augusto, nem a certeza de muitas coisas agora que sua mente se enchia de questionamentos. Ele deveria mesmo ter deixado sua família? O que de fato era o dever de um Verão? Como não falhar quando parecia que todos os que vieram antes dele eram quebrados e defeituosos de tantas formas? Como não ser mais um Verão que fracassou? Como derrotar o Inverno? Como impedir que toda a terra entrasse em colapso?

Ele não tinha a resposta para nada daquilo, mas uma coisa ainda continuava sendo sua, sua posse, sua certeza. As estrelas. Ele ainda tinha a elas, tinha somente a elas.

Foi o que repetiu a si mesmo incansavelmente naquela tarde para não desabar.

# 9

# Aquele que não chora

Quando se despediu de Florence naquela tarde, Beor se sentiu o garoto mais perdido do mundo. Animais e árvores tinham olhos e ouvidos, e era difícil qualquer coisa que acontecesse no palácio não chegar ao conhecimento de seus inúmeros súditos. A notícia de que Florence era a possível filha de Augusto se espalhou com rapidez e chocou a todos, e o fato de que a garota se trancou em seu quarto pelo resto do dia e se recusava a sair não ajudou em nada. Apenas à Lúdain era permitida a entrada, e se tinha uma coisa que animais não gostavam era de não serem os escolhidos. Logo se formou uma fila de pássaros, raposas e ursos que abordavam Beor por onde ele passava querendo explicações. Ele não fazia nada mais do que dar alguns sorrisos forçados e apressar o passo, saindo logo dali. Ele fugiu tanto que, depois de um tempo, encontrá-lo também se tornou impossível.

O sol se pôs sobre o palácio, a noite chegou e os burburinhos dos animais lentamente minguaram; sem respostas, eles voltaram para seus afazeres e ocupações. Depois de uma busca incessante, Felipe encontrou o menino em um cômodo da ala sul, um dos inúmeros quartos encantados sem nenhuma função exata que preenchiam o palácio. Era uma tradição entre os Verões passados que cada Verão colocasse um pouco de si na morada, criando um cômodo ou espaço novo, deixando sua marca ali de modo permanente, mesmo depois que partisse. O cômodo circular, feito de pedra polida branca, abrigava uma cachoeira interna sem começo nem fim. As águas, que começavam a fluir de um determinado ponto no ar, corriam para baixo com lentidão e constância até formar uma poça no chão dourado, que nunca transbordava nem secava. A água na poça era encantada e, por isso, era capaz de refletir os pensamentos da pessoa que a estivesse fitando. Sentado em um pequeno banco de pedra, com o rosto pesando entre as mãos, Beor repassava suas poucas memórias com Augusto de novo e de novo na água.

— Aí está você! — o cavalo exclamou, se aproximando.

Beor não virou o rosto; havia sentido a presença do animal desde que ele chegara no corredor.

— Oi, Felipe. Sabia que iria me encontrar alguma hora.

— Demorou mais do que eu imaginava, devo admitir. Estou orgulhoso, já conhece o palácio como seu próprio senhor.

Beor bufou baixinho e não respondeu. Seus olhos frios e magoados estavam vidrados no reflexo do homem na água.

— Como ele conseguiu viver assim? Mantendo duas vidas ao mesmo tempo? Fazendo exatamente tudo o que ele prometeu renunciar como um Verão? — o garoto perguntou com a voz amarga.

— Eu não acho que ele viveu de fato, meu garoto; no máximo sobreviveu. Suas escolhas certamente lhe pesavam o peito, a duplicidade sempre cobra um preço muito alto.

— Isso é tão… horrível! — Beor deu um soco no banco em que estava e viu a pedra afundar levemente. — Ele fez tudo isso e depois decidiu sair de cena. Ele desistiu, estava em seus olhos na cabana, Felipe, ele havia *desistido* de ser o Verão. Ele morreu e me deixou para cuidar de toda a sua bagunça! Como ele pode ter sido tão cruel? Como qualquer pessoa pode ser tão má?

O menino finalmente levantou o olhar e encarou o cavalo. Felipe viu um Beor tão similar ao daquele dia no estábulo e, ao mesmo tempo, tão diferente. Ele respirava pesadamente, o peito subindo e descendo de raiva, a mágoa lhe engasgando a garganta, mas ao mesmo tempo se controlava, contido, sem nem uma lágrima nos olhos.

— Eu não sei, garoto. Não se pode saber o que o levou a tomar essas atitudes. Augusto não era mau, mas seu coração foi corrompido, suas vontades o cegaram para seus deveres, o cegaram para todo o resto.

— Eu só me sinto burro, enganado! Como se eu tivesse caído em uma armadilha, uma brincadeira de mau gosto.

— Você foi enganado, sim; mas por Augusto, não pelas estrelas. O fato de ele ter mentido não significa que você não esteja exatamente onde elas te querem agora.

— Eu sei, eu sei disso! — falou mais para si mesmo do que para o cavalo. — Mas ainda é *tão* injusto. Por que eu tive que abrir mão de tudo, enquanto ele continuou vivendo da forma que bem queria?

— Augusto ter pego o caminho mais fácil não significa que foi o caminho correto.

O cavalo se aproximou até chegar ao lado do garoto e sua presença próxima do lago mudou a imagem que a água refletia, passando agora a mostrar os pensamentos do cavalo. Ele via o garoto deitado e adormecido sob a copa da árvore, com neve por todo o seu cabelo e roupas. Era um registro de sua jornada para encontrar a cabana do Verão.

— Eu sei que parece infantil, mas, por um momento, pensei que trazer o Sol de volta fosse isso, sabe? A minha grande missão, o meu final feliz, o fim da história. Mas não parece; parece que tudo isso foi apenas o começo de um livro assustador cujo final eu desconheço por completo. E eu *sempre* gostei de saber os finais — Beor resmungou, cruzando os braços.

— Os heróis são traídos nos livros?

— Às vezes.

— Então parece que sua história ainda está seguindo o caminho que deve seguir. E, de fato, meu caro garoto, ela está no começo. O final de sua jornada ninguém pode prever, nem mesmo você. E ninguém quer realmente que o final chegue, eu acredito. Afinal, com ele a história acaba.

Beor sorriu brevemente, mas o semblante logo se transformou em preocupação.

— Eu não sei o que fazer, Felipe. Não sei o que fazer com Florence e não sei o que fazer com o Inverno, nem com a fronteira destruída.

— Eu sei de algo que seria saudável fazer por agora.

— O quê?

— Chorar, acho que está precisando — o cavalo respondeu como se fosse a coisa mais óbvia do mundo. — Não vai ter a resposta para tudo o que precisa nessa noite, mas poderia pelo menos aliviar seu coração. Sei que está magoado. Hoje foi um dia difícil para você, Beor. Augusto te decepcionou, decepcionou a todos nós.

— Eu sei. — O menino estalou os dedos das mãos, o rosto rígido e perdido. — Mas chorar não vai ajudar em nada. É coisa de criança.

— Olhe, não tem nenhum animal em volta além desse velho cavalo aqui. Derramar algumas lágrimas lhe fará bem, até mesmo gritar ajudaria.

Beor riu, zombeteiro.

— Eu não posso, é ridículo. Eu preciso ser forte, mesmo que... nada faça mais sentido.

— Chorar nunca é ridículo, às vezes é exatamente o que alguém precisa para seguir em frente. As estrelas não demandam que você seja forte o tempo todo, apenas que seja fiel. Elas também choram, sabia? Isso é o que eu ouvi falar.

— Eu... eu simplesmente não consigo. Não consigo chorar, nem se eu quisesse. — Beor estendeu os braços para o alto. — E quer saber? Eu não quero. O que eu quero é que as coisas façam sentido novamente, quero saber o que eu devo fazer. Quero que tudo isso seja uma mentira, que Augusto nunca tenha traído, que Florence nunca... — As palavras dele cessaram; o que iria dizer a seguir? Que ela nunca tivesse encontrado o palácio? Que ela nunca tivesse nascido? Agora que a conhecia, não podia desejar nenhuma das duas coisas.

— Você experimentou falar com as estrelas? Tenho certeza de que elas não foram pegas de surpresa por tudo isso.

— Não é tão simples, nem para um Verão. Eu sei que elas estão vendo e ouvindo, mas eu não sei se elas estão falando alguma coisa. — Assim que Beor disse isso, sentiu sua consciência recriminá-lo. — Isso não é verdade... não. Elas não estão falando exatamente com palavras, mas eu sei, eu *acho* que querem me dizer algo, sim. — Ele bufou e deixou a cabeça cair.

— Como assim?

— Florence ter encontrado o palácio, a memória das árvores que eu vi, meu encontro com Gwair, sei que tudo isso são elas me dizendo alguma coisa. Só não sei se vou gostar do que ouvir.

— E por que não gostaria?

— *Como* eu gostaria?! O tratado foi rompido definitivamente, as consequências disso para as nossas terras vão além do que consigo imaginar! Augusto partiu e me deixou com a missão de derrotar aquele que é, provavelmente, o pior Inverno, na verdade, a pior estação da história! E também tem Florence! Eu senti algo hoje, no cômodo dos antigos Verões. A mesma presença, o mesmo pavor da vila abandonada onde encontramos Erik, aquela onde as pessoas haviam sido sugadas pelo lago escuro. Como essas coisas estão conectadas eu não sei, mas sei que estão.

De maneira instantânea a imagem na água mudou, assumindo a forma da pequena comunidade abandonada cercada de neve que eles haviam encontrado por suas andanças.

Ambos fitaram a poça de água, relembrando os momentos difíceis que haviam passado juntos. Beor ansiava que fossem apenas lembranças para nunca serem revividas, mas sabia que o perigo ainda estava próximo, talvez ainda mais iminente do que antes.

— Me pergunto o que aconteceu com aquele homem; não confiei nele nem por um momento. Viggo não trouxe nenhuma notícia dele, nenhuma pista — disse o cavalo.

— Eu sei, não foi um encontro exatamente comum, nem com ele nem com aquela vila. Mas o que eu me pergunto é se Augusto sabia, se ele sabia que *isso* estava vindo — disse Beor, voltando para o assunto anterior. — Se ele sabia o peso que estava colocando em meus ombros quando me prometeu que tudo daria certo e que eu derrotaria o Inverno.

— Augusto está morto, Beor. Nunca saberemos suas intenções, apenas seus erros. Porém, sobre isso ele não mentiu, não sobre o que ele viu em você. Ele pode não ter conseguido, mas você ainda vai derrotar o Inverno; está destinado a isso.

Beor suspirou e apoiou a cabeça nos joelhos, a imagem refletida na poça de água no meio do cômodo alterou novamente, revelando uma cena de quando ele havia derrotado o Inverno na clareira, o corpo do oghiro morto estendido à sua frente, perfurado pela espada do Sol. Naquele dia ele não sentiu nem um pingo de medo; a confiança que seu encontro com as estrelas havia lhe dado preencheu todo o seu coração, e ele desejou que aquela sensação fosse vitalícia, que durasse para sempre. Mas, como já estava descobrindo, ser Verão não havia feito ele deixar de ser humano.

Quando Beor chegou em seus aposentos naquela noite, depois de se certificar de que não fora visto por nenhum animal, a alvorada já começava a despertar no horizonte. Seu coração estava tão pesado, como uma profunda montanha, e sua garganta guardava um choro amargo e doloroso que ele não conseguia colocar para fora. Ele se sentia pequeno, se sentia tolo e enganado. Caiu em sua cama feito um peso morto, não estava com sono, não teria isso por alguns dias, mas estava fraco, fraco como havia se sentido quando viu Augusto morrer. Naquele momento até ficou satisfeito com o fato, Augusto merecia *mesmo* morrer. Mas então balançou a cabeça, se arrependendo de pensar aquilo. O que doía não era ele ter tido uma filha, não era Florence; era a mentira. Era ele ter recebido em sua cabana um garoto que estava cansado e com fome e prometido para ele uma vida que ele mesmo nunca havia conseguido cumprir.

Cansado de ficar sozinho com seus pensamentos, Beor se levantou da cama, fitou cada extremidade do quarto e girou o corpo. Não havia nada ali que o consolasse, nem ninguém que ele quisesse ver. Ele queria, sim, ser forte, queria não ser abalado e continuar mantendo a cabeça erguida, como era esperado de um Verão. Mas naquele momento era só um garoto, era o que havia continuado a ser desde a escolha das estrelas. E a compreensão disso levou sua mente para o único lugar possível: sua casa. Foi pelos seus pais que ele fez tudo isso, não pela promessa de um velho que ele não conhecia; essas pessoas ele amava, elas fizeram o preço digno de ser pago, mesmo sendo tão alto.

Beor havia visitado seus pais duas vezes desde que se tornara o Verão e a cada visita lhe parecia que uma espada perfurava seu coração. Vê-los a alguns metros de distância, tomados por planos incessantes para procurá-lo, sem poder respondê-los e gritar que estava logo ali, era doloroso toda vez. Mas naquele momento não havia outras pessoas que ele gostaria de ver ou outro lugar em que ele queria estar.

Convicto disso, sem pensar por nem mais um minuto, ele correu até a janela e pulou de uma vez, mergulhando no céu e voando em direção a Teith.

# 10

# O comando que deu errado

O sol iluminou o cômodo, costurando com seus raios por entre a fina cortina de seda, mas não havia ninguém na cama para ele despertar. Florence estava sentada na borda da janela, com suas pernas para fora, sentindo-se tão leve quanto o próprio vento. Seu olhar estava vidrado no chão, muitos metros abaixo, onde ela podia observar alguns animais, já despertos, entretidos em suas demandas de trabalho cotidianas.

Ela não chorava mais, não encontrava forças para fazê-lo. A expressão em seu rosto era dura e sem vida, e cada momento que passava na sua mente, agora se lembrando de tudo, era agonizante. Existia uma verdade sobre ela que não era de conhecimento de ninguém, nem de Beor ou de seus pais, que era o que o tempo sozinha na floresta havia a tornado. Lembrar-se era voltar à dor, voltar à perda e voltar àquilo que fora tirado quando ela já não possuía nada. O tempo presa na floresta havia fraturado sua mente, feito uma cicatriz ainda maior do que a dos pesadelos, porque eles ao menos estavam limitados ao mundo adormecido — já na escuridão dos infindáveis dias, as sombras ganhavam forma e voz no mundo desperto, e seu pai não estava mais lá para salvá-la, ninguém estava.

A consciência do mal fez os pelos dos seus braços arrepiarem, e ela virou o rosto para trás, tendo a sensação de estar sendo vigiada. Não havia ninguém no cômodo, como seus olhos confirmaram, mas, nas extremidades das paredes, pequenas sombras começavam a ganhar forma e ela sabia que era nelas que os monstros viviam. A menina respirou fundo, puxando o ar com dificuldade, e voltou o rosto para frente. Sabia que eles iriam procurá-la, agora que se lembrava; ela tinha plena certeza, era apenas uma questão de tempo. Ela olhou para baixo mais uma vez, seus pais não mais existiam naquele mundo, nem qualquer pessoa que a amasse ou se lembrasse dela. Naquele momento a continuação de sua existência pareceu sem propósito...

— Florence? Está desperta? — de repente uma voz a chamou do lado de fora do quarto, e o susto fez a garota se segurar com força no batente da janela.

Em um instante ela levou as pernas de volta para dentro e pulou no chão de mármore. Estava de volta ao quarto, segura e inteira, mas não poderia dizer o mesmo de seus pensamentos.

Florence ajeitou o vestido azul que usava e caminhou até a porta.

Ela havia deixado muito claro que não queria ver ninguém, mas reconheceu a voz de Lúdain, e a única coisa maior que seu desejo de desaparecer naquele momento era sua fome. No caminho para a porta ela parou por um instante, atraída por seu reflexo no espelho que havia ao lado da cama. Ela piscou; não reconhecia a menina que via. Sua magreza era ressaltada pela clavícula esquelética que parecia querer saltar para fora da pele, suas olheiras permaneciam profundas e escuras e seus olhos lilases pareciam sem cor. Ela nunca havia se achado bonita, mas pelo menos lembrava de se parecer viva, o que agora nem isso era capaz de fazer. Afastando o olhar como se afasta um pensamento ruim ela marchou até a porta e destrancou-a. A égua a esperava no corredor, acompanhada de um urso cujas feições eram familiares e cujas patas carregavam uma bandeja farta.

A barriga da menina roncou com os alimentos à sua frente, e com um acenar de cabeça ela os deixou entrar.

O urso de cor caramelo com manchas caminhou silenciosamente até colocar a bandeja na pequena mesinha circular de vidro que havia entre a janela e o guarda-roupas. Com um olhar de Lúdain o animal entendeu que não deveria permanecer e saiu pela porta tão quieto quanto entrou. Florence caminhou ressabiada até a mesa, como um animal do mato, e se sentou na cadeira, passando a devorar todo o alimento segundos depois. Não comia desde o almoço do dia anterior, antes de ter sido atacada por pássaros na fronteira e então descobrir que seu pai era o antigo senhor daquele lugar. Naqueles momentos a fome lhe pareceu inexistente; pensou que não gostaria de comer nunca mais na vida, mas, para sua infelicidade, o pensamento durou apenas algumas horas.

— Como está nesta manhã? — Lúdain ousou perguntar, já prevendo o possível comportamento da garota.

— Como eu deveria estar? — Florence respondeu amarga, com a boca cheia de pão. — Meu pai fez coisas terríveis e aparentemente a pior delas foi ter uma filha, no caso, eu. Ele morreu e eu não deveria nem existir... — Sua voz falhou ao notar a dor do choro entalado em sua garganta. Ela engoliu a comida depressa, tentando conter as lágrimas.

Florence tossiu, um pouco abalada; a comida havia acabado de perder o gosto novamente. Ela estendeu a mão sobre a mesa, pegou um guardanapo e limpou a boca, tentando retomar o controle.

— Eu não sei o que sentir, não sei o que pensar — admitiu, virando o rosto para a égua.

— Eu perdi meus pais muito cedo. No início é difícil pensar que conseguimos existir sem eles — foi tudo o que Lúdain respondeu, com seu olhar surpreendente e gentil.

— Por que não está reagindo como os outros animais? Por que me tratou bem desde o início? Eu vejo os olhares e mesmo daqui consigo ouvir os comentários. Não gostam de mim, sou a prova ainda viva de que meu pai quebrou as regras.

— Tudo o que eu vejo é uma garota que perdeu muito mais do que deveria ser permitido para tão jovem idade. E seu pai nunca me enganou como fez com eles. Eu tenho um dom de ler olhares, e o de Augusto exalava culpa, estava estampado em seu semblante por todos os dias que viveu.

— Culpa de ter... tido a mim como filha? — Florence engoliu em seco.

— Não! Culpa de ter te *perdido*. Ele nunca perdoou a si mesmo. Nós podíamos não ter consciência da sua existência, Florence, mas sua falta estava estampada por todo o palácio.

— Você não sabe disso, ele pode muito bem ter me abandonado.

— O pai que você conhecia faria isso?

Florence hesitou por um instante, o coração pesando tanto sob o peito que poderia afundar no chão. Ela se lembrou dos momentos com seu pai, da sua ensurdecedora ausência na maior parte dos dias e dos momentos que não eram frequentes, mas cujas memórias eram mais preciosas do que todo o ouro no mundo: a forma como ele a livrava dos pesadelos e criava sonhos bonitos para ela.

— Não... — admitiu a contragosto. — Mas talvez ele tenha mudado de ideia! Ele tem que ter mudado. Ele disse que iria me buscar, entende? Ele prometeu, mas nunca voltou. Eu acreditei nele, eu esperei todos os dias, mas ele não apareceu.

A égua ouviu com atenção cada lamento da garota e então se aproximou da mesa.

— Dizem que muitos anos atrás, antes mesmo de eu nascer, o Verão entregou uma missão especial para as árvores. Ela era sigilosa e nenhum animal por todo esse tempo teve real conhecimento do que se tratava, apenas que ela nunca foi cumprida. Não acredito que seu pai te abandonou, nem que ele não lhe amava; alguma coisa aconteceu e talvez as árvores saibam exatamente o que foi.

— Mas isso não faria sentido, já que foi muito tempo atrás.

— Sim, eu pensei o mesmo, mas não sabemos. Afinal o tempo passa diferente para as estações e, bom, você é filha de uma.

Florence suspirou; ela queria acreditar que seu pai a amava, que ele não a tinha abandonado por escolha própria. Contudo, saber mais era simplesmente sofrer mais, já que nada mudaria o passado ou o presente.

Ela manteve a ideia em sua mente por todo o café, mas não comentou mais nada com a égua, que, depois de algumas malsucedidas tentativas de puxar conversa, deixou o aposento.

No exato momento em que a garota se percebeu sozinha no quarto um aperto lhe sobrepôs o peito, e ela se permitiu sentir com franqueza tudo o que reprimia. Os dias? meses? anos? que ela havia passado presa na caverna haviam sido os mais difíceis de sua vida, ela odiava se lembrar agora e odiava não saber o porquê, por que havia sido abandonada ali.

Encorajada por esse sentimento, Florence se levantou abruptamente, fazendo os pés da cadeira se arrastarem pelo chão de mármore e ecoarem um som estridente. Saiu pela porta do quarto com o rosto voltado para baixo e o olhar cravado em seus pés; pensou que quanto menos contato visual fizesse, melhor seria. E assim caminhou apressada pela extensão do corredor, pedindo ajuda somente ao perceber que de fato não encontraria o caminho por si.

Depois de alguns minutos ela chegou ao seu destino: o jardim interno. Tudo sobre aquele lugar era estranhamente familiar para ela; as plantas que cresciam em volta e a grande cerejeira plantada no centro. Os galhos da árvore se agitaram ao sentir sua presença, e pétalas caíram sobre o cabelo da garota quando ela se aproximou.

— Oi. — Ela tocou o tronco da árvore com a mão esquerda e iniciou a conversa, sem saber ao certo como falar.

— É bom tê-la de volta, preciosa Primavera. — A energia pulsou por sua mão e ela ouviu a voz da árvore em sua mente.

Florence engoliu em seco; não sabia o que a árvore queria dizer com aquele termo, nunca havia ouvido a palavra.

— Gostaria de lhe fazer uma pergunta.

— Por favor, faça.

— Qual foi a missão que meu pai... que Augusto designou a vocês e por que ela falhou?

A árvore hesitou em responder, e um silêncio recaiu sobre o jardim.

— E então? — Florence insistiu.

— Gostaria mesmo de saber? Já não é o suficiente estar em casa?

— Não, não é. Nada sobre isso é o suficiente.

— Tudo bem. — A voz da árvore pareceu abalada e triste, quase envergonhada. — Como subordinada, não poderei recusar um pedido seu; gostaria de dizer, porém, que essa não é uma das minhas memórias favoritas, nem das minhas irmãs.

— Subordinada?

— É claro, ordens do antigo Verão. Proclamadas e seladas com o próprio alnuhium de modo que nenhum Verão futuro pudesse revogá-la. Todas as árvores das florestas servem a você.

Um arrepio percorreu o braço da garota ao ouvir isso.

— Vou lhe contar sobre a missão, mas, para isso, terei que acessar as memórias de minhas outras irmãs, já que eu mesma ainda não havia sido gerada naquele tempo.

Florence se assustou ao ver pequenas raízes saírem da parte do tronco em que sua mão estava e começarem a se enroscar pelos seus dedos, subindo até seu punho.

— Será um pouco incômodo no início, mas você se acostuma — a árvore avisou antes de Florence ver todo o cômodo desaparecer ao seu redor. Sua cabeça girou e ela se sentiu nauseada. Não estava mais no jardim e seus pés não pisavam mais em nenhum tipo de chão. Estava adentrando uma memória.

— Nem todas as árvores são boas. Algumas podem ser criaturas maliciosas e amarguradas, alimentadas pela raiva, e que se desligaram há muito tempo do fluxo que conecta todas nós. Nem todas as árvores são boas, mas todas estão sob a autoridade do Verão.

Depois de alguns instantes Florence viu uma floresta; ela tinha uma grama alta e árvores de diferentes tipos crescendo juntas.

— Há anos, quando meus anéis não existiam, você foi perdida. Os detalhes disso não dizem respeito às árvores; pelo menos não a todas, o que nos diz respeito foi o instante em que entramos na história.

Florence viu vultos passando, como se a imagem à sua frente fosse uma junção de perspectivas de diferentes árvores. Os vultos se estabilizaram lentamente, até formarem o que parecia ser ela e seu pai, correndo pela floresta. Ela se assustou ao ver a cena e ao ser trazida de volta para aquele exato momento. A noite da grande tempestade.

— Naquela noite, em meio ao desespero, seu pai conjurou um comando poderoso, tão forte que mais tarde ele mesmo perdeu o controle sobre ele. Uma barreira de proteção foi costurada entre as árvores que cercavam a caverna na qual ele a escondeu. Costurada com um tecido estelar tão forte que o Inverno jamais poderia encontrá-la, seu esconderijo estava protegido do resto do mundo, mas também do próprio Verão: o comando acabou sendo tão forte que, quando seu pai percebeu que havia perdido o controle, já era tarde demais. Ele também não foi capaz de localizá-la; aquele conjunto de árvores sob o qual ele havia conjurado o comando a havia escondido de todos, de modo que você se tornou totalmente irrastreável.

— Isso não faz sentido. Ele não se lembrava do local em que havia me deixado? Era só repetir o caminho, a trilha na qual ele me guiou!

— Minha garota, na manhã seguinte a trilha não existia mais, nem a caverna que ele havia preparado para você, o encantamento as havia tornado invisíveis.

— Mas ele era o Verão! Não deveria ser a pessoa mais poderosa dessa terra?

— Deveria. Mas, por um ato falho, uma ação mal medida, o comando se voltou contra ele. Era poder demais entregue às árvores, cujas motivações não eram as mais puras, não eram criaturas confiáveis nem bondosas no seu cerne. Elas obedeceram ao comando, mas à sua própria maneira.

— Então… ele *tentou* me encontrar? — A voz dela falhou.

— Minha querida, isso foi tudo o que ele fez, por anos incontáveis. Ele nos entregou a missão e desde então estávamos à sua procura.

— Anos? O que você quer dizer com isso?

— Sim, se passaram anos, porém os anos das árvores são diferentes dos anos humanos, não sei lhe dizer ao certo o quanto.

— Eu tenho a sensação de que o tempo passou, mas nunca se pareceram com anos. Eu também não sinto que tenha envelhecido.

— Ah, você não poderia. Ficou presa em um comando muito forte; ele a escondeu de tudo, até do próprio tempo.

A cabeça de Florence girava, eram tantas informações e tão pouco entendimento sobre elas.

— Mas como eu saí, então? Como o comando foi quebrado?

— Não é algo que temos certeza, mas acredito que foi a morte de seu pai. O comando drenava a força vital dele para permanecer ativo, e quando ele morreu o encantamento deve ter se enfraquecido aos poucos. Assim que a primeira de nós te localizou, perambulando pelas matas, nos mobilizamos todas para te trazer para casa.

As memórias a inundaram como uma correnteza. Os primeiros dias depois que conseguiu sair da caverna voltaram à sua mente; se lembrava agora com clareza da fome excruciante, da tontura e da dor de cabeça causadas pela luz do sol depois de passar tanto tempo na escuridão. Ela não sabia *como* havia sobrevivido.

— Porque elas zelaram por você — a árvore respondeu, e Florence notou que ela tinha ouvido seu pensamento.

— As estrelas?

— É claro, ninguém vê tudo, nem mesmo as estações, a não ser elas.

— Elas não pareceram muito presentes durante o meu tempo presa. Não sei se elas me viam. Nem sei se me veem agora. — A garota engoliu em seco.

— Oh, blasfemar contra as estrelas é uma ação muito errada — disse a árvore, em repulsa.

103

— Não é blasfemar, é só atestar a realidade. — Uma lágrima solitária rolou pelo rosto da garota.

Ela sentiu as pequenas raízes se desenroscando de seus dedos e retirou a mão, perdendo o contato com a árvore. As lágrimas continuaram a sair, uma após a outra.

Então seu pai não a havia abandonado, mas saber disso não trouxe o conforto que ela esperava; ele a tinha perdido de qualquer forma. Se ele a amasse de verdade, se ele a amasse forte o suficiente, ele a teria encontrado, não? E por que as estrelas não ajudaram? Por que deixaram que ela ficasse presa por todo aquele tempo?

Soluçando, ela colocou as mãos nos lábios, sem conseguir conter mais sua dor. Que tipo de vida existiria para ela agora, quando nada mais lhe restava?

Não, ela não conseguia acreditar que as estrelas a viam.

# De volta à casa

Beor parou bem em frente a uma construção simples, uma casa de apenas um andar, feita de pedras que pareciam ter sido lapidadas há pouco tempo. O espaço era limitado, mas ainda aconchegante; era para lá que seus pais haviam se mudado desde que a mansão fora destruída. Uma nova casa boticária estava prestes a ser construída, mas ainda levaria alguns meses até que o projeto estivesse completo. Ele se aproximou de forma cautelosa, voando baixo no ar, e se dirigiu até a primeira janela aberta que encontrou. O choro que tanto ameaçava sair travou na garganta de Beor no instante em que ele viu a figura de seus pais; sem nem pensar duas vezes, ele voou para dentro da casa. Estando ali, respirando o mesmo ar que eles e com os dois tão próximos, quase se esqueceu de que era o Verão, quase se esqueceu de Florence e Augusto, tudo o que queria era voltar a ser o filho que aquele casal havia perdido.

Ele voou para trás dos pais, que estavam sentados lado a lado em uma mesa de madeira, e estranhou o fato de ambos já estarem acordados tão cedo pela manhã. Sua mãe tinha os cabelos loiros emaranhados em um coque solto e ele notou que o cabelo e a barba de seu pai haviam crescido, dando a ele um ar mais velho. Ambos riscavam opções de locais e nomes de cidades em um papel enquanto conferiam toda a região de Teith e arredores em um mapa.

— Ele não está em Marives, ao norte. John disse que ninguém lá viu um menino com sua descrição — Tristan falou e riscou outro nome da lista.

— E em Ferife? Não são muito distantes uma da outra — a mãe perguntou, conferindo no mapa.

— Não, também não encontraram nenhuma pista sobre ele.

O olhar de Kira se abateu e seus ombros caíram suavemente; eles faziam aquilo quase todos os dias, e a cada manhã era ainda mais angustiante continuar sem respostas.

— Eu ouvi ele, Tristan, eu *juro* que ouvi.

— E eu acredito em você.

— Mesmo que não faça sentido?

— Não precisa fazer sentido, ele é o nosso filho. Nós vamos encontrá-lo. — Tristan pegou a mão da esposa da mesa, encorajando-a. — Nem que eu precise viajar por toda essa terra e visitar cada cidade existente. Vamos trazer Beor de volta.

Kira levantou o olhar e sorriu para o marido; a confiança dele trazia-lhe força.

Naquele momento, contemplando a cena e tendo consciência do quanto sua falta era sentida, Beor falhou por um instante no ar. Foi rápido e quase imperceptível, mas ele se desequilibrou, se sentindo fraco por um momento, e seu pé bateu na cadeira de sua mãe, que estava logo à sua frente, quando seu corpo caiu para trás. Assustado, o garoto deu uma cambalhota no ar e retomou o controle.

Kira e Tristan viraram o corpo ao mesmo tempo.

— O que foi isso? — a mãe perguntou, levantando-se com os olhos arregalados.

O coração de Beor batia acelerado no peito e ele observava a cena completamente estático, sem mal conseguir respirar.

— Não tem ninguém aqui, querida. A cadeira deve estar podre. — Tristan olhou em volta e se abaixou, conferindo sob a mesa.

— Não, não é isso. Eu senti uma... respiração — comentou Kira, alerta. A vida havia instantaneamente voltado para seu rosto e ela começou a caminhar pelo cômodo, tentando sentir algo que seus olhos não podiam ver.

Beor cerrou os lábios; seus pais estavam bem na sua frente, bloqueando seu caminho para a janela, sua única forma de sair dali. Ele percebeu que quanto mais rápido seu coração batia, menos o ar à sua volta parecia obedecê-lo. Ele tinha que retomar o controle, não deixar que suas emoções falassem mais alto; deveria simplesmente sair dali, como um Verão faria. Mas, ao mesmo tempo, eram seus pais, e seu coração ardia pela distância à qual ele estava submetido, ardia por não poder se mostrar a eles, por não poder reclamar de tudo o que estava passando e do quanto se sentia injustiçado. Ardia por não poder mais ser filho.

A cada pensamento que povoava seu coração, ele retornava para o chão, pisando no carpete. "Seja adulto, Beor. Seja forte", ele repetia para si mesmo quando seus pés tocavam o chão. Ele precisava apenas se concentrar e estaria fora dali em um instante. Mas então o olhar de seu pai, a um metro de distância, se encontrou com o dele, e voar pareceu impossível.

— AHH! — Um grito veio do lado e ele virou o corpo, dando-se conta de que sua mãe, parada ao seu lado, certamente conseguia vê-lo agora.

Em um instinto, o corpo de Beor voou para o alto e ele bateu com as costas no teto, não conseguindo conter um grunhido de dor.

— Beor — Kira afirmou, com as pupilas dilatadas, enquanto tudo o que conseguiu ver era a cabeça do seu filho flutuando no teto. — Be… Beor. — Ela bateu nas costas do marido, que voltou o rosto para a mesma direção que ela.

— Não… não, vocês não podem me ver! — o garoto disse ofegante enquanto se sentia como uma marionete que não tinha mais controle do próprio corpo. — Isso não pode acontecer.

Ele pousou no chão novamente com dificuldade e sentiu todas as forças em seu corpo se esvaindo. Começou a andar para trás com as pernas bambas e foi esbarrando na mesa e em todos os objetos que havia no caminho. Sua presença agora era definitivamente notada.

Kira e Tristan se entreolharam, na tentativa de entenderem se não estavam ambos alucinando, e o sorriso que nasceu nos lábios do casal dizia que, mesmo se fosse uma alucinação, eles estavam completamente a bordo.

— Isso não... — A voz do menino falhou e seus pés travaram no chão quando seus pais começaram a caminhar em sua direção. — Vocês não podem me ver, não é permitido.

— Beor — Kira falou novamente, com um sorriso no rosto, e segurou o braço do menino, que agora estava totalmente visível para ela, junto com o resto do corpo.

Beor tinha o cabelo maior, precisando de um corte, e ele trajava as roupas mais sofisticadas que qualquer pessoa em Teith havia sequer visto. Usava uma calça marrom, com botas da mesma cor, uma espada dourada amarrada ao cinto, uma blusa branca de cetim e sobre ela uma capa azul que parecia ser mais cara do que todas as posses da comunidade inteira. Ele tinha uma grande cicatriz que cortava seu olho direito, o que assustou Kira a princípio e fez seu coração de mãe apertar; contudo, ao tocar sua pele e encostar sua mão, ela teve certeza: aquele ainda era seu filho.

Beor respirou com dificuldade, tentando tragar o ar de volta para seus pulmões, mas ele estava fraco ou cansado demais para fugir. O toque macio e aconchegante de sua mãe fez a primeira lágrima, presa em seu peito, encontrar finalmente um caminho para a liberdade e rolar pela bochecha.

— Oi, mãe. — Ele suspirou, engasgando nas lágrimas.

Tristan soltou uma gargalhada da mais pura alegria e correu até o filho, trazendo-o para perto em um abraço. As pernas de Beor falharam com o toque e ele caiu de joelhos no chão. Kira começou a chorar e se ajoelhou, abraçando o filho juntamente com o pai. Estavam os três em completo êxtase.

— Eu sabia, sabia que estava vivo — Tristan sussurrou enquanto afagava o cabelo do filho.

Com o rosto enterrado no peito do pai, Beor se sentiu seguro pela primeira vez, fechou os olhos e finalmente entregou suas defesas. Deixou as lágrimas rolarem livres, uma a uma, enquanto seu choro se tornava cada vez mais pesado e expressivo, transformando-se em um soluço dolorido. Ele havia saído de casa em um momento de dor e nunca mais havia retornado; para um adulto isso seria penoso o suficiente, mas para um garoto era uma dor que palavras não conseguem expressar.

— Está tudo bem, querido. Está tudo bem — sua mãe sussurrou, acariciando suas costas.

E, pela primeira vez na última semana, Beor realmente acreditou que estava.

Chorar por meia hora abraçado aos seus pais, que não tinham notícias dele havia um mês, fez com que o rosto de Beor ficasse vermelho como uma pimenta, sua camisa molhada, seu nariz com catarro e inchado na forma de uma bolota. Nada muito respeitável para um Verão.

Ele estava agora sentado no sofá, bebericando um chá de camomila que sua mãe havia feito às pressas, enquanto continuava calado, sem encontrar as palavras certas para começar a falar.

A cada minuto que passava sentado ali naquele sofá, menos vontade ele tinha de sair dele. Uma parte de sua consciência o acusava, dizendo que aquilo era quebrar as regras, mas Augusto já não as havia quebrado? E que regras exatamente ainda existiam agora que o tratado havia sido permanentemente rompido? Ele tentou usar aqueles argumentos para se convencer, mas evitou olhar para a janela, com medo de que as estrelas estivessem lá, julgando-o. Ele tentava ser rebelde em seu coração e não se importar, mas *sempre* se importaria com o que elas pensavam, e naquele momento torceu para que elas o entendessem. Havia o palácio, Florence e todas as suas preocupações, mas Beor precisava daquilo, precisava mais do que conseguiria verbalizar.

— Beor, por favor, fale conosco — Kira insistiu mais uma vez. — Sei que você não está mudo, pois ouvi sua voz minutos atrás.

O garoto deixou sair um pequeno riso e a mãe riu junto, mais de nervoso do que por achar graça.

— Você nos deixou há tanto tempo, filho, não faz ideia do nosso sofrimento. Do que viver cada dia sem você tem sido... — disse Tristan, com um sorriso acompanhado de lágrimas.

— Intragável — Kira completou. — Você foi embora e levou toda a cor de nossas vidas, Beor. Não sabe quantas vezes eu desejei te ter de volta aqui, simplesmente sendo você, questionando tudo e se recusando a crescer.

O sorriso no rosto de Beor diminuiu de repente, à medida que o peso de suas escolhas voltou para ele. Ele não era mais o garoto que havia deixado sua vila, não era mais egoísta como antes ou desconectado do mundo à sua volta. Deixar sua vila havia lhe trazido muitas dores, mas também muito crescimento, e pela primeira vez ele conseguiu reconhecer isso.

— Precisam saber que eu não fugi — ele falou finalmente, medindo cada palavra. — Não fui simplesmente embora e deixei vocês para trás. Nunca faria isso. Mas eu precisei partir. Eu precisava trazer o Sol de volta.

— E você o fez, não foi, filho? Trouxe o Sol de volta para nós. — O sorriso do pai se ampliou, os olhos brilhando pelo vislumbre do filho à sua frente. Tudo parecia uma miragem, um sonho perfeito que havia ganhado vida.

— Sim. — Beor engoliu em seco, um sorriso pequeno nascendo nos lábios. Voltar para tudo o que ele havia perdido lhe lembrou o porquê de cada um daqueles sacrifícios serem e continuarem sendo necessários. Ele sentiu um certo orgulho de si mesmo; não o tipo de orgulho que o colocava acima das pessoas, mas orgulho por ter tomado a decisão certa, por poder ver os frutos dela.

— Mas como, Beor? E para onde você foi? Por que nunca voltou? E como estava voando no teto?! — A preocupação de

Kira se derramou nas palavras. — Você não é um fantasma, é? Eu nunca acreditei neles e você parece bem vivo para mim, só que, ao mesmo tempo...

— Não parece humano — Tristan completou, admitindo o que ambos estavam pensando. — Parece quase como uma miragem, um sonho, bom demais para ser verdade. — O pai estendeu o braço para tocar o filho e Beor encontrou as mãos dele no caminho.

— Eu estou vivo, pai, e sou de verdade. Mas vocês estão certos, eu também não sou mais humano.

— Oh! — Kira exclamou, assustada, e colocou a mão nos lábios.

— Como? Como isso pode ser possível?

Beor abaixou o rosto e coçou os olhos, tentando pensar em uma forma de explicar que não entregaria todo o conhecimento das estações.

— Eu me tornei algo diferente, como... como vocês! Assumiram a mansão boticária depois que seu mentor morreu, não foi? Eu meio que assumi um cargo e com ele vieram algumas mudanças.

— Mas, Beor, você só tem treze anos, não deveria assumir cargo nenhum. Isso não faz sentido, nada disso faz — Kira rebateu, as pupilas dilatadas de preocupação.

— Quatorze — ele corrigiu a mãe. — Tecnicamente tenho quatorze agora.

— Ainda assim! Foi por isso que não voltou para casa? Somos seus pais, deveríamos falar com quem te pôs nesse cargo, seja quem for! Me diga onde eles moram, agora! Eu e seu pai vamos até eles. — Kira se levantou do sofá, o desespero materno dominando suas palavras.

— Bom, nesse caso, você teria que falar com as próprias estrelas — ele encolheu os ombros e falou com sinceridade.

As pernas de Kira falharam e ela sentou novamente no sofá.

— As... estrelas? — O olhar dela se voltou para a janela.

— As três estrelas — o garoto assentiu.

— As três estrelas — a mãe repetiu, com a voz embargada, encontrando o olhar do marido.

— Você tem certeza disso, meu filho? — Tristan perguntou, com uma feição incrédula.

— Nesse momento é a única coisa de que tenho certeza, pai. Elas me escolheram; eu não sei o porquê, mas elas me escolheram.

— Então não pode voltar para casa?

Os olhos do garoto se encheram de lágrimas.

— Não, não posso.

Para a surpresa de Beor sua mãe se aproximou dele, segurando firme em suas mãos. Ela chorava silenciosamente, lágrimas rolando uma após a outra, mas mantinha um sorriso no rosto. Era visível que travava uma batalha contra si mesma; Kira era a mulher mais forte que Beor conhecia, mas até ela sabia que não poderia lutar contra as estrelas.

— Eu sempre soube que você ia partir, só não pensava que seria tão cedo — ela falou então, pegando-o de surpresa.

— Como assim?

— Eu nunca tive nomes para dar às minhas crenças, ou à falta delas, mas, no dia em que você nasceu, te segurando em meu colo, eu tive a certeza de que não pertencia a mim. — Ela engoliu em seco, fitando o filho como se ainda lutasse para se convencer de que ele não era só uma miragem. — Foi uma sensação estranha, que eu tentei ignorar, mas ela me acompanhou por todos os anos seguintes. Eu sabia que você não era meu, que de alguma forma pertencia a alguém que não era eu. Alguém que estava te chamando desde muito novo, como uma melodia silenciosa, para longe de mim. E que, quanto mais você caminhasse em direção a essa *força*, mais eu te perderia. Era uma sensação horrível e completamente irracional, mas ela permanecia em meu peito; permaneceu por todos esses anos. Dizem que as mães sentem o futuro dos filhos, e acho que eu sempre soube que você estava sendo chamado pelas estrelas.

A cada palavra da mãe, o coração de Beor se desmanchava; ela falava exatamente do que ele sentia.

— Eu queria que não fosse necessário, mãe. Que eu não precisasse deixar vocês. Queria poder ficar, poder escolher os dois. Queria *tanto*.

— Deixa eu adivinhar: não tem como, não é? — Ela aproximou o rosto, secando suas lágrimas.

— Não — ele choramingou com o toque.

— Eu sei — Kira sussurrou. — Pelos céus, eu não queria saber, mas eu sei. Elas estão no céu, não teria como conhecê-las daqui. Estar perto delas é te ter longe, a distância é inevitável. — Seu semblante era de paz, mas as lágrimas continuavam a sair de forma silenciosa. — Mas tudo bem, acho que elas tiveram todos esses anos para me preparar.

Beor respirou fundo, absorvendo a verdade das palavras de sua mãe.

— Mas mãe... desde quando você acredita nas estrelas? — Beor indagou, estabilizando aos poucos sua respiração.

— Desde que meu filho sumiu e elas foram as únicas que me fizeram companhia nas noites mais escuras, enquanto eu mantinha meu olhar firme na floresta, na esperança de te ver voltar — ela afirmou, com um sorriso triste.

Seu semblante estava cansado e falava de maneira conformada — o que não era típico dela —, disposta a aceitar qualquer verdade que acalentasse seu peito.

— E também por causa da sua avó Nylia — Kira continuou. — Ela era obcecada com as histórias sobre elas.

— A mãe do papai? — Beor perguntou, surpreso.

— Sim, desde que eu a conheci e até o dia de sua morte, as três estrelas sempre estiveram em cada uma de suas conversas. Ela acreditava que nossa comunidade tinha vindo de uma grande cidade, a maior na terra, cujos fundamentos tinham sido construídos com a ajuda das próprias estrelas — Kira comentou, soltando uma risadinha baixa, e seu olhar mostrava que ela começava a se perguntar se aquela história também não seria verdade.

— Ela era uma sonhadora, a minha mãe; você a puxou mais do que imagina — Tristan falou, com os olhos brilhando.

Beor piscou, processando aquela informação em meio ao turbilhão de pensamentos e emoções que já o povoava. Sua avó havia morrido antes de ele nascer, mas estava claro que ela sabia, de alguma forma, sobre Filenea.

— Eu queria ter conhecido ela. Queria que a distância e a morte não existissem — Beor admitiu, com o olhar baixo.

— Eu também queria isso, querido. Mas agora tem algo que quero mais ainda: saber por que você está aqui. — Kira passou a mão no rosto mais uma vez, limpando o restante das lágrimas e tentando ser a mãe forte que ela sentia que Beor precisava.

— Como assim? — Beor levantou o olhar, cerrando as sobrancelhas.

— Sei que precisa de ajuda, conheço exatamente esse olhar. E, por mais que não imagine como eu poderia ajudar, ainda gostaria de ouvir.

— Eu não posso. — Beor retraiu o corpo; a consciência do que estava fazendo ficava cada vez mais clara para ele. — Eu nem deveria estar aqui.

Beor se levantou do sofá, olhando ao redor e ponderando como conseguiria sair disso.

— Beor, por favor, não nos deixe assim. Não *de novo*. — Kira se levantou junto, o medo saltando em seu olhar. — Só me diga como eu posso ajudar.

— Você não pode, mamãe — Beor respondeu e percebeu que era a primeira vez que a chamava daquela forma em muitos anos.

Ele precisava sair dali; precisava sair, senão seu coração começaria a se acostumar, e isso doeria ainda mais do que tudo. Ele não queria ser igual a Augusto, não queria que suas promessas não valessem nada, não queria fazer algo errado só porque todas as pessoas estavam fazendo. Mas estar com seus pais não parecia errado, não poderia ser, porém, mesmo assim a culpa o fez andar para trás.

— Eu preciso ir, para o bem de vocês — ele tentou se explicar.

— Não, filho, por favor, não. Fica mais um pouco, você não precisa contar nada. — Tristan estendeu o braço para ele; Beor nunca tinha visto o pai tão vulnerável.

Os grandes boticários, o par mais racional de toda Teith, dispostos facilmente a acreditar em coisas que não entendiam.

— Eu não devia ter vindo, mas... não me arrependo — o garoto suspirou, levantando-se no ar. — Eu queria poder falar, queria poder contar tudo, mas tem tanto que eu mesmo ainda não entendo.

Sabendo que o filho estava realmente prestes a partir, Kira parou, segurou o braço de Tristan, sinalizando para que ele também não insistisse. A última coisa que queria era o filho fugindo deles, isso doeria mais do que vê-lo sair por aquela janela.

— Promete voltar? — ela perguntou, cada palavra saindo com dificuldade, como se fosse uma fina corda na qual ela se segurava com todas as forças.

— Eu não posso.

— Pelo menos peça a elas; não por você, por *nós*. Peça que nos deixem te ver mais uma vez.

— Eu... vou tentar — foi tudo o que Beor conseguiu responder.

Ele fechou os olhos e forçou seu corpo a passar pela janela o mais rápido possível, antes que tivesse tempo de mudar de ideia.

Ele voou com facilidade, estava retomando o controle dos seus poderes à medida que ia refreando suas emoções. Naquele instante, mais do que nunca tinha que ser igual a seus pais: racional — apesar de que eles não pareciam mais os mesmos boticários de tempos atrás. Ele queria estar em casa, mas sabia que essa não era mais uma opção, por isso voou para o alto, misturando-se por entre as árvores, e sentiu seu coração se partir mais uma vez quando deixou a casa para trás.

Ele não queria ter quebrado a regra, não queria ter aparecido para eles, e a cada quilômetro que se afastava da vila se martirizava por tê-lo feito. Foram seus poderes, ele não conseguiu controlá-los; a invisibilidade simplesmente falhou e ele não entendia o porquê.

— Eu não quero ser igual Augusto, eu não quero... — ele repetia para si mesmo quando algo na paisagem chamou sua atenção.

Já havia deixado a vila há alguns minutos e estava agora circulando as montanhas Demilúr, que se estendiam bem à sua frente, cobrindo uma parte do sol. No mesmo momento o lago escuro que havia encontrado meses antes voltou à sua mente, junto com a imagem recente da sombra de Florence se movendo. Tomado pela curiosidade repentina, ele mudou o curso e virou o corpo, mergulhando para baixo da montanha.

Os campos de plantações continuavam secos e sem vida; depois do árduo inverno, demoraria meses até se recuperarem. Ele localizou apenas duas pessoas espalhadas por aquela extensão, mas ambas estavam concentradas demais no solo para ver qualquer coisa no céu. Beor então voou até a localização da caverna de labritis e adentrou o espaço, tocando os pés no chão. A caverna, antes iluminada com tons de roxo e repleta de mistérios, estava seca e abafada, completamente vazia. Beor avistou o lago escuro a distância, de imediato; não havia mais qualquer empecilho para chegar até ele. Estranhando o estado atual do ambiente, ele caminhou de forma vigilante para dentro, a espada em mãos, os passos ágeis e os olhos passando por cada detalhe do ambiente. Quando chegou perto da borda do lago, as memórias de ter sido sugado para dentro de um como aquele lhe voltaram de uma só vez. Se não fosse Erik, sabe-se lá onde ele estaria, ou mesmo se estaria vivo. O que eram aquelas coisas? Para onde elas levavam? Por que as sombras de Florence lhe provocaram a exata mesma sensação daqueles lagos? Eram algumas das perguntas que agora rodeavam sua mente, colocando em segundo plano a raiva que sentia por Augusto e até a dor de ter acabado de deixar seus pais. Ele presenciava algo que não compreendia e, naquele momento, fitando seu reflexo opaco no lago de líquido acinzentado e fumaça preta no chão, sentiu que todos os mistérios que o atormentavam se encontravam, de algum modo, em Florence.

# 12

# A Guerra Estacionária

Florence estava há dois dias sem sair do seu cômodo no palácio; Lúdain continuava a ser a única que podia entrar, e mesmo com ela a garota era de poucas palavras. Beor havia voltado de casa com mais dúvidas do que respostas e olhava para o céu com um pouco menos de frequência, com medo de que as estrelas lhe dessem alguma reprimenda por ter ido ver seus pais. Ele havia preenchido seus últimos dois dias com pesquisas e mais pesquisas na grande biblioteca do palácio, que ficava situada na ala norte, próximo ao jardim de Rothana, na entrada. Havia recolhido todos os registros sobre a Guerra Estacionária e o estabelecimento do tratado e os reunido em uma única mesa de madeira no centro do espaço, onde estava passando mais horas do que em qualquer outro lugar. Mas a cada hora que o silêncio de Florence se prolongava, mais inquieto e disperso ele ficava em sua missão. A garota deveria estar sofrendo e ele certamente também estava, mesmo que escondesse isso nas horas gastas em pesquisa.

A verdade é que eles estavam processando a revelação de Augusto cada um à sua própria maneira, e uma dessas maneiras acabou sendo a esperança de não ver o outro tão cedo. Olhar para Florence tornava a dor de Beor mais pungente, era a prova de que havia sido traído por Augusto e ao mesmo tempo gerava culpa, por saber que *ela* não tinha culpa disso. Já para Florence, o olhar de Beor naquele momento já a condenava, ela era o erro vivo, encarnado, com o qual agora um garoto mais jovem que ela própria tinha a responsabilidade de lidar. Mas, quando chegou o terceiro dia e a garota ainda se recusava a sair do quarto, Beor soube que tinha que fazer alguma coisa.

Ele caminhou com passos ansiosos até os aposentos dela; não é que não quisesse vê-la, mas a distância havia acabado por amenizar a raiva que sentia de Augusto, como se, ignorando a existência dela, tudo parecesse um pouco menos real. Ele teve vergonha desse pensamento e forçou sua mão a bater na porta, encarando de uma vez a pessoa da qual ele não poderia fugir, mas, principalmente, que não deveria *deixar* fugir.

— Florence? Está aí? É o Beor.

Um silêncio apático foi tudo o que veio do outro lado.

— Passaram uns dias e… achei bom ver como você estava. Lúdain disse que você mal fala com ela… — ele insistiu, conseguindo ouvir os passos da garota lá dentro, mas sem obter resposta. — Olha… eu sei que você está sofrendo e sinto muito por isso, de verdade. — Ele suspirou, encostando a cabeça na porta de madeira. — Eu não sei como ajudar, mas sinto que deveria, por isso estou aqui.

— Está tudo bem, você não tem culpa — a voz fraca de Florence veio do outro lado.

O olhar de Beor se iluminou, encorajado.

— Então você vai me deixar entrar? — ele perguntou.

— Para quê? Não quero falar sobre meu pai — ela respondeu, engolindo em seco. — E sou mais um problema para você do que qualquer outra coisa.

— O quê? É claro que não, e a gente nem precisa falar sobre seu pai. Na verdade, acho que eu te devo uma história, agora que você já sabe de tudo. A *minha* história, de como me tornei o Verão — ele arriscou, erguendo as sobrancelhas.

Um silêncio se seguiu por alguns segundos, enquanto o som da menina se movendo pelo quarto era perceptível.

— Tudo bem. — Ela destrancou a porta e a abriu, aparecendo bem na sua frente.

Seu nariz estava vermelho e seu cabelo ruivo ondulado estava solto, caído até sua cintura. Ela usava um vestido cinza que havia encontrado no armário; tinha-o escolhido porque era o menos belo dentre todos os que os pássaros haviam tecido para ela nos últimos dias. Queria usar algo que combinasse com os sentimentos que trazia dentro de si, apesar de que o vestido continuava sendo, irrevogavelmente, muito mais belo do que seus pensamentos.

— Pode entrar. — Ela sinalizou com a cabeça, cruzando os braços.

Beor adentrou o cômodo e fechou a porta, enquanto Florence voltou para a cama de onde não parecia sair nos últimos dias e se encolheu de volta no lençol, sentando com as costas apoiadas na parede.

— E então?

— Hã?

— Sua história, como você veio parar aqui.

— Certo — Beor assentiu.

Ele olhou em volta no cômodo, um pouco desconfortável, e acabou trazendo a cadeira da pequena mesa ao lado do espelho para perto da cama e se sentou nela, a um metro de distância da garota.

— Tudo bem. — Ele coçou a garganta; Florence aguardava, fitando-o com um olhar triste e distante.

Era estranha aquela situação; eles precisavam tratar de coisas mais sérias, como falar sobre o que tinha acontecido com ela no cômodo dos antigos Verões, mas ele sabia que ela só queria se distrair do caos que deveria estar em sua mente e respeitava isso.

— O palácio não tem uma localização exata na Terra Natural, certo? Não pode ser encontrado por humanos como qualquer outro local, mas ele fica próximo do reino de Astela, pelo menos na maioria dos dias. Eu vim de uma vila que fica a alguns dias para o Sul, em uma região quase sem comunidades humanas que eu descobri, há pouco tempo, que consta nos mapas como Nação das Florestas, o que é bem legal. Enfim, é uma vila pequena, ninguém nunca saiu de lá e ninguém chega lá, está cercada por uma cordilheira de montanhas. Há pouco mais de um mês o sol desapareceu do céu e houve o grande congelamento de que te falei. Acontece que Augusto, seu pai, era o Verão vigente; ele tinha a obrigação de proteger a nossa terra e garantir sua vitalidade, mas então o tratado foi quebrado: o Inverno o atacou, Augusto fugiu e tudo virou um caos.

Enquanto contava, percebeu que a menina se encolhia a cada vez que ouvia o nome de Augusto, como se apenas a menção a ele a enfraquecesse.

— Eu parti em uma noite fria, sem dizer adeus aos meus pais. Um guardião que encontrou nossa vila me contou sobre o segredo das estações e... meio que eu era o único que poderia encontrar Augusto. Por isso fui embora, inicialmente apenas para encontrar o Verão e trazer o sol de volta, mas...

— Então você se *tornou* o Verão — Florence concluiu.

— Sim — Beor abaixou o olhar —, seu pai estava doente e o Inverno estava avançando, nós tínhamos aqueles lobos terríveis, os oghiros, que estavam matando todo mundo. Basicamente eu não tinha escolha; na verdade eu tinha, só que apenas uma: ficar. Pegar a espada do Sol — ele apontou para o cinto, onde a espada repousava — e torcer para as estrelas me escolherem e me tornarem o novo Verão.

— E deu certo, pelo visto.

— Deu, sim, o Sol voltou e os meus pais estão bem e vivos, assim como a minha vila, mas eu não pude voltar para casa. Um dos sacrifícios de uma estação é abdicar de sua vida e dos relacionamentos humanos — ele falou, com pesar.

— E isso faz quanto tempo?

— Que eu deixei a minha casa, faz mais de um mês; mas, desde que me tornei o Verão, esta é a segunda semana. — Ele deu uma risada triste, como se notasse seu azar.

— Mas Beor, por quê? Por que deixar sua família tem que ser uma regra?

— Ah, por muitos motivos, eu acho. Pelo menos é o que Augusto falou e o que também consta nos livros que li até agora. Primeiro, que inimigos de uma estação podem usar sua família humana contra ela. Segundo, porque estações não devem usar seus poderes para atraírem glória para si mesmas; elas devem ser servas da natureza e da criação. Contudo, teve estações no passado que quebraram essa regra e usaram seus poderes para benefício próprio, se tornando *deuses* e sendo adoradas por humanos. E, por último, porque... se estações se reproduzirem como humanos, não existe muito um limite para o quão poderosos seus filhos podem ser... — ele concluiu, receoso, olhando-a nos olhos.

— Eu, no caso. — Ela desviou o olhar, sentindo-se envergonhada.

— Sim, mas você não é a única *estação não mapeada* que eu encontrei.

— Como assim? Existe mais alguém como eu? — Ela arqueou as sobrancelhas, surpresa.

— Sim; na verdade eu não tenho certeza, mas *acho* que sim. Um homem, Erik Crane. Eu o encontrei na floresta durante o grande congelamento e ele lutou comigo contra o Inverno, mas logo depois desapareceu, e eu não pude rastreá-lo. Ele tinha poderes bem típicos de uma estação, mas, ao mesmo tempo, era uma *coisa* diferente, nem Verão, nem Inverno.

— E ser filha de uma estação me torna uma estação também? — ela encontrou forças para perguntar, sabendo que não poderia fugir do assunto por muito mais tempo.

— Eu honestamente não sei. Apesar de que me parece a ordem natural você herdar o dom estacionário também.

— Eu conseguia fazer coisas... estranhas quando era criança. Mas nunca vi como poderes, e sim como uma aberração — ela falou, engolindo em seco.

— Que tipo de coisa?

— Às vezes eu conseguia fazer plantas crescerem bem rápido ou morrerem de repente, mas em outras vezes eu tentava e nada acontecia. Cheguei até a pensar que era apenas coisa da minha cabeça.

— Com certeza era real. Eu senti quando te curei no outro dia um fluxo de poder, como meus poderes fluíram para você de forma muito natural. — Havia tensão na voz do Beor, como se ele mesmo ainda estivesse processando o que aquilo significava.

Florence o fitou por alguns minutos, sem encontrar nada que fosse relevante o suficiente para falar. Ela só queria ficar naquele quarto até esquecer de tudo, sem precisar encarar nada, especialmente seu passado, mas sabia que era um plano idiota e com curta validade.

— E agora? O que acontece comigo? — ela tomou coragem para perguntar.

— Nada, você vai permanecer em segurança no palácio, como já tem estado. Mas algo na fronteira me preocupou: temo que o Inverno já soubesse da sua existência antes de mim e, pior ainda, que ele já estivesse te procurando.

— Por que acha isso? — A voz de Florence falhou.

— Além do ataque dos pássaros, o palácio já tinha sofrido uma invasão de oghiros um tempo atrás, mas eles não levaram nada... talvez até mesmo a quebra do tratado seja um sinal disso.

— Por que eu seria tão importante assim? — Ela se encolheu um pouco mais na cama, abraçando o corpo.

— É isso que eu preciso descobrir — ele respondeu, convicto.

Florence hesitou por um momento. Lembrou-se do ataque à sua vila, as criaturas que saíram do oceano e se manifestaram na tempestade. As pessoas correndo, sua bela tenda de flores destruída. Sua mãe morta aos seus pés e seu pai a deixando em uma caverna para nunca retornar. Ela havia perdido tudo aquilo e o mínimo que devia a si mesma era saber o porquê.

— Tudo bem. — Ela engoliu em seco. — Eu não sei como conseguiria, mas... posso tentar ajudar.

Beor sorriu, satisfeito.

Os pesados portões da biblioteca foram abertos e Beor guiou Florence pelo corredor até o centro do grande espaço, onde estava sua atual mesa de trabalho com inúmeros livros abertos.

— O que você descobriu até agora? — Florence perguntou, enquanto caminhava atrás dele com a cabeça erguida, completamente hipnotizada pela beleza e as possibilidades do local.

— Eu comecei a estudar a Guerra Estacionária que aconteceu em 1600, já que eu não sabia sobre ela até o dia em que recebi as notícias da fronteira. Aqui. — Ele chegou até a mesa e sentou em uma das cadeiras, apontando a do lado para a garota, que o seguiu.

Florence esquadrinhou o espaço, trazendo os livros até seus olhos para ler seus títulos. Alguns estavam abertos e eram tão pesados que ela nem teve a coragem de mover; a ponta de suas páginas estavam se desfazendo e pareciam ser registros mais antigos do que a própria biblioteca.

— Quem construiu o palácio? — ela perguntou de repente, pegando Beor de surpresa.

— Hã… Helvar, o primeiro Verão, logo depois que as estrelas deram a luz para nossa terra na forma das duas estações — Beor respondeu, revisitando mentalmente um texto que havia lido.

— Então ele existe desde muito antes do tratado?

— Sim — Beor concluiu, intrigado pelo pensamento que ele ainda não tinha tido: o palácio já existia antes do tratado e havia até mesmo sobrevivido a uma guerra! Talvez o que viesse a seguir não fosse assim tão trágico, afinal.

Enquanto Beor procurava o livro que havia lido na última vez que esteve ali, o olhar de Florence foi atraído para um livro pequeno, de capa de tecido verde, que estava por baixo de dois outros grossos volumes de *História das Estações*.

— E esse aqui? — Ela o puxou, estendendo-o no ar, enquanto reconhecia aos poucos o título na capa.

— Ah, não, ele não faz parte da pesquisa. Esse é...

— O meu livro favorito — os dois responderam ao mesmo tempo, sendo pegos de surpresa.

Florence tinha um olhar nostálgico no rosto, como se segurar o livro fosse segurar uma parte de si que havia esquecido.

— Sério? *As Mil Canções da Meia-Noite?* — Beor cerrou as sobrancelhas, estranhando a coincidência. — Era o livro preferido da minha mãe; ela lia para mim desde que eu era pequeno. O encontrei há pouco tempo por acidente, enquanto revirava as prateleiras. Me faz sentir um pouco mais perto de casa.

— Eu o conheci na biblioteca da escola. Sempre achei a história tão... romântica — ela admitiu, envergonhada.

— Credo, quer dizer, legal também. — Beor revirou os olhos. — Mas eu gosto é da ação. As guerras e todos os outros relatos.

— Sei. — Florence conteve um risinho, o que devia ter irritado Beor, mas o fez sorrir junto.

— Voltando à guerra. É este aqui. — Ele puxou um livro grosso para o espaço da mesa entre os dois e o abriu na parte em que tinha parado.

Era uma bela ilustração colorida que mostrava a divisão da Terra Natural antes do tratado. Era uma delimitação estranha, no desenho estava marcada a localização das duas árvores primordiais, ambas nos extremos da terra, e a divisão de climas funcionava mais como círculos que giravam em volta daquele ponto de início. Existia um ponto, depois do que seria os limites atuais da fronteira, onde ambas as estações se misturavam, e havia também pedaços de terra desenhados que, pela indicação, pareciam não possuir nenhum dos dois climas. De acordo com o desenho estava claro que tudo era mesmo uma grande bagunça.

— Este livro conta que as duas primeiras estações da terra, Helvar e Kahra, eram muito próximas e, por mais que estivessem destinadas a viver em territórios opostos, mantiveram uma amizade profunda por meio de cartas e mensageiros. A boa relação entre eles favoreceu a paz que se seguiu às estações que os sucederam. Não havia a necessidade de delimitação territorial, pois uma estação sempre respeitou a outra; as estações até se encontravam de tempos em tempos para compartilhar um pouco do fardo da posição, o que honestamente parece um sonho, considerando que a minha estação oposta quer literalmente me *matar* — ele desabafou, quase ofendido por ter descoberto como a paz já havia reinado um dia.

— E quando a guerra iniciou?

— Diz aqui que o conflito entre ambas as estações começou a se instaurar em meados da segunda década de 1600, quando Falael, o Inverno da época, passou a comandar explorações pelo território de Gregor, o Verão, sem o consentimento deste.

— Mas não era proibido entrar no território um do outro.

— Não; mas diz aqui que Gregor não confiava em Falael e via uma ameaça *naquilo* que ele procurava, então, assim que descobriu dos intentos, o barrou. — Beor passou o dedo pelo texto, lendo atentamente. — Não explica o que exatamente ele procurava. Acontece que isso gerou um desconforto entre ambas as estações, o que acarretou um combate, que então se transformou em uma guerra na qual lutaram durante *três anos*!

— Pelas estrelas!

— A batalha dos dois começou a destruir ambas as terras, e os humanos tiveram que intervir, implorando para que eles cessassem. Aqui conta sobre um grupo de *justos*, autointitulado de sacerdotes, que foram quem conseguiram interromper o conflito e trazer a consciência de volta às duas estações. Foi nessa época que também foi fundada a Ordem do Conhecimento das Estações, uma ordem de humanos que têm conhecimento do segredo das estações e o protegem do restante do mundo. Eles propuseram o tratado como uma forma de encerrar o conflito e restaurar a estabilidade do clima que a Terra Natural já havia perdido. Percebendo o estrago que haviam feito, ambas as estações aceitaram e construíram a fronteira juntos, conjurando a magia que separava ambos os climas, e se retraíram para seus palácios, sem nunca mais se encontrarem em vida.

— Mas e o que o Inverno procurava? Diz se ele encontrou, ou ao menos menciona o que era? — Florence perguntou, estendendo o rosto sobre o livro e movendo a próxima página.

— Eu não sei, parei nessa parte — Beor respondeu, seguindo o olhar dela.

A página virada trouxe mais algumas informações sobre o restante da vida de ambas as estações e, na borda da segunda página, o rascunho de um desenho, que dizia ser retirado do diário pessoal de Falael, cuja localização havia se perdido.

Beor fitou o rascunho juntamente de Florence e de início não lhe pareceu nada mais do que rabiscos sem sentido, círculos ovais desenhados um em cima do outro. Poderia ser uma pedra preciosa ou uma gema perdida. Mas, depois de um pouco mais de observação, a imagem começou a se alterar aos olhos dele; os riscos que saíam eram elevações, seguidas de raízes, e os círculos um dentro do outro indicavam profundidade. Os olhos de Beor se arregalaram e ele moveu a cabeça para trás de forma abrupta.

— O que foi? — Florence, que levou um susto, indagou.

— Eu já vi isso antes. É um lago escuro.

# 13

# Os lagos escuros e o que revelam

Florence observava a imagem com atenção; era muito difícil para ela enxergar um lago ali. Sua mãe era pintora, então ela havia crescido com um olhar muito crítico para desenhos, e *aquilo* não passava de rabiscos de alguém que não sabia o que estava fazendo.

— Como você sabe? Nem parece muito um lago.

— Eu tenho certeza. Eu já vi um desse antes, três vezes agora, e as raízes que saem são exatamente assim. — Beor explicou, virando o rosto para Florence. Ele se lembrou mais uma vez do lago escuro da caverna e das sombras da garota que se moveram, assunto, inclusive, que ele não sabia como abordar.

— Então o motivo que deu origem à guerra era que ele estava procurando por um lago?

— Não qualquer lago! Inclusive, você tem certeza de que nunca viu algo assim? Eles são pequenos, não mais que um metro de comprimento, têm um líquido cinzento e expelem uma névoa escura que mancha tudo em volta.

— Não, eu nunca vi nada assim. Eu morava perto do mar, mas não tínhamos lagos por lá.

— Tem certeza? — Beor insistiu e cerrou os olhos.

— Absoluta. — Ela balançou os ombros, irritada com a persistência do assunto. — O que são essas coisas?

— Portais para uma outra terra, pelo menos foi o que me contaram. Existem três terras, e uma delas não deveria nunca ser acessada, a Terra da Escuridão Perpétua. Parece que os lagos são portais direto para ela.

Beor se levantou da cadeira e olhou em volta, fitando os corredores de prateleiras que se estendiam para todos os lados.

— Vem, vamos encontrar a seção sobre eles. — Ele começou a caminhar, seu corpo visivelmente agitado pela adrenalina, e Florence o acompanhou.

Eles encontraram uma pequena texugo catalogadora no primeiro corredor, chamada Lyta, que os indicou para onde deveriam ir. Beor agradeceu com um sorriso e seguiu as orientações. Os lagos escuros haviam ficado na sua mente desde a visita secreta a Demilúr, mas ele não fazia ideia de que eles estariam conectados à própria razão da criação do Tratado das Estações.

Eles foram guiados até o final da biblioteca, onde as estantes ainda eram organizadas, mas pareciam mais velhas e empoeiradas, como se ninguém retirasse aqueles livros de suas prateleiras há muito tempo. A seção sobre os lagos escuros era extremamente limitada e ficava na última prateleira da última estante. Beor se agachou no carpete e retirou de lá tudo o que encontrou: apenas três livros empoeirados.

— É só isso? — Florence perguntou, voltando-se para a texugo.

— É um assunto severamente limitado, apenas dois Verões se propuseram a pesquisá-lo — o animal respondeu e, com um sorriso tímido, se afastou.

— Tudo bem — Florence resmungou e se sentou no chão, ao lado de Beor.

— O que eles dizem? — ela indagou, alcançando o primeiro livro.

Beor já havia encostado as costas na estante e abria com cautela o livro que parecia ser o mais antigo.

— Diria que esse aqui foi escrito antes da guerra — ele comentou, abrindo a capa de couro que esfarelava e continha no centro o título: *Portais para outro mundo e suas dinâmicas*, sem indicar, porém, quem o havia escrito.

Florence o seguiu e puxou mais para perto o livro que segurava; era consideravelmente mais novo que o outro, mas suas folhas também estavam amareladas.

— *Lagos escuros e o que revelam* — leu o título em voz alta, passando as páginas.

Eles ficaram ali por alguns minutos, sentados no chão um do lado do outro, enquanto folheavam as primeiras páginas dos exemplares até encontrarem algo que valesse a pena ser compartilhado.

— Diz aqui que este livro foi escrito por Athina; você sabe quem é ela? — Florence perguntou, ainda atenta às páginas.

— Acho que foi uma Verão do passado; ainda não estudei sobre ela, mas havia um quadro dela no saguão dos Verões — Beor respondeu cerrando os olhos, enquanto tentava lembrar.

— Ah, aqui conta a história dela! — Florence exclamou, assim que virou a página e viu a resposta para sua pergunta.

Na página que se abriu estava o desenho de uma mulher de longos cabelos, inclinada sobre o chão, observando um lago que continha seu reflexo. Porém no reflexo havia duas pessoas com ela, um homem e uma criança, enquanto do lado de fora ela estava sozinha.

— A pessoa mais incomum a ser escolhida pela espada, Athina já tinha esposo e filho quando se tornou Verão. Ela aceitou o cargo para protegê-los, porém teve de partir para sempre. Ela observou à distância o marido se casar novamente e o filho crescer, porém, após a morte deles, ela foi tomada por uma tristeza profunda e não viveu muito mais. Ela morreu com cento e vinte anos — ela leu em voz alta um resumo que havia abaixo. — O luto desenvolveu nela uma fascinação pelos lagos escuros, que se tornaram seu principal tópico de estudo, até sua morte.

Beor ouviu atentamente.

— Ela nunca quis ser o Verão — Florence comentou reflexiva; seu olhar começava a se abater mais uma vez. — Talvez meu pai também não queria.

— Eu não acho que é *exatamente* sobre querer. — Beor fez uma careta, tentando organizar seus pensamentos. — Ninguém quer deixar tudo para trás e abandonar as pessoas que ama. É mais sobre... se deparar com uma *vontade* tão grande e tão forte que até o que você quer ou deixa de querer se torna pequeno perto dela.

— E por isso você abre mão das suas vontades?

— A ideia é essa. — Ele engoliu em seco, lembrando-se do encontro com seus pais.

— Bom, parece que meu pai não fez isso muito bem. Parece que suas vontades encontraram uma forma de voltar ao controle. E sabe o que é o pior disso? Saber que ele não fez nenhuma das coisas bem. — Uma lágrima inesperada caiu, pingando na página. — Ele não foi um bom pai e, pelo que parece, também não foi um bom Verão.

Beor a observava com profundidade, mais uma vez sem saber o que dizer. Florence levantou o olhar, que se encontrou com o dele rapidamente, e então secou a lágrima, recuperando a postura.

— De qualquer forma, aqui diz que o que a atraiu para os lagos escuros foi as possibilidades que eles lhe apresentavam. — Ela respirou fundo e voltou para o livro.

— Possibilidades, como?

— Parece que Athina acreditava que o que existia além dos lagos habitava um mundo completamente diferente do nosso, cuja própria ordem e lógica eram diferentes. Uma terra incriada, feita de matéria vazia, ainda possível de ser moldada. Uma terra de sombras da realidade verdadeira. Uma Terra Espelhar, foi como ela chamou aqui — Florence leu atentamente.

— Então o que Falael, o Inverno que causou a Guerra Estacionária, queria era descobrir mais sobre a Terra da Escuridão Perpétua? Talvez ele a visse como um território a ser explorado.

— Mas lutar uma guerra ininterrupta por três anos apenas para visitar uma terra aparentemente vazia? Parece estranho — Florence comentou.

Instigada, e aproveitando a sensação para tentar ao máximo abafar a lembrança de seu pai, Florence virou a próxima página. Rabiscos a povoavam, mais frases e frases marcadas com tinta e comentários que preenchiam todas as bordas. "Um portal" e "Ali elas não têm jurisdição" eram alguns dos comentários encontrados.

— Alguém mais estava muito interessado nos lagos escuros — ela comentou enquanto continuava a passar as páginas freneticamente.

Página após página, os comentários continuavam, algo havia sido guardado, escondido ali.

Florence parou na página final, onde a pigmentação da tinta mostrava que havia sido escrita muito tempo atrás, pela autora original. Beor e Florence leram juntos.

*Uma porta aos anseios de todas as estações.*
*Um alento para os partidos corações.*
*Novo fôlego para o enfraquecido,*
*onde o pulsar do mundo está escondido.*

— Athina se arrependeu de ter deixado sua família para trás, e ela pensava que a Terra da Escuridão Perpétua poderia trazê-los de volta. Trazer de volta a vida que tinha antes de ser o Verão — Beor supôs, refletindo sobre a última estrofe.

— Parece que, o que quer que tenha lá, é algo oposto ao poder das próprias estrelas e interessou a mais Verões além de Athina — Florence comentou, sentindo os pelos no braço se arrepiando.

— Seu pai, talvez? — Beor sugeriu.

— Não sei — ela respondeu com honestidade.

Beor suspirou e a fitou por alguns segundos, enquanto sua mente trabalhava a mil.

— Florence, olha, tem algo que preciso comentar com você.

Ela levantou o olhar e aprumou o corpo, estranhando a mudança no tom de voz dele.

— Sabe quando estávamos no saguão dos Verões passados? Quando descobriu que seu pai, bom, que Augusto era o último Verão?

— Sim?

— Você pareceu entrar em uma espécie de transe, e sua sombra, refletida no chão, começou a crescer e se espalhar pelo mármore, quase como se tivesse vida. A escuridão que eu vi naquele momento, o cheiro e até mesmo a consistência me fizeram lembrar dos lagos escuros — ele admitiu, mesmo que não entendesse o que aquela declaração significava.

A garota o ouvia atenta, o coração batendo acelerado no peito, os olhos assustados pela revelação de que seus pesadelos não eram exclusivos a ela.

— Então você viu mesmo? — Sua voz saiu falha.

Beor assentiu, compreensivo.

— Você comentou que isso já havia acontecido outras vezes... — ele falou.

Florence sentiu sua pressão baixando e seu corpo perdendo a vitalidade.

— Já. As sombras da minha casa sempre se mexiam, especialmente as da minha mãe. Elas tinham rosto e voz. Eu ouvi uma falar comigo pela primeira vez quando era pequena, não tinha mais do que quatro anos, mas eu contei para minha mãe e ela não acreditou, disse que era coisa da minha cabeça. Desde então eu tentava pensar que era só isso, que *eu* é que não tinha uma cabeça muito boa. Mas eu não me lembro de uma só semana em que minha sombra não sorria ou sussurrava algo para mim. —

132

Confessar sobre aqueles eventos a fez se sentir zonza, e ela encostou a cabeça na prateleira, fechando os olhos.

— Isso é assustador.

— Você não imagina o quanto — respondeu com um sorriso amargo. — Eu só não pensava que outras pessoas poderiam ver isso também.

— Olha, eu vi, tenho absoluta certeza.

— E você acha que isso, que essas sombras podem estar conectadas a esses lagos escuros? — Ela abriu os olhos e inclinou um pouco a cabeça na direção dele.

— Acho, é a única coisa que faz sentido, na verdade. Por isso perguntei se você já havia visto um deles.

— Mas eu juro que não vi, de verdade. Tudo o que havia na minha vila eram uma dúzia de casas e a praia mais à frente.

— Você disse que houve um ataque, certo? À sua vila?

— Sim, foi no dia do meu aniversário de quinze anos. Era a festa dos sonhos, eu e minha mãe estávamos organizando há meses.

— E o que exatamente aconteceu? Você lembra? — Beor inquiriu.

— Eu me lembro de monstros que saíram do mar, eu acho. — Florence cerrou os olhos, pensando. — Não, as ondas, elas *eram* os monstros. Elas tinham forma e estavam vivas. Me lembro da festa, ela estava muito cheia, e em alguns momentos parecia até cheia demais; lembro de, em determinado momento, achar estranha a quantidade de pessoas.

A garota cerrou as sobrancelhas, estranhando como o pensamento lhe voltou à mente.

— E o que mais?

— Tudo depois do ataque fica simplesmente nublado para mim. Eu tive a sensação de ver alguém, um homem escondido entre as ondas instantes antes de tudo desmoronar e os monstros atacarem. Após isso, me lembro apenas de frações de cenas desconexas. Eu correndo com a minha mãe e ela morrendo. Pessoas gritando ao fundo. Meu pai aparecendo de repente e a floresta me engolindo.

— Então não dá para saber se foi o Inverno que te atacou — Beor comentou, apoiando a cabeça nas duas mãos.

— Eu não me lembro dele; não me lembro de sentir frio, só *medo*. E, como disse, não tenho qualquer memória de um lago ou fumaça escura além das minhas sombras. Só queria poder voltar e viver essa memória de novo, por mais dolorosa que fosse. Queria saber se, talvez se eu tivesse avisado meu pai alguns segundos antes, tudo não seria diferente.

— Não faz isso com você, não dá para voltar atrás e... — A voz de Beor falhou e ele não completou a frase.

— O quê? — Florence o cutucou, confusa.

— Realmente não dá para voltar no tempo, mas talvez dê para voltar na sua *memória* — ele disse de forma pausada, processando a ideia à medida que falava.

— Como isso seria possível? — ela perguntou.

— A espada! Podemos abrir um portal com a espada para acessar suas memórias antigas, Augus... seu pai fez isso uma vez.

— Então poderíamos voltar para o dia do ataque, dentro da minha mente?

— Sim, e ver exatamente tudo o que seus olhos viram e que sua mente agora a está impedindo de lembrar. Talvez até mais do que isso.

— E isso é seguro?

— Não existem riscos, a espada não pode voltar no tempo, apenas voltar em uma memória.

O semblante de Florence ficou tenso e ela desencostou o corpo da prateleira.

— Você vai estar totalmente segura, eu prometo — Beor disse de forma gentil, tentando passar confiança.

— Se voltarmos, vamos entender melhor quem atacou e como eu posso estar conectada a esses lagos escuros que começaram a guerra? — ela perguntou, hesitante.

134

— Não posso te dar certeza, mas espero que sim. Talvez tudo comece a ficar mais claro.

Florence fechou os olhos e passou a mão no rosto sardento; suas palmas tremiam de leve apenas pelo pensamento de voltar àquele dia, mas não havia nenhuma opção melhor ou reconfortante.

— Tudo bem. — Ela engoliu em seco e falou as palavras com dificuldade. — Podemos voltar.

# 14

# O dia do desabrochar

Beor estava de pé, em alerta. O objeto estacionário que ele agora empunhava tinha uma força que ele não compreendia, e toda vez que sentia o poder fluir por suas mãos se sentia minúsculo, incapaz, prestes a explodir e ser transformado em milhares de pedaços — e, logo em seguida, sentia-se poderoso.

Beor não tinha consciência dos limites da arma e até onde seu poder se estendia, não fazia ideia de tudo que ela poderia executar, mas sabia que ela era um portal para todos os lugares, os que existiam dentro daquele mundo e os que existiam nas memórias. Lembranças eram uma terra para a qual a espada possuía a chave de entrada.

Florence estava na sua frente, a alguns metros de distância, e eles estavam em um ponto mais vazio da biblioteca, onde o sol do meio-dia lhes fazia companhia atravessando o vidro da grande janela que os cercava. Beor tentava reprimir o nervosismo que alcançava suas mãos, fazendo-o questionar secretamente se era capaz ou não de executar aquilo. Apesar de já ter aberto portais para outros lugares físicos, ainda não havia tentado abrir um portal para uma memória, porém pensava que o processo não poderia ser muito diferente. Deu um passo para a frente, um pouco mais próximo da garota, e fincou a espada no chão entre eles. Ele sabia a tradução para as palavras *portal* e *memória* em alnuhium e foi isso o que disse, na esperança de dar certo.

— *Valithrya aesthien mihulhya.*[1]

Para seu alívio a espada entendeu o comando e as mesmas raízes douradas com as quais ele estava familiarizado brotaram da lâmina, crescendo e se costurando umas nas outras, até se encontrarem alguns metros acima, formando um portal oval.

Florence arfou, já havia visto aquilo acontecer uma vez, mas continuava maravilhada.

— Acho que agora precisa pensar na sua memória — Beor disse com o cenho franzido, recapitulando sua própria experiência com Augusto. — Deve trazer ela de volta à mente, exatamente aquele dia e aquela noite, e então, se fizer de forma correta, a espada vai refleti-la.

— Tudo bem. — Florence fechou os olhos e voltou, um pouco a contragosto, para um de seus maiores pesadelos.

Música alta, risadas em volta. Um trovão ecoando no céu. Gritos e passos desesperados. A chuva batendo nas telhas. O último som da voz de sua mãe.

De imediato o outro lado do cômodo além da espada desapareceu, o portal ganhou uma consistência acinzentada, sem refletir nada em específico, e então, lentamente, mostrou uma estrada de ladrilhos marrons, cercada por algumas árvores, e o som de acordes de alaúde que chegavam até eles.

Florence abriu os olhos, reconhecendo a melodia. Seu coração bateu acelerado, perfurado pela dor da memória, e ela encontrou Beor a fitando, aguardando sua permissão.

— Lembre-se, é apenas uma memória, não pode te ferir novamente — ele afirmou com um sorriso de cumplicidade, tentando reconfortá-la.

---

1 Revele o portal para a memória.

Florence assentiu, mas sabia que aquilo não era verdade; uma memória poderia feri-la infinitas vezes.

— Vamos, então? — ele perguntou, estendendo a mão para ela.

Florence respondeu que sim com a cabeça e segurou a mão dele com incerteza. Ambos tremiam, pelo medo do desconhecido e do que poderiam encontrar ali.

Atravessaram o vão, um após o outro, e adentraram o bosque de largas sombras e estrada de tijolos. Florence reconheceu cada detalhe ao derredor e, puxando o ar para dentro de suas narinas, começou a caminhar, seguindo o norte de sua memória. Beor deu uma última olhada para trás, o portal aberto revelava agora apenas um recorte da biblioteca, e então seguiu a garota.

A estrada foi se abrindo até os tijolos serem substituídos por grama e areia. As árvores em volta eram finas e com grandes copas, sacudidas por um vento suave que eles não podiam sentir. Pela tonalidade do céu, um alaranjado cortado por pequenas listras roxas, era tardezinha, não mais do que seis da tarde, e a noite logo entraria em cena.

O oceano se estendia logo à frente deles, a uns dez metros de distância, e o coração de Beor pareceu ser atingido por um raio no momento em que o avistou. Não estava preparado para o horizonte, para as cores que inundaram sua vista e o aperto que alcançou seu peito. Ele cresceu sem conhecer o mar, sem ter ao menos um vislumbre do que era, mas havia descoberto recentemente que tudo poderia ter sido muito diferente. Aquela imensidão de água, possibilidades e infinito poderia ter sido sua, caso tivesse crescido em Filenea, caso sua família nunca tivesse partido. E, mesmo passados trezentos anos, mesmo que Beor não soubesse nada de sua linhagem além do que a espada lhe contara, seu sangue ainda era fileneano e, por isso, seu coração amou o mar assim que o viu.

Por mais que estivesse em sua lista de desejos inconscientes, não o havia visitado ainda; seu primeiro vislumbre de perto estava sendo agora, nas memórias de outra pessoa. Ele era imenso, vivo, e refletia as cores do céu em suas ondas, traçando um caminho

138

de luz até o fim do horizonte. Beor suspirou, maravilhado, mas o momento de êxtase durou pouco e ele se lembrou do motivo de estarem ali. A alguns metros da água, além da extensão de areia, duas tendas de tecido haviam sido montadas, na região onde a areia já começava a ser substituída por pedras. Pessoas dançavam alegremente umas com as outras dentro do espaço, enquanto uma pequena banda tocava uma melodia alegre e estimulante.

Florence caminhou até o local, absorvendo cada detalhe que sua mente havia esquecido. As cadeiras e mesas de madeira colocadas em volta das tendas, os sóis e flores pintados à mão em cada uma delas, as cortinas que caíam das pontas das tendas, balançadas pelo vento, pareciam tomar parte na dança com as pessoas. Era uma memória perfeita, uma noite intocável, um quadro pintado com maestria; era tão bonito de se assistir que nem parecia ter sido sua vida em algum momento.

A garota perscrutou toda a cena em busca de rostos específicos e encontrou primeiro sua mãe; ela tinha um semblante suave e um sorriso fácil no rosto, seus cabelos cor de mel estavam soltos e ela conversava com uma amiga. Logo atrás dela estava seu pai, trajando um terno branco de linho, seu cabelo ruivo estava curto e sendo agitado pelo vento; ele sorria observando toda a cena e seu olhar parou na esposa, Amaranta, que conversava sem notá-lo. Florence nunca o havia visto olhando para ela daquela forma, com uma rara admiração e deleite, e pensou que talvez, em algum momento, eles realmente haviam se amado. Seu olhar correu até o centro da tenda, onde alguns adolescentes dançavam com alegria. Ela finalmente encontrou a si própria, dançando um pouco envergonhada com um garoto de cabelos pretos e sorriso largo, pelo qual lembrava estar apaixonada na época. Tudo aquilo parecia tão distante, como se tivesse acontecido em outra vida.

— Aquela é *você*? — Beor perguntou sem pensar, deslumbrado.

Florence o olhou rapidamente e deu um riso amargo, sentindo uma queimação em seu estômago. A garota a alguns metros realmente não parecia nada com ela. Ela tinha uns dez quilos a mais, o que (como bem lembrava) odiava naquela época, mas que, olhando agora, a distância, lhe dava vitalidade e consistência; era um corpo bonito, muito mais vivo do que o esquelético que ela tinha agora, e ela desejou tê-lo de volta. Seus fios ruivos estavam presos em um coque emaranhado com galhos e flores, e alguns fios caíam livremente a cada rodopio que ela dava. Seus olhos lilases brilhavam, vibrantes, contrastando com sua roupa. Seu rosto tinha cor e suas bochechas eram rosadas. Ela trajava um vestido verde-escuro, com diferentes camadas; havia bordados dourados nas pontas e na cintura que formavam desenhos de flores, e preso à alça do vestido estava uma capa de tecido leve de tom vinho, que caía fazendo um belo contraste com o verde.

Uma lágrima solitária cortou a bochecha de Florence, enquanto ela pensava que daria tudo para voltar a ser aquela garota outra vez. Ela abaixou o rosto para secá-la e então reparou em um grupo pequeno de siris que saíam às pressas do oceano, correndo em fila pela areia. Levantou o olhar, atenta, e percebeu que, por mais que as águas ainda estivessem calmas, ao longe, na linha do horizonte, uma grande onda começava a se agitar e vinha na direção deles. No centro da onda, à distância, emergiu o rosto de um homem, que se assemelhava mais a um fantasma do que a uma pessoa real.

— Que estranho, Augusto parece tão mais novo — Beor comentou, percebendo como o homem não tinha qualquer um dos fios brancos que possuía quando o encontrou na floresta. — Há quanto tempo foi isso?

Florence não o ouviu, estava com os olhos fixados no mar.

— Beor. — Ela puxou a blusa do garoto, que ainda estava entretido observando a festa. — É agora.

Foi tudo repentino, e ela desejou tanto ter percebido na hora. Um conjunto de nuvens cobriu os céus de uma só vez, em questão de instantes. Uma forte ventania veio do mar, derrubando as tendas, que voaram para longe, interrompendo a festa, sem permissão. Todos gritaram assustados e a banda parou de tocar.

A grande onda quebrou na areia, em meio a gritos abafados e pessoas correndo; de dentro do mar emergiram figuras bestiais.

Eram monstros azulados que se assemelhavam aos lobos que ela já havia visto rondando a vila vez ou outra, mas pálidos como a arrebentação da onda e três vezes maiores do que qualquer animal, além de possuírem mais patas e caudas do que deveriam.

— Oghiros — Beor afirmou com a voz tensa assim que os viu. — São os lobos do Inverno.

— E aquele é... ele? — Florence hesitou por um instante, mas levantou a mão, apontando para onde o homem estava, de alguma forma parado em meio às ondas.

Beor acompanhou o olhar dela e, para seu completo desgosto, encontrou o rosto que não conseguiria esquecer desde que apareceu em seus sonhos. Era de fato o Inverno observando toda a cena, com um olhar feroz e sedento, e as ondas congeladas à sua volta, servindo quase como uma cadeira na primeira fileira para toda a destruição.

— Ele não pode interferir, não pode vir até a areia, senão quebraria o tratado. — Beor concluiu, notando como o homem direcionava os lobos com diferentes movimentos de cabeça.

— Isso em si só já não quebraria o tratado? — Florence perguntou, o estômago embrulhando por ter de presenciar aquela cena mais uma vez.

— Ele não pisou em terra, e o mar é território não mapeado, não pertence oficialmente a ninguém.

Beor e Florence assistiram com aperto no peito enquanto os monstros invadiam a praia, destruindo tendas, mesas e qualquer outra peça de decoração em seu caminho e botaram todos para correr. Florence observou a si própria sendo tirada da cena por sua mãe, que a arrastou floresta adentro com a maior força que pôde. Quando o espaço começou a esvaziar e os lobos continuavam a avançar pela areia, aconteceu algo inesperado. Um grupo de pessoas que a garota não se lembrava de ter visto em sua festa se levantou da mesa mais distante, onde estavam, e correram em direção aos monstros de forma perfeitamente coordenada, com armas em punho.

Beor cerrou os olhos, confuso com a cena, e percebeu então que aqueles homens não trajavam armaduras comuns; eram peças finas, feitas de um metal alvo que reluzia, e tinham imagens entalhadas por todas as partes. Bem sob o peito havia um brasão, a imagem de duas árvores entrelaçadas, uma em chamas, a outra coberta por neve.

— Guardiões? — Beor começou a caminhar em direção aos homens na memória e notou que os desenhos por todo o restante da roupa eram de cristais de neve. — Seriam guardiões do Inverno lutando *contra* os lobos do *Inverno*? Como isso é possível...?

A resposta para a pergunta do garoto veio no que aconteceu a seguir. Notando a presença atrás de si, os guardiões abriram espaço para uma mulher de pele negra e cabelos tão brancos quanto a própria neve. Diferente deles, ela trajava um deslumbrante vestido cor pastel, com um cinto feito do mesmo metal branco de suas armaduras cobrindo a cintura. Seus fios brancos que contrastavam com sua pele estavam presos em um coque baixo, e ela caminhou entre eles sem qualquer temor ou hesitação em seu olhar, empunhando uma pequena e afiada adaga.

— Quem é ela? — Beor perguntou, procurando Florence atrás de si.

— Eu não sei. Não me lembro de vê-la na festa, não mesmo.

— Voltem para o seu senhor *agora* ou serão aniquilados — a mulher exclamou, os pés descalços se firmando na areia, em posição de ataque.

O maior dos lobos a fitou com intensidade e abriu uma espécie de sorriso maléfico; o corpo de Beor arrepiou ao notar que o conhecia: era o lobo que ele havia matado na clareira.

— Não — o animal respondeu com um rosnado. — Queremos a garota.

E no segundo seguinte pulou em direção à mulher, passando por cima até dos guardiões que a protegiam. Ambos rolaram pela areia e a mulher misteriosa bradou enquanto o feria com a adaga inúmeras vezes, mas era também ferida por ele. Essa comoção abriu uma deixa para que dois lobos escapassem, entrando pela floresta, e uma dupla de guardiões que notou a movimentação correu atrás deles.

Beor e Florence se surpreenderam quando, depois de intensos momentos de combate, o lobo foi arremessado de volta para o mar, como um peso morto. Ele grunhiu de dor e deixou as ondas o cobrirem. A mulher se levantou sem muita dificuldade e Beor notou que não saía sangue de onde estavam as marcas das garras do lobo. Enquanto isso, os outros guardiões à frente lutavam com os oghiros restantes, que eram mais fracos do que o líder e começavam a recuar para as ondas.

Enquanto observava a cena, Florence olhou para trás, onde os gritos de desespero ainda persistiam ao longe, e, quando virou o rosto para a frente outra vez, estava de volta à biblioteca. Sem aviso prévio a memória havia se encerrado.

— O que aconteceu? — Ela girou o corpo, olhando ao redor, já sentindo saudade da praia e das árvores que um dia chamara de suas.

— Acaba assim. Na verdade, isso vai além das suas próprias memórias, o que é estranho; eu imagino que, de alguma forma, a espada deva ter captado a memória das árvores daquele dia também.

Ela acenou com a cabeça, dando a entender que compreendeu, mesmo que não tivesse, e começou a beliscar a palma da mão; sua respiração se tornava cada vez mais pesada.

— Então o Inverno estava realmente atrás de você — Beor concluiu, sentindo o peso de suas palavras, enquanto seu próprio coração batia acelerado por conta disso.

Virou o rosto e a encontrou parada a alguns metros, fitando-o com olhos perdidos e assustados, como se aguardasse dele algum direcionamento, algum consolo. Ele não podia dar nada a ela, nem sua própria segurança era uma garantia, mas sabia exatamente o que ter segurado aquela espada na clareira implicava: não existia mais um caminho fácil para ele, uma saída indolor. Enfrentar o Inverno era seu destino, e, se a menina parada à sua frente fosse a forma das estrelas de o empurrarem até isso, mesmo com medo, ele aceitaria.

— E isso não é nada bom, não é? — ela arriscou perguntar, fazendo uma careta.

— Infelizmente, não.

— Talvez ... ele quisesse punir meu pai, por ter tido uma filha, por ter quebrado a ordem das estações.

— Ele não parece alguém que se importe com moral. O Inverno está atrás de seus próprios interesses, *sempre*.

O garoto suspirou, passando a mão por seus fios de cabelos desgrenhados.

— A mulher que o enfrentou, tem certeza de que não sabe quem é ela?

— Não! Eu nunca a vi antes, juro. Não é familiar para mim e, se estava na festa, com certeza estava fazendo algum esforço para não ser vista.

— Ela lutou com o oghiro de igual para igual e era muito mais resistente e ágil do que os outros soldados.

— É estranho ela estar lá e eu não ter qualquer memória dela.

O garoto assentiu, caminhando até a estante mais próxima e encostando as costas nela.

— Guardiões do Inverno nas Terras do Sol, lutando contra o Inverno e sob a liderança de uma mulher misteriosa que certamente não era humana. Nada disso faz sentido.

Um pensamento nasceu na mente de Florence e ela demorou para vocalizá-lo, temendo o que isso significaria.

— E se nós encontrássemos essa mulher? Se ela estava na minha festa, conhecia os meus pais, e se lutou contra o Inverno, não poderia ser má. Talvez ela saiba por que ele estava atrás de mim e o que isso teria a ver com os lagos escuros.

— Sim — Beor concordou, endireitando o corpo e encontrando o olhar da menina.

Tudo o que pensava saber sobre o mundo em que estava inserido continuava a se provar falso, com mais e mais incógnitas surgindo a cada dia.

# 15

# As barganhas da espada

Após a visita à memória da Florence, Beor passou todo aquele dia procurando descobrir quem seria a mulher misteriosa. Ele não sabia muito sobre a Ordem do Conhecimento além de que Clarke era um e que Augusto havia rompido o contato direto com eles. Pesquisando na biblioteca descobriu que havia muitos registros sobre a antiga Ordem do Verão, mas quase nada sobre sua ordem irmã, a dos guardiões do Inverno.

Quando anoiteceu e o palácio já havia sido tomado pelo silêncio, sem qualquer sinal de vida nos corredores, Beor ainda permanecia na biblioteca, esparramado em uma das mesas. Entre as suas pesquisas pensou ter descoberto até mesmo por que seus pais haviam conseguido vê-lo, já que aquela memória insistentemente se recusava a deixar seus pensamentos. "Todos que conhecem a existência do Verão e acreditam nele conseguem vê-lo", leu em um dos volumes de *Poderes de uma Estação*, relembrando a vulnerabilidade e a confusão que sentiu naquele dia. Ele balançou a cabeça, tentando afastar os pais de seus pensamentos; não deveria mais visitá-los, e sabia que não podia se dar ao luxo de pensar neles naquele momento. Mas, internamente, desejou que os pais ficassem bem e pudessem perdoá-lo por tê-los deixado da forma que fez.

Horas depois, ele continuava mergulhado nos livros; sua mente estava mais agitada do que nunca e ele batia os pés no chão, como se o estímulo lhe ajudasse de algum modo. A inquietação lhe fez tirar sua espada da bainha, que pesava no cinto, e colocá-la em cima da mesa, onde começou a observar cada detalhe da arma. Ela era incrustada por runas que cobriam toda a sua extensão, misturando-se com arabescos de sóis pelo caminho. Beor subiu o olhar até chegar ao pomo da espada, onde um sol havia sido lapidado, dentro de um aro. Ele nunca havia tido tempo para observar os símbolos com atenção e percebeu que duas das runas ali não eram estranhas para ele; já havia lido sobre elas no extenso idioma de alnuhium que vinha estudando com dificuldade — e muitas interrupções — desde o dia em que havia se tornado o Verão. Havia deixado o livro antigo em outra seção da biblioteca, e a preguiça naquele instante o impediu de levantar para procurá-lo. Em vez disso, ele coçou a garganta e arranhou a pronúncia das duas primeiras palavras, sem a intenção de conjurar as runas.

— *Aesthien amhot...*[1] — ele falou, fazendo uma careta, se perguntando se havia interpretado a palavra errada.

Para sua surpresa, um pequeno brilho saiu das runas e Beor foi sugado para algum lugar que não era a biblioteca, e se percebeu sentado em uma cadeira muito similar à que estava antes, como se ela tivesse ido junto, mas sem mesa, estantes ou teto à vista. Ele estava em um vazio alaranjado, com uma rasa camada de água que molhava suas botas e refletia o céu sem nuvens que cobria toda a extensão do lugar, sem horizonte ou qualquer sinal de fim. Ele já estivera ali antes: quando tocou a espada pela primeira vez, na batalha da clareira.

---

1 Portal estacionário.

— Ah, Beor — uma voz feminina o chamou e ele virou o rosto, encontrando a mesma mulher de pele amarelada, longos cabelos lisos e olhos amendoados. — Levando em conta sua curiosidade, você até que demorou para me visitar.

Ele abriu um sorriso no rosto, constatando que estava, mais uma vez, dentro da espada.

— O que é isso? — ele perguntou com a voz falhando.

— Ora, você já me conheceu em outra oportunidade. Não pensou que eu ou meu armazenamento fôssemos limitados a apenas um teste de escolha, certo? Fui forjada pelo primeiro Verão quando esse mundo viu a luz pela primeira vez; meu conhecimento é profundo e meus registros, ilimitados. Alguns Verões, os mais espertos, aprendem a me encontrar e se beneficiar dos meus conselhos.

— Eu não sabia que isso era possível; não estava escrito em nenhum guia… apesar de que tem *muita* coisa que eu ainda não li.

— Não é algo que deve ser registrado, eu nunca permiti — ela respondeu, na ofensiva. — Apenas os Verões que me procurarem me encontrarão por aqui.

— E você… dá conselhos? Porque estou precisando de vários no momento.

— Não exatamente, querido; eu troco informações. E nessa troca, sim, você acaba por ser beneficiado — ela respondeu, estendendo a mão esquerda para o alto, como se chamasse algo.

Ela estava parada a alguns metros de distância, trajando um vestido verde coberto das mesmas runas que estavam na espada. Com seu movimento, uma estante infinita surgiu a toda velocidade e começou a passar por trás da mulher, causando um vento que balançou seus cabelos. Nas prateleiras os livros brilhavam, passando um após o outro; eles eram transparentes, feitos de algo próximo ao vidro, e os conteúdos dentro deles cintilavam em diferentes cores.

— Eu geralmente guardo os segredos dos Verões, ou momentos e memórias que lhes são mais preciosos, algo valioso o suficiente para precisar ficar escondido, guardado. E, assim, dou acesso a alguma outra memória que lhe seja do interesse. É como criei meu estoque.

— Então, todos os erros e segredos mais escuros dos Verões estão guardados aqui, em você?

— Eu sou a única confidente que eles poderiam ter! — falou com pena. — Aquilo que é guardado comigo nunca será revelado a ninguém. Está protegido do resto do mundo.

— Até das estrelas? — Beor fez a pergunta antes mesmo que pudesse processá-la, com a vergonha de ter falado com seus pais voltando a arder em seu peito.

— É inocente pensar isso. — Ela deu uma risadinha. — Nada pode ser oculto delas, não de fato.

Beor assentiu e abaixou a cabeça, frustrado.

— Mas seu segredo estará seguro. Isso eu posso prometer — a mulher-espada completou.

— Tudo bem, eu quero guardar algo — ele afirmou, com tamanha decisão que surpreendeu a espada.

— Oh, geralmente eles demoram um pouco. — Ela abriu um sorriso de orgulho, como se dissesse "Não errei mesmo ao te aprovar". — Tudo bem, jovem Verão. Vamos lá!

Ela encostou a mão na estante que continuava a passar de forma ininterrupta, que finalmente parou, desacelerando até chegar em uma parte mais vazia, onde estavam os últimos livros iluminados; uma plaquinha acima indicava o número do Verão a quem pertenciam: 14.

— Augusto guardou muitas coisas — Beor notou, com uma fincada no estômago.

— Ele teve uma vida muito controversa, como a esse ponto você já sabe. — Ela deu de ombros, nada lhe era novidade.

— Sim. — Beor engoliu em seco.

A mulher caminhou até o espaço ao lado dos livros do Augusto, onde uma plaquinha registrava o número de Beor, 15. O espaço estava inicialmente vazio, apenas a prateleira sem nada, mas, ao colocar a mão, ela tirou de lá um livro como os outros, completamente transparente, e caminhou até ele.

— Ah, eu amo a sensação de guardar a primeira memória de um Verão — ela falou, aproximando-se dele com o livro aberto em mãos.

— E como eu faço isso? — Beor olhou para aquele objeto vazio, com um semblante confuso.

— É o mesmo princípio que funciona comigo todas as vezes. *Pense.* Pense na memória exata que quer guardar e então ela virá para mim — ela orientou.

Beor assentiu e fechou os olhos, voltando para dias atrás, quando sua confusão e dor o levaram até a casa de seus pais. No mesmo instante em que o pensamento tomou a sua mente, uma luz azulada brilhante deixou sua cabeça e começou a se mover pelo ar até se condensar por completo dentro do livro, que a mulher fechou, prendendo a luz lá dentro. O garoto abriu os olhos e percebeu que o livro brilhava; havia dado certo.

— Por que azul? — ele perguntou.

— Porque existe muita tristeza nessa memória — a mulher respondeu, empática. — Vou ser boa apenas uma vez e lhe dizer algo: não acho que deva temer as estrelas por isso. O que fez não foi de forma alguma ruim, apenas *humano*.

Beor coçou os olhos, recusando-se a chorar; apenas abriu um sorriso fraco em resposta.

A espada guardou o livro na prateleira, inaugurando a seção do décimo terceiro Verão. Ela bateu as mãos uma na outra de satisfação e se voltou para ele.

— Então, o que você vai querer de volta? — perguntou, inspecionando-o com o olhar.

— Eu não quero uma memória, por mais tentador que seja. — Ele fitou os livros mais distantes na seção de Augusto, alguns de tom azul muito forte e um até mesmo escuro.

— Intrigante.

— Quero uma informação. Sobre a mulher que estava na memória de Florence que abrimos hoje pelo seu portal.

— É claro! — Ela estalou os dedos. — Como não peguei isso antes? Devo mesmo estar ficando velha. O nome dela é Dahra e ela está de fato presente em algumas memórias que Augusto guardou.

Ela começou a caminhar com entusiasmo em direção à seção de Augusto e passou livro por livro, procurando algo específico.

— Aqui! — ela exclamou, tirando um livro de luz alaranjada da prateleira e fechando os olhos, como se apenas o simples toque a fizesse reviver aquelas cenas.

Beor observou com dedicação, tentando adivinhar o que a cor laranja significaria.

— Essa memória é de quando Augusto fez sua primeira expedição pela vastidão do oceano. Ele viajou em busca de terras não mapeadas e encontrou uma pequena ilha que não estava sob o domínio de nenhuma das duas estações e vivia em um eterno estado de crepúsculo. Lá ele não conheceu a mulher por quem procura, mas ouviu sobre ela pela primeira vez, assim como está ouvindo agora.

Beor assentiu e arrastou o corpo um pouco mais para fora da cadeira, atento.

— Ela se chama Dahra Tokra e é a rainha de Morávia, um dos únicos reinos livres nas terras de domínio do Inverno. Ela foi uma grande aliada de Augusto por muito tempo, por sediar a última Ordem do Conhecimento do Inverno que resta no outro continente e sempre ser enfática contra as ações do Inverno atual.

— E por que sabiam sobre ela nessa ilha?

— A ilha de Oltuse fica no mar de Acan, a algumas horas de distância de Morávia, que é seu domínio. E por mais que não seja território moraviano, havia uma pequena base de guardiões do Inverno situada lá, a única fora da nação, e isso garantiu o contato entre ambos os povos.

Beor ouviu tudo, pensativo.

— Se ela é a líder dos guardiões do Inverno e se opõe ao próprio Inverno, então ela é boa? — ele perguntou.

— Isso não cabe a mim dizer, eu guardo apenas fragmentos de memórias que foram importantes para os meus senhores, não sou um guia de personalidades. — Ela cruzou os braços, encostando-se na estante.

— Ela estava no aniversário de Florence, lutou contra os lobos do Inverno — Beor comentou, pensativo.

— Dahra Tokra é uma mulher antiga, mais poderosa do que qualquer humano deveria ser e mortalmente leal à sua nação. Ela não é má, mas isso também não a torna segura.

— E o que eu devo fazer? — Ele levantou o olhar para ela. — Agora o conselho cairia bem.

— Qualquer passo que tomar a partir de agora lhe acarretará alguns riscos. Mas assumir riscos é muito do que forja o caráter de um Verão. Você carrega um elemento perigoso no palácio, algo que foi perdido, algo que Augusto, o Inverno *e* Dahra vinham procurando.

Beor assentiu, sem emitir qualquer som; sua mente funcionava como mil engrenagens.

— Augusto está morto e o Inverno é mau. Essa mulher seria então a única viva que sabe exatamente por que ele estaria atrás de Florence.

A espada arqueou a sobrancelha, em um gesto de concordância, enquanto mantinha seus braços cruzados.

— Procurá-la seria… perigoso, não seria?

— Não mais do que já é viver em um mundo sem tratado — a mulher falou e sua voz saiu alarmante.

Beor assentiu e passou a mão pelo cabelo, processando o que aquilo significaria. Deixar o palácio, adentrar o território do Inverno, tudo com um tratado que não existia mais e a filha proibida da estação passada. Ele temia o Inverno, mesmo tendo derrotado seus lobos na clareira e provado de seu próprio poder, e esse medo reverberava por seu corpo, querendo fazê-lo se sentir como o garoto indefeso em Teith novamente. Mas ele não era mais, e não importava o quanto tentasse negar, sabia que estava destinado a enfrentar o Inverno mais uma vez, uma hora ou outra. E se o Inverno estava tomando *suas* terras, seria bom que tivesse aliados nas dele também.

— Tem algo que eu ainda não entendi — Beor falou de repente, pegando a mulher de surpresa. — Você não lembra de tudo da vida de um Verão, guarda apenas as memórias que lhe foram dadas, certo?

— Uhum — ela respondeu, sem muito interesse.

— E essas memórias são na maior parte segredos ou coisas importantes o suficiente para serem escondidas.

— Sim. Onde está querendo chegar?

— Por que Augusto guardou essa memória? — Beor perguntou finalmente. — Ele descobriu uma ilha e ficou sabendo sobre uma rainha, mas isso seria perigoso ou relevante o suficiente para ser guardado?

O semblante da espada se transformou de desinteresse para curiosidade.

— Você é esperto — ela elogiou, desencostando o corpo da prateleira. — Essa memória foi do dia em que Augusto conheceu alguém que ele não deveria, alguém que alterou o curso de toda a sua vida. A mulher pela qual se apaixonou, Amaranta.

— A mãe de Florence? — A voz de Beor falhou, tamanho o susto.

— Sim.

— Então Dahra a conhecia...

— Ela era próxima de ambos.

— Ele guardou mais alguma memória dela? — Beor voltou o olhar para a prateleira, perscrutando os livros que brilhavam.

— Todas as memórias de Augusto são sobre ela. É até patético, na verdade. — A mulher colocou a mão na boca e conteve um risinho.

O coração de Beor batia acelerado no peito e tudo o que ele pensava era em contar aquilo para Florence o mais rápido possível.

— Olha, a conversa foi ótima e nossos negócios também, mas eu preciso dormir. — A mulher abriu a boca de sono de forma forçada.

— Ué, e as espadas dormem?

— Não, era só uma desculpa para você ir embora mesmo. Não passo muito tempo na companhia de outras consciências, então me canso bem rápido.

Ela balançou a mão e a estante infinita atrás dela voltou a se mover na direção de onde saíra anteriormente.

— Retorne quando precisar de outro conselho e tiver mais alguma memória para guardar. Agora sabe como me encontrar.

— Tudo bem. Obrigado mesmo. Isso é *muito* legal — ele admitiu, olhando para o teto alaranjado sem fim.

— Eu gosto de você, Beor. Espero que dure — ela comentou de forma inesperada, com uma expressão um pouco contemplativa.

— Por que diz isso? — O garoto engoliu em seco.

— Eu não posso ver o futuro, mas sempre pressinto a jornada de cada Verão que chega para mim. E agora a sua me pareceu curta, o que é estranho, porque não senti isso quando o aprovei. Talvez eu esteja errada, já aconteceu antes; talvez seja apenas o sono.

— Mas você não dorme!

— Droga, é verdade. — Ela abriu um sorriso. — Tchauzinho.

— Espera!

Beor estendeu a mão, mas já estava de volta à sua cadeira na biblioteca. Ele olhou ao redor, ainda incrédulo com o que havia presenciado. O fato de aquilo não estar registrado em qualquer livro ou guia dos Verões passados o fez se sentir especial, mas as informações que havia ganhado no processo sugaram qualquer animação infantil e o deixaram pensativo. Além disso, o que a mulher quis dizer com sua jornada ser curta? Um arrepio lhe percorreu a espinha só de pensar e ele balançou a cabeça, afastando o pensamento. Não importava, não perante todo o resto. Ele sabia agora quem era a mulher misteriosa e sabia o que devia fazer em seguida. Contar para Florence e ir encontrá-la.

154

# 16

# Descendência

Naquela noite, quando Florence deitou na cama, sua cabeça estava tão cheia de pesquisas, memórias e informações incompreendidas que acabou adormecendo com rapidez. Ver seus pais ainda vivos em sua memória não ajudara a curar nada, pelo contrário, apenas aprofundara a ferida. E, diferente do que pensava, voltar àquele dia não havia lhe trazido respostas, apenas aumentado sua lista de perguntas. Quanto mais estudava sobre os lagos escuros e encontrava buracos em sua memória, mais se questionava sobre o quanto de fato sabia sobre seu passado. Por isso, naquele momento, ter pesadelos ainda era melhor do que ficar sozinha com seus pensamentos.

Não demorou muito para sua consciência deixar a terra dos despertos e se afundar lentamente na escuridão. Ela foi tragada para baixo pelas mesmas garras que a atormentaram em inúmeros pesadelos. Os monstros chegaram, e eram tantos que seus sussurros se misturaram em uma balbúrdia de sons que a fizeram tremer. Ela quis lutar como nas outras vezes, espernear e não se entregar até o instante final, mas estava cansada, verdadeiramente cansada, e por isso apenas deixou que eles a levassem. Isso mudou algo, já que, em todos os pesadelos anteriores, ela nunca descobria para onde tentavam levá-la, ou lutava o máximo que podia, ou acordava antes. Mas não daquela vez, não naquela noite. Ela foi arrastada escuridão adentro, enquanto chorava e gemia, imóvel, e pensou por um momento que aquilo nunca acabaria. Foi então que, para sua surpresa, seus pés tocaram o chão e os monstros começaram a soltá-la, uma garra por vez, deixando-a sozinha e dolorida em um vazio sem luz.

A escuridão era tudo o que havia à sua volta e ela ainda sentia o olhar dos monstros sobre ela, apesar de não mais enxergá-los. Ela respirou fundo, assimilando o fato de que havia chegado a algum lugar, e limpou as lágrimas do rosto com dificuldade. Havia névoa para onde quer que olhasse e uma melodia distante começou a ecoar, crescendo à medida que ofuscava os sussurros. Florence virou o rosto e seguiu o som, caminhando com cautela por entre as trevas, sem poder garantir que seu próximo passo ainda encontraria um chão. Aos poucos seu olhar começou a se acostumar com a falta de luz e algumas formas ganharam foco à distância. Foram necessários alguns minutos de caminhada para entender que o que via era uma casa. Ela era pequena e achatada, feita de metal enferrujado e totalmente isolada em meio ao vazio que era o sonho. A melodia vinha de lá.

Havia uma senhora na entrada, sentada em um pequeno banquinho e com o olhar focado em algo que costurava; parecia uma espécie de colar. Florence se aproximou, hesitante, tentando não chamar atenção; estava gostando da música e internamente desejou que ela nunca parasse.

> — *Filha minha,*
> *não se assuste,*
> *não desfaleça,*
> *e não se esqueça,*
> *que a nossa dor vai acabar,*
> *quando nossa descendência se libertar,*
> *por isso enfrente a escuridão,*
> *que tanto amarra seu coração,*
> *você é mais forte que aquilo que te atormenta,*
> *você é maior do que aquilo que te faz pequena.*

A voz da idosa cessou aos poucos e, assim que o fez, o som dos sussurros começou a voltar.

— Cante de novo, por favor — Florence pediu, sem pensar.

A senhora levantou o rosto e a fitou com profundidade, nem um pouco surpresa com sua presença.

— Faz com que eles fiquem em silêncio — a garota tentou se explicar, incomodada com o olhar firme da mulher, que parecia conhecer cada canto do seu ser.

De início pareceu apenas um rosto estranho, mas, a cada instante que mantinha o olhar fixo ao seu, Florence se perguntava se já não a havia visto antes.

— Eles não têm lábios, sabia? Não podem falar de verdade. Apenas sugerem pensamentos que *você* aceita e então aflige sua mente. Eu demorei muitos anos para descobrir isso.

— Suas vozes parecem bem reais para mim — disse Florence.

— Toda boa ilusão parece, mas nunca é. Não aqui — a idosa respondeu, olhando ao redor.

— O que é este lugar? — a garota perguntou, dando mais um passo para se aproximar da mulher.

— Você sabe o que é — a idosa respondeu, abrindo um pequeno sorriso.

Florence pensou por um momento, abraçando o próprio corpo com os braços.

— A... Terra da Escuridão Perpétua? A terra de que Beor me falou — respondeu, sentindo dentro de si que essa era a verdade.

A mulher não respondeu nada, apenas assentiu e voltou seu foco para o trabalho que tinha em mãos.

— Eu sonho com esse lugar desde pequena, com esses monstros. Por quê?

— A Terra da Escuridão Perpétua sempre encontra os seus, de alguma forma — a mulher respondeu, com os olhos fixos no colar que costurava.

Apenas quando observou com mais detalhe, Florence notou que pendurados à corda do colar estavam ossos, partidos no meio e lapidados. Ela deu um passo para trás, assustada com a constatação.

— Mas eu não sou daqui, nunca estive nesse lugar — respondeu, com o coração começando a retumbar no peito.

— Você não — a mulher respondeu, levantando o rosto novamente, e dessa vez algo ficou claro para Florence.

A mulher lhe parecia familiar, agora tinha certeza, mas não porque já a havia visto antes, mas porque parecia muito com a própria Florence, anos e anos mais velha.

Os sussurros dos monstros voltaram a preencher sua mente e ela quis gritar e correr, mas, em vez disso, acordou com uma interrupção. Alguém batia à porta.

Florence se sentou no colchão com dificuldade, sua cabeça girava e o corpo ainda assimilava que não estava mais sonhando. As batidas na porta eram secas e constantes. Uma voz veio de fora.

— Florence, eu não queria te acordar, juro. Mas você precisa saber disso — Beor a chamava.

A garota virou o rosto e viu pela janela que ainda não havia amanhecido por completo, a aurora começava lentamente a despontar no céu. Ela se levantou cambaleando, usava uma camisola branca; pegou um roupão marrom que estava pendurado na entrada do banheiro e enrolou-o no corpo, caminhando até a porta.

— Bom dia — ela respondeu com um bocejo.

Beor estava parado na entrada, com o cabelo desgrenhado e os olhos arregalados; ele claramente não havia dormido.

— Sabia que eu estava tendo o único sonho interessante em provavelmente toda a minha vida? — ela falou mal-humorada.

— Me desculpe, mesmo — ele respondeu com uma careta. — Mas o que eu descobri não dava para esperar, não seria certo.

O semblante de Florence suavizou e ela abriu os olhos, dissipando todo o sono restante.

— O que foi?

— A mulher da sua memória, eu descobri quem ela é. — Beor tirou de baixo do braço um livro grosso com capa de couro. — Posso entrar?

— Claro. — Florence abriu espaço para ele.

Beor entrou no aposento e dessa vez se sentou na cama, abrindo o pesado livro sobre ela. Florence o acompanhou e viu que as páginas em que ele abrira mostravam um mapa; ele estava desenhado à mão e tomava as duas folhas. Acima da ilustração estava escrito em letra cursiva: Reino Invernal de Morávia.

— A mulher da sua memória é uma rainha, a rainha deste reino. Ele é o maior em extensão de terra do outro continente e um dos poucos territórios que se opõe ao atual Inverno.

— E por que ela estaria na minha festa de aniversário? — Florence perguntou, confusa.

— Porque ela conhecia seus pais e... sua mãe era de Morávia.

— O quê? Como sabe disso? Minha mãe nunca me falou desse lugar — ela protestou; não parecia justo que, a cada momento, descobrisse que sabia tão pouco sobre seus pais.

— A minha espada me contou. — Beor hesitou na resposta, já esperando a reação da garota. — É difícil de explicar, mas ela também é uma consciência e é a fonte mais segura que eu poderia ter. Sem contar que eu pesquisei, e as informações batem; o nome datado da rainha de Morávia é Dahra Tokra.

— Pelas estrelas — Florence sussurrou, sentindo sua pressão baixar. — E ela conhecia minha mãe?

— Conhecia. Amaranta, não é? Foi o que a espada me falou.

— Sim! — a garota exclamou; era estranho ficar sem ouvir o nome da mãe por tanto tempo. — Minha mãe nunca falou de onde ela veio, eu só sabia que ela sentia saudades. Ela desenhava sobre isso às vezes, mas não parecia com um lugar frio; parecia mais com uma *caverna*.

No momento em que falou isso ela foi levada de volta para seu sonho, parada no meio de uma escuridão sem fim, na frente da casa caindo aos pedaços.

— O que foi?

— O sonho que eu estava tendo antes de você bater na porta. Parecia que eu estava naquela terra da qual você me falou. A Terra da Escuridão Perpétua.

— Talvez porque você pesquisou muito sobre ela ontem?

— Não sei, parecia real. — Florence coçou os olhos, tentando afastar o pensamento. — Não importa. Minha mãe, você acha realmente que ela veio desse lugar que você mencionou?

— Eu tenho certeza. Essa rainha conhecia seus pais e por isso estava na sua festa.

Florence engoliu em seco, pensando que saber aquilo lhe traria consequências.

— Se essa mulher sabe mais do meu passado, do passado dos meus pais, do que eu mesma... eu preciso encontrá-la — disse ela com hesitação; a ideia de deixar o palácio lhe era aterrorizante, mas não mais do que nunca saber a verdade sobre si mesma, do que continuar olhando para trás e sempre ver um emaranhado de cordas que não se conectavam, peças que nunca se encaixavam.

— Seria perigoso demais, o Inverno está caçando você — Beor falou o que já vinha pensando desde a madrugada.

— E talvez apenas ela saiba exatamente o porquê. Não é?

— Eu temo que sim. — O garoto acenou com a cabeça, sendo forçado a concordar.

— Eu preciso encontrar essa mulher, Beor; se o que essa espada falou é verdade, eu realmente preciso. E não quero te pedir nada além do...

— Eu vou com você. — Beor a interrompeu. — É óbvio que eu iria. Se eu bati nessa porta e te acordei é porque, de certa forma, eu já tinha decidido isso.

Beor suspirou, reconhecendo o peso das suas palavras; iria mesmo deixar o palácio e atravessar o continente.

— O Inverno quebrou o tratado e as fronteiras estão uma bagunça. Eu sei que ele tem um plano com isso tudo, um plano específico, e não acho que vou descobrir qual é ficando aqui no palácio.

— E você acha que eu faço parte dele? — Florence balbuciou, temendo a resposta.

— Eu espero que não, de verdade. Mas acho que *ela* é a única que vai saber responder — ele afirmou, olhando para o mapa.

— Tudo bem, então. — Florence esfregou as mãos, notando que suas palmas estavam suadas.

— Uma viagem desse porte vai demandar preparação. Primeiro eu preciso notificar o conselho, o que não vai ser tão legal, e depois treinar o máximo que eu conseguir os meus poderes.

— E eu, o que faço?

— Você pode estudar mais sobre a cultura de lá e a Ordem do Conhecimento enquanto isso. Não sei quanto tempo levaria para que eu deixasse tudo em ordem no palácio para poder partir, mas vou ver isso com Felipe pela manhã.

Florence balançou a cabeça em concordância, enquanto seu estômago começava a gelar de ansiedade.

— Vamos mesmo fazer isso, então. — Não foi uma pergunta, ela apenas afirmou o fato a si mesma.

— Não acho que temos outra opção melhor.

Florence balançou a cabeça em concordância e fitou o lençol em silêncio por alguns minutos.

— Eu tenho uma pergunta — ela disse, pegando-o de surpresa.

— É claro.

— Isso… nos torna amigos, então? — indagou ela, hesitante.

Nem se lembrava da última vez em que havia tido um amigo, mas estava começando a gostar da companhia de Beor.

— Acho que, a esse ponto, não temos mais escolha. — Beor sorriu, encolhendo os ombros.

Florence sorriu de volta, aliviada.

— Ah, me desculpe; vou deixar você dormir agora — ele falou, fechando o livro e começando a se levantar.

— Nem se dê ao trabalho.

— Como assim?

— Tentar retomar o sono agora seria enfrentar mais um pesadelo angustiante que duraria por algum tempo até que eu de fato conseguisse descansar.

— Isso parece horrível. Queria poder fazer alguma coisa para ajudar.

— O meu pai conseguia, na verdade. — Os olhos dela se iluminaram. — Ele criava sonhos para mim, deve ser algum dom de Verão.

— Desculpa, mas eu nunca li sobre isso em nenhum lugar, não devo ser capaz ainda.

— Você poderia tentar, não? — Ela lançou um sorriso dramático.

Beor hesitou, inseguro, mas então seu olhar se iluminou e ele levantou da cama, caminhando até a mesinha mais próxima e trazendo de lá a mesma cadeira em que havia se sentado o outro dia.

— E o que exatamente eu deveria fazer?

— Eu não sei, acho que só precisa encostar na minha testa e imaginar um sonho bom; pelo menos era assim que ele parecia fazer.

— Sem nenhum comando? Tem certeza? — Ele arqueou as sobrancelhas, duvidoso.

— Eu não me lembro, na verdade, mas parecia simples.

— Tudo bem. Se der errado... — ele hesitou. — Não, não vai dar errado.

— Eu sei! E... obrigada por tentar.

Florence ajeitou o travesseiro e deitou-se sobre ele. Sua cabeça zunia e, por mais que quisesse voltar para onde havia parado em seu sonho, queria desesperadamente poder descansar de fato, sentir a vitalidade de seu corpo e de sua mente retornando. Ela fechou os olhos e uniu as duas mãos, esperando.

Beor se aproximou dela lentamente, notando as pequenas marquinhas que havia nas pálpebras e as sardas que cobriam suas olheiras e a parte de cima da bochecha. Ela parecia tão pacífica naquele momento. Era só pensar em um sonho bom. Um sonho onde ele reinaria em paz por todos os seus dias de Verão e ainda assim poderia viver com sua família. Onde o Inverno e sua ameaça não existiriam, onde reencontraria Naomi e Nico e onde, talvez, até conheceria Florence em algum outro cenário. Um sonho impossível, mas um sonho bom.

Ele fechou os olhos e encostou a palma na testa da garota, pensou em tudo aquilo que nunca se concretizaria e se sentiu lentamente atraído pelos próprios sonhos impossíveis de Florence; eles agora eram visíveis para ele, da mesma forma que os seus eram para ela. Ela morava no Palácio do Sol com seus pais, sua mãe trabalhava no jardim enquanto seu pai voava por aí, ensinando a garota a voar também. As três estrelas batiam na porta e chegavam para o café da manhã. Na mesa, Beor também estava lá. Todos eles riam e comiam muito, até ficarem satisfeitos.

E assim, inesperadamente, Beor adormeceu juntamente com Florence, com o corpo encostado na cadeira, enquanto ambos os sonhos, de forças igualmente compatíveis, se misturavam.

# 17
# Os preparativos para a viagem

— É a última vez que pergunto, mas você tem certeza sobre isso, garoto? — Felipe indagou, enquanto Beor e ele caminhavam lado a lado pelo corredor circular da ala norte, logo após saírem da última reunião do conselho antes da viagem.

Uma semana se passou desde que ele tinha anunciado sobre sua intenção de partir com Florence para Morávia. A notícia chocou o concílio e causou uma comoção por todo o palácio; animais o paravam todos os dias tentando convencê-lo a não ir, e ele pacientemente explicava suas razões. O conselho aprovou a viagem depois de um tempo, com algumas condições que deveriam ser cumpridas. Eles deveriam ter contato constante com Beor durante todo o processo e a viagem não poderia durar mais do que três dias.

— Permanecer no palácio não vai me ajudar a entender o que o Inverno planeja, as respostas não estão aqui — ele comentou, puxando o ar, cansado de se explicar mais uma vez.

— Como você sabe que não estão? Os oghiros invadiram o palácio pouco antes de o Sol retornar. Estavam em busca de algo.

— Eu sei, e até o motivo desta invasão não penso que vou descobrir aqui — Beor respondeu, concluindo a caminhada; havia chegado até a entrada da biblioteca.

— Eu só quero que fique seguro, garoto, mas, como disse, essa foi a última vez que questiono. Confio na sua escolha.

Beor abriu um sorriso de alívio; havia se sentido mais tenso naquela semana do que em todo o tempo anterior no palácio. Ir para Morávia era o tipo de risco que não poderia dar errado, que precisava se provar a coisa certa a fazer; naquele momento, era onde estava apostando todas as suas fichas.

— Só quero que tome cuidado, estará no território do inimigo — o cavalo concluiu.

— Eu sei e eu vou tomar. — Beor assentiu com a cabeça, despedindo-se do cavalo.

A biblioteca tinha um pé-direito maior que os outros cômodos do palácio e era dividida em suas infinitas seções. "História pré-surgimento das luzes", "Conhecimentos do mundo natural", "História política dos continentes", "Acervos e pesquisas dos Verões passados" e, em um canto, separado do resto por portas de vidro, "Conhecimento restrito ao Verão vigente". Beor respirou fundo e caminhou até lá; era uma seção exclusiva, e havia um encantamento, colocado ali muitas gerações antes, que permitia que apenas o Verão conseguisse acessá-la. Ele tocou o vidro e a porta se destrancou automaticamente.

A seção era composta por três prateleiras de livros, uma escrivaninha reclusa, uma mesa expositora com alguns objetos poderosos, dentre eles a própria bússola do Sol, uma caneta dourada e uma chave, todos protegidos por um tampo de vidro também encantado. Por fim, havia ali também um pedestal próximo à parede, onde ficava o mais importante de todos os livros: *O Dicionário de Alnuhium*. Aprender os ensinamentos daquele livro era talvez sua missão mais importante como um novo Verão e, mesmo com todos os imprevistos que surgiram, era o que ele vinha tentando fazer. Havia um encantamento específico sobre o livro que impedia que o garoto o perdesse: Beor o tirava constantemente da biblioteca, mas, não importa onde deixasse o exemplar, toda noite, à meia-noite, ele retornava para aquele mesmo pedestal. O que de início pareceu divertido se tornou rapidamente irritante, já que todos os dias ele tinha que voltar lá para pegá-lo.

Florence e ele planejaram partir na manhã seguinte, ao primeiro raio de sol, por isso aquele era o último momento que teria para praticar. Determinado, ele pôs o livro pesado embaixo do braço e se dirigiu até a janela mais próxima, saltando no ar. Quando chegou ao jardim dos fundos, onde estaria mais vazio e poderia praticar com privacidade, o céu começava a assumir tons de laranja, indicando o fim da tarde.

Seus pés tocaram o solo e ele caminhou até a primeira árvore que encontrou, colocando o dicionário no chão e estalando os dedos. Sua mente estava agitada e ele sabia que, para ter êxito, precisava acalmá-la. Respirou fundo, puxou o ar para dentro e fechou os olhos. No mesmo momento várias imagens saltaram à sua mente; seus pais o olhando assustados enquanto ele ia embora; Augusto sorrindo para ele, caído na grama, na última vez que o viram; e Florence o fitando como se ele fosse o único pedaço de madeira em um mar bravio — mal sabia ela que ele também estava se afogando. Ele sacudiu a cabeça, apagando todos os rostos de uma só vez, e focou sua atenção em apenas uma memória: as vozes das três estrelas. Como cada uma soava, o que haviam dito e prometido a ele.

E então, com o peito batendo mais leve, abriu os olhos e posicionou as mãos, falando:

— *Treaya, thil valithrya thul mihulhya.*[1]

Dessa vez a runa se materializou na árvore à sua frente com mais facilidade do que antes, brilhando em um dourado vivo. Movendo apenas a mão direita, ele extraiu, lenta e controladamente, as memórias e os anos vividos daquela árvore, deixando apenas a runa bruta.

---

1 Árvore, mostre-me suas memórias.

As batidas de seu coração retumbavam na sua cabeça quando ele deu alguns passos para a direita, encontrando um espaço vazio que seria o ideal para plantá-la. Era a última etapa que faltava no seu ritual como novo Verão e que concluiria sua fase de adaptação: plantar uma árvore no jardim. De forma comedida, ele moveu as mãos para baixo; diante do nervosismo, seus olhos piscavam com agilidade excessiva, mas ainda assim ele controlava a respiração. Não podia falhar, não de novo. A runa dourada se moveu para baixo, queimou a grama e afundou na terra.

— *Earthrya treaya*[1] — Beor pronunciou, colocando a maior confiança que conseguiu nas palavras.

Raízes começaram a sair da terra, enroscando-se umas nas outras, e ele suspirou aliviado. Mais raízes se juntaram à dança e elas começaram a girar em círculos, construindo os anéis da árvore. Ele manteve as mãos firmes no ar, enquanto se sentia controlando todo o fluxo de vida que saía de si mesmo e passava para a árvore que estava sendo criada. Os anéis se fecharam e o tronco começou a crescer de forma acelerada, com alguns galhos aparecendo nas pontas. Beor observou tudo com os músculos do corpo tensionados e os olhos lacrimejando; estava mesmo conseguindo. Saber tão pouco sobre como ser uma estação e estar às cegas em relação ao que quer que fosse o plano do Inverno faziam-no se sentir inadequado, incapaz, duas sensações que ele odiava. Observar ali, enquanto o sol se punha atrás, aquela árvore crescer e ganhar vida recuperou a fé em si mesmo; pelo menos disso era capaz.

O processo foi completado e folhas nasceram dos galhos da árvore. Ela não era muito grande, devia ser uns cinco centímetros maior do que ele, mas era definitivamente uma árvore viva e saudável, o que já era muito melhor do que da última vez. Beor sorriu, orgulhoso, observando sua cocriação. Não havia público, nem mesmo Felipe estava com ele para presenciar o momento,

---

1 Criar árvore.

mas ele havia conseguido. Plantar sua árvore ali significava que ela se juntaria às memórias e raízes daquele jardim, que havia sido criado e mantido pelos Verões que vieram antes. Ele agora havia dado sua primeira contribuição para a manutenção do palácio, daquele lugar sagrado, e oficialmente continuava o legado.

Beor respirou fundo e deu um passo para trás, processando que havia oficialmente concluído a última etapa de sua iniciação.

Florence estava sentada em um dos bancos de pedra do jardim interno. Depois da sua última conversa com a árvore que habitava o centro do espaço, havia prometido a si mesma que não pisaria ali novamente, mas naquela tarde, depois de conferir todas as provisões que levaria e reler as informações mais cruciais sobre Morávia, ela se pegou fazendo o caminho de volta até ali de maneira automática, sem nem pensar para onde estava indo. Ela suspirou frustrada e pensou em virar na próxima esquina, mas, em vez disso, caminhou para dentro, contemplativa, e se sentou no primeiro banco, o que ficava mais distante da grande árvore.

Ela tinha uma conexão com aquele jardim, sabia disso desde o primeiro momento em que pisara lá, mas não conseguia entender o porquê. Estar ali, observar as árvores que balançavam como se dançassem uma lenta melodia, mesmo sem qualquer vento em volta, e experimentar o aroma das flores que desabrochavam na grande árvore, tudo isso a fazia se sentir igualmente triste e em paz.

— Ah, você está aí — a voz de Beor chamou por ela, da porta de entrada.

Ele adentrou o jardim e caminhou até onde Florence estava. Acima deles, o teto de vidro refletia as estrelas que já brilhavam no céu, iluminando a escuridão da noite.

— Imagino que não tenha mudado de ideia.

— Não, e você? — ela devolveu a pergunta, enquanto movia o corpo para que ele se sentasse ao seu lado.

— Também não — Beor respondeu com a voz firme. — Vai dar certo, tem que dar.

Florence assentiu e voltou o olhar para a cerejeira, a alguns metros de distância deles.

— Esse povo parece ser totalmente diferente de qualquer cultura do nosso continente. Eles são treinados para a guerra desde novos e são completamente hostis a outros povos e nações.

— Mas...? — Beor perguntou, esperando por alguma parte que fosse um pouco mais esperançosa.

— Mas eles são fiéis aos seus costumes e odeiam o Inverno atual. E, se minha mãe tiver mesmo vindo de lá, teremos ainda mais motivos para que confiem em nós.

— Temos mais segurança do que eu tive quando deixei a minha vila. Então diria que já estamos no lucro.

— Eu espero. — Florence balançou a cabeça e seu olhar foi levado para cima, onde as três estrelas brilhavam além do vidro.

— Você já viu elas? *As estrelas?* — ela perguntou, engolindo em seco; a imagem das três estrelas sempre a deixava desconfortável.

— Vi uma vez, assim que me tornei Verão. — Beor respondeu com um sorriso nascendo nos lábios, sendo lembrado da memória.

— E como elas são?

— Assustadoras. E maravilhosas. Se pudesse, eu gostaria de voltar para aquela memória e viver o resto da minha vida lá. Definitivamente seria mais fácil do que viver aqui. — Ele deu um sorriso triste.

— Você acha que elas realmente estão no controle de tudo? Até mesmo de eu ter encontrado o palácio e... de tudo o que o meu pai fez?

— Em alguns momentos não parece, eu admito. — Beor desviou o olhar; Augusto sempre seria um assunto complicado. — Mas eu só continuo porque acredito que sim.

— Eu sei que ele cometeu muitos erros, mas o meu pai acreditava nelas. De verdade. A menção delas estava em cada frase que ele dizia, independente da conversa — ela falou, pondo para fora algumas memórias que nem sabia que lembrava com tanta clareza. — Eu sempre quis, mas eu nunca consegui confiar nelas da forma que ele fazia.

— Por quê?

— Não era fácil, sabe? Ele nunca estava em casa e minha mãe estava sempre triste. Eu nunca consegui ver o mundo da forma que meu pai via, era como se as cores simplesmente não estivessem disponíveis para mim. Eu cresci sendo atormentada por vozes sem rosto e nunca tive uma noite sem pesadelos, não que eu me lembre.

Beor a observava, com o olhar atento e compadecido. Ele a ouvia como se os relatos dela fossem tão importantes quanto um grande evento histórico.

— Eu não sei. Só é difícil ver as estrelas quando você está tão no escuro — ela concluiu, dando de ombros.

— Eu nunca tive dificuldade de acreditar nelas, eu apenas nunca fui ensinado para isso. Mas, se posso falar algo por experiência, é que elas têm sua própria forma de nos encontrar.

— Sei — Florence sussurrou, descrente.

— Ah, eu esqueci de comentar algo com você, descobri há pouco tempo.

— O quê?

— O Palácio do Sol foi construído inteiramente pelo primeiro Verão, Helvar. Mas existe uma tradição de que cada Verão deve, durante seu reinado, redecorar ou criar alguns cômodos no palácio, como uma forma de deixar sua marca. E eu descobri que esse jardim é o cômodo mais recente de toda a construção. Ele é novinho, não deve ter mais do que uns quatro meses. Foi a última coisa que seu pai criou em vida, onde ele depositou o restante do seu poder e energia.

Um sorriso fraco acompanhado de olhos marejados nasceu no rosto dela.

— Faz sentido — foi tudo o que a garota respondeu.

# 18

# Deixando o palácio

Na manhã seguinte, todos amanheceram mais cedo para ver a dupla partir. Durante o tempo em que Beor estaria fora, Felipe fora escolhido por ele para assumir o comando do palácio. Ambos precisavam estar unidos para essa missão dar certo, e o cavalo sabia disso.

— Acha que o Inverno pode tentar alguma coisa? — Beor perguntou, enquanto amarrava uma raiz amarela na crina do cavalo. Ele segurava uma idêntica na outra mão e amarrou com um nó no pulso direito, fazendo uma pulseira.

— Não tem como sabermos, ele é imprevisível. Porém, mesmo com o tratado quebrado, duvido que ele tentaria invadir o palácio novamente. Não com o sol brilhando no céu e Gwair de volta. Mas, de qualquer maneira, estamos apenas a uma raiz de distância.

Beor assentiu, tocando o material em seu braço. As raízes de cedro, uma das muitas árvores do jardim do palácio, eram comunicadores potentes; já que Beor não seria capaz de sentir o cavalo estando tão longe, as raízes gêmeas fariam esse trabalho.

— Obrigado por concordar com isso. — O garoto cerrou os olhos e sorriu; ter o apoio do cavalo em uma ideia que não parecia segura nem para ele significava muito.

— Você é o meu Verão; por mais que discorde de início, confio nas suas escolhas.

— Eu só quero fazer a coisa certa. — Beor suspirou, o peso da escolha já recaindo sobre ele. — E quero ter certeza de que o palácio fique em segurança.

— E ele estará, pelo menos darei o meu máximo para isso. Na mínima intercorrência eu o chamo pela raiz.

— Ótimo. Prometo o mesmo, se qualquer coisa sair do esperado, já o aviso antes mesmo de abrir um portal.

— Vamos trabalhar juntos mesmo a distância — o cavalo o confortou. — E é por isso que vai dar certo.

— Eu não queria a guerra, sabe? Queria ter um reinado calmo e pacífico — o garoto resmungou, os olhos cheios de água. — Mas não importa o quanto eu deseje isso, cada dia que acordo como Verão tenho mais a sensação de que isso é o exato oposto do que eu terei.

— Eu sei, e me dói ver que você não terá isso. Mas essa é a realidade em que vivemos, e quanto antes aceitar esse destino melhor será. Você não queria a guerra, mas certamente foi escolhido para ela.

Beor desviou o olhar do cavalo, fitando as paredes douradas do corredor em que estavam, enquanto processava aquilo que sabia ser a verdade.

— Eu vou tentar — foi tudo o que respondeu.

— É mais do que muitos já fizeram. Agora seja forte, por Florence e por todos nós. Cuide da garota. E não esqueça que não existe força fora das três estrelas.

— Nunca esquecerei.

— Lúdain e eu aguardaremos notícias.

Beor começou a andar em direção à sacada, onde um grupo de animais já estava reunido, aguardando por Felipe e ele. Florence estava entre eles, sentada na poltrona com roupas mais grossas do que as que estava habituada a usar, calçando botas altas e com uma mochila de pano nas costas. Ela tinha um olhar assustado e ouvia com atenção algo que a égua branca lhe dizia.

— Falando em Lúdain, eu fico feliz que ela tenha abraçado Florence como fez. Não a julgou como os outros animais.

— Ela é mesmo uma fêmea surpreendente — comentou Felipe.

— Florence?

— Não, Lúdain.

Um sorriso astuto nasceu nos lábios de Beor. Ele bem havia notado uma aproximação entre ambos os cavalos nos últimos dias.

— Felipe, por acaso você e Lúdain, espera… Nunca pensei nisso antes, cavalos se casam?! Eu posso ser o padrinho?

Felipe revirou os olhos e fitou o garoto com o canto do olho.

— Você já pode ir agora, não sentirei sua falta — o cavalo respondeu de forma rabugenta.

Beor soltou uma gargalhada espontânea, o que acabou avisando os animais da sacada sobre a presença deles. Ele engoliu em seco assim que os olhares se voltaram para ele, o sorriso sumiu e deu lugar a um semblante sério, alarmado. O garoto deu mais alguns passos e se juntou a eles do lado de fora. Estavam na sacada principal do palácio, que se estendia pelo centro da maior das três torres; era a primeira hora da manhã, quando o sol estava começando a nascer no horizonte. O rosto de Florence era gentilmente banhado pela luz dourada; seu cabelo ruivo estava preso em um coque baixo, com alguns fios rebeldes balançando ao vento, e seu coração batia forte no peito quando ela se levantou da poltrona. Beor sorriu para a jovem, mostrando que estava tão nervoso quanto ela, e seu cabelo loiro estava parcialmente molhado.

— Agradeço pelo apoio do conselho nessa missão. Prometo voltar o mais rápido que conseguir e dar notícias assim que possível — ele falou, tirando sua espada da bainha.

Os animais fizeram uma reverência de forma quase simultânea, em respeito, e, mesmo nas condições inesperadas da situação,

Beor se sentiu pela primeira vez o Verão. Ele respirou fundo, fitou o horizonte e deu um passo à frente, fincando sua espada no chão.

— Enquanto isso — olhou para trás —, se possível, intercedam às estrelas por nós.

O portal se abriu à sua frente em toda a grandiosidade e matéria estelar pura que ele abrigava. As raízes douradas cresceram e se entrelaçaram umas nas outras como serpentes vivas e, ao aproximar o rosto, o garoto sussurrou, torcendo que fosse o suficiente:

— Reino de Morávia, sudoeste das Terras Invernais.

A fenda à sua frente se transformou, primeiro refletindo uma vastidão acinzentada, sem forma, e depois revelou um extenso deserto de gelo, com muralhas muito ao longe. Beor não saberia identificar, mas se pareceu com a ideia que já havia concebido sobre tal reino: um lugar hostil e estéril.

No instante seguinte um barulho pesado de asas foi ouvido, tirando a atenção de todos do portal. Gwair descia de seu ninho na torre, pousando na sacada. Até ele havia se unido aos animais para assistir à partida de Beor. O garoto engoliu em seco ao ver o majestoso animal parar a alguns metros à frente de si, e foi sua vez de se prostrar. Os animais em volta o seguiram em sua ação, demonstrando respeito à grande águia. Beor levantou o rosto e fitou o pássaro, esperando por algo, talvez uma última palavra ou confirmação. Mas Gwair nada disse, apenas o fitou com a mesma intensidade de sempre, que falava muito mais do que palavras.

Beor assentiu, lançou um último olhar para os animais à sua volta e sorriu, tentando transparecer confiança. Estendeu a mão para Florence, que aceitou, hesitante; suas palmas suavam.

De alguma forma, ir para Morávia pareceu para a garota muito mais assustador do que enfrentar seus pesadelos, e naqueles breves segundos ela percebeu que nas últimas semanas havia mesmo se afeiçoado ao palácio; era o mais próximo de uma casa que tinha conhecido em muito tempo. No portal aberto à sua frente havia um deserto de gelo, flocos de neve passaram para o seu lado, soprando seu rosto com o vento gélido e tocando seu cabelo. Daquele outro lado estavam as respostas, estava o passado de seus pais e possivelmente o seu futuro, se é que ela viria a ter algum. De qualquer forma, valia o risco. E foi por isso que ela atravessou, logo após Beor, dando um último olhar triste para os animais e abafando o medo de nunca mais retornar para aquele belo lugar.

# PARTE 2

# O outro continente

# 19

# As boas-vindas moravianas

O portal se fechou assim que os dois atravessaram, um ao lado do outro. Beor tirou a espada do gelo, devolvendo-a para a bainha enquanto as memórias do seu tempo vagando pelas florestas congeladas lhe voltaram à mente. Elas trouxeram de volta o medo, a vulnerabilidade e a fraqueza que ele sentiu naqueles dias. Saber que de certa forma ele já havia vencido aquele frio uma vez lhe encheu de coragem para dar os primeiros passos e guiar o caminho.

— Aqueles devem ser os portões que protegem o reino; eu esperava que a espada nos colocasse dentro dele, mas pelo menos não estamos distantes — falou, olhando para Florence. — Precisamos ir.

Ele começou a dar alguns passos na neve, os pés afundando na superfície fofa, enquanto Florence se arrastava com dificuldade tentando segui-lo. O corpo da menina tremia por inteiro, tomado pelo choque de um clima que ela nunca havia conhecido. Eles estavam em um longo deserto de gelo, com muros altos e acinzentados se estendendo a distância. A construção cobria todo o horizonte à frente e não parecia ter fim; era a maior muralha que Beor já havia visto.

O vento frio raspava a pele de ambos, assobiando em seus ouvidos enquanto eles caminhavam com dificuldade. A cada passo os pés de Florence afundavam um pouco mais na neve e a muralha, que não estava tão distante, agora parecia inalcançável.

— Vamos lá. — Beor virou o rosto para trás e, percebendo a dificuldade da menina, se aproximou dela com rapidez e passou o braço esquerdo por suas costas, apoiando-a.

No instante em que foi tocada, Florence sentiu um calor tímido, mas constante se espalhando pelo seu peito; a presença de Beor ao seu lado fez ela conseguir respirar melhor e logo não estava mais tremendo tanto.

— Obrigada. — Ela sorriu, o alívio estampado no rosto, enquanto sentia o ar à sua volta esquentar.

Beor assentiu e segurou em sua mão gelada. Continuaram caminhando lado a lado.

A muralha agora estava próxima, uma luz fria e opaca brilhava no céu além das nuvens, provendo iluminação suficiente, mas nenhum calor, e o chão parecia mais instável em alguns momentos. Foi quando Beor parou por um instante que ele finalmente ouviu.

— O quê? — Florence perguntou ao vê-lo virar a cabeça para trás de repente.

— O chão. Tem algo no chão — ele afirmou, sentindo de forma suave e quase imperceptível um tremor que vinha das camadas mais profundas de terra, subindo até a superfície. — Pelas estrelas. Corra, vamos!

Beor e Florence começaram a correr pela neve, os pés afundando e emergindo vez após outra. Foi depois de algum tempo correndo que a preocupação do garoto se mostrou verdadeira: todo o chão tremeu e a neve em que pisavam começou a ser sugada para trás, como grãos de areia em um deserto. Ambos caíram, desprevenidos, e ao virar o corpo viram um grande buraco no solo se formando logo atrás deles.

— O que é isso?! — Florence perguntou enquanto se agarrava ao braço do garoto.

— Eu não sei, algum tipo de vida nativa daqui. Acho que agora entendi o porquê da muralha.

De pronto, Beor se pôs de pé novamente e a puxou para cima.

— Eu nunca voei com alguém antes, mas acho que é o único jeito. Você se importa? — Ele estendeu os braços para ela.

— Eu me importo em ficar viva! — a garota berrou, agarrando-se a ele, e logo o garoto ergueu seus corpos no ar.

Eles voaram sob aquele tempo gelado, enquanto o chão se movia abaixo deles como ondas no oceano. Florence se agarrou mais no garoto, mantendo os olhos fechados; seus pés balançavam pelo ar e ela tentava não pensar no fato de que poderia cair a qualquer momento.

Nos poucos metros que os separavam da muralha emergiu uma criatura com apenas um olho, uma serpente gigante azulada que se sacudia alcançando a superfície a toda velocidade. A neve foi jogada para cima dos dois, que caíram no chão assim que Beor perdeu o controle. Florence rolou pelo solo instável; tudo era neve, dor e gemidos. Ela levantou os olhos e a visão embaçada lhe mostrou que havia caído diante daquele estranho animal, a criatura que saíra de dentro da própria neve. Beor se pôs de pé e empunhou sua espada mais uma vez. Contudo, uma segunda figura surgiu ao lado da serpente, com sua silhueta se tornando cada vez mais humana à medida que caminhava até eles, até ficar evidente, para a surpresa de ambos, que era a própria mulher que eles procuravam.

Dahra Tokra. Ela trazia um olhar selvagem, os pés descalços na neve, que se misturava às diferentes tiras de sua vestimenta semelhante a um vestido e, ao mesmo tempo, a uma roupa de guerra. Ela abriu a boca para falar, mas nesse exato momento seus olhos encontraram Florence. O rosto da mulher travou, o olhar ficou instantaneamente congelado, e a feição que antes dava medo perdeu toda a ferocidade. A serpente ao seu lado, parecendo sentir a mudança repentina de sua mestra, se inclinou e mergulhou novamente na neve, deixando-os sozinhos. Beor deu um passo para trás, com os músculos enrijecidos e o olhar alerta, como resposta à ação da mulher, que começou a caminhar até eles com as mãos estendidas.

— Flo... Florence? Florence Evoire. É você mesma? — a mulher falou em um sussurro, a própria voz parecia tê-la abandonado.

A garota se levantou com a ajuda de Beor, as feridas da queda abrupta ardendo em seu joelho coberto de neve. Por mais que ela tentasse lembrar, não havia qualquer resquício daquele rosto no seu inconsciente além da recente memória; realmente, nunca havia visto aquela mulher.

— Evoire — ela sussurrou, relembrando seu sobrenome, como se despertasse de um sonho. — Sou eu, sim — e então respondeu com o rosto firme, tentando manter o controle.

— Pelas grandes estrelas! — a majestosa rainha de Morávia balbuciou e caiu com os joelhos no chão. — Seu pai estava certo, você não estava morta.

Ela fechou os olhos e chorou por alguns minutos, um choro de alívio e de culpa. Todo o caos de minutos atrás havia se dissipado, o deserto de gelo era puro silêncio. Ao notar os semblantes de incômodo e confusão dos dois jovens, que a observavam, a rainha se recompôs rapidamente e se levantou.

— E você... — Ela se aproximou de Beor, limpando a neve das vestes e cheirando o ar à sua volta tal qual um animal selvagem.

Beor deu um passo para trás; era uma mulher estranha.

— É o novo Verão, não é? Faz muito tempo desde que não encontro um do seu tipo.

— Você se refere a Augusto — o garoto a corrigiu.

— Não, uma estação no geral, foi o que quis dizer. Mas... Augusto. Fomos noticiados de sua morte. — O olhar dela caiu por um instante. — Ele foi um grande amigo de Morávia nos tempos passados.

Beor coçou a garganta.

— Admito que não era assim que esperava que você recebesse seus amigos, rainha. Nos foi dito que Morávia era um povo duro, mas correto, que ele estaria do lado certo da história, mas, pela sua *recepção*, estava prestes a nos tratar como inimigos — ele falou de forma ácida, com o rosto endurecido.

— Não são tempos fáceis nas Terras Invernais, como deve muito bem saber o porquê. Morávia não tem aliados ou amigos, é por isso que nossos muros estão continuamente fechados, é a forma como sobrevivemos até aqui. Mas... peço desculpas por minhas ações precipitadas; chame de precaução ou hostilidade, é a cultura de meu povo. — Ela balançou a mão direita e revirou os olhos.

Beor apenas assentiu, incerto em relação a como se sentia sobre a mulher. Ela não parecia confiável como ele pensara, tampouco se importava em passar essa impressão; estava estampado em seu olhar. Mas não poderia ser tão má quanto o Inverno, o que a tornava no mínimo digna de ser ouvida.

— Eu não peço muito, apenas que sua hostilidade seja colocada momentaneamente de lado e que esteja disposta a colaborar conosco, pelo bem de toda a Terra Natural.

— Sim, a quebra do tratado. Não é algo que afete o meu povo de maneira direta, mas certamente é um presságio para algo ruim — ela respondeu, conhecendo a preocupação na voz da estação. — Agora, primeiro, por que não abaixa sua espada? — ela sugeriu, apontando para o objeto que permanecia levantado. — Ficaria feliz em saber que uma das poucas coisas que eu de fato temo é essa espada.

— Por quê?

— Porque apenas ela e a lança do Inverno podem me matar — respondeu com um sorriso, como se falasse algo corriqueiro.

Beor hesitou, confuso, e depois de alguns segundos abaixou a arma.

— Como isso pode ser possível?

— Está muito frio aqui, não acham? Quer dizer, eu não sinto o frio, mas vocês devem estar com frio, especialmente você, querida.

Entrem comigo em meu reino como meus convidados e eu responderei a todas as perguntas que tiverem. Juro pela memória de Augusto e pelo ódio que tenho por nosso inimigo em comum. Que tal? — Ela inclinou o rosto, aguardando uma resposta.

— Tudo bem — Florence se adiantou em responder; no momento era difícil pensar que aquela mulher estranha lhe forneceria as respostas que precisava, mas ela estava mesmo com frio.

— Excelente — a rainha respondeu. — Eu esperei por isso por muito tempo, Florence, de verdade. Pelo dia em que você conheceria o meu reino.

— O que me faz importante para você? — a garota perguntou de uma vez.

— Não, não. — Dahra balançou a cabeça de forma negativa. — As respostas estão apenas lá dentro. Foi o combinado, lembra?

— Tudo bem, eu acho — Florence assentiu entredentes, com os lábios roxos.

— Guardas! — a rainha exclamou, e homens que antes estavam invisíveis para eles, camuflados como ilusões da própria paisagem, tomaram forma, cercando-os em uma longa meia-lua. Eles vestiam armaduras prateadas gastas, e cicatrizes lhes cortavam os rostos; os semblantes eram tão duros e imóveis quanto o próprio vidro, e, no momento em que os viu, Beor soube que eram esses os guardiões mais poderosos de toda a Terra Natural.

— Espero que saiba, Verão, que seu título não garantirá sua confiança, não aqui. Terá que merecê-la.

Beor sustentou o olhar duro que a rainha lançou a ele.

— Digo o mesmo de você. Não sou Augusto e não sou obrigado a confiar em quem ele confiava. Não hesitarei em lutar caso se mostre minimamente aliada ao Inverno atual.

Dahra soltou um pequeno risinho.

— Isso você e eu temos em comum, lhe garanto. O Verão é apenas a terceira figura mais odiada em Morávia; a primeira é o Inverno.

Beor engoliu em seco; essa não era exatamente a resposta que ele queria.

184

— E quem é a segunda? — perguntou, mas a mulher já havia partido, sinalizando que eles a seguissem.

Os guardas se organizaram em duas fileiras ao redor deles, formando barreiras de proteção. Eles caminharam alguns minutos pela neve, com Dahra à frente, até chegarem à grande fortaleza que guardava a nação.

— Não tem nenhum portão... — Florence sussurrou para Beor, que assentiu, confuso.

Três guardas se separaram dos outros e tiraram de dentro de suas capas uma adaga similar à que Beor já havia visto Clarke usar uma vez; era uma arma especial dos guardiões que os ajudava a conjurar comandos. O garoto passou a observar um dos homens: ele encostou a adaga em um dos grandes pedaços de pedra polida que formava a muralha; em seguida, pronunciou algumas palavras que fizeram a estrutura desaparecer da sua frente, assim como todo aquele quadrante da muralha, que se dissolveu de imediato, revelando um campo extenso de folhagem seca também coberta por neve. Marcas de rodas assinalavam uma trilha improvisada, formando uma espécie de estrada.

— Vamos logo — Dahra demandou.

Todos atravessaram para o outro lado em questão de segundos.

Beor notou que outros três guardas se posicionaram no mesmo local e fizeram o processo inverso, fechando a muralha mais uma vez. Todo o muro convergiu em si, voltando a ser sólido e impenetrável, e ele notou que os homens pareceram instantaneamente mais fracos.

— O que foi isso? — ele perguntou, caminhando até a rainha.

— Uma ilusão conjurada — ela respondeu sinalizando para que Florence e ele subissem em uma carruagem que os esperava adiante.

— Mas então vocês estão desprotegidos?

— Não, a ilusão é apenas uma, e ela muda de lugar de hora em hora pela muralha. Apenas um ardo, aquele que possui a maior patente na Ordem, é capaz de identificá-la, e que sou eu, no caso.

— Ela subiu com eles e se acomodaram na espaçosa carruagem de vidro que os protegia da neve, mas ainda mostrava tudo ao redor.

— Sem contar que — ela apontou — essa é a nossa verdadeira muralha.

A alguns metros de distância havia um segundo muro circular que cobria toda a terra; ele era um pouco mais baixo do que o primeiro, mas aparentava ser ainda mais firme, feito de metal e pedra. Nele, podia-se ver pequenos portões espaçados, pelos quais não passaria mais do que uma carruagem por vez.

— Não somos hostis à toa, a precaução faz parte de nossa cultura — Dahra comentou com eles, enquanto o veículo chegava até a segunda muralha.

No topo do muro, havia uma guarnição completa de guardas posicionados, completamente imóveis, alertas a cada movimento.

— Tudo isso é para... — Beor perguntou, mas a palavra falhou em sua língua.

— Sim, para que o Inverno não entre. Somos o único reino das terras meridionais que não cederam ao domínio territorial dele.

— O que você quer dizer?

— Ah, você não sabe? Por um momento esqueci que era novo. O Inverno se declarou rei do império de Reshaim, ao norte, décadas atrás, exterminando toda a família real, e desde então vem dominando todas as terras ao sul. As Terras Invernais não lhe pertencem apenas no nome e no clima, ele realmente se fez senhor e rei sobre elas, com guerra e sangue, é claro.

— Mas o dever de uma estação é cuidar e proteger, não dominar. Esse tipo de ato é abominável, vai contra tudo o que uma estação deveria ser — Beor exasperou, aflito.

— Ofir vai contra tudo o que uma estação deveria ser — ela murmurou fitando a paisagem, e então percebeu a expressão no rosto do garoto mudar. — Sim, ele tem nome; não sabemos se é seu nome verdadeiro, mas é o nome com o qual se autointitulou rei. Rei Ofir de todas as terras gélidas.

— Se ele tomou tudo, como conseguem resistir? — o Verão perguntou, olhando-a como alguém que observa um interminável quebra-cabeça.

Dahra apenas sorriu, um misterioso e quase assustador sorriso, com uma sombra de tristeza.

— A um custo muito alto, mas isso é assunto para outra hora. Vejam, estamos entrando.

Ela mudou o foco da conversa apontando para a vista que se estendia bem à frente deles; o pequeno portão havia sido aberto e eles atravessavam um túnel completamente escuro, mostrando o quão grossa era a muralha. Mas logo à frente a luz já os iluminava novamente, revelando agora uma estrada pavimentada por inteiro, que se abria em uma longa rua. Morávia era completamente diferente de Teith, a única cidade que Beor tinha como comparação. As casas ali tinham apenas um andar e eram todas idênticas umas às outras, feitas de pedra maciça para barrar a entrada do frio. Eram construções quadradas, sem muita personalidade ou decoração, com janelas e portas estreitas. Apesar da neve que caía, havia muitas pessoas na rua; elas conversavam entre si, cuidavam do jardim nas estradas das moradias com plantas completamente distintas das da Terra do Sol e se dirigiam a diferentes obrigações. Uma caraterística comum em quase todas as pessoas era uma penugem branca que carregavam nos cabelos trançados e os pés completamente descalços. Beor arregalou os olhos ao notar o fato; para qualquer outro tipo de gente isso seria torturante, quase fatal, mas não para eles. Andavam descalços na neve como se ela fosse a mais macia grama. Ele virou o rosto discretamente, notando que a própria rainha estava descalça, assim como o guarda à frente, que guiava a carruagem. Guardou o estranhamento para si, percebendo que os moravianos eram ainda mais distintos do que esperava.

# 20
# Forjados pela guerra

Em ruas e ruas de casas idênticas, uma única construção se destacava na paisagem, a fortaleza moraviana: o castelo real. Diferente do Palácio do Sol, com o qual Beor estava acostumado, a construção era quadrangular e sem muitos adornos, mas tão alta e majestosa que se misturava com as nuvens do céu. Era acinzentada, a pedra manchada pela neve e, pelas pequenas janelas que se sobressaíam, deveria ter vários andares. No lugar de torres havia um telhado plano, coberto de guardas e adornado por diferentes e esvoaçantes bandeiras com o brasão de Morávia.

A construção intimidava Florence, que se sentia pequena e insignificante comparada à fortaleza. Os olhos de Beor ardiam com a luz esbranquiçada que vinha do céu; para sua surpresa, apesar de haver algumas nuvens, não estava nublado, não como o céu invernal que acompanhou sua jornada em busca do Verão. O dia estava claro, porém sem vida, e alguma luz brilhava lá em cima, mas certamente não era o sol; ela era pálida e azulada, sem tonalidade ou calor.

— Eu não pensei que... — Beor parou, formulando as palavras. — Como pode haver um sol nas Terras Invernais?

— É bem típico de um Verão falar isso. Não pensou que a luz fosse dada somente a vocês, não é? Aquilo — a rainha apontou para além das nuvens — é a Ogta, a nossa versão do Sol; em resumo, é a nossa fonte de luz. Assim como a espada do Verão dirige o fluxo do Sol, a lança do Inverno dirige o fluxo de Ogta.

Beor fitou a fonte de luz no céu, atordoado; ele jamais pensou que uma fonte tão poderosa quanto o Sol pudesse existir. Era o tipo de coisa que ele viveria a vida inteira em Teith sem conhecer. Seu espírito curioso se revirou de animação com a descoberta, enquanto seu lado racional o impediu de externar isso. Ele apenas assentiu e manteve a postura séria enquanto adentravam, por um túnel, a grande construção. Florence se sentiu claustrofóbica assim que se viu cercada por pedra em todas as direções; a luz fria da manhã desapareceu e apenas tochas iluminavam o caminho da carruagem de vidro por uma rampa, que subia e subia, sem nunca parecer chegar a lugar algum. Os guardas podiam ser vistos do lado de fora, todos tinham semblantes rígidos e olhares hostis. A garota notou que Beor mantinha sua mão firme sobre o cabo da espada e se sentiu um pouco mais reconfortada com isso. Apenas quando a rampa se abriu em um largo saguão iluminado a garota pôde respirar tranquilamente; em seguida, a carruagem parou e eles saíram pela escada de metal acoplada ao veículo. O olhar de Beor e Florence se encontraram quando ele a ajudou a descer; naqueles poucos instantes tiveram uma conversa inteira sem dizer uma palavra sequer, e logo concluíram que estavam ambos assustados e receosos com aquilo tudo, mas que precisavam continuar.

— Sejam bem-vindos ao palácio de Morávia. Uma das mais belas construções que encontrarão no lado de cá das terras. — Dahra estendeu os braços, apontando para as altas colunas de aproximadamente dez metros que se estendiam pelo local.

O teto era tão alto que vislumbrar sua extensão fazia doer o pescoço. Todo o cômodo parecia ter sido esculpido em uma pedra de tom azulado, levemente translúcida, e refletia um pouco da luz de Ogta que entrava pelas altas e estreitas janelas. Era diferente da arquitetura do Palácio do Verão, mais espaçoso e um pouco mais vazio também, mas Beor não pôde negar que era belo, quase como se as próprias nuvens tivessem se unido e construído uma morada para si.

— Os fundamentos do palácio existem há séculos, quando essa terra possuía outros nomes, mas a estrutura atual foi finalizada durante o reinado anterior ao meu, há... muito, muito tempo.
— O semblante da rainha se alterou por um momento, com tons de melancolia, e se tornou firme novamente.

— Há quanto tempo governa esse povo? — Beor aproveitou a deixa para perguntar, curioso com o que tinha lido em alguns registros.

Um sorriso malicioso nasceu no rosto da rainha. Ela fitou os dedos, fingindo ter dificuldade em contar.

— Cento e vinte anos... certo, Usif? — Ela se voltou para um guarda que até o momento permanecia em total silêncio ao seu lado.

— Cento e vinte e quatro, minha senhora.

— Ah, é claro.

— Como isso é possível?! — Beor questionou, exasperado.

— A versão mais simples é que fui amaldiçoada por uma árvore. Mas certamente não vieram até aqui para perguntar minha idade.

— Não — Florence falou, dando um passo para frente.

Ela tinha o olhar de quem não se importava com o palácio ou com o fato de a mulher ter cem ou mil anos.

— Viemos porque eu te vi em minhas memórias. Você estava no meu aniversário de quinze anos; estava lá no dia em que o Inverno atacou. Por quê?

A rainha piscou, o pesar e a dor agora estampados em seu semblante.

— Porque eu não poderia faltar; como sua madrinha, era o mínimo que deveria fazer.

Um silêncio desconfortável tomou o saguão.

— Madrinha? — A voz de Florence falhou.

— Seria o termo mais apropriado, eu acredito — disse Dahra com um sorriso pela primeira vez não tão confiante. — Mas não falemos sobre isso agora; o jantar será um momento muito mais propício.

Ela fitou a garota por mais alguns instantes, como se esperasse que ela se dissipasse a qualquer momento, feito uma miragem, então cortou o contato visual e virou o corpo.

— Usif vai apresentá-los à área central do palácio. Algumas demandas urgentes me aguardam, mas verei vocês em algumas horas. Florence, Verão. — Ela balançou a cabeça e saiu caminhando em direção a um corredor menor à esquerda, sinalizando a dois de seus guardas que a seguissem.

Usif era um homem nos seus vinte anos, de pele escura e fios trançados; a armadura que ele usava era diferente da dos guardas de dentro do palácio, e se assemelhava com as dos guardiões que Beor vira na memória de Florence, com as duas árvores primordiais entrelaçadas.

— Peço perdão pela minha senhora; somos um povo de poucos amigos, mas sabemos reconhecer um aliado quando o vemos. É um alívio ter vocês dois aqui, e sei que ela sente o mesmo — comentou o homem, passando muito mais tranquilidade do que a rainha.

Florence esboçou um pequeno sorriso; estava ainda mais confusa e não entendia o motivo de a mulher, ao mesmo tempo, ter ficado tão feliz em vê-la e parecer que queria fugir.

— Ela conhecia os meus pais, certo? — perguntou, fitando o corredor por onde Dahra havia saído.

— Eu diria que eram antigos amigos, mas isso foi na época de *meu* pai. Ela sofreu pela morte de Augusto, se querem saber; ela não demonstra, mas sei que o considerava.

— Por que os guardiões do Inverno servem a ela? — Beor perguntou, ainda curioso com o uniforme do homem.

— Ora, ela é nossa líder, a única ardo que temos viva em nossas terras — ele começou a falar, sinalizando para que o seguissem em direção a um cômodo do palácio que se abria à direita.

— Ardo é a patente mais poderosa da Ordem do Conhecimento, e o Inverno começou a caçá-los há muitos anos, quando ficou evidente que a nossa Ordem não serviria a ele. Já tivemos diferentes bases espalhadas por nossa extensão territorial, como acredito que seja em seu continente, mas Ofir as destruiu, massacrando nosso povo e queimando nossas bibliotecas. A única base que permaneceu foi a de Morávia, a original, mais antiga que os fundamentos do palácio; quando nos vimos sem liderança, Dahra assumiu esse papel, tornando-se rainha de um povo e líder de uma Ordem, tudo ao mesmo tempo.

O caminho pelo qual Usif os guiou se abriu em um corredor com um pouco mais de decoração, com algumas tapeçarias artesanais penduradas na parede, refletindo desenhos e símbolos desconhecidos, e alguns funcionários passavam, vestidos com roupas feitas com pele, mas os pés completamente descobertos. Beor cerrou os olhos em confusão e incômodo ao ver que o que cobria o corpo das pessoas eram animais mortos.

— O palácio se tornou então — Ufir continuou, enquanto os guiava —, além da morada de nossa rainha, a base de operações de nossa Ordem. Protegemos nosso povo e também tudo o que nos é mais sagrado: o conhecimento intacto das estações que guardamos aqui.

— Os registros que temos no Palácio do Sol se referiam a vocês como os mais poderosos dessa terra, mas a realidade parece um pouco diferente. Pelo que falou, estão mais para... sobreviventes — Beor comentou, reflexivo.

— A vida com tamanha perseguição não é fácil, meu senhor, mas foi também ela que nos tornou mais fortes. Nos desenvolvemos em nossas habilidades e conhecimento o máximo que conseguimos, simplesmente porque nossa vida dependia e ainda depende disso. Enquanto isso, nossos irmãos da Ordem Fileneana, pelo pouco que sabemos, estão acomodados há séculos, perdendo-se em suas políticas e se enfraquecendo cada vez mais. Talvez exista algo bom na guerra, afinal. Ela não nos deixa esquecer quem nós somos.

— Talvez — Beor assentiu, surpreso com a resposta.

Não sabia muito sobre a Ordem Fileneana; Augusto havia cortado relações com eles devido à sua própria vergonha e, em sua breve vida de Verão, ainda não tinha tido tempo para tentar retomar o contato. Tudo o que conhecera sobre ela foi através de Clarke, suas poucas palavras e seus hábitos estranhos.

Acessaram os cômodos centrais do palácio, formado pelo largo corredor de entrada, em formato de arco, por onde passaram, e pelo saguão, onde duas altas escadas tomavam o centro, levando para os andares de cima da moradia. Guardiões e funcionários comuns se misturavam no local, interagindo entre si e em alguns momentos trabalhando juntos, tudo como um só povo exercendo uma única função: permanecerem fortes, permanecerem vivos.

O palácio estava cheio e, a cada passo que davam, Beor se deparava com plantas, objetos e até animais que desconhecia.

— Chegaram em uma época propícia, eu diria: estamos na véspera do Festival do Lobo. Acontece amanhã. É uma festividade privada apenas à Ordem, mas, como até o momento são convidados, é provável que possam comparecer.

— Não planejamos ficar por muito tempo — Beor respondeu, cortando um pouco da receptividade do homem.

— Se me permite perguntar, estão em guerra com o Inverno, certo? — Florence falou, finalmente escolhendo entrar na conversa, e deu um passo à frente, ficando mais próxima de Beor e Usif.

— Sim — Usif confirmou.

— Se estão em guerra, por que dariam uma festa?

O homem deu uma pequena risada diante da falta de conhecimento dos forasteiros. A Festa do Lobo não dependia de tempos de guerra ou de paz; ela era a lembrança do coração pulsante de cada guardião ali.

— Desde os primórdios da nossa Ordem, criada após a Guerra Estacionária, o grande Lobo, Mochka, vem sendo nosso guardião e protetor. Ele zelou por nós em momentos em que mais ninguém poderia. É o nosso lembrete de que as estrelas não nos deixaram à nossa própria sorte, não inteiramente; elas nos enviaram um auxílio. Mesmo agora, mesmo em meio à incerteza e ao medo, não nos esquecemos daquele que nos guarda, e é por isso que celebramos o festival a cada quatro meses.

— Isso tudo?! — Florence deixou escapar seu espanto.

— Acredito que, sem ele, sem um evento que nos force a celebrar em meio à guerra e manter a esperança, não teríamos sobrevivido até aqui — o guardião respondeu, incomodado ao ver como a festa sagrada para eles era desvalorizada pelos dois.

— Esse animal, Mochka, é uma espécie protetor da Ordem? — Beor cerrou as sobrancelhas, cético como Florence, mas ainda assim intrigado por aquilo.

— Pode-se dizer que sim. Se ficarem até amanhã ouvirão a história completa.

O assunto se deu por encerrado e eles adentraram um cômodo com o teto mais baixo onde uma grande lareira queimava ao fundo; havia largas janelas do lado esquerdo, mostrando a vista para o que parecia ser um jardim interno, localizado em um vão no centro da grande construção, com árvores de tonalidades rosadas e arroxeadas, as mais exóticas que ambos os visitantes já haviam visto.

O calor no cômodo era suave e reconfortante, mas Beor estranhou o fato de que as labaredas que queimavam na lareira não tinham tanta saturação; não eram douradas como as chamas que conhecia, mas sim azuis. Isso o fez se sentir um pouco mais vulnerável, sensação que, depois de ter o Inverno consumindo sua vila, não gostaria de sentir nunca mais. Ele moveu a mão de maneira discreta, na intenção de conferir se aquela fonte de luz responderia a ele ou não. Ficou aliviado ao sentir a luz sendo discretamente sugada para sua palma, então a soltou de volta.

— Podem ficar aqui até que minha senhora retorne e os atenda. Está quase na hora do jantar, acredito que ela não vá demorar — Usif falou.

— Ela concordou em responder nossas perguntas — reforçou Beor, desconfiado.

— E ela fará; minha senhora não é alguém de palavras vazias.

— Está certo — disse Beor, virando o rosto e encontrando o olhar de Florence.

— Vamos esperar — ela assentiu, com a menção da palavra jantar fazendo seu estômago roncar silenciosamente; parecia que, quanto mais ansiosa ficava, mais fome tinha.

— Excelente. — O homem sorriu. — Apesar da tensão de nossos tempos, não deixa de ser uma honra ter vocês aqui. O Verão e a estação que havia sido escondida.

— É assim que me chamavam? — Florence perguntou, surpresa, dando um passo à frente.

— Sim... Junto com outros nomes. — O homem coçou a garganta e desviou o olhar.

A garota percebeu por seu semblante que os outros nomes não deveriam ser exatamente bons. Sentiu sua garganta arder por causa disso.

— Como o quê? — ousou perguntar.

— Não penso que seria...

— Por favor.

— Florence... — Beor tentou intervir, mas a garota lançou--lhe um olhar rígido, então ele se calou.

— Do que me chamavam? — perguntou mais uma vez, com o maxilar retesado.

— A garota que nunca deveria ter nascido.

# 21

# O espírito vive por causa das estrelas

Florence e Beor tiveram algumas horas para assimilar o local em que estavam. Beor andava inquietamente pelo cômodo, observando a vista na janela, o detalhe da pintura nas paredes e, principalmente, encarando com desgosto o fogo azulado que crepitava na lareira. Enquanto isso, Florence havia se jogado do sofá e de lá não saía; seu olhar quase não se movia, permanecendo vidrado na paisagem à frente: aquele grande jardim oculto, no centro da construção. Ele se espalhava em diferentes pontes que conectavam umas alas às outras, dividido em vários andares. Cada andar do jardim suspenso abrigava uma espécie diferente de flora, porém, nem os mais belos tons dos caules e folhas ali conseguiam amenizar a ansiedade do coração de Florence.

— Você acha que ela está nos enganando? — Virou o corpo em uma guinada súbita, procurando Beor com o pescoço. — A rainha.

— Não sei, ela realmente parecia te conhecer. Ela disse que era sua madrinha! — Beor coçou os olhos, a ansiedade também tomava seu interior, por mais que fosse melhor em domá-la.

— Isso não garante que ela seja boa.

— Não mesmo. — Beor se aproximou do sofá em que a garota estava e sentou ao seu lado. — Mas ela estava em seu aniversário; se ela se recusar a nos dar as respostas de que precisamos, talvez isso já revele que ela não seja exatamente quem a memória nos mostrou.

Florence sentiu uma pontada de medo ao considerar aquilo; a última coisa que queria era ter acabado na casa de um inimigo.

— Felizmente, não é este o caso. — A voz da rainha veio da porta; estava parada com os braços cruzados, e não havia mais sorriso ou olhar de superioridade em seu semblante. — Eu disse que os ouviria no jantar, e essa hora chegou.

Os três estavam acomodados em volta de uma larga mesa de jantar feita de uma madeira de tom cobre. Dahra estava sentada na ponta, consideravelmente longe de Florence e Beor, que ficaram bem ao centro da mesa, um de frente para o outro.

O jantar era servido por três empregados: um caldo azulado com um aroma maravilhoso e pedaços de bife, cortados ali na hora.

— É carne de cervo, espero que gostem. O caldo é meu prato preferido, é feito de raízes e do fruto da mantiogua, uma árvore típica daqui.

— Não, obrigado. — O estômago de Beor embrulhou assim que o homem levou um pedaço de carne para o seu prato. — Eu não como animais.

— Eu posso ficar com o pedaço dele — Florence se prontificou enquanto seu pedaço já era servido.

O empregado pareceu confuso e levemente ofendido, mas obedeceu à garota, enchendo um pouco mais seu prato.

— A carne de cervo é difícil de encontrar por nossas terras. Posso saber por que recusaria essa honraria? — Dahra indagou, enquanto colocava um pedaço na boca.

— Eu nunca comi animais antes e espero nunca comer. Foi assim que fui ensinado na vila em que nasci. — Quando percebeu, Beor já havia comentado sobre Teith e fez uma pequena careta, arrependendo-se do ato.

— Oh, que garoto benévolo você é. Fala com carinho de onde veio. Imagino o quão difícil deve ter sido deixar todos sendo assim tão jovem.

O rosto dele se endureceu.

— Não acredito que seja eu quem deva compartilhar minhas memórias, e sim a senhora.

Dahra arqueou as sobrancelhas e levantou a mão esquerda para o alto.

— Já vejo que mal posso aproveitar o meu jantar — murmurou, fingindo ofensa.

— Com todo respeito, rainha, a comida está de fato deliciosa, mas viemos esperando por toda a tarde, estamos correndo risco simplesmente por estar em Terras Invernais, e tudo o que preciso é que você fale. Você sabe por que eu estou aqui e sabe o que eu vim procurar; sinto que cada minuto que me escorrega é mais um pouco da minha identidade que eu vou perdendo, simplesmente por não conhecer a minha história. — A garganta de Florence ardeu com o choro entalado; até mesmo a deliciosa comida em seu prato pareceu menos apetitosa perto do grande vazio de dúvida e medo que sentia. — Só fale, por... por favor.

Dahra a fitou por alguns minutos, então abaixou as mãos, colocando os talheres de volta em seu prato.

— Florence, querida... — Ela suspirou. — Um pouco antes de chegarem aqui, a notícia de que você estava viva havia nos alcançado. De início eu não acreditei; você... eu a procurei por *tantos* anos. — A mulher suspirou.

— Quantos anos? — a garota perguntou, fechando os olhos. Uma teoria horrível já corroía sua mente desde que havia revivido sua memória, e ela apenas precisava de uma confirmação.

— O quê?

— Faz quantos anos que eu desapareci?

A rainha engoliu em seco e suavizou o olhar.

— Então, essa é a parte que faz menos sentido. Você está exatamente como da última vez que a vi... mas faz sessenta anos, querida. Sessenta anos desde o ataque em Brie que ocasionou o seu desaparecimento.

O estômago de Florence se embrulhou na mesma hora e ela afastou o prato para frente. Então abaixou o rosto e empurrou a cadeira com as costas para tentar sair, mas parou no mesmo instante. Seu coração batia acelerado no peito e suas mãos tremiam sobre a mesa.

— Eu não entendo como isso pode ter acontecido — Dahra complementou.

— Eu... eu acho que sei.

— Sabe? — Beor perguntou surpreso.

— As árvores me explicaram. — A garota respirou fundo. — Meu pai conjurou um encantamento tão forte para me proteger do Inverno que acabou me tornando invisível a todos, até mesmo a ele. Eu não senti o tempo passar, mas, de alguma forma, a caverna em que fiquei aprisionada deve ter ficado imune a tudo, inclusive ao próprio tempo.

— E, com a morte de Augusto, o encantamento finalmente enfraqueceu, te libertando — Beor completou, concluindo.

— Sim — ela respondeu, pesarosa; sessenta anos haviam se passado, Florence não pertencia nem mesmo ao tempo em que habitava. — O que eu não entendo é por que você estava na minha memória e por que parece que você também não envelheceu. Porém, mais importante que isso, por que mais cedo disse que era minha madrinha?

— Ora, eu nunca quis que a minha presença fosse notada, que pensasse que eu compactuava com a loucura que estavam fazendo; quanto menos se lembrasse de mim, melhor e mais seguro seria. Mas eu precisava estar ali, te guardando, te protegendo, eu não podia ficar longe, eu me sentia... responsável por você.

— Por quê?

— Porque fui eu quem criou sua mãe. Eu a enviei até o posto na ilha de Oltuse, onde ela conheceu seu pai. Quando conheci Augusto ele se tornou de imediato um aliado, e nossos pontos de encontro eram sempre na ilha, que estava imune ao tratado. Em todos os momentos, em todas as missões extraoficiais e investigações, Amaranta era o meu contato com Augusto. Eu os aproximei sem perceber e, quando a situação já estava se arrastando para além do meu controle, notei sentimentos florescendo entre ambos, mas escolhi ignorar. — A rainha parou por um instante e se encostou na cadeira. — Ninguém poderia prever o quão determinados eles se tornariam.

— Por que Augusto procurou os guardiões do Inverno em primeiro lugar? — Beor indagou.

— Os tempos eram outros; Ofir já dominava parte das Terras Invernais, mas ele crescia de forma mais comedida e cautelosa, se alastrando lentamente. Sua perseguição à Ordem do Conhecimento já havia começado, e foi quando os primeiros de nós migraram para o Sul. O que Augusto relatou é que ele já havia tentado diálogo com o Inverno por décadas, mas sempre era recebido com hostilidade. Ao perceber que o Inverno de fato poderia ser uma ameaça, buscou o contato que pôde com os guardiões do Inverno, na tentativa de compreender melhor seu inimigo. O conselho que tínhamos na época não aceitou com facilidade essa aproximação, mas eu confiei nele e fiz com que os outros confiassem também. Augusto era entusiasmado e esperançoso, atributos de que estávamos necessitados naquele tempo, e tê-lo como aliado me pareceu um bom benefício. Sem contar que Oltuse era o lugar ideal para que essa união de forças acontecesse.

— Você disse que... criou minha mãe? — Florence perguntou, com os olhos já marejados.

200

— Ah, Amaranta, ela era como uma filha para mim. Em uma de minhas missões, a resgatei de um circo ao norte onde era escravizada, assim como outras crianças de pele pálida com dons incomuns que eram tidas como "aberrações". Eu trouxe todas para o palácio e as treinei para serem guardiãs. Amaranta foi a única que realmente seguiu na carreira e se tornou uma soldada exímia. Era minha conselheira na época, mas nunca se adaptou por completo à luz; Oltuse se tornou o destino ideal para ela, já que era próximo de Morávia, porém, lá a Ogta nunca raiava.

— Então meus pais se conheceram nessa ilha — Florence repetiu em voz alta, processando a informação. — E quando, *como* eles se apaixonaram? — Seu coração estava tão pesado quanto uma âncora, mas ouvir sobre seus pais ainda era uma espécie de consolo.

— Ah, eu não saberia dizer. Era como se eles tivessem sido atraídos um para o outro desde o primeiro instante; a cada encontro, a cada reunião, Augusto parecia mais vivo e interessado, enquanto Amaranta se tornava cada vez mais afastada de suas funções com a Ordem. Ela vivia e respirava cada momento em que ele se fazia presente, e para ele, aos poucos, a ameaça do Inverno e os rumores de guerra se tornaram insignificantes. O amor os cegou muito rápida e intensamente, os roubou de qualquer outra coisa que não fossem eles mesmos. Logo, em toda a Ordem existia um boato de que algo estava acontecendo, e eles não faziam esforço para abafá-lo. A situação se estendeu até o ponto em que eu tive que, finalmente, confrontá-los.

— Eu não entendo. Como Augusto pôde fazer algo assim? Se relacionar é expressamente proibido para uma estação — Beor questionou.

— Oh, criança.

O garoto fez uma careta; odiava ser chamado assim.

— Você já se apaixonou, por acaso? — Dahra perguntou, pegando-o de surpresa.

Ele alternou o olhar entre a rainha e Florence, incomodado.

— N-não. — Tossiu com irritação.

— Pois você já tem sua resposta. Nunca experimentou a força que esse sentimento pode ter sobre alguém, então não entenderia os estragos que ele é capaz de fazer. O quanto pode consumi-lo e quebrá-lo em pedaços, e como pode, quando corrompido, fazê-lo até mesmo esquecer de quem você é — a rainha falou, e estava transparente em seu olhar que em algum momento aquilo também havia sido sua dor.

— Minha mãe não era má. — A voz de Florence saiu embargada; ela se sentia ainda mais culpada por ser fruto de algo que não deveria ter acontecido.

— Não! Nenhum dos dois era; pelo contrário, eram pessoas amáveis com as quais eu realmente me importava. Mas eles sabiam no que estavam se metendo e decidiram partir assim que foram confrontados. Amaranta abandonou a Ordem e fugiu para as Terras do Sol com ele, enquanto Augusto evitou qualquer contato conosco. Eles se estabeleceram em uma pequena vila na costa noroeste das Terras do Sol, próximo da grande fronteira que divide os continentes.

— Brie, a vila em que eu cresci — disse Florence, voltando às memórias do lugar.

— Sim, uma pequena comunidade de pescadores, insignificante e que mal constava nos mapas, o lugar perfeito para se esconder. Foi lá que você cresceu; nos anos que se seguiram, Augusto investiu todo o seu poder e conhecimento para proteger aquele lugar, tornando-o perfeitamente seguro, onde ninguém desconfiaria de quem ele era e do tesouro que a vila guardava. Acontece que, nisso, ele negligenciou suas responsabilidades como Verão, permitindo que o Inverno crescesse em poder e que, em determinado ponto, descobrisse seu segredo.

— Eu, no caso.

— Sim, você. Assim que soube da sua existência, fui visitá-los o mais rápido que pude; você era pequena ainda, deveria ter uns dois anos. Augusto e Amaranta foram relutantes em me receber no princípio; nós discutimos e eu fui embora. Eu não sabia como ajudar, mas sabia que precisava, que eu tinha responsabilidade sobre eles e, por isso, sobre você. Retornei outras vezes, trabalhando junto com Augusto para tornar Brie o esconderijo perfeito e desviando rumores que surgiam nas Terras Invernais sobre sua existência. Cada ano que você vivia parecia um milagre: conseguir criá-la de forma segura em um mundo que não estava preparado para sua existência. Nem eu nem seus pais éramos as pessoas em melhores termos com as estrelas; eles haviam quebrado o inquebrável e eu também havia cometido a minha cota de erros. Não estávamos em lugar de pedir, mas para nós ficou evidente que te ver ali, existindo, crescendo, também era a vontade delas.

— Por que eu não me lembro de você?

— Porque eu nunca quis ser vista. Quanto menos eu a visse e tivesse você em minhas memórias, mais seguro seria para *você*. Não é algo simples de se explicar… — Ela engoliu em seco e seu olhar se voltou para a janela à direita, que mostrava a cidade e suas casas perfeitamente idênticas.

Beor sentiu que a frase não estava completa e que ela definitivamente guardava alguma coisa para si; contudo, a forma como falava sobre Florence era honesta e quase maternal, portanto, concluiu que seria impossível alguém fingir aquilo.

— E então eu sumi — Florence falou, completando a história.

— Exato. O que mais temíamos aconteceu e, de um dia para o outro, Amaranta estava morta e você, fora de nosso alcance. Augusto perdeu tudo o que amava em um mesmo dia e não pôde, nunca, se recuperar daquilo. Ele se tornava mais amargurado e perdido a cada ano que passava, os guardiões do Verão o renegaram e, por fim, a culpa o corroeu por inteiro. Ele se sentia culpado por ter descumprido seu juramento sagrado, se sentia culpado por não se arrepender disso e se sentia culpado, acima de tudo, por ter perdido você.

Florence assentiu com um olhar pesado e repousou seus cotovelos na mesa. Saber mais sobre seus pais era agridoce; todos os seus questionamentos na infância agora tinham respostas: a ausência de seu pai por semanas, a tensão constante que sempre permeava a casa, o mau humor de sua mãe e as sombras na parede... Ela levantou o olhar, encontrando o de Dahra. *As sombras na parede*, pensou. Foi levada de volta para o sonho com a mulher que morava na escuridão. Ainda faltava algo, uma peça sobre si mesma que sempre havia faltado, antes mesmo de o Inverno ter chegado à sua vila e tudo ter se perdido.

— Você não falou uma coisa.

— O que seria? — A rainha a encarou.

— Sobre a minha mãe. Disse que a encontrou quando criança em um circo de aberrações. Por que ela era considerada uma aberração? — Seu olhar se encontrou com o de Beor, do outro lado da mesa.

Dahra bufou baixinho e encostou a mão esquerda sobre o rosto, mantendo os olhos fechados por alguns instantes.

— Amaranta, é claro. — Ela passou as mãos pelos seus fios de cabelo tão brancos quanto a própria neve, que agora estavam soltos, lisos, cobrindo todo o busto de sua vestimenta. — Eu não sabia sobre sua origem quando primeiro a conheci; ela era diferente das outras crianças que resgatamos, sua pele era sem qualquer pigmentação, era mais branca do que qualquer outra pessoa que já tinha conhecido e tinha olhos lilases, destoava por completo do grupo de crianças que estava com ela. Perguntamos sobre sua origem, mas nada do que dizia fazia sentido: pelo que falava, parecia na época que ela tinha vindo de uma grande caverna com um rio. O assunto deu-se como encerrado e apenas anos depois eu fui forçada a voltar a ele.

Florence respirava pesadamente enquanto ouvia, pressentindo o que estava por vir.

— Sua mãe era brilhante, mas era também atormentada por males que nenhum de nós compreendia. Suas crises se tornaram mais frequentes e severas à medida que ela crescia. Era como se, quanto mais tempo ela ficava longe de sua casa, mais doente se tornava. Houve vezes em que Amaranta entrou em transe por dias, sem comer ou abrir os olhos, seu corpo tremia e nenhum médico podia tratá-la. Coisas estranhas aconteciam também...

— Como o quê? — Florence perguntou, determinada.

— Como, bom, como a vez em que sua sombra cresceu tanto que escureceu o cômodo inteiro, mesmo com Ogta brilhando do lado de fora. Eu não acreditaria se eu mesma não tivesse presenciado.

Uma lágrima solitária rolou pela bochecha de Florence ao ouvir aquilo; poderia se pensar que era um sinal de sua dor ao imaginar a mãe em tal estado, mas, na verdade, transbordava o alívio da garota, por saber que não estava louca por todos aqueles anos.

— Nos dias de crises mais intensas ela rejeitava qualquer fonte de luz; lembrando agora, é engraçado pensar que acabou se apaixonando pelo próprio Sol. — A rainha abriu um sorriso pela primeira vez, mas ele era triste.

— E então? — Beor perguntou, intrigado.

— As memórias de Amaranta eram escassas, e nós ainda não havíamos solucionado o enigma de sua origem, até a chegada de Augusto. Ele se interessou em ajudá-la e levou a pesquisa para o Palácio do Sol, onde encontrou diferentes livros falando sobre um suposto mundo oculto, esquecido da própria luz.

— Os lagos escuros... — Beor sussurrou.

— Para onde os lagos escuros levam. Umbrya, a Terra da Escuridão Perpétua — a rainha o corrigiu. — Eu já conhecia sobre o lugar por causa da história da criação de nossa terra, aparentemente a busca por esse lugar foi o que desencadeou a grande Guerra Estacionária no passado. Mas nunca pensei que seria um local acessível e que as pessoas *ainda* vivessem por lá. Não até Amaranta.

— Essa terra, é de onde minha mãe veio? A terra das sombras sobre a qual Athina escreveu? — Florence perguntou com a voz fraca.

— Sua mãe era umbryana, uma habitante da Terra da Escuridão Perpétua. A terra rejeitada pelas próprias estrelas, para onde a escuridão foi expurgada no início da luz.

— E como ela veio para cá? Eu pensava que os lagos escuros eram apenas a porta de entrada para essa terra, mas que ninguém poderia sair por eles — Beor argumentou.

— E ninguém jamais o fez. Amaranta veio para cá de alguma outra forma. Ela, de algum modo que nem eu nem Augusto jamais fomos capazes de entender, deixou a Terra da Escuridão Perpétua. — A rainha suspirou com os ombros tensionados e fitou Florence com compaixão. — O sangue que corre em suas veias não é apenas de uma estação, mas também de uma habitante da Terra da Escuridão Perpétua. Essa é a verdade sobre você. O poder de uma estação vem das estrelas e, portanto, de matéria estelar, a fonte de poder que a tudo constitui. Já Umbrya não responde à luz ou a seu poder, ela é feita de uma matéria oposta, contrária a tudo o que conhecemos, a própria fonte do caos e da antivida: a matéria escura.

— E isso é… isso está dentro de mim? — A voz de Florence saiu entrecortada e seus cotovelos na mesa tremiam de leve.

— Matéria escura e também matéria estelar, as duas coisas habitam seu corpo. Isso te torna duplamente rara, nunca houve ninguém como você andando pela Terra Natural e provavelmente nunca haverá novamente. Você não é só filha de uma estação, é filha de duas terras. Sua existência é, em teoria, completamente impossível. E, ainda assim, aqui está você, tão viva e tão jovem como em seu aniversário. — O semblante da rainha se suavizou de forma inesperada. — Você vive, Florence, e isso significa que as estrelas ainda fazem milagres.

— Milagre?! Eu sou uma aberração, ainda pior do que eu me considerava ser! — A voz dela falhou e não pôde evitar um soluço, ficando difícil de formar palavras. — Você está me dizendo que eu sou a culpa escancarada da quebra de um juramento do meu pai e… o reflexo de uma terra amaldiçoada onde não deviam existir *pessoas*! As estrelas a abandonaram, as *próprias* estrelas! — As lágrimas de raiva começaram a sair, escorrendo pelo seu rosto sem contenção. — Acho que no fim eu sempre senti isso, que eu tinha no sangue o abandono das estrelas.

— Não! Querida, não diga isso. — Dahra estendeu o corpo sobre a mesa e seus olhos lacrimejaram. — Sim, seu pai errou, mas essa culpa não é sua para que deva carregá-la; ela morreu junto com ele. Seus pais podem ter se amado e abandonado seus princípios no caminho, mas o sopro da vida, esse não cabia a eles. Se você despertou nessa terra foi pela vontade das estrelas. Erro nenhum geraria algo bom se não houvesse misericórdia envolvida. Seu sangue pode correr por causa dos seus pais, mas seu espírito só vive por causa das estrelas.

Florence fechou os olhos e soluçou baixinho, mais e mais lágrimas rolavam pelo seu rosto. Ela uniu toda a sua força restante para recuperar um pouco do controle que ainda tinha sobre suas emoções. Ela balançava a cabeça em negação, rejeitando cada uma daquelas palavras; era uma aberração, a pior e mais amaldiçoada criação a andar naquelas terras.

— E existem outras pessoas como a minha mãe? — perguntou, forçando as batidas do peito a se regularem e as lágrimas a cessarem. Guardaria elas para mais tarde, quando estivesse sozinha.

— Não atualmente, pelo menos não que eu saiba. Já existiram alguns deles que andaram na Terra Natural, porém faz muito tempo desde que algum tenha sido identificado.

Um silêncio recaiu sobre a sala de jantar; de repente ninguém mais estava com fome. As comidas nos pratos e nas panelas, agora já frias, faziam nada mais do que simplesmente se somar à decoração do ambiente.

— Está bem. Augusto quebrou seu juramento e teve Florence, enquanto Amaranta pertencia à terra que reside além dos lagos escuros. Mas ambos estão mortos agora. Então por que o Inverno está atrás dela? — Beor questionou, lembrando a elas da pergunta que realmente importava, e então fitou Florence com preocupação.

— Ele quer a Terra da Escuridão Perpétua. Por muitas décadas isso tem sido tudo o que ele busca. De alguma forma você se encaixa nisso; ele deve vê-la como uma peça faltando.

O olhar já pesado de Florence pareceu perder toda a vida restante; já era ruim o suficiente ter seus pais mortos, descobrir que sua existência era um erro e que você tem mais de setenta anos, mas se ver como objeto de desejo do ser mais cruel daquela era conseguia ser ainda pior.

— Não, ele não pode... — ela balbuciou, o ar faltando. — Ele não pode me levar. Por favor, eu sou inútil, eu não saberia o que ele quer, nem como conseguir.

— E ele não vai; você tem uma estação e a mim para protegê-la, certo? — Dahra olhou para Beor.

— Com toda certeza — ele concordou, mas com menos confiança do que gostaria.

— Por ora, ambos estão seguros aqui. O palácio de Morávia é mais poderoso do que nossa arquitetura rígida deixa transparecer. — A rainha coçou a garganta. — Se possível, eu gostaria que ficassem aqui, você ainda tem muito o que processar e amanhã é nosso Festival do Lobo. Apesar da guerra, eu penso que não teria tempo mais oportuno para recebê-los. Seria simbólica a presença de duas estações, talvez até mesmo um presságio de tempos melhores.

O semblante de Florence estava recaído, o olhar ao mesmo tempo furioso e estático; não possuía mais forças para interagir, porém, com aquilo concordava: tinha muito o que processar.

— Você quer ficar? — a voz tensa de Beor indagou.

— Uhum — Florence respondeu, sem conseguir encarar nenhum dos dois nos olhos.

— Ficaremos, então — Beor respondeu para a rainha. — Dá sua palavra de que estaremos seguros?

— Juro por Mochka, o grande Lobo. São poucos os males que conseguem adentrar Morávia.

Beor assentiu, enquanto Florence parecia se diminuir cada vez mais na cadeira.

Por mais que eles tivessem conseguido as respostas a respeito da mãe da garota, muitas outras perguntas agora habitavam a mente do Verão. Florence sofria e seu destino era ainda mais trágico do que ambos pensavam. Mas houve algo que se sobressaiu para Beor, algo que passou de forma quase imperceptível. A rainha estava ligada ao Inverno de algum modo; ele concluiu isso e decidiu naquele instante que não sairia de lá sem descobrir como.

# 22

# A amarga noite

O caminho até a ala do palácio onde Beor e Florence ficariam como convidados foi tão lúgubre e silencioso quanto um velório. Dahra partiu pouco depois que se tornou claro que o jantar já havia acabado para todos no cômodo, e Usif foi quem os acompanhou até os respectivos aposentos.

— Mesmo com as circunstâncias que nos unem não sendo as melhores, ainda espero que consigam aproveitar a estadia em nosso palácio — o guardião falou de maneira gentil ao chegarem no corredor dos cômodos para hóspedes.

O espaço era iluminado por diferentes tochas presas ao lado esquerdo da parede, onde chamas azuis tremeluziam diante das portas de ferro de cinco quartos. Beor e Florence ficariam respectivamente nos quartos 2 e 3, cujos números estavam entalhados em uma placa da madeira branca fixada nas portas.

— Obrigado — Beor respondeu depois de alguns instantes, quando percebeu que o homem ainda estava ali.

Usif assentiu e partiu, caminhando silenciosamente corredor afora.

Beor virou o rosto e encontrou Florence parada, fitando a porta.

— Bom, é isso. Boa noite. — Ela deu um passo para frente, sem nem encarar o garoto, e girou a maçaneta.

— Florence, espera. — Ele tocou em seu braço. — Você... precisa de alguma coisa?

Ela soltou uma risada abafada e ferida.

— Preciso? Eu preciso de muitas coisas; a primeira era ser uma filha normal, de uma família normal, e a segunda era não estar viva sessenta anos depois, quando todas as pessoas que eu conhecia já morreram. — A voz dela começou a embargar novamente.

— A Dahra está viva... — Beor comentou.

— Você sabe que isso não conta.

— Eu sei, eu sei, desculpa. Talvez você tenha alguma amiga que a gente possa procurar; geralmente as pessoas vivem mais de sessenta anos.

— Eu não me importo com mais *ninguém*, meus pais eram tudo o que eu tinha. — Ela bufou, a raiva escapando por minúsculas lágrimas que se alojavam ao redor dos olhos. — Nem mesmo eles eram bons o tempo todo, mas pelo menos eu pensei que eles me amassem. Só que me deixar aqui para descobrir tudo isso só agora é crueldade, eles não tinham esse direito, não tinham o direito de terem uma filha e... acabar com a minha vida.

— Eu sei que as notícias são um pouco mais difíceis do que nós dois gostaríamos, e sei que seus pais nunca tiveram a intenção de tornar sua vida algo ruim, apesar de ser exatamente isso que parece, mas olha, nós ainda temos as *estrelas*. Tudo o que não faz sentido para nós provavelmente faz para elas e...

— As estrelas?! — Florence o interrompeu, afastando o braço dele. — Você não ouviu o que a rainha disse? Elas não me veem, elas nunca me viram! Não antes e certamente não me veem agora. — Ela suspirou com raiva e voltou a mão para a maçaneta. — Boa noite.

— Espera, Flo... — Mas a garota já havia batido a porta.

Ele encostou a cabeça no batente do quarto da garota, digerindo aquela frustração, mas logo seguiu para o cômodo ao lado, onde passaria aquela noite. Beor abriu a porta com lentidão, deparando-se com um ambiente espaçoso, com um pé-direito alto, preenchido por uma lareira onde brasas azuis queimavam, uma cama de casal ao centro e uma longa janela de vidro com vista para a cidade.

Ele adentrou o aposento e a primeira coisa que fez foi tentar apagar a lareira. Como as chamas não respondiam a ele, pegou uma vasilha de água que encontrou ao lado da cama e jogou no vão, incomodado. Para sua decepção, o fogo tremeluziu, mas manteve-se aceso. Ele bufou e sentou no chão em frente às chamas. Como Verão, Beor não conseguia apenas absorver a luz à sua volta, ele também era capaz de produzir luz própria. Um filete fino de luz alaranjada saiu de suas mãos e serpenteou para dentro das chamas. Ele observou enquanto a luz alaranjada, sob seu comando, travava uma silenciosa batalha com as chamas azuis, extinguindo-as pouco a pouco.

Uma gota de suor correu pelo seu rosto devido ao esforço, e ele suspirou aliviado quando viu a lareira irromper em altas chamas alaranjadas. Seu peito ficou mais leve e ele colocou as mãos atrás da cabeça, apoiando-se no carpete. Estar de frente para as chamas naquele momento lhe trouxe uma memória. Todos abarrotados na cozinha de sua casa, reunidos ao redor do forno, trêmulos, absorvendo todo o calor que o instrumento era capaz de produzir. Beor fechou os olhos. Queria esquecer daqueles episódios, do medo angustiante, do pavor de uma morte iminente, mas os sentia rondando sua mente, caminhando nas bordas entre suas certezas e inseguranças. Estava no território do Inverno mais uma vez, mas agora tudo recaía sob sua responsabilidade, precisava estar mais alerta do que nunca; qualquer decisão precipitada, qualquer passo mal pensado, e ele poderia estar condenando a todos.

Tomado por essa consciência, ele se levantou. Caminhou até a janela de vidro e puxou as duas cortinas, tapando completamente a vista, e então tirou sua espada da bainha. Ele a fincou no carpete, e as raízes que saíram do objeto formaram o portal. Ele sorriu inconscientemente ao ver o cenário familiar se abrindo à sua frente. Não tivera tempo para se adaptar integralmente ao Palácio do Sol, mas ainda era o mais próximo que tinha de uma casa. Era a morada do Sol e, portanto, sua morada. Após checar uma última vez se havia trancado o quarto, ele atravessou para o outro lado do portal.

Ele havia aberto o portal no saguão de seu próprio palácio, como combinara com Felipe, e, ao passar para lá, encontrou o cavalo a distância, passando orientações a outros animais. Pelas janelas, coloridas com vitrais da Terra que há de vir, ele viu que o Sol ainda brilhava do lado de fora; para sua surpresa, ainda era dia.

— Graças às estrelas! — o cavalo exclamou ao vê-lo e, mesmo com seu tom firme de sempre, foi possível notar um certo alívio. — Vocês estão bem? Onde está a garota?

— Estamos bem. Dahra é como a espada mostrou; ela guarda alguns segredos, eu tenho certeza, mas não parece ser má, e nos recebeu com decência, apesar de alguns contratempos — o garoto falou, aproximando-se dele.

— Porém...? — Felipe deduziu.

— Eu não sei. Ela realmente se importa com Florence, mas ainda não consigo confiar nela, não posso. Existem algumas peças que não se encaixam e... — Ele bufou. — Aquele lugar! É horrível estar lá novamente. Sabia que eles têm um tipo de fogo diferente do que produzimos aqui?! Ele não responde a mim. — Beor cruzou os braços.

— O fogo não é importante, meu caro. E a garota? O que descobriram sobre ela? Lúdain anda preocupada...

Beor hesitou por um instante, ele mesmo não tinha conseguido processar todas as informações que Dahra havia entregado.

— Você se lembra de Erik? Quando o encontramos na vila abandonada e ele contou como nosso mundo havia sido dividido em três terras?

— Sim. Foi um pouco ousado da parte dele afirmar isso, mas sempre existiram histórias. Sabemos que a Terra que há de vir é real porque todos estamos caminhando em direção a ela, porém a Terra da Escuridão Perpétua está mais para uma teoria, eu diria.

— Bom, não mais. De acordo com a rainha de Morávia, Florence é descendente direta da Terra da Escuridão Perpétua. Sua mãe era de lá e veio para a Terra Natural ainda criança.

O cavalo piscou, incrédulo com a informação.

— Como sabe que a rainha não mentiu?

— Ela não poderia, Florence *é* diferente. Desde que ela chegou no palácio eu senti isso, a forma como ela entrou em transe quando descobriu sobre Augusto, e eu vi, Felipe, eu vi a sombra dela crescer de forma descontrolada. A presença que eu senti naquele dia não pertencia a essa terra.

— Pobre garota, pobre garota. — O cavalo balançou a cabeça, em negação. — O que pretende fazer agora?

— O Inverno está atrás dela por algum motivo que eu ainda não consigo entender por completo. Parece que ele precisa de algo que está na Terra da Escuridão Perpétua e precisa dela para isso. É por isso que precisamos ficar mais um pouco, eu tenho que descobrir o segredo que a rainha esconde e como isso se relaciona ao Inverno. Eu... eu preciso entendê-lo para entender o que ele quer — Beor afirmou, colocando para dentro a pontinha de medo que ameaçou sair.

— Fico feliz que esteja tomando as decisões necessárias. Estou orgulhoso, garoto, de verdade. Continue em sua missão, que eu continuarei cuidando de tudo por aqui, pelo tempo que precisar.

— Obrigado. E como estão as fronteiras do palácio? Nenhuma visita indesejada dos nossos amigos de gelo? — ele perguntou, caminhando até a janela para observar a paisagem que se estendia.

— Está tudo certo. Aumentamos a segurança nos entornos, o palácio está seguro.

— Que bom — Beor suspirou. — Fique de olho e, qualquer coisa que precisar, use a raiz para me contatar.

— Pode deixar — o cavalo assentiu.

Beor balançou a cabeça e o cavalo notou que sua mente não estava completamente ali; ele tinha um semblante alerta e fitava cada parte do cômodo para se certificar se tudo estava do exato jeito que ele havia deixado. Olhando-o naquele momento, Felipe lembrou que Beor era apenas um menino; por dentro era muito mais que isso, mas por fora continuava sendo apenas um potro.

— Confie nas estrelas e nunca abaixe sua guarda. Tudo fará sentido em algum momento — o cavalo falou, a fim de encorajá-lo.

— Eu espero que sim. — Beor sorriu, mais por educação; seu olhar ainda não estava plenamente ali. — Devo voltar agora.

— É claro.

Beor acenou para o cavalo e caminhou na direção do portal; seu corpo pareceu hesitar por um instante, como se lhe pedisse para continuar ali e não retornar para aquele lugar horrível. Ele, porém, forçou suas pernas a se moverem para o outro lado e deu um último olhar saudoso para Felipe antes de tirar a espada do solo.

Assim que retornou ao cômodo, um barulho que antes lhe parecia como um ressoar distante ganhou projeção e ficou evidente. Alguém batia à porta.

Ele caminhou até a entrada do quarto com cautela; quem estaria batendo na porta àquela hora da noite?

— Florence? — perguntou, surpreso, ao abrir a porta.

A menina tinha os olhos inchados e o nariz vermelho, e seu rosto branco também estava ruborizado.

— Onde você estava? Estou batendo na porta faz um tempo.

— Desculpa, eu não ouvi. — Beor cruzou os braços. — Aconteceu alguma coisa? Porque você bateu a porta na minha cara pouco tempo atrás.

— Eu sei, desculpa. — Florence revirou os olhos. — Você me irritou, isso acontece. E eu não estou no meu melhor estado, de qualquer maneira.

— Não tem problema. Do que precisa?

A menina hesitou em falar e deu um sorriso que mais parecia uma careta.

— Você pode me ajudar a dormir de novo? Eu não consigo sozinha, e tudo o que eu quero é não pensar em nada.

— É claro. — A postura de Beor se desmontou um pouco.

Eles entraram no quarto da garota, que era idêntico ao dele, com a diferença de uma pintura acima da cama; era a imagem de um grande lobo branco.

— Você já o conheceu? — Florence perguntou, notando que o olhar do Verão havia paralisado sobre o animal.

— Eu conheci lobos do inverno, mas eles não eram nada bons. Eram os mais cruéis e sanguinários animais.

— Se ele protege Morávia, deve ser diferente — ela comentou, deitando na cama e se enrolando nas cobertas.

Beor a acompanhou e sentou no chão ao seu lado, o carpete pinicando sua perna.

— Vamos lá, acabe logo com isso, por favor.

Beor estendeu a mão até sua testa e então parou.

— Você tem certeza de que não quer conversar?

De olhos fechados, a menina meneou a cabeça, cerrando os lábios com força como se segurasse o choro.

— Se eu falar tudo o que eu sinto, não sei se vou querer continuar existindo, então, por favor, só me ajude a dormir.

— Certo.

Beor tocou com delicadeza em sua testa e sentiu leves ondas de essência estelar fluindo de sua mão para a consciência da garota. Dessa vez, ele não pintou nenhum sonho, ambos estavam fracos demais para isso, e Florence adormeceu rapidamente, mergulhando em um vazio sem cor ou forma.

Beor se levantou e foi se afastando lentamente, enquanto a observava dormir. Estava claro para ele que não poderia deixá--la, era sua responsabilidade agora, mas também não sabia como poderia ajudá-la.

— Por que as estrelas foram confiar você justo a mim? O que elas esperam que eu faça? — ele sussurrou, em uma reclamação velada, enquanto fechava a porta.

Ele se viu sozinho no silencioso corredor e naquele momento não teve a mínima vontade de voltar para o quarto. Como uma estação, Beor recuperava suas energias de forma diferente dos humanos; dormir todas as noites não era necessário, e bastava apenas duas horas de sono para que sua vitalidade estivesse totalmente renovada. Ele acabara adormecendo por completo noites atrás ao lado de Florence, e isso permitiria que o garoto passasse mais alguns dias sem precisar dormir novamente.

Ele deu alguns passos para a frente no corredor e notou que não havia nenhum guarda naquela região. Tomado pela falta de sono e pela inquietação no peito, decidiu que iria usar aquele tempo para fazer a única coisa que lhe veio à mente: investigar.

# 23

# O prisioneiro

De início, Beor não sabia ao certo o que estava procurando; alguma falha, talvez, ou alguma pista que o levasse ao segredo da rainha. Ele começou a andar, passando pelo corredor, e então por um saguão completamente vazio. Foi quando um primeiro guarda apareceu em seu campo de visão, a alguns metros de distância, que ele se lembrou de que ali não teria a invisibilidade ao seu favor.

"Todos que conhecem a existência do Verão e acreditam nele conseguem vê-lo." Lembrou do que havia lido em um dos pesados volumes de sua seção particular, logo após ter voltado da casa de seus pais, enquanto lidava com o conflito de ter se mostrado para eles. Isso fazia sentido, já que ele havia conseguido ver Augusto quando encontrou a cabana e Florence também pôde vê-lo desde o primeiro momento. Portanto, em qualquer lugar onde sua existência fosse conhecida, ele seria visto como qualquer outra pessoa.

Fazendo a única coisa que teria de vantagem naquele momento, Beor tirou os pés do chão e alçou voou de forma lenta e silenciosa. Ele subiu, passando pelas colunas e quadros na parede até que tocasse o teto. O pé-direito da construção era mais alto que o dos cômodos do Palácio do Sol e ele estava agora a mais de quatro metros de altura do guarda mais próximo. Respirou fundo e fechou os olhos. Não valeria de nada bisbilhotar sem propósito; precisava de um norte, algo que confirmasse seus questionamentos. Com sua consciência, ele então inspecionou cada cômodo do palácio, passando por um após o outro, em uma velocidade que o deixou surpreso, pesando a energia de cada lugar e os batimentos das pessoas que ali estavam. Sua mente pôde alcançar somente até certa distância e, para sua frustração, ele não encontrou nada concreto. Sentiu, porém, no fundo de seus pensamentos, uma presença estranha, cuja localização não pôde determinar; parecia estar muito longe, mas ainda perto o bastante para ser percebida.

Abriu os olhos, frustrado, e decidiu continuar a voar pelo teto, passando silenciosamente por diferentes ambientes do palácio, observando o movimento de alguns guardas e funcionários que passavam e interagiam entre si no piso abaixo. Ele prestava atenção em suas localizações e no que falavam, tentando compreender suas funções e o modo como o palácio funcionava. Ele continuou por mais algum tempo, mas tudo era irritantemente normal, e sentiu que não conseguiria nada daquela forma. Entregando os pontos e se sentindo um idiota, ele começou a fazer o caminho de volta para o corredor em que estava seus aposentos, torcendo para que lembrasse o trajeto. Ele passou por um saguão praticamente vazio, onde apenas um guarda permanecia quase imóvel; por pouco não seguiu voando, porém, algo chamou sua atenção.

Beor cerrou os olhos, percebendo finalmente o que havia de estranho com a cena: o homem estava parado no meio do nada, não havia nenhuma porta ou entrada para cômodo algum que justificasse a proteção do guarda; ele estava parado à frente de um quadro grande, uma pintura de um campo de guerra quase do seu tamanho. De início a pintura parecia comum, um quadro como qualquer outro, mas, quanto mais olhava para ela, mais o garoto notava suas imperfeições; em certas bordas ela cintilava, como se fosse o reflexo de uma outra imagem: uma ilusão. Beor sorriu; havia encontrado uma ponta solta. Podia não ser o melhor como Verão ainda, mas sempre havia sido curioso.

Ele olhou em volta e teve uma ideia. Voou furtivamente para o corredor ao lado e desceu até uma mesa onde havia algumas pequenas esculturas de pedra. Pegou uma delas e pulou para o alto, desaparecendo entre as pilastras novamente. Ele passou por cima do guarda e voou na direção oposta. Quando estava a uma distância segura, mas ainda perto o suficiente para ser ouvido, ele jogou a escultura em uma das janelas. A peça trincou o vidro e saiu quicando no chão de mármore, o som ecoando por todo o espaço.

O guarda reagiu de forma imediata; ele saiu com o olhar alerta na direção do som, segurando firme a bainha de sua espada. Beor então pousou bem em frente ao quadro, com um sorriso de vitória estampado no rosto.

Colocou a mão no quadro e viu que de fato havia algo ali, junto com uma camada translúcida que reagiu de leve ao seu toque: a ilusão. Ele tinha pouco tempo e ainda não havia estudado sobre como quebrar ilusões produzidas com o idioma estelar, que era como imaginava que aquela ali havia sido executada. Por isso fez a primeira coisa que lhe veio à mente: desembainhou sua espada e a girou, com um corte firme, partindo o quadro em dois e fazendo a camada translúcida desaparecer. O que era antes o quadro se transformou em uma porta de metal, que agora, partida pela espada, rangia e estava prestes a ruir.

Ele pressionou a porta com o pé esquerdo e a empurrou. O metal cedeu, fazendo um barulho estrondoso que agora já entregava sua presença. Um longo corredor se abriu à sua frente e, com o rompimento do encanto, Beor sentiu uma consciência diferente escondida ali, uma que lhe era familiar e antes estava abafada, encoberta. Ele parou por um instante, pensando que seus poderes estavam lhe pregando uma peça. Mas isso não era possível; a presença que sentia agora estava vívida em sua mente, e ele a *conhecia*. Então esse era um dos segredos da rainha: ela escondia pessoas por trás de suas paredes.

Ele bufou, tomado de raiva e confusão, e seus olhos brilharam em dourado. Naquele instante ele se sentiu muito mais Verão do que menino e voou corredor adentro, sendo completamente tomado pelos seus instintos como estação. O corredor era longo e estreito e não demorou muito para o primeiro conjunto de guardas aparecerem em frente a uma entrada onde aquela passagem terminava, diante de uma longa escada que ia se alargando à medida que descia para dentro da terra.

Beor voou direto por eles, derrubando-os sem dar tempo para que eles tentassem qualquer ataque. Ele seguiu escada abaixo, sentindo o frio da rocha à medida que avançava mais e mais. A espada estava firme em sua mão direita e seus olhos estavam alertas como uma bússola, seguindo a direção onde sentiu que a pessoa estaria. A escada terminou em um salão escavado na pedra, onde estalactites adornavam o teto e tochas azuladas de pouca intensidade iluminavam o local. Havia ali um esquadrão completo de guardiões; Beor notou a diferença pela insígnia em suas armaduras. Eram vinte no total e todos protegiam um largo poço que se abria na pedra, cuja profundidade ou conteúdo o garoto ainda não conseguia visualizar.

Todos os guardas se alarmaram com sua chegada e se movimentaram na direção do Verão, empunhando suas espadas de forma trêmula e com certa incerteza no olhar; eles não queriam lutar contra uma estação, especialmente contra aquela. Beor pousou na pedra a alguns metros de distância deles. Uma dupla de guardas que ele havia sobrevoado anteriormente se aproximou por trás dele, mas com a mão esquerda, que estava livre, ele criou um feixe de luz que os cegou, fazendo-os cair no chão. Os homens do esquadrão da frente se mostraram ainda mais tensos, segurando suas espadas em uma mão e suas adagas catalisadoras na outra. Armas comuns eram inúteis para estações; a mínima chance que tinham contra Beor era com o pouco que dominavam do idioma estelar.

— Eu não desejo lutar com vocês. — Beor ergueu a mão livre. — Mas o farei, se necessário. — Seu olhar era firme, quase assustador. — Quem vocês aprisionam no poço?

— U-um traidor. Condenado por todas as nossas leis — o mais alto dos guardiões foi o único que teve a coragem de responder.

— Eu quero vê-lo. Agora — o Verão demandou, sua espada pulsando em luz tanto quanto seus olhos.

— Isso não será possível — o mesmo homem falou, engolindo em seco.

— Certo. — Beor bufou, frustração e raiva misturados em seu semblante. — Então vocês vão ter que sair do caminho.

Ele empunhou a espada e avançou em direção aos homens, voando próximo ao chão. Sua intenção não era atacá-los, mas sim passar por eles. Porém, o homem mais alto o atacou, pulando para cima dele com seu catalisador dourado em mãos.

— *En anith lyriumthrya*[1] — o homem pronunciou de uma forma que Beor precisou se esforçar para compreender.

Ainda assim, era um comando forte, um dos mais fortes de um guardião e, para sua infelicidade, Beor ricocheteou no ar, voando para trás. O guardião havia usado o peso dele contra si mesmo. O menino deu um giro no ar e levantou o rosto, o pacifismo abandonando sua feição.

Ele rosnou irritado e apontou a espada para o catalisador, que, atingido por um filete contínuo de luz, explodiu na mão do homem. Beor sentiu um baque em suas costas e se virou, deparando-se com um guardião que o atacou com sua espada, que estava agora retorcida. Beor socou sua barriga, arremessando o homem para longe, contra a parede de pedra. Lutava de maneira intuitiva, sendo guiado pela espada e por seus instintos. Uma guardiã correu até o garoto com ambas as armas esticadas, mas ele voou por cima dela, dando a volta e batendo com as costas da espada no ombro dela, desestabilizando-a e fazendo-a cair de cara no chão. Ele se irritou com a distração e virou o corpo, voando alto novamente, mirando o grande buraco a alguns metros. Ele aumentou sua velocidade no ar e sobrevoou mais rente ao chão, colocando sua espada de volta na bainha, e com as duas mãos livres pegou a borda da armadura de dois guardas e os levou consigo para dentro do buraco. Os homens gritaram enquanto caíam na escuridão.

---

1 Que o ar o repila, quando a força de algo é usada contra si mesmo.

Beor seguiu em direção ao solo; a luz que emanava de seus olhos iluminava todo o local, que parecia não ter fim, mostrando escadas apodrecidas nas paredes e lanças afiadas por todo o espaço, tornando impossível a subida. Seus pés finalmente tocaram o chão. Os corpos dos guardas estavam caídos em lados diferentes, ambos inconscientes. No centro do poço, estava o prisioneiro, amarrado por diferentes correntes, que o conectavam ao chão e às paredes, e imobilizado dentro de uma grossa camada de gelo que mantinha livre apenas sua cabeça. Era Erik Crane, o homem que ajudara Beor na batalha da clareira e desaparecera em seguida.

Os pés do garoto vacilaram por um instante ao ver o estado do homem; não pensava que tamanha crueldade fosse possível, especialmente por parte de um povo que ele pensava ser bom ou, pelo menos, não tão vil quanto o Inverno.

— Outono? — ele chamou pelo nome que o homem havia mencionado.

Erik abriu os olhos com lentidão, visivelmente confuso. Ele parecia mais magro, e diferentes marcas roxas preenchiam sua face.

— Garoto? — Ele cerrou os olhos. — O que está fazendo aqui?

— Eu pergunto o mesmo! — Beor caminhou até ele, injuriado; levantando a espada acima da cabeça, fincou-a na pedra de gelo.

Sua lâmina afundou no gelo, fazendo-o trincar em diferentes extremidades, com rachaduras que cresceram e se espalharam, mas não o partiu ao meio. Beor, então, se afastou e, pegando impulso no ar, atacou o cubo mais uma vez, sentindo fibras de luz fluírem pelo metal da espada. O gelo explodiu em milhares de pedaços, cortando de leve o rosto do prisioneiro, que caiu para trás. Com o corpo não mais paralisado, foi fácil para Erik se livrar das amarras. Ele puxou com força as correntes das paredes, e pedaços de pedra vieram juntos. Beor se aproximou para ajudá-lo e destruiu as correntes que prendiam seus pés com a ponta da espada.

— Obrigado… — A voz do Outono saiu falha, seu olhar abatido expunha todo o sofrimento que havia suportado. — Eu não sei como me encontrou, mas obrigado.

— É claro. Há quanto tempo está aqui?

— Há algumas semanas. — Erik sacudiu as pernas de forma agitada, fazendo as últimas correntes caírem.

— Eu… eu enviei animais para procurá-lo.

— Pois é, Morávia é um pouco rígida com visitas.

PAM… PAM… PAM.

Três guardas moravianos caíram em extremidades opostas do poço, presos por cordas.

— Parece que a história vai ficar para outra hora. — Erik girou o corpo, fechando os punhos e posicionando uma perna na frente da outra. — Me ajude a sair daqui e eu explicarei tudo.

— Tudo bem. — Beor ajeitou o tronco, ficando de costas para o homem e de frente para o guarda parado à sua frente.

Já havia derrotado vários guardiões minutos atrás, não seria difícil. Ele moveu sua espada e a posicionou rente ao rosto. Não queria admitir que havia gostado da sensação que a luta lhe trouxe, mas estava claro que usar o objeto para combate havia feito ele se sentir instantaneamente mais conectado à arma. Um objeto estacionário e sua estação deveriam funcionar como um só, e nada os unia melhor do que uma batalha.

O guardião atacou primeiro, correndo até Beor enquanto brandia sua espada, mesmo com o temor estampado em seus olhos. Um sorriso inconsciente nasceu no rosto do garoto ao sentir o medo no homem. Ele contra-atacou, dando apenas um passo à frente: com um movimento, partiu a espada do homem em duas; com outro, jogou-o para trás, empurrando seu torso com um chute. O homem bateu com força na parede oposta, e pedras se deslocaram, caindo sobre seu corpo. Beor sabia em teoria que, como uma estação, seria mais forte do que um humano normal, mas ainda era surpreendente averiguar isso na prática.

Quando ele olhou para trás, notou que Erik também havia derrotado os outros dois homens, que estavam inconscientes no chão.

— Você sabe voar, não sabe? — Beor perguntou, correndo até ele. — Quanto antes sairmos desse poço, melhor.

— Não sei se vou conseguir nesse estado, mas posso tentar.

— Tudo bem, eu te ajudo. — O Verão parou ao lado dele e segurou o braço do homem com a mão direita, que estava livre. — Apenas coloque toda a força que conseguir.

— Pode deixar.

— Agora! — Com um pulo, Beor alçou voo, levando Erik consigo. Ele era muito mais pesado que Florence e estava inconstante no ar, ora flutuando, ora caindo como uma pedra.

Eles seguiram para fora do poço, fazendo um semicírculo no ar, e caíram abruptamente em cima de um novo esquadrão que se aproximava. Os homens se espalharam e logo Beor se levantou em um salto, brandindo sua espada e atacando qualquer um que viesse ao seu alcance. Erik se adiantou e pulou em cima de um guarda cujo nome e semblante não havia esquecido. Foi ele quem roubara o machado de Erik no momento em que ele fora capturado e o usava agora, pendurado no cinto junto ao seu catalisador. O Outono pulou em cima dele e o imobilizou, arrancando sua arma da cintura do guardião.

— Isso me pertence — ele rosnou, antes de jogá-lo contra a parede.

Ele também tomou a espada do guarda e caminhou de volta até Beor, posicionando-se com ambas as armas em mãos. Havia em torno de quinze guardas os cercando, e eles estavam prontos para mais uma luta. Foi quando Beor estava prestes a mover sua espada, em posição de ataque, que um som de passos abafados vindos da escada fez todos virarem seus rostos. Dahra descia os degraus de forma irritada, seus pés descalços e sua manta azul-escura arrastando no chão; seus braços estavam cruzados, e ela tinha no rosto a expressão de uma mãe desapontada com os filhos.

— Meninos, meninos... — Ela parou, chegando ao último degrau. — Não se pode mais ter uma noite tranquila de sono neste palácio?

# O tormento das memórias

Quando Florence adormeceu naquela noite, ela fez uma pequena oração silenciosa, tão silenciosa que nem mesmo as próprias estrelas poderiam ter ouvido: ela desejou ter algum motivo para acordar.

Saber da história de seus pais, a verdade que havia sempre rondado as bordas dos seus dias em Brie, com pistas deixadas aqui e acolá, mas nunca compartilhada com ela, trouxe de volta memórias que a garota inconscientemente tentava esquecer e que agora lhe atormentavam em sonho. Um fato sobre Florence era que, na maior parte das vezes, ela não sonhava como as outras pessoas em cenários lúdicos, frutos do inconsciente; se não estivesse tendo pesadelos, ela *sempre* sonhava com memórias.

*O sol lá fora brilhava com força através do fino tecido da cortina; Florence tinha a impressão de que os dias eram sempre mais quentes quando seu pai estava em casa. Ela estava sentada no sofá, relendo seu livro preferido,* As Mil Canções da Meia-Noite, *e sua mãe pintava um quadro do outro lado da sala. Amaranta resmungava baixinho* enquanto os pincéis criavam melodias na tela; Flo já sabia que sua mãe só pintava nos dias em que estava com especial saudade de casa.

O olhar se dividia entre as páginas da história já conhecida e a curiosidade pelo que estava sendo formado na tela. Por fim, a menina se deu por vencida, fechou o livro e caminhou até sua mãe. Sabendo que ela não gostava de ser interrompida em meio ao processo, pegou um banquinho da cozinha e voltou, sentando-se em silêncio ao lado de Amaranta. Florence tinha onze anos, suas sardas estavam mais aparentes e seu cabelo ruivo batia nos ombros. Ela encostou os cotovelos nos joelhos e ficou observando a pintura, com a cabeça apoiada nas mãos.

— Esse era o rio que havia do outro lado da minha casa. Laogai. Eu nunca o vi, na verdade; era tudo muito escuro, mas eu ouvia seu barulho e sentia sua água molhar meus pés — ela começou a falar, enquanto batia de leve o pincel com tinta azul na tela. — Eu ouvia seu rugir de noite, quando tudo ficava em silêncio, e ouvia o tintilar de suas pedras sempre que eu me aproximava um pouco. Eles diziam que todos que encontravam o rio desapareciam, por isso minha mãe não deixava eu me aproximar muito. Isso até o dia em que ela me jogou nele.

— O quê?! — Florence exclamou, perplexa.

Sua mãe era assim, a menina nunca poderia prever quando ela iria revelar algo do seu passado, uma parte dela que a filha nunca havia tido conhecimento.

— Ela não fez por maldade, pelo menos eu gosto de pensar que não. Lá não era o melhor lugar para uma criança crescer mesmo, mas ainda assim era o meu lugar, era tudo o que eu tinha.

Florence suspirou. Ela gostava quando a mãe contava as coisas; fazia-a sentir que elas eram mais próximas.

— Quantos anos você tinha?

— Quando eu deixei lá? Eu não me lembro, mas imagino que eu não tivesse mais que quatro.

Florence assentiu; ela imaginava que o tal lugar onde a mãe nasceu fosse uma grande caverna, muito profunda e distante da superfície. Nas poucas vezes em que ela pintava ou falava de lá, sua voz era doce e saudosa, mas, diante de tudo que ela contava para a filha, o lugar parecia horrível. Por que alguém sentiria saudades de algo assim?

— Mas... você gosta mais daqui, não é? Mais do que de lá? — perguntou, receosa.

— Eu gosto das coisas belas que essa nação me trouxe; você, principalmente, é a melhor delas. — A mãe abaixou o pincel e encontrou o olhar da filha, e deu-lhe um beijo na testa.

Florence fechou os olhos, sorrindo com o gesto de carinho.

— E o papai também, não é?

A mãe a olhou, o sorriso ainda no rosto, mas não respondeu, apenas se virou e voltou a pintar.

— Seu pai e eu somos... muito diferentes. Somos feitos de matéria oposta, eu diria. — E a partir daí ela não falou mais nada. Continuou a traçar o fluxo do rio que cortava as diferentes sombras acinzentadas no quadro que Florence decidiu que eram montanhas ou várias carecas gigantes.

Alguns minutos depois, o som da porta se abrindo anunciou a chegada de Augusto. Seus cabelos ainda eram ruivos na época e estavam presos em um rabo baixo.

— Papai! — Florence correu para recebê-lo, enquanto Amaranta sequer se moveu.

Augusto a abraçou forte e bagunçou seu cabelo.

— A mamãe está pintando um quadro, vem ver! — Ela o puxou pela mão e o levou até a sala.

— Olha, ela está pintando, é? Faz muito tempo que não temos uma nova obra para a parede.

— Pois é — Florence concordou, entusiasmada.

O sorriso no rosto de Augusto mingou aos poucos quando ele chegou ao cômodo.

— O que é que você está fazendo? — Seu tom de voz havia mudado por completo e a filha se assustou com isso.

— Estou pintando a minha casa — Amaranta respondeu sem tirar o rosto do quadro, provocando-o.

— Esta é sua casa, aqui, e você sabe muito bem disso.

— *Não, não de verdade. Você pode querer me fazer esquecer de onde eu vim, mas isso não vai acontecer.* — *Ela parou e virou o rosto, agressiva.*

— *Você está fora de si.* — *Augusto caminhou até ela, enfurecido.* — *Esse lugar não é uma casa, ele é maligno. A memória desta terra não deve nem existir em nossa casa.* — *Augusto pegou o quadro em um movimento bruto, derrubando o cavalete em que ele estava apoiado.*

— *Ele era tudo o que eu tinha!* — *Amaranta explodiu, levantando-se da cadeira.* — *E a minha filha deve saber de onde eu vim. Não tinha nada de maligno sobre o meu rio, sobre a minha cama e… sobre a minha mãe.* — *Sua voz saiu embargada.*

— *É, pai, tá tudo bem.*

— *Florence, vai para seu quarto agora. Você não entende.*

— *Eu não entendo você!* — *Amaranta socou o peito do marido, furiosa.* — *Você me odeia, não é? Odeia eu ter feito você quebrar seu juramento…*

— *Amaranta, não.* — *Ele pôs a mão sobre a boca dela, enquanto a filha, chocada com a cena, começou a correr aos prantos para seu quarto. Ela ouviu a mãe se debatendo, enquanto se afastava.*

— *Você se arrependeu de ter ficado comigo, se arrependeu de ter me escolhido. Pode dizer, está escrito em seus olhos.* — *A voz estridente e furiosa da mulher ecoou pela casa.*

— *Não é sobre você! Não é mais sobre nenhum de nós dois, o que fizemos e o que nos arrependemos* — *Florence ouviu o pai responder, enquanto tentava fechar a porta do quarto com as mãos trêmulas.* — *É sobre a Florence, é sobre a nossa filha.*

— *Cada vez que menciona esse lugar aqui, que o menciona para ela, você a está amaldiçoando, não diga que não sabe disso, que não sabe o que está fazendo!*

— *Você a amaldiçoou* — *a mãe berrou, ainda furiosa.* — *Amaldiçoou a nós três quando decidiu deixar seu palácio e ter essa família.*

Florence tinha lágrimas rolando por sua bochecha e o soluço engasgado na garganta. Odiava ver os pais brigando, odiava até mais do que os pesadelos, e recentemente as brigas estavam se tornando cada vez mais comuns. A última coisa que ouviu antes de fechar a porta foi *os pais falando como ela era amaldiçoada. Ela escorregou até o chão, as pernas trêmulas e o coração palpitando, pensando que, talvez, se ela nunca tivesse nascido, seus pais seriam mais felizes.*

Florence acordou lentamente, seus ossos doíam e seu pescoço latejava de tensão. Ela sentiu sua coluna ardendo ao se levantar e teve a sensação de que havia dormido em cima de uma pedra. Apenas a retomada daquela memória foi o suficiente para fazer seus olhos lacrimejarem; o rosto de seus pais, tão transtornados, tão fora de si, não saíam de sua mente. Ela sentia tanta falta deles e, ao mesmo tempo, tanta, tanta raiva. Conciliar ambas as emoções era difícil para ela, e era pior ainda quando nenhum dos dois estava mais ali, ao alcance de suas mãos, seja para um abraço ou para uma briga. Por isso, ela apenas chorou — parecia que isso era tudo o que conseguia fazer desde que saíra da floresta. Deixou as lágrimas amargas rolarem e amaldiçoou as estrelas, não só por não se importarem com ela, mas por não terem deixado ela morrer durante aqueles anos na floresta.

Foi quando ela tentou pôr a mão sobre a coberta que notou algo estranho. Ela virou o rosto, assustada, e não encontrou coberta nenhuma, nem colchão, nem lençol ou travesseiro. Ela bateu as pernas e pulou para o chão em completo choque. O que antes havia sido uma cama era agora um longo e grosso tronco de árvore, do exato formato da mobília, mas no lugar do colchão havia raízes que saíam por todos os lados, com flores e frutos crescendo delas, alguns até já maduros, se espalhando por toda a extensão.

# 25

# A trégua da batalha sangrenta

Beor fitou a rainha, incrédulo e furioso.

— Você! — Ele apontou para ela com a espada. — Você é cruel. Como pôde fazer isso? Estava mantendo-o como prisioneiro! Erik estava praticamente morto.

— Oh, não seja dramático, eu gostaria muito que ele morresse assim tão fácil. — O olhar da rainha se encontrou com o do Outono, que sorriu para ela em deboche. — De fato, tentei algumas vezes ao longo das décadas.

— O quê? Por quê?!

— Diga a ele, Erik Crane, diga por que é meu prisioneiro.

— Você nem mesmo me ouviu! — o homem rosnou. — Não pensou duas vezes antes de me jogar nesse poço, sua bruxa amaldiçoada!

— Você é *inimigo* de Morávia. — A voz da rainha se agravou e os próprios guardas tremeram de medo. — Não é bem-vindo em nossa terra desde a batalha sangrenta, há setenta anos, quando lutou ao lado de nossos inimigos. Você sabia e sabe muito bem que sua presença aqui é terminantemente proibida, e que no momento em que pisasse em nosso território seria considerado inimigo e sentenciado à prisão, já que a morte, infelizmente, não é uma opção até o momento. Você veio por sua conta e risco, *assassino*, e recebeu o que o esperava.

— Assassino? Não! Erik é bom! — Beor olhou para o homem, confuso. — Ele me ajudou; se não fosse por ele, Augusto teria morrido por nada e o Inverno teria tomado a espada do Sol. Ele lutou comigo na batalha da clareira, quando me tornei o Verão.

— Ele lutou? — A rainha deu um passo para trás, o semblante confuso e incrédulo.

— Sim, diga a ela, Erik!

O homem hesitou por alguns instantes, com o olhar baixo.

— Talvez você só conheça a parte de mim que você quer ver, rainha. A parte que me torna seu inimigo. Mas não se esqueça que você derramou tanto sangue quanto eu naquela batalha. Suas mãos estão tão manchadas quanto as minhas.

— Isso não importa e não muda nada, você não é capaz de nada bom. Eu *sei* que não.

— Certo, eu vou tentar não levar para o lado pessoal. — Erik revirou os olhos. — Mas você não me conhece, não sabe o que essas últimas décadas fizeram comigo, o que o domínio de Reshaim fez com nossas terras. Nenhum de vocês sabe, na verdade, vocês se fecharam para o mundo, enquanto nosso continente está morrendo! A morte está se arrastando por cada colina, por cada vilarejo e por cada terra que ainda ousa se declarar livre. E — ele fitou Dahra com o olhar profundo — uma hora ou outra essa morte vai chegar até aqui.

— O que você quer? — a rainha perguntou, ainda não se dando por vencida.

— Nada! Partir seria o ideal. Eu vim porque fui ingênuo, tolo o suficiente de acreditar que os anos haviam feito de você uma pessoa menos impiedosa, lhe devolvido um pouco de compreensão, *humanidade*. Eu passei muito tempo indiferente nessa guerra e eu reconheço isso, mas… — Ele hesitou por um momento e olhou para Beor. — Encontrar o garoto, presenciar o nascimento de um novo Verão mudou algo em mim, me deu esperança.

Dahra riu baixinho, uma risada cínica e amarga, mas então o fitou com seriedade, os olhos cerrados e inexpressivos, tentando encontrar algo que fosse verdadeiro naquele homem.

— Eu encontrei o garoto próximo ao povo de Athula. Quando retornei ao meu lar, descobri que os exércitos de Reshaim haviam avançado sobre nosso território e tomado o controle. Eu não pude retornar, estavam procurando por mim...

— E, deixe-me ver, pensou que Morávia simplesmente esqueceria todas as últimas décadas e lhe ofereceria asilo?

— Eu não pensei, droga! Eu estava sendo caçado, seguido por gruhuros, a guarda pessoal do Inverno, completamente implacável. Você já viu alguma daquelas criaturas? Elas são aterrorizantes. E por mais que soubesse que você era inflexível e desalmada, completamente incapaz de perdoar ou dar trégua, também sabia que não era o Inverno, que não era *como* ele. — Erik deu alguns passos para frente, o olhar fixo na rainha, sabendo que, por mais que a mulher fizesse de tudo para não transparecer, com os lábios cerrados e olhar resoluto, ele tinha, sim, algum poder sobre ela. — Mas é claro que eu estava enganado.

— Morávia não recebe inimigos — disse ela, com o rosto erguido.

— Mas ele é meu amigo. — Beor interferiu. — O receberia como meu amigo? Pelo menos enquanto eu estiver aqui. Eu confio nele, dou a minha palavra. Assim que eu partir, Erik vai partir comigo e nunca mais retornará para sua nação. Não é?! — Ele virou o corpo para o homem, arqueando as sobrancelhas na espera de uma ajuda.

— É claro. Se for assim que deseja, majestade. — A voz dele saiu seca, o rosto fechado.

Dahra olhou para ambos e ficou alguns instantes em completo silêncio. Ela tinha os braços cruzados, a postura ereta e um olhar que parecia capaz de congelar qualquer pessoa em um segundo. Estava em uma encruzilhada. Não conhecia o novo Verão, mas precisava agradá-lo para manter Florence por perto; já Erik Crane era o último homem em que confiaria, nem Verão,

Inverno ou qualquer outra estação mudaria isso. Eles ocuparam lados diferentes em batalhas no passado e muitos de seus homens haviam perecido sob a espada dele.

Mas não era apenas isso que a fazia odiá-lo; assim como ela, ele não envelhecia de forma humana, e isso fez com que o tempo se tornasse mais um adereço para ambos, uma característica que infelizmente tinham em comum. E os anos haviam lhe mostrado algumas características: Erik era desleal, alcoólatra, enganador e sem caráter; mesmo quando a guerra contra sua nação tinha cessado, havia tomado parte em outras batalhas contra Morávia que lhe favoreciam financeiramente, já que estava claro que, de todos os soldados, ele era o único que não poderia ser morto.

— Tudo bem — ela falou finalmente, em um suspiro. Seu maxilar estava retraído e lhe doía fisicamente aceitar aquilo. — Erik pode ficar como convidado, em respeito à sua vontade, Verão. Mas isso deverá encurtar a estadia de vocês, eu receio. Florence poderá ficar mais, caso deseje, mas, já que o homem está preso a você, devem partir depois de amanhã logo cedo. Um dia é tudo o que ele terá como convidado em nosso palácio.

— Ótimo! Isso está ótimo. — Beor sorriu para o Outono e, então, para a rainha. — Obrigado.

— Espero que seu testemunho sobre ele seja verdadeiro, porque se não for e assim for provado, não me importa se é uma estação: se tornará inimigo de meu reino.

— Eu não tenho por que mentir, nunca mentiria; devo a minha vida ao Erik.

— E você, ex-prisioneiro, tem algo a dizer? — ela o provocou.

— Espero que eu pelo menos tenha uma cama decente, uma reparação mínima por toda a tortura que passei — Erik disse, cruzando os braços.

— É claro. — Dahra fechou o rosto um pouco mais. — Verão, meus guardas vão acompanhá-lo de volta aos seus aposentos. — Ela sinalizou para o primeiro guarda que havia ao seu lado.

— Claro, vamos, Erik.

— Não, não, ele fica. — A rainha estendeu a mão, impedindo o homem de acompanhar Beor.

— O quê? Por quê?

— Já que é nosso convidado agora, eu mesma vou levá-lo até o quarto onde ficará. Você poderá encontrá-lo pela manhã no café.

A expressão de Beor se alterou e ele fitou Erik, incerto do que poderia fazer.

— Não se preocupe, estação, eu cumpro a minha palavra. Sem contar que, infelizmente, eu não posso matá-lo mesmo.

Beor pensou por uns instantes e assentiu; deu um sorriso encorajador para Erik, que o retribuiu sem nenhum entusiasmo.

— Agora vá, antes que a minha bondade se esgote. — Ela girou o corpo para uma passagem que havia na pedra, ao lado da grande escada, uma saída alternativa, e voltou a atenção para o Outono. — E você, siga-me.

Erik hesitou por um instante e, então, acompanhou a rainha. Dois guardas vieram atrás, escoltando-os. Ele não estava convicto de que ela realmente o receberia como convidado, mas continuou, sem nada a temer; não havia nada que ela pudesse fazer com ele além do que já tinha feito.

O corredor era estreito e dava para uma ala diferente do palácio. Eles saíram por uma porta de metal protegida por dois guardas nos aposentos da própria rainha. Era um grande espaço com um saguão ao centro e diferentes portas para quartos que o cercavam.

— Por que eu estou aqui? — Erik perguntou assim que notou o que era o espaço. Poucos funcionários do palácio tinham acesso à área da rainha.

— Ah, porque você vai *ficar* aqui. Exatamente naquele aposento. — Ela apontou para o último quarto à esquerda. — Eu não o deixaria sozinho com o Verão. Se ficar, estará próximo o suficiente da minha vista. Todo o tempo. Considere-se privilegiado, ninguém se hospeda na minha ala.

— Por que está fazendo isso?

— Você mesmo disse, queria uma cama confortável. — Ela sorriu com frieza. — Vamos, eu o levo até a porta.

Dahra fez sinal para os guardas permanecerem onde estavam e caminhou com Erik até o último quarto.

— Tudo bem — ela falou quando chegaram. — Eu vou te dar mais uma chance.

— O quê? — Erik arqueou a sobrancelha.

— Eu não caio em toda aquela baboseira de amizade e esperança. Parece que você realmente ajudou o garoto, ele confirma isso, mas, quanto às suas motivações, eu não engulo. Então me diga, por que você realmente está aqui?

— Como assim? Eu te contei a história inteira!

— Não me faça de tola. — Ela pendeu a cabeça, fitando-o com raiva. — Erik Crane, o guerreiro das montanhas, não pediria ajuda a Morávia. A morte lhe seria mais doce.

— Mas e se eu já estiver morto? E se meu coração já estiver apodrecido, assim como minha consciência e orgulho? — Ele se aproximou dela com um passo. — Você sabe o que é isso, rainha? Se sentir completamente morto, mas seu corpo ainda continuar vivendo?

Dahra deu um passo para trás, intimidada, em um movimento automático.

— Não lhe diz respeito o que eu sei ou sinto — ela respondeu olhando para baixo, mesmo que as palavras dele a tivessem descrito por completo.

— Faz quanto tempo, rainha? Trinta anos? Desde a última vez em que tivemos ao menos um diálogo pacífico?

— Eu espero, em nome das estrelas, que não esteja me enganando. Não que eu espere nada diferente de você, mas, se você estiver, estará desperdiçando sua chance de fazer algo de útil com sua existência, de usá-la para mais do que bebida, dinheiro e mediocridade. E, pelos céus, se você me enganar... eu juro que descubro uma forma de matá-lo.

Erik sorriu; havia brilho em seu olhar ao ver o quanto sua presença a transtornava.

— Palavras doces para um rosto ainda mais doce — ele zombou. — Se me der licença, majestade, vou aproveitar minha grande e confortável cama.

Ele acenou para ela e deu de costas, caminhando para dentro do aposento e fechando a porta.

# 26

# As estações da terra

O amanhecer em Morávia era lento e quase imperceptível; o acinzentado do céu se tornava um pouco mais opaco e, aos poucos, feixes de luz atravessavam as espessas camadas de nuvens sempre presentes. Era mais uma questão de reconhecer que já havia amanhecido do que ser desperto por causa disso. Ogta não brilhava como o sol; seu trabalho era singelo, ela simplesmente se fazia presente, trazendo luz o suficiente apenas para afastar as trevas por algumas horas.

À medida que a luz opaca atravessava os vitrais do castelo, no corredor em direção ao seu quarto, Beor notou que estava amanhecendo e sentiu ainda mais falta do seu palácio e do seu precioso Sol. Ele sentiu que havia um limite de tempo que ele conseguia ficar afastado dele e pensou que esse prazo não era muito longo, pois já estava sentindo em seu próprio organismo os efeitos daquela ausência. Os guardas o haviam deixado no início do corredor; ele caminhou até a porta de seu quarto, mas, antes de entrar, observou pelo canto do olho os homens se afastarem e, então, foi até a porta do lado.

— Florence... — ele chamou baixinho, batendo na porta. — Florence, você já acordou?

Um barulho de passos fracos foi seguido da porta sendo aberta.

O cabelo da menina estava desgrenhado, caindo pelos ombros até o quadril, e ela tinha um olhar estático, assustado, mas Beor mal notou quando entrou apressado e fechou a porta atrás de si.

— Eu tenho que te contar. Durante a noite, eu...

— Espera — ela o interrompeu, tocando seu braço. — Eu preciso te mostrar algo primeiro.

Beor piscou, só então percebendo o susto estampado no rosto da garota.

— O quê? Aconteceu alguma coisa?

— Aquilo aconteceu. — Ela virou o corpo e apontou para sua cama, a alguns metros da porta.

— A... — Beor abriu a boca para questionar, mas as palavras não saíram.

Ele caminhou até a cama a passos lentos, processando o que estava vendo. Por alguns segundos passaria despercebido, ainda tinha o exato formato de uma cama, mas, com um pouco mais de observação, as discrepâncias já se tornavam grotescas. Não havia colchão nem coberta, um tronco quadrado e achatado tomava o lugar, com algumas penas do que já haviam sido travesseiros espalhadas por entre raízes que saíam de todos os cantos. Flores e frutos se misturavam entre vãos, criando um pequeno ecossistema onde antes havia somente uma cama.

— Como... Você que fez isso?! — ele indagou.

— Eu não sei. — Florence se abraçou, encolhendo-se um pouco. — Eu acho que sim.

— Como? — Beor se aproximou da cama e pegou uma das folhas com a mão. — Como isso pode ser possível? — Virou o rosto para ela — Eu nunca ouvi falar de um poder assim... Você praticamente transmutou a cama.

— Eu não sei; eu sonhei com os meus pais, com algo que aconteceu alguns anos atrás. Não foi nada de especial, só mais uma das brigas que eles sempre tiveram. Mesmo assim, era uma das minhas piores memórias, que eu tentava apagar desde o dia em que ocorreu… Mas parece que o meu inconsciente não esqueceu, e quando eu acordei minha cama já não era mais… uma cama.

— Pelas estrelas! — Beor exclamou, deslizando a mão entre as raízes. — Então você alterou a matéria da cama enquanto dormia?

— Eu não faço ideia! Não foi consciente, eu só acordei e ela estava assim. — Florence gesticulou, afobada.

— Está bem. — Beor se levantou, pensativo, e cruzou os braços. — Como filha do Augusto é até natural que você tenha alguns poderes das estações, mas acho que nem *eu* tenho esse poder, e ainda não li nada a respeito disso.

— Ai, que confusão! — A menina tampou o rosto com as mãos. — Como eu vou fazer para dormir agora?

Beor virou o rosto para ela, surpreso, e um sorriso inesperado nasceu em seus lábios.

— É com isso que você está preocupada? — Ele riu.

— Era uma cama muito boa, tá? E outra, como eu vou me explicar para a rainha? Eu estraguei …

— Você é afilhada dela, a última coisa que ela vai se importar é com uma cama. Eu só não sei se podemos realmente confiar nela. — Beor passou a mão por seu cabelo ondulado, como sempre fazia quando estava pensativo.

— Por que não? — Ela arqueou as sobrancelhas.

— Porque, durante a noite, eu descobri um segredo que ela guardava. — Beor caminhou até a cama-árvore e se sentou sobre ela.

Florence o acompanhou, fitando-o com curiosidade, e arrancou algumas raízes antes de sentar ao seu lado.

— Você lembra que eu falei que já havia conhecido alguém como você?

— Sim, no palácio. O homem que te ajudou a lutar contra o Inverno, não é?

— Contra os lobos dele, mas sim. Esse homem, Erik Crane, está aqui no palácio.

240

— Aqui?! Como assim?

— Ele estava sendo mantido como prisioneiro. Eu senti que algo estava errado sobre esse lugar e sobre a rainha, e ainda desconfio que esse não era o único segredo que ela guardava. Acontece que, durante a noite, eu saí para investigar e encontrei uma ilusão que levava para uma prisão subterrânea, e Erik estava lá, aprisionado em um fosso, completamente imóvel.

— Isso é horrível! — a garota exasperou-se.

— Sim. — Beor engoliu em seco. — Por um minuto eu estava prestes a deixar esse palácio, pensando que eram todos monstros. Mas parece que Erik e Dahra são inimigos antigos, eles se conhecem há décadas e lutaram um contra o outro inúmeras vezes.

— E o que você fez? Onde ele está agora?

— Dahra apareceu, ela me explicou que Erik é um inimigo daqui e que sua entrada era proibida, por isso ele tinha sido preso. Mas eu a convenci a deixá-lo solto até que ele parta conosco; acredito que vai ser bom para você conhecer ele.

— Parta conosco? Está pensando em levá-lo para o palácio?

— Bom, eu acho que sim, ele não pode ficar aqui.

— Mas você nem o conhece! Não parou para pensar que, se Dahra não gosta dele, talvez ela tenha um bom motivo para isso?

— Tudo que aconteceu, as batalhas que eles travaram, foi muito tempo atrás. Sem contar que Erik me ajudou, Florence, ele me ajudou *mesmo*. Ele me salvou e lutou contra os lobos do Inverno.

— Então confia nele?

— Sim. — Beor pensou por um instante. — Eu confio. Totalmente.

— Tudo bem, se for assim, eu também confio.

Florence já estava sentada na grande mesa da sala de jantar daquela ala, banqueteando-se com pãezinhos açucarados e uma fruta azulada que lhe lembrava os morangos da sua vila, quando o homem chegou. Erik Crane se sentou do outro lado da mesa, trajando um conjunto de roupa típica moraviana, blusa e calças do mesmo tom acinzentado dos funcionários do palácio. Dahra o fuzilava com o olhar e ele estava bem consciente disso.

— Erik. — Beor se levantou da cadeira quando o viu chegar, aliviado, pois a rainha cumprira mesmo sua promessa.

— Olá, garoto. — Piscou para ele. — E olá, amiga de Beor, eu acredito?

— Hum, sim. — Florence limpou o açúcar da boca. — Florence. É um prazer, Beor me falou de você.

— Oh, falou exatamente o quê? Coisas boas ou ruins? — ele perguntou de forma carismática, enquanto estendia a mão e pegava uma bacia de frutas na outra extremidade da mesa.

Florence alternou o olhar entre Beor e Dahra antes de finalmente responder.

— Ele me falou que somos parecidos — disse ela, indo direto ao ponto.

O olhar de Dahra se alarmou e ela parou, antes de sentar na cadeira.

— Eu não creio que isso seja...

— Parecidos, como? Se me permite perguntar — Erik a interrompeu, lançando um rápido sorriso à rainha.

— Você não é exatamente uma estação, mas possui poderes estacionários, não? — Beor antecipou-se a perguntar.

— Sim, me vejo como algo no meio do caminho. — Ele fitou as pessoas à mesa por um instante, como se ponderasse o que estava prestes a dizer. — A verdade é que sou descendente de um dos Invernos do passado, foi assim que ganhei os meus poderes; eles foram passados do meu tataravô para o meu avô, do meu avô para o meu pai e, assim, para mim. — Ele gesticulou, como um mágico ao final do seu truque.

— Espera, o Inverno também teve filhos? — Beor exclamou, e Florence engasgou com o chocolate quente que bebia.

— Pois é, me parece que as estações não são tão íntegras como pensávamos, não é mesmo? — Erik abriu um sorriso sarcástico.

— Eu não fazia ideia, mas, pensando agora, seria a única explicação possível... — disse Beor, com a decepção estampada no olhar.

— Mas me diga, Florence, como somos parecidos?

— Eu também estou no meio do caminho, eu acho. Sou filha do Verão que antecedeu Beor, Augusto.

O olhar do homem se transformou, e uma risada involuntária saiu pela garganta. Ele virou o rosto e encontrou o semblante desaprovador de Dahra para Florence.

— Espera, isso é sério? — Ele apoiou as mãos na mesa. — Augusto realmente teve uma filha? Eu pensei que não passava de boato; histórias como essa acompanharam muitas das estações passadas.

— Essa informação não deve, em nenhuma circunstância, ser compartilhada, está ouvindo? — disse Dahra com firmeza.

— Como se eu tivesse alguém para contar; não sou bem-vindo em praticamente nenhum lugar dessas terras.

— E é melhor que continue assim — a rainha murmurou.

— Garota, olha, eu sinto muito, de verdade; é o pior fardo que alguém poderia ter sobre si. Eu ficaria mais contente em ser o único com essa maldição... — Erik afirmou, fitando-a com um olhar de pena que a incomodou profundamente.

— Ah, mas não é tão ruim assim, eu tenho certeza — disse Beor, irritado pelo fato de que a conversa já não caminhava exatamente como ele gostaria. — Você aprendeu a desenvolver seus poderes e... parece que não pode morrer, não é mesmo?

— E desde quando isso é algo bom? — Erik contestou, com uma careta.

— Por que você não pode morrer? — Florence perguntou.

— Eu posso, eu *vou* morrer eventualmente, mas estou envelhecendo quase tão lentamente quanto uma estação. E no quesito de *ser* morto, apenas uma estação pode matar a outra, e eu, por algum motivo, me enquadro nisso.

— Então, teoricamente, eu poderia te matar? — Beor perguntou.

— Eu imagino que sim. — Erik deu de ombros. — Mas a questão não é essa. Não existe uma classificação exata para o que nós somos. — O homem apontou para Florence e para si próprio. — Ser descendente de uma estação significa viver em um mundo que não tem espaço para você; é nunca ser bem-vindo, ser tratado como um fora da lei onde quer que você pise, mesmo que não tenha culpa nenhuma de ser como é.

Florence teve dificuldade de tragar o restante do chocolate; seus olhos arderam e o choro se acumulou na garganta. Era exatamente assim que se sentia.

— E o que fazemos? — ela perguntou, a desolação estampada em seu semblante.

— Estamos aqui, não é? Continuamos a existir — disse o homem, de forma tranquila. Ele pegou um pãozinho do seu prato e o mordeu.

— Talvez as estrelas tenham um plano, um que ainda não entendemos — Beor falou, pensativo, apoiando a cabeça no braço esquerdo.

— No entanto, existe algo bom que precisa saber. — O olhar de Erik se iluminou, como se lembrasse de algo.

— O quê? — Florence perguntou.

Beor e Dahra se estenderam sobre a mesa, igualmente curiosos.

— Os poderes. Nossos poderes são diferentes dos das estações primárias. Pelo menos as últimas décadas me fizeram discernir isso e, sendo filha de um Verão, não deve ser diferente para você.

— Diferentes, como? — Beor perguntou.

— Eu ainda não consigo classificar propriamente, mas Verão e Inverno são estações da luz, certo? O Verão controla o Sol e o Inverno controla a Ogta. Toda a luz que temos na Terra Natural vem de uma dessas duas fontes. Eu, entretanto, não tenho nenhum tipo de poder ou influência sobre elas. Não consigo conjurar ou manipular luz, praticamente nada do meu poder está relacionado a isso.

— Então está relacionado a quê?

— À terra — Dahra respondeu com amargura, como se já tivesse provado daquilo antes.

Um sorriso se abriu nos lábios de Erik.

— Vejo que sua memória permanece intacta, minha rainha. Seria isso saudades? — falou com satisfação. — Meus poderes estão totalmente ligados à terra, à natureza em si. Posso controlar a consciência de árvores e animais, qualquer elemento ou criatura trabalha ao meu favor, se assim eu desejar.

— Você pode… transformar a matéria das coisas? — Florence arriscou perguntar, levando seu olhar ao encontro do de Beor.

— Como assim? — Erik colocou os cotovelos na mesa, intrigado.

— Como transformar, talvez, um caderno em pétalas de flor e… uma cama em uma árvore?

— Há, isso é incrível. Transmutação. — Erik soltou uma risada. — Não, eu nunca fiz nada assim. Parece que não somos exatamente iguais, afinal.

— Querida, eu espero que ninguém tenha presenciado algo assim; quanto menos seus poderes aflorarem, mais segura você estará — Dahra falou, com uma tensão na voz.

— Segura? — Erik arqueou as sobrancelhas.

Um silêncio recaiu sobre a mesa; Beor olhou para Florence e para Dahra, que parecia mais alerta do que nunca.

— Ninguém sabe de fato que Florence existe, ela ficou desaparecida por sessenta anos, então…

— Não é isso — a garota a interrompeu. — Parece que o Inverno está atrás de mim.

Dahra bufou e jogou o corpo para trás na cadeira.

— O Inverno? Por que você seria de qualquer importância para ele? — Erik perguntou, confuso.

— É exatamente o que não sabemos.

— Isso não faz sentido, o Inverno sabe da minha existência por anos e, contanto que eu estivesse fora dos seus negócios, isso nunca pareceu importar para ele — o Outono continuou.

— Você já o conheceu? — Beor perguntou, o medo se escondendo entre as palavras.

— Diversas vezes ao longo das décadas. Ele é minha estação primária, meus poderes estão ligados a ele, então isso torna fácil que ele me encontre. — Erik coçou a garganta e seu semblante se apagou por um instante. — Fiz alguns serviços para ele, muito tempo atrás; eu pensava que não tinha escolha, mas, diante de tudo que o vi fazendo, a forma como acompanhei sua transformação de tirano para um monstro completo, eu sabia que não podia mais. Deixei seus domínios e nunca mais retornei.

— E ele não foi atrás de você? — Beor perguntou.

— É claro que foi. Mas, como parece que ele não tem a intenção de me matar, e como não havia nada que me fizesse ficar mais, eventualmente me deixou livre.

— Isso não parece típico do Inverno. — Dahra cruzou os braços. — Tem certeza de que não está a serviço dele neste exato momento?

— É claro que não. — Erik revirou os olhos. — Ofir é indecifrável, mas o fato é que ele *permitiu* minha liberdade, contanto que ela não o afetasse, tendo algum motivo por trás ou não. Mas talvez isso seja mais claro para você, já que o conhece bem melhor do que eu, não é?

O semblante da rainha se alterou e ela fuzilou o homem com o olhar.

— Não, não o conheço. Sua consciência e suas motivações são tão obscuras para mim quanto para qualquer outra pessoa.

— Como assim? — Beor perguntou, tentando entender o que havia sido insinuado.

A rainha tinha poderes similares aos do Inverno, isso ele sabia, e, conforme a memória de Florence que eles adentraram, já havia derrotado o maior dos oghiros. Ela havia controlado a neve e a besta monstruosa na fronteira da nação, era imortal, pelo que parecia, e tinha também sua aparência. Tinha a pele tão escura quanto a de Erik, como a terra depois da chuva, porém seus fios de cabelo assim como suas sobrancelhas eram incrivelmente brancos, sem qualquer pigmentação, não parecia exatamente *natural*.

— Minha rainha, qual sua conexão com ele? — o Verão perguntou, os olhos cravados nela, demandando honestidade.

Dahra suspirou, enquanto assassinava Erik de mil formas diferentes em sua cabeça.

— Os meus poderes e os dele vêm da mesma fonte — ela disse pausadamente, ponderando cada uma de suas palavras. — A árvore do Inverno — admitiu de uma vez.

Beor abriu um sorriso involuntário, pensando que era uma piada. Quando o semblante da mulher não alterou, o sorriso dele sumiu.

— Espera, fala das árvores primordiais? Eu pensei que elas já haviam deixado de existir muitas eras atrás.

— O que são essas árvores? — Florence perguntou, irritada por se sentir perdida.

— A fonte original das estações na Terra Natural; existem duas e elas brotaram de estrelas que caíram na terra, cada uma carregando uma fonte de luz distinta — Erik respondeu.

— Então os nossos poderes também estão ligados a elas?

— De certa forma, sim.

— Espera, então elas ainda existem, as duas?! — Beor se sentiu frustrado e confuso; quando pensava que finalmente sabia de tudo o que era necessário, viu que ainda estava tão no escuro quanto antes.

— Sim, no coração dos dois continentes, nas entranhas das rochas, abaixo de todo o mundo vivente, as duas árvores ainda pulsam. A árvore do Inverno está aqui, a muitos quilômetros de profundidade, no subsolo de Morávia. Ela me salvou anos atrás, eu havia sido... — os olhos dela se fecharam por um instante — assassinada por alguém em quem confiava. Os meus servos me levaram até ela e imploraram para que ela me trouxesse de volta, e assim ela fez. Naquele dia, uma pequena porcentagem do poder do Inverno passou para mim e eu voltei à vida, com os fios brancos como Ogta e sem a capacidade de envelhecer.

Os olhos dos três estavam fixados nela, e Erik piscou, os ombros baixos e a surpresa estampada no olhar.

— Surpreso? — Ela arqueou as sobrancelhas para ele. — Não, não envolveu nenhum sacrifício, ritual grotesco ou seja lá o que contam. Tudo começou com uma traição.

— Mas... — Beor puxou o ar, lhe faltavam palavras. — Se a árvore do Inverno está aqui, onde está a do Verão?

A rainha reconheceu um brilho nos olhos dele que não havia percebido antes, era específico de um povo; com seus anos de vida e experiência, ela podia reconhecer aquele olhar em qualquer lugar.

— Onde você acha? — Ela se debruçou, os cotovelos sobre a mesa, instigando-o para provar sua teoria.

— Filenea — Beor respondeu com um suspiro. Como poderia ser tão conectado a uma nação onde ele nunca pisara? Isso ainda o assustava.

— Você é de lá, não é? Me surpreende não ter percebido antes.

— Não, eu não, mas os meus antepassados eram — ele respondeu, tentando controlar o arrepio que percorreu seu corpo.

— O Inverno. Então é por isso que é conectada a ele — voltou ao assunto principal, tentando empurrar Filenea para o canto de suas memórias.

— Sim. É por isso que eu sei, mais do que qualquer pessoa, que ele *precisa* ser derrotado. Sua mente, suas ambições... não existe palavra humana que as descreva. Esse é um dos motivos pelos quais o aceitei aqui, Verão, preciso ser honesta. Florence, eu a vejo como minha responsabilidade. — Ela sorriu para a garota.

— Erik — o homem sorriu em expectativa —, ele não vale mais para mim do que um cão sarnento. — Ela balançou a mão em desprezo. — Mas você é o Verão vigente, é o escolhido das estrelas, mesmo que com tão pouca idade, o único que se equipara a ele em poder e força. Precisa concluir aquilo que Augusto falhou em fazer, precisa derrotar o Inverno, *precisa* matá-lo.

O peito de Beor ficou cada vez mais pesado e o assento da cadeira pareceu escorrer por baixo de si.

— Eu não sei se posso; se ele é tão poderoso quanto dizem, não sei como conseguiria.

— A questão não é sua capacidade, mas sim a *necessidade* de nossos tempos; precisa matá-lo, precisa encerrar esse domínio de dor e sofrimento que tomou nossas terras.

— É responsabilidade do Verão guardar as Terras do Sol, não as Invernais; é o que diz o tratado. — Beor engoliu em seco.

— Não existe mais tratado! Você não entende? Desde que o Inverno o quebrou, não existe mais acordo a ser respeitado. Ogta está enfraquecida, muitos não percebem, mas eu sinto, e os limites entre nossos continentes estão se mesclando. A ilha de Asken, ao norte, está começando a derreter, e a própria neve em Morávia não é tão espessa quanto era um mês atrás.

— O que você está sugerindo? — Erik perguntou.

— Ofir está enfraquecido; é como se o espírito do Inverno estivesse minguando aos poucos e, se tamanho poder permanecer nas mãos dele, além de sermos um continente escravizado, podemos presenciar o fim do Inverno. Toda a vida humana desse continente foi construída nessa estação, não conseguiríamos viver de outra forma. Precisamos de um novo gestor, uma nova alma, pura e boa, que assuma o cargo e governe nosso clima da forma ordenada pelas estrelas.

— Não, mas o Inverno não está fraco! Ele tomou toda a minha terra há um mês, ele consumiu tudo, com gelo e neve por todo o canto.

— Exato, e isso lhe custou algo, ou você pensa que não? Eu não sei o que ele tem em mente, mas ele não é tão poderoso quanto tenta parecer. Ele tem medo, eu posso sentir.

— Você tem certeza? O Inverno que eu conheço não temeria nada — Erik falou, parecendo amedrontado.

— Então de fato eu o conheço mais do que você.

Um silêncio recaiu sobre a mesa; quando se deu conta, Florence já estava roendo as unhas, retraída em sua cadeira, pensando por que alguém como o Inverno estaria atrás dela.

— Pense sobre isso — Dahra disse a Beor. — Sei que é jovem, mas existe um limite de até quando podemos fugir do nosso destino, e no seu caso, infelizmente, você não tem tempo algum.

Um guarda entrou pela porta à esquerda aos fundos e transmitiu alguma mensagem a Usif, que estava de prontidão. O guardião assentiu e caminhou até Dahra. Ele comentou algo em seu ouvido que ninguém da mesa escutou, mas o semblante da rainha permaneceu firme como antes.

— Eu preciso ir; passar mais de trinta minutos no café da manhã é um privilégio que eu não mais tenho. — Ela se levantou, de forma graciosa. — Mas vocês estão livres para conhecer o palácio com a supervisão de Usif; deixarei-os por conta dele até a hora do festival.

Ela começou a andar, dando a volta na mesa, e então parou.

— Estejam lá trinta minutos antes; em Morávia, ser pontual é uma ofensa.

# 27
# Os murais da história

Beor não conseguia tirar as árvores primordiais da cabeça enquanto eles passeavam pelos saguões do castelo. Usif ia na frente, contando a história de cada pilastra, cada planta exótica no jardim e cada pintura e escultura nos corredores. Florence estava igualmente imersa em seus pensamentos, mal notando as pessoas que passavam e os belos cômodos que haviam adentrado. Ela começava a achar que era uma má ideia ter ido para lá; se o Inverno a estava procurando, o último lugar em que deveria estar era em seu continente.

— Ei. — Ela puxou a manga da blusa de Beor, falando baixinho. — Acho que eu quero ir embora.

— Por quê? Você está bem? — Ele virou o corpo, preocupado.

— Não me sinto segura aqui. Dahra pode até ser boa, mas se ela tem essa conexão com o Inverno, quem garante que ela não vai me entregar a ele? — ela respondeu, com o tom baixo.

— Eu não acho que ela faria isso, mas podemos partir. É só que ela parecia animada por nos ter no festival…

— Senhores? — A voz de Usif, que estava alguns metros à frente, com Erik ao seu lado, os chamou.

— Ah, sim. — Florence forçou um sorriso.

— Estamos entrando agora na parte mais especial de nosso palácio. O mural com a história completa de nossa nação.

O espaço era um longo e largo corredor externo, com um teto de vidro que impedia a neve de cair.

Com um olhar, Beor e Florence concordaram que o assunto ficaria para depois e apressaram o passo, chegando ao lado de Erik.

— A nação de Morávia existe há muito tempo, mas teve outros nomes no passado. Boa parte de nosso território atual foi assegurado e o modelo de governo implantado por Dimír Tokra, avô de Ignon Tokra, falecido marido de nossa rainha.

— Dahra era casada? — Florence comentou, surpresa.

— Sim, antes de a imortalidade abatê-la; chegaremos lá. — Usif respondeu com um sorriso e os guiou ao primeiro mural.

Os dois lados do corredor estavam cheios deles, telas gigantes, cheias de cores e detalhes, exibindo cenas de batalhas, locais e pessoas. Eles passaram primeiro por um deserto de gelo, onde havia um homem trajando armadura e espada e três figuras distorcidas conversando com ele.

— Nosso antepassado, Dimír, quando estava perdido no deserto, teve um encontro com as três estrelas. Naquela época, ele não tinha porção de terra alguma e sua pequena vila havia sido dizimada por gigantes de gelo. As estrelas prometeram que ele ainda seria senhor de uma grande nação e que seus descendentes governariam o reino mais poderoso das Terras Invernais.

Beor fez uma careta e cruzou os braços, ofendido com a ideia de que um mero mortal já teria encontrado as três estrelas pessoalmente.

— Eu duvido que seja verdade — comentou baixo para Erik enquanto andavam.

— Óbvio que não é — o homem respondeu.

Eles caminharam mais um pouco pelo corredor que não parecia ter fim, até que chegaram em um retrato diferente. Ele tinha um alto homem no centro, com pele clara e cabelos castanhos amarrados em tranças, usando roupas de um rei; à sua direita estava uma mulher mais baixa e com feições delicadas, que tinha a pele escura, braços finos, um sorriso largo e trajava um vestido verde-água; à sua esquerda estava uma mulher poucos centímetros mais alta do que ele, que usava um vestido azul-escuro com ombreiras de armadura por cima e tinha um semblante inocente, mas triste, não sorria. Todos a reconheceram quando viram.

— É a Dahra. — Florence sorriu com surpresa. Naquele retrato, seu cabelo era volumoso e castanho.

— Sim, esse é Ignon Tokra. Ele assumiu o reinado de Morávia ainda jovem e, durante a dominação de uma das tribos mais poderosas dessa região, ele fez um acordo com o líder deles. O povo se submeteria ao domínio de Morávia, mas ainda teria liberdade para alimentar suas crenças e nada da vida como conheciam teria de mudar, se ele lhe desse sua filha mais jovem em casamento. — Usif apontou para a mulher à direita. — Marihia, a flor mais bela a nascer da neve, a mulher mais formosa que viveu em nossas terras. O rei se apaixonou por ela assim que a viu e foi consumido pelo sentimento, disposto a abrir mão de qualquer coisa para que a tivesse para si. O pai das irmãs, um cacique muito astuto, disse que lhe daria a filha apenas se o rei aceitasse a irmã mais velha também, que já havia passado da idade de se casar e não lhe era mais do que um peso. Ele garantiu, assim, a liberdade total de seu povo, que, em troca, não deveria responder a ninguém.

— Isso é horrível. — Florence abraçou seu cotovelo, tendo arrepios só de pensar em estar no lugar delas.

— Louco de amor como estava, Ignon aceitou, mas ele não amava Dahra, e sim Marihia. A mais nova tinha um coração astuto como o pai e nunca amou o rei de verdade, apenas a atenção e a devoção que ele lhe oferecia. Já Dahra — ele engoliu em seco —, pode parecer difícil de acreditar hoje, mas ela o amou desde a primeira conversa que tiveram. Ignon nunca a quis como esposa, ele apenas usava o título para não a envergonhar, mas nunca esteve com ela e a tratava muito mais como amiga e conselheira, já que nossa rainha, desde cedo, demonstrou ser muito sábia.

Alguns dizem que, nos trinta anos que Ignon reinou, tudo foi na verdade a mão de Dahra tomando cada decisão e direcionando cada passo em direção à grandeza que nossa nação construía. Marihia morreu jovem, dando à luz o seu único filho, e Ignon nunca a esqueceu, se recusando a ter Dahra como esposa até o fim de seus dias. Quando ele morreu em batalha, Dahra assumiu oficialmente o posto que já exercia e chorou por ele por três meses consecutivos. Dizem que seu coração permanece quebrado até hoje pelo amor que nunca lhe foi correspondido. Sua primeira ação militar quando se tornou rainha foi, então, atacar sua antiga vila e conquistá-la como parte efetiva do território moraviano. Dizem que nunca perdoou o pai, por desprezá-la, nem a irmã, por receber o amor que ela nunca conseguiu.

— E a rainha permite que essa história seja contada livremente? — Erik perguntou, surpreso com os relatos. Já havia ouvido a mesma história em versões diferentes, mas em nenhuma Dahra tinha um coração partido ou sofria por ter sido rejeitada; não se parecia com ela.

— Poucos são os que têm acesso ao mural da história e, aos que recebem tal privilégio, nossa história é contada com honestidade — Usif respondeu com normalidade e continuou os guiando pelo caminho.

Havia dezenas de pinturas, cada uma relatando histórias diferentes, e Beor começou a notar que em quase todas elas, seja ao fundo ou decorando as bordas, a imagem do lobo branco se fazia presente. Eles chegaram à última parte do mural e, como se acompanhasse os pensamentos do garoto, o grande lobo branco estava ali, exibido como o foco da cena.

— Essa foi a batalha das planícies baixas, aconteceu cerca de quarenta anos atrás e foi a segunda vez que Mochka, o Lobo, veio em nosso auxílio. O Inverno tentou atacar Morávia e Dahra lutou contra ele; por mais poderosa que nossa rainha seja, ela não se equipara em poder a uma estação como ele, nunca conseguiria vencê-lo. Quando ela estava ferida e praticamente derrotada, foi então que Mochka surgiu por entre a espessa camada de neve

que caía e a salvou, ferindo o Inverno. Dizem que ele carrega a cicatriz da mordida até hoje, bem em seu pescoço.

Beor puxou o ar com dificuldade, pensando em como deve ter sido a sensação de lutar frente a frente com o Inverno.

— Foi a partir de então que compreendemos que o Lobo não era um animal comum, mas algo além, um enviado das estrelas para nos proteger nesse tempo.

— Ele parece muito com os oghiros que atacaram minha vila... — Beor comentou, intrigado.

— E é porque ele é, na verdade, o oghiro original. Ele é senhor sobre os lobos do Inverno. Oghiros não são naturalmente maus; são animais místicos com um propósito elevado, mas Ofir corrompeu esses animais sagrados, amarrando pedaços da sua alma a eles, fazendo com que se tornassem tão maus quanto aquele que os controla. Todos os oghiros caíram, menos um: o grande Lobo não responde a ele, responde apenas às estrelas.

— Interessante, ele parece ser similar a Gwair. Ele é o grande senhor das faniryas, as águias do Verão, ele também escolheu não responder a Augusto, mas retornou ao palácio assim que eu assumi o posto. Mas ele é imprevisível, e até hoje não consegui entender suas reais motivações. Sejam quais forem, parecem ser feitos da mesma matéria.

— Eu não me surpreenderia. O lobo vem e vai quando bem entende, é impossível rastreá-lo ou mapear suas rotas. Desde que começamos o festival em sua homenagem, ele já nos visitou duas vezes; foram noites gloriosas aquelas. Nossos corações, por aqueles breves momentos, foram consolados de toda dor e toda perda já vivida e experimentamos tamanha paz, como se não houvesse guerra. Porém, ele partiu e com ele essas sensações, mas o resquício delas permanece; a lembrança nos mantém alertas e esperançosos de que, se a noite for agradável o suficiente e Ogta estiver brilhando como deve, ele nos visitará novamente.

A imagem dos oghiros, primeiro matando seus cavalos e depois arrastando Clarke ferido para dentro da floresta, havia impregnado a mente de Beor com pavor e ódio, mas Usif falava com tamanha devoção e doçura que ele desejou também poder ver aquele lobo.

Mais alguns minutos se passaram e o passeio finalmente chegou ao fim. Erik se despediu da dupla com poucas palavras; ele parecia estar perdido em seus pensamentos e em tudo que havia ouvido, e Usif o acompanhou até sua ala, enquanto outro guarda guiou Beor e Florence de volta à deles.

— E então? — Beor se aproximou da garota e falou baixinho, assim que chegaram à porta do seu quarto. — Ainda quer partir agora?

Florence hesitou por um momento; o tempo e as adversidades que estavam passando juntos estavam desenvolvendo uma habilidade um tanto inesperada para eles, era quase como se já conseguissem saber o que o outro pensava; se isso tinha a ver com serem estações paralelas, ambos mal tinham considerado. O fato era que a curiosidade pelo lobo e as lendas de Morávia dominavam parte da imaginação de ambos.

— Não... — Ela entrelaçou as mãos uma na outra, se dando por vencida. — Acho que podemos ficar por essa noite.

— Ótimo. — Beor sorriu. — Imagina se ele aparece?

# 28

# O Festival do Lobo

O festival acontecia no térreo do jardim interno do palácio, bem ao centro, entre árvores de diferentes espécies e cores. Uma neve suave caía do céu, cobrindo a parte de cima da tenda que havia sido montada para a ocasião. Ela era de um azul-escuro quase como a noite e toda bordada de branco, com fitilhos caindo pelas pontas, imitando cascatas de uma cachoeira. O espaço em volta também havia sido decorado, grossas tranças brancas com bolinhas penduradas pendiam de uma árvore à outra, conectando a vegetação e fechando o espaço entre si. Lamparinas de tamanhos e formatos diversos também estavam a postos, penduradas por alguns ganchos na entrada do palácio para o jardim, e também dispostas no chão de ambos os lados, formando um caminho pelas pedras impossível de não notar.

Beor e Florence estavam na entrada, ela tinha seu cabelo longo preso em uma bela trança com fitas brancas que as criadas de Dahra haviam feito; trajava um vestido branco com detalhes verdes, um largo cinto e botas de couro. Ele trajava o mesmo conjunto que os outros guardiões à sua volta: calças brancas de pele, com suas botas de couro escuro por cima e uma bata de manga comprida, que descia um pouco além do quadril. Logo que chegaram aos festejos, eles foram abordados por um guardião que segurava uma vasilha de pedra que continha tinta branca.

— É a tradição — o homem explicou antes de pintar o rosto de Florence com um traço contínuo, que foi da ponta de uma bochecha à outra, passando pelo nariz. Ele fez dois traços menores complementares em cada bochecha, abaixo da grande linha, e completou com três pequenos círculos de cada lado da testa e um maior no centro.

— Eu não acho que... — Antes que Beor o convencesse, o homem já passava a tinta em seu rosto. Ele replicou a mesma marca feita em Florence e, então, os deixou entrar.

— Sejam bem-vindos à nossa festa mais sagrada. — Uma guardiã os recebeu com um sorriso, indicando o caminho de luminárias no chão.

— E então, como ficou? — Florence perguntou, ao notar que Beor segurava o riso, enquanto sentia a pele do rosto coçar.

Os olhos lilases dela eram realçados pela tinta branca que parecia brilhar; com o cabelo preso daquela forma e as fitas brancas que balançavam nas pontas, ela parecia uma criatura da floresta, uma fada como as dos livros que ele lia anos atrás.

— Um pouco assustador, na verdade, mas não de uma forma ruim.

— O seu também. — Ela deu um semissorriso.

Apesar da curiosidade e euforia contida por participar de uma festa típica como aquela, o coração da garota ainda pesava mais que barras de ferro amontoadas umas sobre as outras, e as vozes sussurrantes não a haviam abandonado; elas permaneciam constantes, como um eco distante que ela tentava mascarar hiperfocando em detalhes como a história de Morávia, a festa à sua frente ou o quanto Beor estava estranhamente bonito com o cabelo penteado para trás.

Eles caminharam jardim adentro; estava frio, alguns flocos de neve caíam, grudando em seus cabelos, mas o tecido do vestido de Florence, assim como todas as roupas moravianas, era bem grosso e não deixava o frio entrar, apenas seu rosto, a única área exposta, estava levemente vermelha. Beor tinha os cabelos recém-lavados puxados para trás, mas um fio rebelde já caía sobre sua testa; ele não sentia qualquer frio, mas ainda se maravilhava com o fato de a maioria dos guardas estarem descalços.

— Sejam bem-vindos, estações. — Usif levantou uma taça de vidro para eles, assim que chegaram na região em que a tenda fora montada. — Devemos começar em breve, podem se acomodar e provar a comida e bebida.

O homem parecia mais leve. Beor olhou em volta e todos os guardiões estavam mais sorridentes do que o normal; na verdade, estavam mais sorridentes do que nunca. Horas antes aqueles homens tinham semblantes tão austeros quanto a própria rocha do castelo. O festival parecia permitir-lhes serem eles mesmos, saírem do estado de alerta pelo menos por algumas horas.

— Ah, crianças! — Erik acenou assim que ambos entraram na tenda.

Beor fez uma careta, não gostando de ser chamado assim.

— É bom encontrar rostos que sejam menos hostis — ele exclamou; carregava uma garrafa de bebida de vidro nas mãos e Beor engoliu em seco, lembrando-se do homem embebedado na casa abandonada em que haviam se conhecido.

— Onde está Dahra? — Florence perguntou, buscando ao redor.

— Ela ainda não chegou, acho que gosta de uma entrada triunfante ou algo assim — Erik respondeu revirando os olhos.

— Erik, você sabe por que eles não usam sapatos? Como seus pés não congelam? — Beor finalmente fez a pergunta que tanto o incomodava; seus olhos estavam fixos nos pés de Usif, que permanecia parado na entrada da tenda.

O Outono soltou uma risada.

— A fisiologia de todo o povo do sudoeste das Terras Invernais é um pouco diferente, especialmente os moravianos. Eles são um povo milenar, que existe há muitos séculos, e desde os primórdios se organizavam em tribos; a cultura e o contato com a terra e, assim, com o frio, os fizeram mais resistentes que outros povos do continente. Seus pés têm uma camada mais grossa que os protege; além disso, sapatos são quase uma afronta para eles: andar descalço é uma forma de honrar o solo e suas raízes. É bizarro, eu sei, mas tudo sobre eles é. — Erik deu de ombros.

Beor arqueou as sobrancelhas, fascinado em como Morávia continuava a surpreendê-lo.

Florence foi atraída para uma mesa de doces que havia a alguns metros dali; ela pegou alguns cubinhos de um recheio rosado, coberto de açúcar por fora, e colocou na boca, provando a iguaria. Ela amou e comeu mais alguns, deixando um traço de açúcar em seus lábios como prova do crime.

— Oh, você está com… — Beor riu quando ela voltou até eles.

— O quê? — Ela fez uma careta, limpando a boca de maneira frenética e acabando por esbarrar na tinta, que ainda não havia secado por completo.

— Ai, que bagunça… — Ela pestanejou, fitando a tinta na ponta dos dedos.

—Flo, espera… — Beor pegou a mão dela, passando os dedos na tinta, misturando em sua própria pele.

Nesse momento, um pequeno fluxo de poder correu por entre as mãos dos dois, causando um choque de leve que fez suas palmas formigarem. Ele se sentiu como na primeira vez em que a havia curado do ataque dos pássaros e depois quando criou um sonho para ela e suas consciências se misturaram, quase como se os poderes de ambos estivessem se encontrando.

Florence ruborizou, confusa com o que tinha acontecido.

— Agora estamos os dois com tinta. — Beor coçou a garganta e ergueu a mão, com um sorriso.

Ela esboçou um sorriso tímido e um barulho vindo de fora da tenda chamou a atenção dos três.

Dahra vinha pelo caminho traçado pelas lamparinas e três guardas a seguiam, tocando em conjunto um instrumento de sopro. O som se parecia com o de milhares de flautas, mas a melodia era ainda mais inebriante. No momento em que a música começou, as conversas e risos entre os guardiões cessaram, todos largaram seus copos e caminharam até a tenda, ficando em posição e formando um semicírculo; Erik, Florence e Beor os seguiram. Homens e mulheres entrelaçaram suas mãos e fecharam os olhos, cantando baixinho a melodia guiada pela rainha.

Com os olhos entreabertos, Erik observou Dahra chegar; ela usava um vestido com os braços e a clavícula exposta e toda a sua pele, não só do rosto, estava pintada, com listras e círculos brancos, que iam das mãos e subiam pelos braços até o pescoço, contrastando com sua pele escura como o céu daquela noite. Era como um esquadrão de estrelas cadentes, coladas à sua pele, caindo ao mesmo tempo. Em um mísero instante o olhar dela se encontrou com o dele. Era pacífico e suave e ele sentiu toda a bebida que já havia ingerido queimar em sua garganta. A voz doce lhe era entorpecente e ele teve que firmar seus pés no chão para não caminhar até ela. Por aquele único instante parecia que ela não o odiava e, por isso, ele também não odiou a si mesmo. Mas então o olhar dela foi embora, mudou a direção, ela continuou a caminhar e cantar, e Erik se sentiu frio e sem vida. Ele engoliu em seco e fechou os olhos lacrimejados, tentando ignorar aquela sensação; procurou alguma bebida, mas elas estavam longe, nas mesas.

A melodia continuou; era uma canção sobre guerreiros que morreram em batalha e sobre uma terra onde eles viveriam de novo.

*Por onde o general marchou,*
*seu corpo padeceu,*
*a neve o enterrou*
*e o céu o recebeu*

*Para onde o soldado partiu,*
*a paz não encontrou,*
*o céu ardeu em cor*
*e seu coração parou*

*Mas para todo que padece aqui,*
*vida há de encontrar,*
*onde a guerra está vencida*
*e o cansado encontrou lar*

*Lembrai,*
*Lembrai*
*E nunca esquecei,*

*que todo o que parte aqui*
*ainda vive em algum lugar.*

Algumas lágrimas foram derramadas pelos guardiões enquanto cantavam. Beor entendeu que a festa começava daquela forma para honrar os que não haviam vivido o suficiente para presenciar mais um Festival do Lobo. E, naquele momento, mais do que em qualquer outro, admirou aquele povo.

Dahra chegou até o centro da tenda, a música cessou e os guardiões enxugaram suas lágrimas. Os três guardas com o instrumento se dirigiram até a ponta, onde se juntaram a outros homens e mulheres que já estavam posicionados com diferentes objetos na mão.

— Salve à única ardo viva em nossa terra! — Usif bradou, agora parado ao lado de Dahra.

— Salve! — os guardiões repetiram em alta voz e as estações, levemente confusas, os seguiram.

Dahra mantinha os olhos fechados e esboçou um sorriso quase imperceptível. Usif entregou-lhe um pergaminho dourado, provavelmente o único objeto dourado em todo o espaço; ela abriu os olhos e aceitou, tomando um fôlego lento e constante antes de falar. Seus dedos tamborilaram sobre o material enquanto ela o fitava. Beor pensou em quantas vezes ela já havia feito aquilo.

— Caros defensores do conhecimento da Ordem de Têmpora e da liberdade da grande nação de Morávia, nos reunimos mais uma vez para celebrar, mesmo em tempos de guerra — disse ela, mirando cada um deles. — Alguns nos deixaram desde nossa última celebração e o medo tem crescido nos corações de outros. Há os que pensam que essa tradição é insensata e desnecessária, mas eu lhes pergunto: o que somos nós sem nossas crenças? O que somos nós sem nossas memórias? — O olhar dela percorreu cada feição, passando por Beor, Florence e terminando em Erik. — Nós já não temos muito o que celebrar e, se deixarmos de valorizar o pouco que temos, será uma questão de tempo até que Morávia caia e, com ela, todos nós. Se deixarmos de nos lembrar das estrelas e de como elas abençoaram nossa nação no passado, rapidamente elas se tornarão nada mais do que meras luzes distantes. Se nos esquecermos de Mochka e de todas as vezes em que ele veio ao nosso auxílio, logo nem mais acreditaremos em sua existência. A chave da nossa vitória é a *memória*. E é assim que venceremos essa guerra.

Os guardiões suspiraram e alguns comentários de concordância foram ouvidos. Dahra falava e a postura dos homens ia ficando mais firme e o olhar das mulheres, menos abatido. Era por isso que aquele festival acontecia tantas vezes; nesse ponto da guerra, quase tudo já lhes havia sido tirado, até mesmo a esperança, mas ainda havia a memória, estavam desesperados para não esquecer, para se segurarem à última coisa que lhes restava.

Florence abaixou o rosto. Ela não conhecia aquele povo, mas para ela aquilo não fazia sentido nenhum; suas memórias não lhe traziam qualquer fonte de consolo ou esperança, pelo contrário, naquele momento, eram a maldição da sua vida. Talvez se não se lembrasse, conseguiria seguir em frente, sem conhecer as raízes que envenenavam todo o seu ser, muito profundas no passado para que ela tivesse qualquer chance de se livrar delas. Mas, mesmo se não se lembrasse, ela continuaria sendo filha dos seus pais, continuaria amaldiçoada, condenada a uma escuridão da qual nenhuma boa memória poderia salvá-la. Ela sentiu seu peito apertar com o pensamento e suspirou frustrada; parecia que a festa não iria distraí-la, afinal.

Depois de falar, Dahra finalmente abriu o pergaminho. Ele se desenrolou delicadamente para baixo, e alguns flocos de neve que estavam sobre ele se espalharam gentilmente no ar.

— Eu acredito nas estrelas — ela começou a ler, a voz embargada, sorvendo a verdade de cada uma daquelas palavras. Forçando-se a acreditar nelas mais uma vez. Mais uma vez e sempre.

— Acredito na relva que me refresca — todos os guardiões em volta falaram em coro, fazendo a taças das mesas tremerem de leve.

— Acredito no vento que me alenta — a rainha continuou.

— Acredito em Ogta que me ilumina — eles falaram, novamente em coro.

Florence deu um passo involuntário para trás, com os olhos esbugalhados. Um nó se instalou em sua garganta e ela colocou a mão no peito, com dificuldade para tragar o ar. Não aquilo, não *aquela* memória. O mesmo credo que seu pai a fazia decorar.

— Acredito na bondade que nunca me esquece — a rainha falou pausadamente e então prosseguiu. — Acredito nas estrelas, acredito que somos sua propriedade. Acredito na história da qual faço parte, acredito que sou amada por toda a eternidade.

— Acredito na restauração da humanidade — todos falaram juntos e Beor balbuciou, tentando acompanhá-los com lágrimas nos olhos.

Aquilo era uma das coisas mais lindas que já havia ouvido e, de algum modo, era exatamente o que ele também precisava naquele momento. Ser lembrado do que acreditava, por que acreditava e por que fazia tudo o que estava fazendo. Por que havia deixado sua vila, se tornado o Verão, recebido Florence e agora estava em uma nação estrangeira. Por causa *delas*. Porque as estrelas o fizeram chorar no telhado de sua casa, porque elas alcançaram seu coração quando ninguém mais conseguia. Porque elas eram maiores que sua vida inteira e todos os mais grandiosos mistérios do seu mundo e isso o cativava *tanto*, a ponto de ele estar ali, completamente disposto a viver por elas e deixar tudo. Não foi para se tornar o Verão que ele havia feito tudo isso, nem para agradar Augusto, nem apenas para salvar sua família. Foi por *elas*. Porque conhecê-las havia se tornado a grande missão da sua vida e isso, no fim das contas, era o que fazia tudo valer a pena.

— Isso foi tão… — Ele virou para o lado para comentar com Florence, mas a garota não estava ali.

Quando Florence percebeu, já estava correndo. As lágrimas desciam pelo seu rosto de maneira descontrolada, queimando sua pele, e ela odiava isso. A última coisa que ela queria lembrar eram aquelas palavras; elas perfuraram seu coração como adagas, uma após a outra, até ela fisicamente não aguentar mais. O medo, a paranoia, a solidão na floresta, a sensação do abandono, o desprezo das estrelas, tudo isso voltava para Florence. Ela tropeçou em uma raiz que saía do canteiro e caiu no chão, ralando as mãos ao tentar amortecer a queda. Seu sangue manchou a pedra acinzentada, misturando-se com a neve. O peito da garota subia e descia com violência; medo era tudo o que ela sentia, das pontas dos pés até o último fio de cabelo. Medo de o Inverno localizá-la, medo de ser enganada mais uma vez, medo de as vozes finalmente a encontrarem e medo de esse pesadelo que era sua vida não estar nem perto de acabar.

Ela aceitou o chão como o único lugar possível para si naquele momento e encostou a cabeça na pedra, chorando enquanto engasgava com os próprios soluços. De repente seu semblante se encheu de raiva e ela inclinou o corpo para cima, fitando o céu. Para sua revolta, mesmo em meio à neve que caía e às camadas acinzentadas de nuvens, as três estrelas ainda eram visíveis.

— Como vocês podem ser tão cruéis?! — ela balbuciou, tentando controlar as lágrimas. — Por que eu? Por que me rejeitaram? Eu nunca fiz nada para vocês! — Ela pestanejou, apontando para o céu.

— Florence? — a voz de Beor a chamou por entre as árvores. — Você está aqui?

Com um pulo, ela se levantou, respirando pesadamente, limpou o sangue da mão ralada no vestido e tentou secar as lágrimas no rosto o mais rápido possível. Beor não precisava disso; já havia chorado demais para ele, essa dor era só dela, para consumir e pesar apenas em seu coração.

— Ei! Você está bem? — Ele correu até a garota, preocupado, assim que encontrou seu rosto entre os galhos. — Eu vi que você não estava no fim das palavras de Dahra e... — Os olhos dele pararam no vestido. — Isso é sangue?

— Ah, eu caí, foi isso. — Ela forçou um sorriso, mesmo com o nariz inchado e os olhos vermelhos, e levantou as mãos.

O olhar de Beor suavizou e ela odiou ver o semblante de pena que tomou o rosto dele.

— Florence, eu sei o quanto tudo isso deve estar sendo difícil para você, mas não precisa sofrer sozinha.

— Não vai fazer diferença, Beor. Você não pode fazer nada para me ajudar, nem Dahra pode. — Ela bufou, tentando fugir dele, andando pelo caminho à sua frente, sem nem saber se a levaria de volta à festa.

— Eu posso ouvi-la! — ele insistiu, correndo atrás dela.

— Mas eu não quero falar! Que bem isso iria me fazer? Sem contar que não sei *como* poderia me ajudar; está tão perdido quanto eu.

Beor apressou o passo e parou na frente dela; o barulho da música já tocava a alguns metros dali.

— Isso não é verdade. Eu posso estar *levemente* perdido em quase tudo, mas eu tenho uma coisa: as estrelas. Elas nunca me deixaram — falou, convicto.

— Ah, porque você é o *preferidinho* delas! — Ela apontou o dedo bem perto do rosto dele, os olhos em fúria. — Nem todos têm esse privilégio.

Trombou em seu ombro e continuou a caminhar.

— Eu só vou voltar para a festa e comer até eu não sentir mais nada — balbuciou, a consciência do ponto em que havia chegado fazendo o choro entalar em sua garganta.

— As estrelas não te abandonaram, Flo. Eu sei que acha isso, mas não é a verdade.

Ela travou os pés, fazendo ele quase trombar nela, e virou o corpo.

— Você não sabe o que eu acho, nem o que eu quero. — Ela rangeu entredentes, os olhos vermelhos.

— Então me fala. O que você quer? O que eu posso fazer? — O olhar suplicante dele fez ela se assustar.

— Você... realmente se importa? — Ela franziu o cenho, confusa.

— É óbvio que sim.

Ela suspirou por um momento.

— Eu queria voltar para a minha casa, queria ver os meus pais de novo, queria *obrigá-los* a me pedirem perdão, por *tudo*... — A voz dela falhou.

Beor a fitou por alguns instantes, os dois parados um de frente para o outro; uma guerra inteira estourava dentro dela e ele não tinha acesso.

— Eu posso te levar de volta — ele falou finalmente, pegando-a de surpresa.

— O quê?

— Não no tempo, mas posso te levar de volta à sua cidade natal; talvez te ajude a processar isso tudo. Pode ver como ela está agora.

Eles estavam próximos e todo o mundo parecia em pausa; Florence deu um passo para trás e enfiou o rosto entre as mãos, respirando de forma sonora.

— Agora? — perguntou, indecisa, abaixando um pouco as mãos de modo que apenas seus olhos aparecessem.

— Você é quem sabe. Nós podemos, a espada nos leva a qualquer lugar.

Ela suspirou com lentidão, secando os olhos mais uma vez.

— Tudo bem, eu quero — falou de modo firme, com o olhar duro. — Me leve até Brie.

# 29

# A cidade destruída

A apenas alguns metros da grande tenda, onde o Festival do Lobo aconteceu, escondido pelos troncos de duas árvores de cor lilás, e abençoado pela neve que caía, Beor abriu um portal com a espada. O vento frio da noite roçava sua bochecha, enquanto a neve começava a cair com mais consistência. Parada ao lado dele, Florence pensou em sua vila e tudo o que indicasse sua localização: a região costeira, o mar revolto em alguns dias, o vulto de uma ilha que podia ser visto nas primeiras horas da manhã e as montanhas que cercavam a região ao fundo. O portal se abriu em luz, com uma onda de calor passando através dele. Beor olhou em volta e o atravessou, e Florence o seguiu. Assim que passaram para o outro lado, ele tirou a espada da terra, fechando o portal, e colocou o objeto de volta na cintura.

Eram as primeiras horas da manhã no outro continente e o sol começava a nascer em tons arroxeados. Beor suspirou em alívio ao sentir o toque do sol na sua pele, mas não conseguiu se sentir em paz; desde aquele primeiro momento já notou que havia algo errado ali. Eles haviam chegado na areia da praia, o mesmo lugar que viram nas memórias de Florence. A garota começou a caminhar apressada, a bota pesada afundando na areia, pisando em raízes e nas primeiras gramíneas que começavam a nascer, indo em direção às casas. Beor a seguiu e eles adentraram a floresta, deixando o mar para trás e já vislumbrando algumas construções ao longe.

— Está tudo muito quieto... — ela comentou com o cenho franzido.

— Deve ser por causa do horário — Beor sugeriu, mesmo que ele também tivesse estranhado aquilo.

— Não, mas Brie sempre foi cercada de animais, pássaros e esquilos. Eu não ouço nada...

A voz dela falhou quando eles pararam em frente às primeiras casas, construções caindo aos pedaços, tomadas por uma vegetação que crescia nas paredes e totalmente abandonadas.

— Não. — Florence tapou os lábios, em choque, e começou a andar.

Ela correu até a casa mais próxima, os olhos vidrados, as pernas bambas.

— A professora Harpia morava aqui.

A construção por dentro mostrava que, o que quer que tivesse ocorrido para que as janelas estivessem estouradas e o teto estivesse incompleto, havia acontecido há muito tempo.

— Parece que ninguém vive mais aqui. — Beor a alcançou a passos largos.

— Isso foi... o ataque dos lobos do Inverno, não foi? — A voz da garota falhava, partindo as palavras ao meio. — Foi muito mais agressivo do que eu pensava. Eles não apenas vieram atrás de mim; destruíram *tudo*.

— Talvez o Inverno quisesse punir seu pai? — Beor indagou. — Sua mãe, ela...

— Eu vi a minha mãe morrer bem na minha frente, atacada por um lobo — Florence respondeu. — Um pouco antes de meu pai correr comigo para a floresta. O Inverno não precisava fazer isso, ele já tinha nos tirado tudo.

Ela engoliu em seco e continuou a andar, deparando-se com mais casas em destroços.

— Será que foi minha culpa? — O olhar dela se voltou para Beor. — *Eu* condenei essas pessoas, Beor?

— É claro que não! — Ele baixou o rosto, arrependendo-se da ideia de trazê-la ali. — Espera. — Sua atenção se voltou para uma parte pavimentada da rua, agora com a pedra rachada e coberta por raízes.

— O quê? — Florence seguiu seu olhar, tentando entender.

— Eu já vi isso antes. Na vila abandonada onde conheci Erik. — Ele apontou para uma mancha preta que tomava conta do lugar, cobrindo alguns dos ladrilhos. — Deve ter algum lago escuro por aqui.

O garoto tentou encontrar o padrão nas construções seguintes e logo notou que todo o caminho à frente, assim como a borda de algumas casas, estava escurecido.

— Onde você morava? — perguntou, com a mente borbulhando.

— É mais pra frente, vamos.

Eles caminharam, saltando por cima de algumas raízes, escorregando em alguns musgos e sentindo cada vez mais calor com as roupas que, antes, os mantinham aquecidos em Morávia.

A casa de Florence era até simples para o que Beor estava esperando, tinha apenas um andar e um tamanho similar às outras pelas quais passaram. Nada que indicasse que uma estação viveu parte da sua vida ali. A garota parou na entrada, o corpo trêmulo e milhares de memórias voltando à mente. Desde que despertara no Palácio do Sol e recuperara suas memórias, ela pensou que odiava sua casa, o lugar onde todos os seus traumas e lágrimas residiam, o grande palco do espetáculo de mentiras que seus pais teceram e em que a fizeram acreditar. Mas, ali, Florence foi invadida por uma sensação diferente; ela sentiu saudade, uma saudade amarga, que sabia que não havia muitas coisas realmente boas ou belas em seu passado para sentir saudade, mas que sentia mesmo assim. Ela não tinha muito, mas tinha aquele curto intervalo que o sol a despertava pela manhã, enquanto Amaranta ainda não havia acordado e sua vida era puro silêncio e vazio. Podia contar nos dedos os dias em que seus pais não brigavam e que, pelo pouco tempo que durava o jantar, nada em toda a Terra Natural parecia melhor do que aquilo. Do que sua pequena casa que abrigava em igual medida suas dores e seus amores.

— É aqui — ela falou em um suspiro, saudosa, e passou pela entrada, que não tinha mais porta; ela fora arrancada e estava caída ao lado da casa, tomada por plantas e apodrecida.

Beor seguiu Florence, caminhando ao seu lado, enquanto ela girava o corpo, contemplando o lugar. Tudo estava ou destruído, ou tomado por plantas e poeira. A mesa da sala estava partida ao meio, o sofá estava rasgado com as espumas para fora e plantas cresciam entre os vãos. As prateleiras da cozinha estavam quebradas e penduradas umas nas outras, quase cedendo. O chão estava coberto pelas mesmas manchas negras, que eram muito mais fortes e profundas do que nos ladrilhos da rua; elas cresciam em círculos como fungos, comendo a madeira e afundando o chão, gerando sulcos profundos. Beor sentiu um arrepio ao notá-las e começou a caminhar até elas, enquanto a garota ainda tinha o olhar parado no sofá. A mancha-fungo era grotesca, tinha algumas bolhas nas bordas e parecia estar crescendo sem parar, e continuava a se espalhar para dentro de um quarto cuja porta havia sido tomada por completo, tornando-se totalmente escurecida.

Cauteloso, Beor empurrou a porta do quarto com o pé, fazendo uma onda de poeira e teias minúsculas voarem pelo ar. A madeira rangeu com seu peso e ele adentrou aos poucos.

— Ei, Florence, de quem era esse quarto? — ele falou por cima do ombro.

A garota pareceu não ouvir, estava agora do outro lado do cômodo, diante da porta da cozinha.

O quarto, mesmo com as janelas quebradas e a aurora raiando do lado de fora, estava envolto em densa escuridão. Beor já havia visto isso antes, no palácio, quando Florence entrou em transe. Ele retesou o maxilar e segurou a espada na bainha; todo o seu corpo estava em alerta agora. O quarto era simples, triste até, tinha um armário caindo aos pedaços na parede da frente, ao lado da janela, e o algodão do que um dia poderia ter sido um colchão estava espalhado por todo canto. Do outro lado, logo depois da porta, estava o estrado de uma cama. A madeira estava apodrecida e a parte do centro estava quebrada e retorcida para baixo, com as lascas formando um círculo que revelava algo.

Beor segurou a respiração, sua espada começou a brilhar de forma involuntária, e ele a desembainhou na mesma hora. Havia algo sob a cama, algo que havia sugado a madeira e causado as manchas.

— Flo, você precisa vir aqui, agora! — ele gritou, dando um passo para trás.

— O quê? — A garota apareceu na porta, com o semblante assustado. — Meu quarto.

Ela tapou os lábios, com os pelos de seus braços se arrepiando.

— Seu quarto?! — Beor exclamou. — Tem certeza?

— É óbvio que eu tenho certeza, passei minha vida toda aqui.

— Você mentiu para mim? — A voz de Beor saiu decepcionada e ele virou o corpo para ela. — Disse que nunca tinha visto um lago escuro.

— E eu nunca vi! Estava falando a verdade.

— Por que então tem um lago escuro bem *embaixo* da sua cama?

— É o quê? — ela balbuciou, caminhando até o estrado.

— Flo, não. — Beor segurou o braço dela, mas ela foi mesmo assim. — Eles são instáveis e hipnotizantes, falam *coisas* com você.

— Não faz sentido. Eu saberia se tivesse um buraco dentro do meu quarto… — Ela encostou na madeira e ajoelhou, o que fez Beor dar um pulo.

— Nós realmente não deveríamos chegar perto, falo por experiência própria — ele disse, aproximando-se e tentando puxar os braços dela, que relutava. O lago de superfície prateada movia seu líquido, respondendo à presença deles; parecia mais vivo do que nunca.

— Um portal, bem embaixo da minha cama. — O peito dela subia e descia e o líquido prateado parecia tão calmo, quase hipnotizante.

Mas foi aí que ela ouviu.

*Florence.* A voz sussurrou no canto da sua mente. *Você nos encontrou. Venha para nós, venha para casa.*

Sem conseguir controlar seus membros, ela estendeu o braço, sendo puxada como um ímã. Seus dedos finos tocaram a superfície gelada. No mesmo instante, uma outra mão surgiu de dentro e se prendeu a ela, manchando seu braço de cinza.

— Aaaaaahh! — ela berrou, assustada.

— Não! — Beor jogou o corpo ao lado da garota e agarrou seu braço, tentando puxá-lo.

Eles puxaram com força, até que finalmente o braço da garota se desprendeu da água com violência e ambos caíram para trás, ofegantes. Mas foi apenas quando caíram que notaram que algo continuava errado; a mão feita de líquido e sombra havia ido junto; ela ainda estava presa ao braço de Florence, esticando-se de forma grotesca como um braço longo e deformado, que continuava conectado ao lago, estendendo-se para fora.

— Aaaah, tira de mim, tira! — Florence gritou, esperneando.

Beor se levantou em um pulo, deixando Florence no chão, e desembainhou sua espada, porém, nesse momento, outro braço que parecia feito de fumaça emergiu do lago, atacando-o de uma vez. Beor desviou, assustado, e cortou o primeiro braço que se agarrava a Florence. O braço sem mão se debateu no ar, como se sofresse, e então, de dentro da fumaça negra, outra mão começou a crescer.

— Vem! — Beor puxou Florence para cima pelo braço, enquanto seus olhos se mantinham fixos no estrado da cama.

Os dois braços se apoiaram no material para saírem por completo do lago, terminando de quebrar a madeira e impulsionando para fora o que parecia ser o corpo ao qual eles pertenciam.

— O que é isso? — Florence balbuciou com as pernas trêmulas, enquanto se colocava de pé.

— Alguma criatura do outro lado, com certeza.

— Isso aconteceu quando você encontrou o lago também?

— Não, nem nada parecido. Vamos! — Ele puxou a garota pela mão enquanto a criatura saía do lago, ganhando forma.

Era um ser sem olhos, com braços esticados e muito finos, mas que ainda lembravam braços humanos, e com um corpo encurvado; a parte de baixo era mais grossa e crescia se espalhando, sem forma específica, com quatro pernas que mais pareciam patas. A criatura era escura e parecia ser toda composta de fumaça e líquido, que ficavam balançando, ocasionalmente alterando o formato de alguns membros do corpo.

Beor e Florence viraram os corpos e correram juntos até a saída da casa, mas, quando estavam prestes a atravessá-la, algo se prendeu ao pé da garota, puxando-a de volta com violência. Florence caiu com um baque seco, batendo o rosto e o tórax com força na madeira. A forma a puxou de maneira abrupta com o que parecia ser um rabo ou terceiro braço que ela não pôde reconhecer. Olhando de frente, ela percebeu que a criatura tinha um rosto, mas ele não era na cabeça, e sim na barriga, bem ao centro. Pequenos olhos brancos sem pupila a fitavam, com a boca se abrindo como um buraco negro, crescendo cada vez mais, pronta para sugar tudo.

Beor atacou o monstro mais uma vez, mas suas mãos tremiam e ele não segurava a espada com a mesma segurança de antes; aquele à sua frente não era um humano ou algum adversário a sua altura, era um monstro vindo direto de seus piores pesadelos. O garoto tentou cortar novamente o braço que segurava Florence, mas o membro se moveu na mesma hora, erguendo a garota no ar. Ela foi arremessada para cima com força, em direção ao teto de madeira apodrecido, e tudo o que fez foi colocar as mãos na frente do rosto, prevendo o baque que decerto a machucaria. Porém, a dor nunca veio. No instante em que suas mãos encostaram na madeira, o material se tornou líquido e todo o teto da casa se dissolveu em água, que caiu sobre eles. Isso foi o suficiente para confundir o monstro, que afrouxou as garras sobre a perna dela. Florence se debateu e chutou, com o corpo de cabeça para baixo, enquanto Beor atacava o monstro nas pernas com um corte firme, ferindo as sombras que compunham a criatura. Com o corte da espada, os dois pés da frente se separaram do corpo e logo evaporaram, fazendo a criatura cair para a frente com a perda da estabilidade.

— Ahhh! — Florence gritou enquanto caía, finalmente sendo solta pelo monstro.

Beor pegou impulso e voou a tempo de segurá-la no ar antes da queda, colocando-a no chão de forma desengonçada enquanto eles já começavam a correr.

— Eu não sei se consigo matá-lo, os pés estão crescendo de novo — ele notou, enquanto ambos avançavam para o lado de fora da casa.

Atrás deles a criatura bufava e rugia, arrastando seu corpo gasoso pelo chão, enquanto as pernas de trás se debatiam, sem conseguirem ficar em pé, e as da frente iam crescendo outra vez.

— Abra um portal, agora! — Florence pediu, o coração acelerado.

— Que bom que pensamos a mesma coisa!

Eles corriam, já a alguns metros de distância, e Beor fincou de uma vez a espada na grama. Ele sempre havia achado o processo bem rápido, mas naquele momento parecia excruciantemente lento, as raízes se enrolando e subindo como uma valsa demorada.

— Vamos, vamos — ele falou entredentes.

— Ele está chegando! — Florence se agarrou ao braço do garoto. O monstro agora já estava de pé novamente e trombava entre as árvores, recuperando o equilíbrio; onde quer que ele tocasse, tudo murchava e perdia a vida.

— Eu sei, não precisa ficar repetindo, só mais um instante...

As raízes finalmente se uniram, formando o círculo oval do portal.

— Morávia, nos leve de volta para Morávia. O Festival do Lobo — Beor berrou, inconformado com a lentidão da espada.

O círculo brilhou e uma paisagem começou a se formar do outro lado.

— Beooor, ele tá correndo agora!

— Pelas estrelas, vamos! — Ele puxou a garota pela mão e pularam juntos através do portal, antes mesmo de a imagem ser revelada por completo.

No momento em que seus pés pisaram no solo moraviano, Beor se contorceu e empunhou a espada, tirando-a do chão de uma vez e, assim, fechando o portal. A última coisa que viu foi o rosto da criatura, a centímetros do seu, sendo separado do corpo pelo portal que se fechava.

# A cabeça flutuante

As pessoas haviam voltado a beber e comer, e a banda de guardiões tocava uma melodia animada e revigorante.

— É um belo ritual, devo admitir. — Erik se aproximou de Dahra, que estava em pé na ponta da tenda, o corpo encostado na estaca, observando a banda enquanto cantarolava a música sem emitir qualquer palavra.

Ela apenas o encarou de canto de olho, e logo a leveza de seu semblante se dissipou.

— É uma surpresa que alguém como você pudesse apreciá-lo.

— Talvez esteja equivocada sobre mim, rainha, assim como eu estava sobre… *você*.

— Estava? — Ela arqueou as sobrancelhas; agora ele havia captado toda a sua atenção.

— Não que um só dia baste, mas não é a bruxa sanguinária que eu pensava; pelo menos não por inteiro; a forma como ama seu povo e se importa com a garota mostram isso. Eu também não conhecia sua história, como deixou sua tribo e chegou até aqui.

Dahra desviou o olhar; o passado era o último lugar para onde gostaria de voltar, em especial com um homem desprezível como ele.

— Usif os levou até o mural… — ela presumiu.

— Sim, foi uma experiência revigorante, colocou à prova muitas de minhas aulas de história. Sabia que sempre foi contado que você assassinou seu marido?

A rainha conteve uma risada e revirou os olhos.

— Não é como se o pensamento não tivesse passado pela minha cabeça em alguns momentos.

— Isso não apaga seus crimes de guerra, é claro, e todos os povos que dizimaram em sua campanha para que Morávia crescesse.

O semissorriso desapareceu do rosto da monarca, que se tornou frio novamente.

— Eu não me orgulho do que a guerra nos leva a fazer, mas pelo menos tenho algo pelo que lutar. Não penso que já teve isso, senhor Crane; sempre lutou por causa nenhuma e matou por nada mais que dinheiro.

— Está enganada, eu sempre tive uma causa muito nobre: a minha própria. Quando não se é aceito em nenhum lugar, nem mesmo pelo próprio povo, uma hora você cessa com as tentativas de se encaixar, de se diminuir o máximo possível para que tenha um lugar onde repousar a cabeça pela noite, uma bandeira para chamar de sua. E você entende que aquilo que não lhe é dado por direito, com influência e poder suficiente, pode muito bem ser imposto. Não somos tão diferentes, eu e você. É o que faz aqui, todos te temem e por isso é aceita, por isso opera esse cargo com tanta maestria. Mas já foi rejeitada como eu, já teve de partir por não caber em qualquer espaço.

— Por que Tumbra o renegou? — Ela cruzou os braços; seu sangue ardia de raiva pela menção do passado, mas sabia que o homem não estava completamente errado e, se pudesse usar daquilo para também pegar algo sobre ele que fosse importante, então valeria sustentar o teatro.

— Tumbra é um reino profundamente místico; me consideram um demônio e, portanto, alguém que trará maldição para eles. Todos os meus antepassados foram perseguidos da mesma forma, todo desastre natural que acontecia, a culpa recaía sobre minha família. Tentaram até queimar meu pai na fogueira uma vez, mas o fato de que ele não morreu só piorou os boatos. Minha nação é tudo o que eu tenho, mas também é a responsável por tudo o que eu perdi — ele disse, com a voz amargurada.

Dahra suspirou, entendia o paradoxo de amar e odiar um povo ao mesmo tempo.

Mas, antes que pudesse falar qualquer coisa, faíscas douradas surgiram bem no centro da tenda, transformando-se em um rasgo no ar, de onde de repente saltaram Beor e Florence, pousando no chão de pedra. Atrás deles vislumbrava-se a cabeça de um animal irreconhecível. Beor recolheu sua espada que segundos antes também surgira cravada no solo, e o rasgo desapareceu no ar, fazendo com que a cabeça daquela criatura fosse decepada e rolasse pelo piso.

Ambos carregavam semblantes aterrorizados e estavam em um estado deplorável, encharcados até as botas. A banda parou de tocar e todos fitaram a dupla de convidados com surpresa e confusão no olhar. Um silêncio sepulcral tomou conta do espaço, enquanto nem Beor nem Florence conseguiam formar palavra alguma, tomados pelo choque de terem escapado por tão pouco.

A cabeça da criatura rolou pelo piso até parar sob os pés da rainha, que se abaixou para observá-la, com os pelos do braço imediatamente se arrepiando. Ela ergueu o olhar, confusa, até as estações.

— O que é isso? — Sua voz, pela primeira vez, transmitia temor.

— Olhe, está se dissipando! — Um guarda gritou de pavor, apontando para a cabeça da criatura, que começava a virar poeira.

Em segundos o monstro não estava mais lá e tudo o que havia sobrado era uma poeira negra, parecida com fuligem, no chão.

— Nós não sabemos — Beor falou, recuperando o fôlego. — Durante a festa, Florence e eu decidimos visitar Brie, a vila em que ela cresceu, apenas para... aplacar sua saudade, mas lá encontramos um lago escuro, de onde essa criatura saiu.

Uma série de *Oh* foi ouvida por entre os guardiões, eles encararam uns aos outros, confirmando que haviam ouvido a mesma coisa.

A rainha deu um passo à frente, mudando sua postura, e olhou em volta, fazendo com que todos os guardiões reconhecessem o que aquele gesto significava: a festa havia acabado.

— Todos retornem para seus postos — ela ordenou, e o clima no lugar não era mais de celebração.

A banda começou a desmontar os instrumentos e logo a tenda foi desfeita, e as bandeirolas e cordas, recolhidas.

— Vocês — Dahra mirou as três estações —, venham comigo.

O escritório de Dahra era mais um dos raros privilégios que havia sido concedido aos visitantes; diziam que nenhum guardião além de Usif, seu conselheiro pessoal, já havia entrado lá. Era um cômodo largo, polido em pedra branca, com uma janela oval que mostrava a área rural de Morávia, a que se estendia do outro lado do castelo, e um pouco do oceano ao fundo, com a muralha que protegia a nação podendo ser vista dentro do mar, cobrindo parte da água também. O aposento ostentava uma grande lareira que queimava em tons de azul, uma mesa retangular próxima à janela e uma outra oval ao centro, para reuniões. Contudo, o que mais se sobressaía no cômodo era um quadro na parede oposta à da lareira, maior do que o tamanho médio de uma pessoa, com uma pintura detalhada de Ignon Tokra, o antigo rei e marido de Dahra.

Erik fez uma careta ao notar o item decorativo, mas tentou disfarçar enquanto se sentavam na mesa oval. Beor também achou o tamanho um pouco exagerado, mas aquela era a última coisa em sua mente no momento. Ele já havia se secado por completo e Florence se sentou ao seu lado, enrolada em uma manta lilás que Dahra lhe havia entregue.

— Se eu não estiver errada, sei o que é o monstro que trouxeram com vocês — a rainha falou, assim que todos se sentaram.

Apenas Usif permanecia parado à porta, mas estava tão atento à conversa quanto os outros.

— Há lendas sobre eles em todo o folclore de comunidades próximas a lagos escuros. Eles constantemente eram tidos como criaturas que invadiam os sonhos, que espreitavam na escuridão, debaixo das camas, apenas aguardando as crianças dormirem — a rainha comentou, e Florence engoliu em seco, apertando ainda mais a coberta em volta do seu corpo. — Algumas das histórias os chamavam de bicho-papão, manjaléu, mas… Amaranta os chamava de *obscuros*.

Beor repousou as costas na cadeira, atento.

— Estava certo, pelos relatos dela, de que eles existiam na Terra da Escuridão Perpétua, mas eu duvidava de que eles pudessem atravessar para o nosso mundo — Dahra continuou.

— Ele era diferente de todo animal que conheço, até mesmo dos lobos do Inverno. Quando lutei contra ele foi muito difícil feri-lo, acho que eu nem conseguiria matá-lo, não parecia ser sólido… Seu corpo era líquido e ao mesmo tempo gasoso. Não fez qualquer sentido. — Beor balançou a cabeça, tendo dificuldade de aceitar o que havia presenciado.

— E de fato não faria sentido para nós; a matéria que os compõe é completamente oposta à matéria que compõe tudo em nossa terra. Nós, humanos, os animais e a natureza, todos somos feitos de matéria estelar, é o código criacional em cada um de nós. Mas eles não; obscuros são feitos de matéria escura, é algo tão oposto a tudo o que somos que nossa mente tem dificuldade de compreender.

— Mas e os humanos que vivem na Terra da Escuridão Perpétua? A minha mãe, ela tinha suas diferenças, mas não era como ele; ela era de verdade, inteira.

— Eu sei. — A rainha cruzou os braços; era visível em seu olhar que revisitava algo. — Existe, na história do início da luz, um relato de humanos que foram sentenciados à Terra da Escuridão Perpétua bem quando ela foi criada, no início de tudo. — Ela coçou os olhos. — Eu não me lembro mais da história exata, já faz muito tempo. Mas sei o local onde ela está guardada e acredito que, a esse ponto, devemos ir até lá.

— Que local é esse? E por que ele teria a história do começo do mundo? — Beor ficou intrigado, estranhando como um local humano teria tantas informações.

— Porque, meu caro e jovem Verão, você não sabe tudo sobre o que existe. No passado remoto existia uma outra classe de pessoas que serviam às estrelas, os sacerdotes. Após a conclusão da Guerra Estacionária, as duas ordens das estações foram criadas com a ajuda deles, um grupo infinitamente mais antigo e sábio, com um objetivo muito diferente do que prevenir guerras. Eles perderam força e deixaram de existir há muito tempo, e o que nós vamos visitar é o seu último templo conhecido. O templo da religião esquecida das estrelas.

— Eu me lembro de ler algo sobre eles nos relatos da Guerra Estacionária, mas não foi explicado exatamente o que eram... — A voz de Beor saiu frustrada.

— Pois é, nem Augusto conhecia muito sobre a história dos sacerdotes, parece que, por algum motivo, não existem registros sobre eles no Palácio do Sol nem na Ordem Fileneana, o que é, na minha opinião, no mínimo suspeito. — Ela o olhou com o canto do olho.

— E como você sabe? — Foi Florence quem perguntou dessa vez.

— Porque, bom, é uma antiga história de família. Os antepassados do meu marido... — O olhar dela foi até o mural com a pintura. — Eles eram sacerdotes, ou o que havia restado deles. Esse templo só existe ainda porque era um templo familiar, recluso, escondido entre as montanhas.

— E por que esses sacerdotes deixaram de existir? — Beor indagou, com a frustração ainda estampada no rosto.

— Por inúmeros motivos, eu acredito. Os sacerdotes eram responsáveis por lembrar a humanidade das três estrelas, apontando de onde todos haviam vindo e para onde estavam indo. Algumas estações do passado foram profundamente contra eles, não concordando com a ideia de que as estrelas devessem ter um lugar para serem adoradas, como se eles, *servos*, pudessem falar pelas estrelas. O povo perdeu a fé e se desinteressou por sacramentos e liturgias, e, com os séculos, os templos caíram no esquecimento. Porém, eles ainda existiam, e um ou outro sacerdote era ordenado para a manutenção e conservação, geralmente um cargo que passava entre os membros da família. Pelos registros, só havia dois templos nas Terras do Sol, parece que a religião nunca pegou muito por lá; um foi destruído por guerras territoriais na região de Umar séculos atrás, e o outro foi derrubado na tomada de Filenea, quando o Verão Louco tomou o poder e assassinou o último rei sobre o trono de ouro.

Um nó se instalou na garganta de Beor e ele olhou para baixo, revivendo as cenas que testemunhara em sua visão dentro da espada: o caos, as pessoas gritando, a cidade em chamas.

— Você parece saber muito sobre a história de todo o mundo — Erik comentou, com um olhar sóbrio, cortando o raciocínio do Verão.

— Eu sou a única ardo do meu continente, não seria por menos.

— E deixa eu adivinhar: os templos deste continente foram destruídos pelo Inverno, certo? — disse Florence, arqueando as sobrancelhas.

— Sim, infelizmente. Os sacerdotes e seus templos já foram uma crença rica e popular, que muito ensinou a humanidade a olhar mais para as estrelas, porém hoje não passam de escombros, caídos no esquecimento, nem mesmo lembrados pela história — ela falou com tristeza; aquela lhe era uma dor pessoal.

— Se ainda existe um templo aqui, por que não o retomam? Por que não levantam outros sacerdotes? — Erik sugeriu, dando de ombros.

Dahra soltou uma risada balançando os ombros; não era sarcástica, mas sim dolorosa, como se ela mesmo já tivesse pensado naquilo.

— Não é assim que funciona; dizem que, da mesma forma que as estações, um novo sacerdote deveria ser levantado pelas próprias estrelas. Sem contar que é como se aquela estrutura e tudo mais que cercava o templo e a crença deles simplesmente não funcionasse mais para os nossos dias. Vocês vão entender quando formos lá amanhã.

— Então vamos visitá-lo amanhã? Presumo que esteja estendendo nossa visita assim? — disse Beor, lembrando-se que a rainha lhes havia permitido ficar apenas por um curto período de tempo.

— Devido às circunstâncias, é claro. Eu não poderia deixá-los ir, não agora que está cada vez mais evidente que precisamos trabalhar juntos. — De repente o olhar dela parecia estar longe, como se voltasse ao passado e mirasse o futuro ao mesmo tempo. — Talvez seja até por isso que a árvore primordial me escolheu e as estrelas me mantiveram viva até hoje, Beor. Para que eu os ajude; e talvez assim, entendendo o que o inimigo planeja, e como você — ela fitou Florence — e a Terra da Escuridão Perpétua se encaixam nisso, o Inverno seja finalmente derrotado.

# 31

# Escolher entrar na história

Florence já estava em seu quarto, sentindo-se esgotada após a série de eventos traumáticos que haviam constituído aquele dia. Ela tinha acabado de se livrar das roupas semimolhadas e manchadas de terra e estava encolhida dentro da banheira; a água quente ajudava a acalmar seu corpo tensionado. Sua cabeça estava encostada nos joelhos e seus olhos, fechados, enquanto absorvia o silêncio ao seu redor. Toda aquela situação era muito conflitante para ela. Para alguém que ainda não encontrara motivo suficiente para continuar vivendo, ela não deveria sentir medo de morrer, certo? Se se sentia tão vazia quanto uma folha seca levada pelo vento, então por que se importaria de a folha ser amassada ou não? Porque, naquele momento em que corria do monstro onde um dia foi sua vila ou, toda vez que pensava no Inverno a procurando, ela encontrava em si um desejo de continuar... ainda existindo, ainda sendo levada para algum lugar, mesmo que não soubesse para onde. A verdade incômoda que a abateu naquele instante é que ela queria viver, só não sabia ainda por que nem para quê.

Ela saiu da banheira e colocou as roupas mais quentes que encontrou no armário, depois caminhou encolhida até a larga poltrona que havia ao lado da cama. Acima de tudo, ainda tinha a *cama*. Ela teria que chamar algum criado para ver a possibilidade de o móvel ser trocado ou de ser levada para algum outro aposento. Mas se sentia tão esgotada naquele momento que nem sabia por onde deveria começar a explicar a estranha anomalia. Talvez adormecesse ali na poltrona mesmo.

Uma batida ecoou na porta assim que escorregou sua cabeça para o braço da poltrona, fazendo-a reagir com um sobressalto. Ela levantou rapidamente e correu para atender, pensando que provavelmente seria Beor. Talvez ele a ajudasse com o assunto da cama.

— Beor … — Ela escancarou a porta, falando sem antes ver quem a esperava.

— Desculpe, querida, você esperava o Beor? — Dahra perguntou, olhando para o corredor.

— Não. — Florence coçou a garganta. — Não esperava, não, pode entrar.

Dahra sorriu e caminhou para dentro do cômodo, enquanto Florence fechava a porta com uma careta, sabendo que agora não poderia mais esconder a transmutação.

— Pelo grande Lobo, o que é isso? — Dahra exclamou, com as sobrancelhas arqueadas.

— Lembra quando comentei sobre conseguir mudar a matéria das coisas? Pois bem, aconteceu pela manhã, eu acordei e a cama estava… assim. — A garota suspirou, o rosto ruborizado de vergonha. — Eu sinto muito, não queria estragar sua cama.

— Não se preocupe com a cama, querida; vou pedir que os criados venham retirá-la, e você pode se alocar no quarto ao lado, se não for problema — a mulher falou, ainda mesmerizada com o que via.

— Claro, eu agradeço muito!

— Já havia feito algo assim antes? Penso que deva exigir muito poder para transmutar uma cama desse tamanho.

— Já vivenciei algumas coisas estranhas na infância, mas nada dessa magnitude — a garota comentou, sem graça.

— Tudo bem, não se preocupe com isso por enquanto, já temos coisas o suficiente para pensarmos.

Florence assentiu, e continuou observando a rainha, ainda sem compreender o que a havia trazido até ali.

— Ah, eu tenho algo para você. Quando vocês chegaram ontem, eu me lembrei de uma coisa. — Ela carregava uma pequena caixinha de madeira escura em suas mãos. — Seu pai me deu isso na última vez que nos vimos, uns cinco anos atrás. Ele convocou um encontro comigo em Oltuse, parecia pressentir sobre a morte dele e falava algumas coisas que não faziam sentido. Ele tinha certeza de que você estava viva, em algum lugar, e me fez prometer que, se algum dia eu a encontrasse, lhe entregaria isso.

Dahra estendeu a pequena caixinha, que Florence pegou, relutante. Ela virou o objeto nas mãos, ouvindo o barulho de algo se mexendo dentro, e então o abriu. Lá havia um colar; a corrente era dourada e fina, e o pingente de uma pequena pedra brilhante de tom amarelo estava preso a ela. A peça era estreita e longa; havia sido lapidada e emanava uma luz natural.

Florence pegou o acessório na mão e sentiu o choque da pedra gelada contra sua pele.

— O que é isso? — Ela ergueu o olhar.

— Além de um colar, eu não sei. Ele não me contou de seu significado, ou mesmo se tem algum. Venha, deixe-me colocar em você.

Florence virou de costas, puxando seu cabelo para um lado, enquanto Dahra pegou o colar de suas mãos e o prendeu delicadamente no pescoço da garota. Ela, então, puxou o cabelo da menina para trás de volta, penteando com os dedos uma ponta ou outra que estava embolada. Foi um gesto rápido, mas significativo. Florence sentia falta de ter uma mãe, de ter alguém para ao menos arrumar seu cabelo ou lhe colocar um colar, e só percebeu isso naquele momento.

— Obrigada. — Florence suspirou ao se virar para Dahra. — É muito bonita.

Ela fitou a pedra, segurando-a firme entre os dedos. Era consolador saber que seu pai havia deixado algo para ela, que ele havia pensado e se importado pelo menos com isso; a fez se sentir menos sozinha, um pouco menos esquecida.

— Querida, eu sei que nada disso é fácil para você. Mas eles te amavam, mesmo não sendo pais perfeitos, e acreditavam em você da mesma forma que eu acredito. Porém, algo vai ser essencial a partir de agora e me sinto na responsabilidade de te alertar sobre isso.

— O que é? — a garota perguntou, cruzando os braços, com o olhar profundo e perdido.

— Eu entendo o quão horrível é tudo isso para você, mas até esse momento você só tem sofrido as consequências de tudo o que foi feito a você, escolhas de *seus* pais e dos ancestrais, que vieram antes deles. Mas, para aguentar o que está por vir, você vai ter que querer entrar na história por conta própria. Precisa entender que você é apenas filha deles; não é *eles*. Agora que já sabe de tudo, precisa escolher por si própria o caminho que vai seguir. Eu sei que não parece justo lhe cobrar algo assim em tão pouco tempo, mas o Inverno também não tem sido justo com nenhum de nós. E você, eu não sei como, mas eu sei, vai ter uma parte importante em tudo isso. É como se o tempo a tivesse guardado até esse exato momento, para que você fosse finalmente liberada.

— Não… — A feição de Florence mudou. — Não mesmo! Eu fui aprisionada em uma floresta por árvores cruéis e uma conjuração que deu errado. Se o tempo fez qualquer coisa foi se esquecer de mim e, agora, me cuspir em uma época à qual eu não pertenço — ela respondeu, dando um passo para trás e sentindo seu rosto esquentar.

— Eu não acredito nisso — Dahra falou com firmeza. — E olha que entendo muito bem o que é ser alguém aprisionada pelo tempo. Todas as pessoas que eu amei ou que já me conheceram de verdade estão mortas, mas eu continuo aqui. Por um milhão de noites eu pedi para partir e por um milhão de noites eu não tive resposta. Até que eu entendi, mais agora do que nunca, que eu, ou melhor, que nós duas estamos vivas para um tempo como este. Dizem que uma das três estrelas é responsável pelo tecido do tempo e que nenhum segundo de linha foge do toque de suas mãos.

Florence suspirou e fechou os olhos, as lágrimas querendo borbulhar para fora. Era fisicamente doloroso acreditar naquilo ou mesmo pensar naquela possibilidade.

— Eu sei que é mais fácil pensar assim, mas e se não for verdade? E se não houver tecido nenhum ou for tudo um emaranhado de nós impossíveis de desatar? Sem resgate, sem remendo... Porque é exatamente assim que a minha mente está, é assim que a minha vida parece no momento, só um emaranhado de coisas que deram muito, *muito* errado.

— Não você, não sua existência. Você não entende seu valor e... tudo bem, você é jovem e adolescente. Mas não pense que o inimigo não tem consciência dele, senão ele não estaria te caçando.

Um arrepio percorreu a espinha da garota e ela voltou o olhar assustado para a rainha.

— Reconhecer o peso que você carrega, independente do que você sente ou deixa de sentir, é o que vai torná-la forte.

— Forte? — Florence riu, mas lágrimas rolaram pelo seu rosto. Odiava ser assim, odiava sentir tanto. — Qualquer pessoa que olhar para mim vai ver que eu estou a um segundo de quebrar e me dissolver em pedaços. Eu sou... patética. — Sua garganta ardeu. — Sou a pessoa mais fraca que poderia existir.

— Mas esse é o segredo da força: ela quase nunca pode ser sentida e definitivamente não pode ser comprada. Nos tornamos fortes quando decidimos lutar, mesmo com medo, mesmo sabendo que por nós mesmas temos pouquíssimas condições de vencer. Não fugir já torna você forte, enfrentar uma onda que você sabe que vai quebrar e não sair correndo é a coisa mais corajosa que você pode fazer, é... força por si só.

— Mas não é a verdade, né? — Ela balançou a cabeça, contrariada. — A onda vai me arrebentar de qualquer jeito. O meu fim *continua* o mesmo. Eu sou fraca, no final eu perco.

— Não se você nadar. — Dahra sorriu. — Escolher viver é escolher pular na água, Florence, adentrar essa história por sua própria vontade. Buscar as estrelas e lutar contra o Inverno. Nesta ordem.

— Isso contando com o fato de que as estrelas me veem, mas você mesma me disse que eu vim de um povo abandonado por elas. Então não, não sei se eu consigo, não quando eu *sempre* me senti invisível para elas. Acreditar ou até mesmo querer acreditar seria ter esperança, e tudo... — A voz da garota falhou, e ela tomou fôlego. — Tudo o que eu fiz até agora foi esperar. Eu estou cansada. Esperei que os pesadelos na minha mente fossem embora quando eu crescesse, esperei que meus pais se amassem novamente, esperei que alguém fosse me buscar na floresta, mas nada disso aconteceu. — Ela secou os olhos com força, amaldiçoando a fincada que sentia no peito, que só crescia.

— Mas você nunca esperou pelas estrelas, não é? — a rainha sugeriu, com o olhar suave. — Talvez seja *essa espera* que faça a diferença: por quem você está esperando. Aposto o meu reino inteiro que as estrelas nunca deixaram de cuidar daqueles que esperam nelas. Pode até ser isso que seu pai queria dizer com esse colar. — Dahra o segurou nas mãos. — Olhando bem, ele até se parece com o brilho de uma estrela.

Florence acompanhou o olhar da rainha e notou que a pedra realmente pulsava em seu peito; parecia realmente estar viva, de algum modo.

— Apenas pense nisso, está bem? Você vai precisar.

A rainha abriu um sorriso doce e materno, e se aproximou, abraçando-a.

— Tudo bem.

Florence assentiu. Ela podia não ter muita coisa, mas admitiu naquele momento que tinha uma madrinha e tanto. Ela se deixou desmontar no abraço, mas ainda conteve as emoções até

Dahra ir embora. Então, duas criadas entraram e a direcionaram para o quarto ao lado esquerdo ao de Beor, que era praticamente idêntico ao anterior. Quando finalmente ficou sozinha, a garota se deitou encolhida no meio da cama, apertou a pedra do colar contra sua testa e pela primeira vez em muito tempo conseguiu recitar o credo completo antes de dormir. Isso não sem a doce e molhada companhia de muitas lágrimas.

# 32

# O templo das estrelas

Aquela manhã nublada parecia ser ainda mais fria que as anteriores quando eles deixaram a fortaleza moraviana. O palácio mal estava desperto e eles já haviam saído; Ogta nascia de forma tímida no céu, enquanto na terra uma carruagem de vidro partia rumo ao primeiro destino. Dahra havia explicado que o tal templo ficava a seis horas de distância e que o trajeto deveria ser dividido em dois: três horas de carruagem até uma base militar e, de lá, mais três horas pelo terreno íngreme das montanhas e da floresta montados em algum animal nativo. A viagem pareceu cansativa e Beor comentou com Dahra sobre a possibilidade de abrir um portal com a espada, mas ela recusou; lhe disse que encontrar o templo era uma jornada por si só, e que ela não deveria ser apressada ou encurtada.

Estavam todos trajando roupas mais grossas, e Florence estava coberta com diferentes camadas e uma balaclava que cobria todo o rosto e só deixava os olhos para fora; a previsão era de que a temperatura na floresta estivesse severamente mais baixa do que nas proximidades do palácio. Os ânimos não estavam os melhores quando eles partiram, por isso pouco foi dito no começo da viagem. Beor e Erik pareciam compartilhar a mesma parcela de confusão e curiosidade em seus semblantes e pareciam ambos sempre alertas; o garoto também segurava a bainha da sua espada de hora em hora, como se garantisse que ela estava ali. Florence estava encolhida em seu canto da carruagem e Beor tentou falar com ela de início, mas sem muito sucesso; a garota ainda processava os eventos da noite anterior. Dahra e Usif conversavam entre si sobre direções e algumas informações específicas demais para que os outros entendessem. Na frente da carruagem havia também um outro compartimento acoplado, de onde o cocheiro, que estava à frente, conduzia os cavalos de fora. Cavalos moravianos eram diferentes: eram maiores e mais robustos que os das Terras do Sol e seus pelos eram longos e grossos, quase arrastando no chão. A neve escorria como água corrente sob seus pés velozes, e, por mais que o tempo parecesse não passar tão rápido dentro da carruagem, do lado de fora os animais davam o seu máximo.

— Você tem alguma... teoria? — Erik foi o primeiro a falar depois de quase uma hora; a carruagem tinha dois bancos, um de frente pro outro, e ele dirigiu a pergunta para Dahra, que estava diante dele.

— Sobre o Inverno e seu plano? — ela questionou, cerrando as sobrancelhas.

— Sim. — Ele cruzou os braços enquanto o assento sacolejava.

A atenção de Beor foi atraída e ele fitou a rainha, esperando pela resposta.

— Eu não sei. Ele definitivamente quer algum poder que está na Terra da Escuridão Perpétua, isso é certo, mas eu não entendo o suficiente sobre esse mundo para dizer o que seria. Minha teoria é que ele vê Florence como uma ponte; talvez o poder que ele deseja só possa ser acessado por nativos de lá, e, por ela ter o sangue e ser até o momento a única habitante da Terra da Escuridão Perpétua viva nesta terra, ele deseja usá-la para conseguir esse poder para ele.

Florence ouviu tudo atentamente do seu canto, os braços ainda encolhidos.

— Mas ele vem me procurando há muitos anos; será que é isso que queria desde o início? — ela perguntou, livrando-se da touca para conseguir falar.

Seu cabelo ruivo se espalhou pelo seu torso, caindo como seda.

— Naquela época não me pareceu nada além de vingança e punição, mas talvez sim, talvez ele já tivesse tudo orquestrado.

— Não é só isso. Se ele precisasse de apenas um habitante da Terra da Escuridão Perpétua, ele tinha Amaranta, mas nós vimos na memória: ele *queria* a Florence — Beor falou.

— É verdade. — Florence assentiu, pensativa. — De algum modo... sou eu quem ele vem buscando há sessenta anos.

A ideia lhe deu arrepios, e ela subiu os pés para o assento e abraçou os joelhos.

Depois de mais algumas palavras esporádicas o silêncio tomou conta do lugar mais uma vez; o fato era que eles eram estranhos demais uns para os outros para sustentar qualquer conversa que durasse uma viagem inteira. Por isso, a próxima palavra que foi ouvida ali dentro foi o aviso do cocheiro de que tinham chegado à primeira parada, uma base reclusa de guardiões.

O lugar era pequeno e simples, se comparado à magnitude do palácio. Os viajantes desceram da carruagem e foram levados até o interior daquela construção, enquanto, do lado de fora, uma forte tempestade de neve já tomava a paisagem.

Guardas silenciosos os receberam; eles usavam armaduras mais revestidas que as do palácio e pareciam muito solitários, como se ninguém fosse até eles há algum tempo. O grupo caminhou até a parte de trás da base, onde se depararam com um alto estábulo. Um par de animais que Beor nunca tinha ouvido falar preenchia o lugar; eles se assemelhavam a ilustrações de elefantes que ele já vira em livros, mas, ao mesmo tempo, eram completamente diferentes. Eram peludos como ursos e tinham trombas que se arrastavam pelo chão e presas gigantes encurvadas. O primeiro estava com uma espécie de sela, um compartimento de metal com uma porta amarrada ao seu corpo.

— A partir de agora o terreno se torna mais instável e nenhuma carruagem seria capaz de nos carregar até lá. Mas ele vai fazer o trabalho — Dahra falou, apresentando-os aos animais.

— O que é isso? — Beor perguntou, embasbacado.

— São mamutes. Uma das criaturas mais fortes do nosso continente. Este é Uthe, e ele vai nos levar até o templo; já esteve lá antes. — Ela se aproximou do animal e tocou sua presa de marfim, e ele moveu sua tromba até a cabeça dela, cumprimentando-a carinhosamente.

— Ele é seguro? — Florence indagou, aproximando-se involuntariamente de Beor.

— Não, nenhum mamute realmente é, mas é um bom animal, cumprirá sua missão.

— Eu servirei à minha rainha — a voz do animal saiu retumbante, pegando a todos de surpresa.

— Ele fala… é claro. — Beor exasperou-se, maravilhado.

— Os animais de Morávia se retraíram muito para si mesmos, geralmente só conversam entre si, mas Uthe é um antigo amigo forjado pela guerra.

— Não sinto saudade. Da guerra — o animal respondeu com dificuldade, como se não formasse frases há muito tempo.

— É claro que não, meu querido, ninguém sente — Dahra respondeu, acarinhando sua tromba.

— Você disse que não visitava o templo há muitos anos; como ele pode saber o caminho? — Erik perguntou.

— Porque os mamutes de Morávia são os mais longevos dessa região, meu companheiro de muitos anos é o único que verdadeiramente entende o meu fardo. Foi ele quem me carregou até o templo pela última vez.

Uma escada de madeira foi aberta ao lado do grande animal, que tranquilamente comia frutas frescas no chão, de uma cesta que a rainha trouxera do palácio. Um a um eles foram subindo e se encaixando no pequeno compartimento. O teto era mais baixo, o que deixou Florence claustrofóbica, mas pelo menos havia pequenas janelas de vidro, por onde eles poderiam observar a paisagem.

O corpo de Beor doía por ficar tanto tempo parado, e ele já se sentia exausto quando Uthe deixou a base. A ideia de que poderia acabar com tudo aquilo em somente alguns segundos com a espada sempre lhe voltava à mente, mas ele cruzava os braços e afastava o pensamento.

Andar de mamute acabou sendo ainda pior do que parecia; o compartimento chacoalhou durante todas as três horas que eles ficaram presos ali. O espaço pessoal era simplesmente extinto quando Florence caía em cima de Beor, ou ele trombava em Erik e Erik caía sobre Dahra; pelas caretas que fazia, a própria rainha parecia ter se arrependido da ideia, mas agora já era tarde demais. Usif e o cocheiro não os acompanharam devido à falta de espaço, e permaneceram na base antes de retornarem ao palácio. Uthe percorria o caminho diligentemente; não havia nenhum humano guiando o animal, ele mesmo sabia para onde ir. Quando Dahra abaixou a cabeça, fitou a pequena janela com atenção e anunciou que eles estavam chegando, todos suspiraram de alívio.

O templo estava escondido por uma grande montanha que se inclinava por cima da construção; neve cobria todo o arredor e a entrada estava selada por uma porta de pedra de aproximadamente dois metros de altura, que tinha uma pequena rachadura na base, espaço suficiente para uma pessoa passar. Eles desceram do mamute por uma escada de corda; as mãos de Florence ardiam quando ela finalmente tocou o chão.

— Por favor, vamos voltar pelo portal — ela resmungou para Beor quando eles chegaram.

Todos se reuniram no chão, próximos à entrada rachada do templo. A porta lapidada em pedra estava coberta por neve e as partes visíveis estavam desgastadas; os desenhos que outrora a decoraram já eram quase imperceptíveis.

O templo, construído bem na base da pedra que se estendia por entre árvores até se tornar uma montanha, era cercado por pinheiros brancos, idênticos uns aos outros. Beor notou antes de todos quando algo se moveu no meio das árvores. Ele virou o corpo em um pulo, sentindo uma presença a mais entre eles, algo que não pôde discernir, mas que o atingiu de vez como uma forte dor de cabeça, uma dor de cabeça, porém, que era até agradável e o fazia querer dormir.

O mamute foi o segundo a senti-lo e fitou o vão entre as árvores onde a criatura estava parada. Em um instante não havia nada além de neve e galhos; no outro, um branco e majestoso oghiro, maior do que as próprias árvores, estava parado. Mochka.

— Ah! — Erik deu um pulo para trás, enquanto Florence, ao seu lado, travou o corpo em susto, incapaz de se mover.

Dahra sorriu de forma sonora e olhou para os outros em volta.

— Não temam — ela falou com a voz surpresa e embargada. — Vocês viveram para ver o grande Lobo.

Beor soltou uma risada nervosa, mas teve de concordar com a rainha; mesmo com sua péssima experiência com oghiros no passado e o porte intimidador do animal, ele não conseguia sentir medo. Ele se sentia calmo e estranhamente protegido, tão protegido que sentiu sono, como se pudesse descansar pela primeira vez em um bom tempo. O Lobo cuidaria dele, o Lobo o protegeria. Beor piscou, questionando aquele pensamento repentino. O lobo os fitou por mais alguns instantes e pareceu inspecionar cada um deles com o olhar, então correu para dentro da floresta, desaparecendo em meio à neve.

No mesmo instante o sono em Beor desapareceu por completo e ele se sentiu mais alerta e em risco do que antes; tudo parecia um perigo em potencial sem a presença do lobo. Foi só então, quando o animal já havia partido, que notou que essa não tinha sido a primeira vez que sentira aquela exata presença. O lobo lhe era familiar, mesmo que ele nunca o tivesse visto antes.

— O que... foi isso? — Florence perguntou depois de alguns segundos de silêncio.

— Um sinal de que estamos no caminho certo, o Lobo nos acompanha — Dahra respondeu. — Vamos, está escurecendo e teremos ainda menos luz a nosso favor.

Enquanto Erik ainda processava o encontro com a criatura que sempre perturbara seus pesadelos na infância, Dahra já se dirigia ao pequeno vão na entrada. Acompanhando a rainha, eles entraram pelo buraco, um após o outro. Beor foi o último a entrar, e quando estava prestes a passar para o outro lado, virou o rosto, inspecionando o lugar onde antes estava o lobo. Notou só então que alguns pelos brancos haviam ficado no chão, próximo à copa de uma das árvores, e correu prontamente até lá. Ele guardou os pelos no bolso e voltou para a porta, pulando para dentro de uma vez.

Estava completamente escuro lá dentro, mas a temperatura já era bem mais amena que o exterior.

— Verão, por gentileza, poderia iluminar o espaço? — a voz de Dahra pediu de algum lugar por entre a escuridão.

— Claro — Beor assentiu e desembainhou sua espada.

Ele girou o objeto estacionário em sua mão, e este se iluminou de uma vez como uma grande tocha. Seus olhos brilharam também com mais intensidade e todo o seu corpo parecia iluminar, mas não com o mesmo alcance da luz que saía da espada.

— Uau, não sabia que podia fazer isso — Florence comentou, surpresa. — É bem legal.

— Acho que vem junto com os poderes de uma estação da luz. — Ele deu de ombros.

Todo o lugar foi revelado pela luz alaranjada, as pilastras, o alto teto que adentrava a montanha, escavado na própria pedra, e as paredes circulares, todas lapidadas e com pinturas e escritos que agora descamavam ou já haviam desaparecido por completo.

— Sejam bem-vindos ao último templo das estrelas — Dahra falou com a voz embargada e um sorriso triste no rosto.

— É... rústico — Erik falou com uma careta.

— Ele já foi belo um dia, mais do que isso, glorioso — a rainha rebateu.

— Oh, eu não duvido, só estou dizendo. — Ele levantou as mãos.

Dahra o ignorou e foi até a parede, caminhando por toda a extensão circular dela enquanto tateava o local com as mãos.

— Aqui, Verão, por favor — ela chamou o garoto, que se apressou até ela.

— Pode me chamar de Beor — ele comentou ao chegar ao seu lado.

Dahra o fitou, surpresa, e então assentiu.

— Aqui, você vê? — Ela passou a mão por uma pintura empoeirada que descamava na parede. — Os registros do início de tudo.

Beor se aproximou e fitou a parede com atenção. A pintura começava desde a borda do teto e descia por toda a extensão; inscrições no idioma da língua comum dos homens cobriam cada parte, dividindo os desenhos em sessões, mas algumas palavras já estavam apagadas demais para serem lidas.

— E foi assim que tudo aconteceu. No tempo que existiu antes do início da luz, a humanidade vivia em densas trevas, completamente separada das estrelas. Sem conhecer a luz ou sequer a esperança dela. Não sabemos se chegou a existir algo anterior a esse período, mas os primeiros registros dos homens datam dessa época. Para que a luz finalmente chegasse aos homens era necessário fazer uma separação de matérias, a escuridão precisava ser expurgada e, com ela, toda a sua matéria corrupta, que era oposta à essência das estrelas; ambas não poderiam nunca coexistir em um mesmo lugar. Para fazer isso, uma das estrelas, a que controla os fios do tempo, abriu um rasgo no tempo e espaço e aprisionou a escuridão em uma terra oca, vazia. Isso aconteceu pouco depois que as árvores primordiais começaram a crescer sobre a terra — Dahra lia em parte e pressupunha quando as palavras faltavam, interpretando as imagens. — Mas alguns homens naquela época se apavoraram com a luz; a escuridão já havia se tornado tudo o que eles conheciam. Por isso, foram sugados junto com a matéria escura para uma terra onde nenhuma vida deveria existir.

— Os primeiros humanos da Terra da Escuridão Perpétua, os meus ancestrais — Florence falou baixinho, aproximando-se dos dois.

— Provavelmente. — Dahra virou o rosto, fitando a garota com pesar.

— Certo, então foi assim que a Terra da Escuridão Perpétua foi criada, mas não fala o que o Inverno poderia querer nela — Erik comentou.

— Havia livros aqui do passado, conhecimentos inteiros, mas estavam todos em um idioma diferente, um que o homem não pode ler — Dahra falou, correndo da parede até os escombros que cobriam uma porta.

No momento em que ela disse aquilo, Beor virou o rosto e seu olhar se encontrou com o de Erik; não pôde ver mais do que o brilho da espada refletindo na pupila do homem.

— Alnuhium — eles falaram praticamente juntos.

— O idioma das estrelas, sim. Não eram todos, mas alguns sacerdotes podiam lê-lo com a mesma eficácia que uma estação.

— Não é possível, ele é indecifrável até mesmo para mim — Erik rebateu, soando ofendido.

— Me ajude aqui e você *verá* — ela rosnou, virando o rosto para ele enquanto tentava mover um pedaço de pedra.

— Claro, minha rainha — Erik murmurou enquanto caminhava até ela.

Ele parou ao seu lado e ficou aguardando que ela desistisse do escombro. Percebendo que ele não estava ajudando, Dahra virou o rosto, irritada, e seus fios brancos começaram a cair do coque.

— E então?!

— Eu sou uma estação da terra, caso tenha se esquecido, rainha. Não preciso de força.

Ela bateu as mãos com raiva, limpando a poeira, e se afastou, cruzando os braços. Erik sorriu e moveu a mão direita, fazendo as pedras que barravam a porta derreterem lentamente, integrando-se à rocha do chão e desobstruindo o caminho.

— Você pode fazer *isso*? — Dahra tentou soar não muito surpresa.

— Não é muito útil em um campo de batalha feito de lama e neve, mas sim. Intimidada? — ele provocou.

— Nunca. — Ela passou por ele, indo até o local.

Eles empurraram juntos a porta, que era feita de madeira apodrecida, e o material caiu, o som ecoando pelo templo. Florence e Beor os seguiram, iluminando o local, e os quatro encontraram um largo aposento bem mais conservado do que a entrada. Altas estantes ocupavam toda a parte da frente do espaço e, ao fundo, os poucos feixes de luz da espada que alcançavam aquela parte mostravam um altar rachado ao meio coberto por escombros.

— A principal função dos sacerdotes no passado era pavimentar o caminho para o futuro. Tanto lembrando as pessoas da Terra que há de vir quanto recebendo e documentando profecias sobre eventos vindouros. Eles partiram, mas ainda deixaram um mapa do futuro para a posteridade — Dahra falou, enquanto observava a primeira estante, vasculhando entre os livros das prateleiras.

— Se você tem acesso a todo esse conhecimento aqui, por que nunca o usou? — Erik perguntou, confuso.

— Porque as profecias aqui registradas nada valem para mim. — Ela avançou até a próxima prateleira, procurando uma categoria específica. — Era tradição que elas fossem registradas em idioma estelar, para que poucos pudessem compreender.

— Então eles realmente falavam a língua… — Erik falou mais consigo mesmo, enquanto seguia a rainha corredor adentro.

— Existe algo que talvez nos ajude: era tradição dos sacerdotes manter diários, escritos na língua dos homens, sobre tudo o que fosse relevante o suficiente em suas rotinas para compartilhar. — Ela avançava agora para a terceira prateleira, ainda em busca dos registros.

— Talvez se conseguirmos pegar o último diário que foi registrado, podemos encontrar algo sobre o Inverno e o que ele estava procurando. — O olhar de Beor brilhou.

— É o que eu estava pensando — a rainha concordou.

Florence também foi até ela e, enquanto Beor permanecia em pé atrás, iluminando o ambiente com a espada, os três se debruçaram sobre as prateleiras, folheando livros mofados e com páginas se desfazendo.

— Os diários, acho que encontrei! — Florence gritou da última prateleira de uma estante mais afastada, onde estava encolhida.

— Deixe eu ver. — Dahra caminhou até ela e sentou no chão ao seu lado. — Sim, são esses; eu pensava que haveria mais.

Os diários eram todos feitos de couro vermelho envelhecido e tinham os escritos de datas e nomes parcialmente apagados nas capas. Havia ali mais de trinta deles, só naquela prateleira, todos amontoados uns sobre os outros. Dahra começou a trazê-los para fora e a folhear rapidamente registro por registro. Enquanto os tirava, Florence tateou até o fundo, para conferir se não haviam deixado nenhum para trás. Sua mão tocou em um caderno e ela o puxou até a borda, sendo iluminado pela luz da espada e revelando sua cor esverdeada.

— Este é diferente. — Ela se voltou para cima, buscando o olhar de Beor.

Ela cerrou os olhos, tentando identificar o que havia sido escrito na capa: *Templo de Ódria, 3893.*

— Me parece que era de outro templo e foi enviado para esse — comentou.

Ela folheou as páginas, sentindo seu braço arrepiar ao chegar ao final, o último registro. As letras estavam falhas e parecia que tudo havia sido escrito correndo.

— Eu acho que encontrei. Isso foi escrito trezentos anos atrás. — Ela engoliu em seco.

Dahra fechou o diário que tinha em mãos e se inclinou até ela.

— Leia, então.

Florence olhou para os três, respirou fundo e então começou:

*Dezembro de 3893,*

*Eu, Suriel, escrevo esse último registro como despedida e pedido de ajuda aos meus irmãos do Sul. Nosso templo foi atacado ontem pelo Inverno, todos foram mortos e, em meio à chacina, eu fugi. Me envergonho de admitir isso, mas fiz o que foi necessário. Durante o ataque, quando mirei os olhos dele, uma profecia veio a mim, a última*

303

de minha vida e a que decreta o fim da vida dele também. Tive de fugir para registrá-la e garantir que ela não seria perdida no caminho de meus lábios. Ela precisa ser registrada e lembrada, para que no futuro as estrelas venham cumpri-la. Meu templo foi perdido e todos os registros de nossas profecias anteriores, queimados juntamente com meus homens. Mesmo fugindo da tradição fui forçado a escrevê-la nessas páginas finas e indignas. Meu último pedido ao Templo de Morávia é que ela seja transcrita aos cadernos oficiais de vocês, com óleo e couro, como manda a tradição. Perdoem minha blasfêmia ao escrevê-la aqui, fiz apenas o que a necessidade me forçou. Peço que, após a transcrição deste registro, ele seja apagado desta fonte e que haja apenas uma cópia, como também manda os costumes. Confio ao meu pássaro, Finsi, essa última missão.

Que esse registro os encontre ainda vivos e mais alertas do que nunca. Ele sabe sobre o coração.

Adeus,

Suriel, servo das três

Os quatro permaneceram inertes, em completo silêncio, assim que Florence terminou. Suas mãos tremiam e ela notou que a página seguinte havia sido completamente queimada, sem deixar quaisquer pistas do que havia sido escrito lá antes.

— O que foi isso? — Erik foi o primeiro a falar.

— O que ele quis dizer com "ele sabe sobre o coração"? — Beor indagou.

— Eu não faço ideia, é um coração literal? Um coração de alguém? Algum objeto em forma de coração? — Erik apresentou as opções.

— Precisamos encontrar essa profecia, talvez Beor consiga lê-la. — Florence se levantou, a adrenalina crescendo em seu corpo.

— Eu?! Olha, existe uma diferença entre o alnuhium falado e escrito. Se está escrito então provavelmente está em runas e eu ainda não sou o melhor nelas.

— Mas você é o único que pode! Erik não consegue lê-las, consegue? — Florence se virou para ele.

— Eu devo ser ainda pior do que Beor. — Ele ergueu as mãos para cima.

— Não importa, os dois que se ajudem! Precisamos ler essa profecia — Dahra demandou, retomando sua presença de rainha. — Mas primeiro precisamos encontrá-la.

# 33

# O coração de todas as coisas

Florence, Dahra e Erik vasculharam estante por estante, enquanto o Verão os acompanhava. O ambiente era escuro e abafado e as prateleiras pareciam nunca acabar. O trabalho de procura era lento, já que Beor era a única fonte de luz e a poucos metros dele tudo recaía em escuridão novamente.

— O que garante que essas profecias não foram queimadas? Destruídas? — Erik sugeriu, a voz soando entediada.

— Elas têm que estar aqui, este templo nunca foi atacado, não tem motivo para terem desaparecido — Dahra argumentou, ainda confiante, mas sem conseguir esconder o cansaço.

— Será que teremos que passar a noite aqui? Parece que já escureceu lá fora.

— Não, precisa estar aqui! — Beor olhou ao redor, sentindo a aflição crescer em seu peito.

O que aquele registro significava, o peso e o presságio daquelas palavras, precisava fazer sentido, levar até algum lugar.

Seu olhar correu pelo cômodo e parou no altar destruído ao fundo, ao qual eles não haviam dado muita atenção até o momento.

— Lá. Talvez tenha alguma coisa. — Ele apontou com a espada e começou a caminhar.

Os três se levantaram e o seguiram; ninguém queria ser deixado para trás no escuro.

O altar era um elevado de pedra, de formato circular, que estava partido ao meio. No seu topo estavam pedaços de um espelho envelhecido e quebrado.

— Você sabe como isso funcionava? — Ele se virou para Dahra. Ela pensou por um instante, olhando em volta.

— Sim! — exclamou, correndo até a parede no fundo. Ela puxou a cortina que a cobria, a poeira se misturando com sua respiração e fazendo sua garganta arder. Ela tossiu e começou a tatear. Beor se aproximou um pouco, para iluminar mais o local.

— As estrelas nunca permitiram que esculturas delas fossem feitas, por isso, esse altar funcionava de forma diferente — contou.

Passando por cada relevo da pedra, sua mão finalmente se encaixou em um vão. Ela puxou uma peça para baixo e ouviu um estalo. Engrenagens construídas dentro da pedra se moveram e um barulho soou do alto. Os quatro olharam para cima de imediato e viram um pequeno corte circular na pedra se abrir como uma portinhola. A luz de Ogta entrou fraca no ambiente e um reflexo do céu refletiu no vidro quebrado.

— Não funciona mais, mas eles moviam o altar para sempre refletir as três estrelas no céu.

— E como isso pode nos dizer onde estão guardadas as profecias? — Beor girou o corpo em um círculo, atentando a cada detalhe.

— Você disse que eles conseguiam mover o próprio altar? — Florence perguntou.

— Sim.

— Então deve ter algum tipo de engrenagem nele também — ela concluiu, se abaixando, segurando na pedra. — Beor, vem cá.

Beor se agachou ao seu lado e eles começaram a inspecionar a base do altar. Havia um risco na pedra, uma linha bem fina que poderia quase passar despercebida, mas que se sobressaiu diante da luz dourada. Florence seguiu todo o caminho com a mão até parar na base, onde o corte terminava. Ela sentiu uma pequena alavanca e a puxou, e o pedaço de pedra abriu para frente, revelando uma portinha. Dentro da parte inferior do altar, juntamente com alguns pequenos insetos e engrenagens quebradas, estava uma coleção de livros empilhados um em cima do outro. O olhar de Florence se iluminou e encontrou com o de Beor.

— Encontramos! — ela gritou.

Os registros das profecias eram livros grossos, o dobro do tamanho dos outros da biblioteca e com folhas que pareciam ser feitas de lascas de madeira. Eles retiraram um por um e os colocaram no chão em volta do altar. Erik e Dahra também sentaram com ele e o trabalho começou novamente.

— Como vamos identificar qualquer coisa se não entendemos o que está escrito? — Erik questionou, abrindo o primeiro dos livros e folheando as páginas duras sem compreender nada.

— A madeira mais recente. Algumas dessas profecias foram escritas quase mil anos atrás; o livro com as folhas que demonstram menos desgaste deve conter as profecias mais recentes.

— São tantas, será que todas já se cumpriram? — Florence questionou, enquanto passava a mão nas runas que saltavam da madeira, escritas como que com fogo. Era lindo, quase vivo.

— O tempo para as estrelas funciona diferente, essas profecias são como coordenadas fora de ordem de toda a constelação que constitui a história do nosso mundo. Algumas ainda levarão eras para se realizar, outras podem ter se cumprido no dia seguinte em que foram registradas. Não temos como saber.

Florence suspirou, reflexiva. Se profecias eram uma forma de ver o futuro, ela pensou que realmente gostaria de saber como tudo isso acabaria; se o final fosse feliz, talvez teria algum consolo em esperar por ele.

— Aqui, tente esse. — Dahra entregou um livro de capa azulada para Beor.

Ele o pegou e colocou sobre as pernas, lutando com a ansiedade que crescia em seu peito toda vez que fitava as runas. Ele tinha que ser melhor do que era, tinha de ser mais capaz. Suspirando pesadamente, ele foi até as páginas finais, parando no último bloco de runas que estava escrito.

— E então? — Erik se arrastou para mais perto dele.

— Eu estou... pensando. — Beor falou baixinho e continuou fitando os símbolos.

Ele sabia que as runas não eram como qualquer outro idioma; ao observá-las, já conseguia decifrar o que alguns arabescos significavam, mas não era só isso. Identificar significados era a areia da praia, compreendê-los era um oceano inteiro. Aquelas runas eram vivências completas, a totalidade de futuros transcritos, era surreal pensar que a mente de um humano comum fosse forte o suficiente para suportar tamanha experiência.

— Como eles conseguiam? Os humanos que escreveram essas profecias? — Seu olhar foi até Dahra. — Eu já vi guardiões perderem sua força apenas por pronunciarem algumas palavras incompletas — Beor comentou, referindo-se a como sentiu Clarke enfraquecer depois de tê-lo protegido do ataque do primeiro oghiro a aparecer em Teith.

— Eu entendo, como uma ardo é *ultrajante* até para mim, mas a conexão dos sacerdotes era diferente. Diziam que eles não faziam isso sozinhos e não eram eles, propriamente ditos, que escreviam. Uma das três estrelas ajudava no processo, o espírito dela... tomava o corpo. — Ela franziu o cenho. — Eu sei, é totalmente bizarro. Mas esses registros não estariam aqui se isso não fosse verdade.

Beor fez uma careta e balançou a cabeça tentando ignorar aquela resposta; não era possível que fosse realmente a verdade. Ele fitou o primeiro conjunto de runas, determinado a vencê-las. Eram quatro, uma escrita após a outra, e, pela forma que haviam sido desenhadas, pareciam se relacionar de algum modo.

Ele tocou com as mãos na página, tentando sentir qualquer coisa que o ajudasse. A primeira runa, então, começou a brilhar de uma forma que só ele conseguiu notar e, aos poucos, cada símbolo foi se tornando palavras em sua mente.

Ele fechou os olhos, em dor. Havia escuridão, lágrimas e sangue estelar espalhado pela terra. Uma ruptura havia acontecido, uma mais profunda do que qualquer coisa que ele pudesse conceber. E ela clamava por ele e por todas as outras coisas vivas. As árvores se contorciam em dor, e o oceano se agitava em expectativa, mas ele não entendia pelo quê. Lágrimas começaram a rolar pelo seu rosto, enquanto a profecia se repetia constantemente em seus pensamentos. Ele abriu os olhos, eles ardiam, e tudo nas páginas estava claro como o dia, os via como se fosse seu próprio idioma.

*O sacrifício daquele*
*que por si mesmo foi ferido*
*iluminará o caminho*
*dos que estavam perdidos*

*Na terra de densas trevas,*
*o coração do mundo se escondeu,*
*e ele guarda a resposta*
*para tudo o que se perdeu*

*O fim que se aproxima*
*trará consigo a justiça adiada,*
*e o tratado quebrado*
*anunciará a era findada,*

*Quando o crepúsculo tomar o céu,*
*as estações receberão seu julgamento,*
*tudo será tirado,*
*e apenas o que permanece se manterá inalterado*

*A criança mestiça*
*encontrará redenção,*
*no alvorecer*
*de uma nova estação*

*A justiça encontrará*
*aquele que se acovardou,*
*e o homem duplo perecerá*
*pela emboscada que armou*

*Sobre o minguar da esperança*
*e o sangue de um sacrifício,*
*um novo poder há de nascer,*
*perpetuando assim um novo início.*

Ele pronunciou as palavras em alnuhium com um peso na voz, completamente incrédulo por conseguir fazê-lo com tanta fluidez, mas tomado por um espírito além do seu.

Florence o fitava, assustada, com as pupilas dilatadas. Ela entrelaçara as mãos uma na outra e parecia prestes a sair correndo.

— O quê... o que tudo isso quis dizer? — ela balbuciou, depois de alguns minutos de silêncio.

— Muitas coisas... — Beor balançou a cabeça, voltando sua mente para aquele momento. — Ele fala sobre o fim do nosso tempo, a punição que as estações vão sofrer e sobre o que foi escondido na Terra da Escuridão Perpétua.

— E o que foi? Conseguiu descobrir?

Beor engoliu em seco, hesitando responder.

— Sim, o coração de Faídh. É isso que o Inverno procura — falou, com a voz trêmula por agora compreender toda a verdade.

— Quem ou o que é isso? — Erik perguntou, inclinando-se para frente.

Beor fitou os três, sem acreditar em como aquela informação estava firme e concreta em sua mente.

— A segunda das três estrelas — ele falou; agora simplesmente sabia.

Dahra soltou uma risada abafada, incrédula.

— As três estrelas têm nomes?! — Florence perguntou, exasperada.

— Parece que muito mais do que isso. O que eu vi na profecia era além... além da própria percepção que eu tinha sobre elas.

— E o que aconteceu? O que é esse coração de Faídh?

— É o coração dele, que ele arrancou do próprio peito. — Beor fechou os olhos, tentando encontrar sentido no que havia visto; era isso, essa ruptura que havia sangrado pelo mundo. — Faídh não suportou deixar que aquelas pessoas fossem condenadas à escuridão e escondeu seu próprio coração na Terra da Escuridão Perpétua, para que ao menos uma parcela da luz, uma parcela dele ainda existisse por lá. Ele não pôde condená-las à escuridão perpétua e sacrificou a si mesmo para garantir isso. Para garantir que, mesmo no fim de tudo, eles ainda tivessem a presença das estrelas.

— Isso não pode ser verdade — Florence balbuciou.

— Mas é, e é *exatamente* o que o Inverno está procurando. Esse tipo de poder, o coração de uma estrela, poderia dar a ele tudo o que desejar. É a fonte mais pura e imaculada de poder criacional, escondida na Terra da Escuridão Perpétua. — Dahra exasperou-se, tudo fazia sentido agora em sua mente. Por todo esse tempo, devido a sua conexão com o Inverno, ela sabia que ele estava tramando algo, algo muito mais oculto e terrível do que ela, até então, havia conseguido colocar em palavras.

— Mas você disse que ambas as matérias não podem coexistir! — Florence virou o rosto para Dahra.

— E assim eu pensava... também não entendo. — Ela fechou os olhos por um momento, pressionando a mão sob as têmporas.

— Se isso for verdade, esse Faídh é um tolo! Como pôde se tornar tão vulnerável? Isso é exatamente o que Ofir vem querendo por todo esse tempo, poder inesgotável — Erik falou, tão incrédulo quanto elas.

— Mas ele não pode encontrá-lo sozinho; o Inverno precisa de um meio, um guia. O coração está escondido e assim permanece desde o início de tudo — Beor falou, revivendo cada elemento da sua visão.

— E eu sou supostamente esse guia que ele precisa? — disse Florence, tentando esconder o medo na voz.

— Eu imagino que sim, mas ainda não entendo o porquê. Não que isso importe, não vamos deixar que ele te encontre. — Beor sorriu, sentindo-se subitamente encorajado e poderoso por ter conseguido ler as runas.

— Mas e o resto da profecia? Não me pareceram notícias muito felizes — disse Erik, com a voz temerosa.

— Não importa, pelo menos não agora; o Inverno vai cair, está escrito. — Beor puxou o livro pesado para perto de si. — Posso rasgar esta página? Gostaria de levá-la comigo — perguntou para Dahra.

— Pode, não existem mais sacerdotes para te impedir — a rainha respondeu, levantando-se.

Beor rasgou a folha com cuidado e muita dificuldade, fazendo força para que cada fibra da madeira se soltasse.

— Vamos voltar ao palácio e então pensar em uma estratégia. Florence precisa ser escondida, talvez deva retornar com ela ao Palácio do Sol o quanto antes, mas... *você* deve enfrentá-lo — Dahra falou, como a líder que era, indicando os próximos passos.

— Eu sei. — Beor engoliu em seco. — Você lutaria comigo? O conhece muito mais do que eu, entende seus padrões — ele virou o rosto, perguntando para Erik.

— Será um prazer. — O homem assentiu, de pé. — Mas não acho que deveríamos nos precipitar. Qualquer ataque precisa ser planejado e estruturado com antecedência. Conheço o padrão de seus guardas e a forma como seu exército particular, os gruhuros, também age.

— E está disposto a compartilhar essas informações com Morávia? Cada uma delas? — Dahra se aproximou, o semblante em negação e incerteza.

— Eu não estaria aqui se não estivesse totalmente disposto a reconsiderar aqueles que sempre vi como inimigos. Talvez devesse finalmente fazer o mesmo.

— Você estar aqui já demonstra que estou abandonando toda a minha razão e fazendo o mesmo — disse ela. — Mas tentativas não valem nada, precisará me provar sua cooperação.

— E eu provarei. Pode confiar em mim, rainha — ele respondeu e a olhou com tamanha sinceridade que ela realmente quis confiar.

— Podemos voltar para o palácio agora? — Florence perguntou, atraindo a atenção dos três. — Só acho que lá seria um lugar melhor para discutir tudo isso.

— E eu faço questão de abrir o portal de volta com a minha espada. Por favor. — Beor se apressou em falar, finalizando com uma careta.

Dahra os fitou com desaprovação.

— Seria desrespeitoso não permitir que Uthe concluísse sua missão de nos levar de volta, mas... eu vou falar com ele. Só saibam que ele não aceitará nenhum de vocês montando nele novamente. Nunca mais.

— É, eu não ficaria ofendido com isso, não é o tipo de experiência que planejo viver de novo. — Beor balançou a cabeça, confirmando sua posição.

— Tem certeza? Nunca se sabe quando ajuda será necessária...

— Eu tenho, sim, pode liberar ele.

— Eu também... não quero voltar para aquele bicho, não. Com todo o respeito — disse Florence.

Dahra fechou o rosto para eles.

— Adolescentes mimados. Nunca valorizam as honras que lhes são dadas. — E saiu andando até a entrada.

Minutos depois, ela retornou com o olhar pesado.

— Ele não lidou muito bem com a notícia; é por causa de pessoas como vocês que ele não gosta de humanos — resmungou e, então, retomou sua postura. — Mas tudo bem, estamos com pressa, vamos agora. Um dia ele vai me perdoar.

Beor assentiu e fincou sua espada no chão de pedra; apenas o mero pensamento do saguão de Morávia fez as raízes saírem, formando rapidamente o portal. Eles atravessaram um a um e Dahra ficou por último. Ela fitou a substância cintilante que refletia um cômodo que lhe era familiar e não lhe agradou em nada aquela sensação. Não gostava de fazer nada se não estivesse cem por cento segura, mas, ainda assim, pegou a borda do seu vestido e a segurou firmemente, levantando o pé esquerdo.

Nesse momento uma voz forte e familiar invadiu sua mente sem aviso e ecoou dentro da sua cabeça.

— *Argh... esse alinhamento é sempre horrível, mas dessa vez poderá se mostrar mais útil para mim. Olá de novo, rainha* — o Inverno, a milhares de quilômetros ao norte, dentro de seu aposento no palácio de Reshaim, falou, enquanto fitava seu reflexo no espelho que também refletia, sem mostrar nada do ambiente ao redor, o olhar surpreso da rainha.

Dahra tremeu, em transe, e caiu para trás, desmaiando.

# 34

# A cadeira de prata

No saguão em Morávia, Beor, Florence e Erik esperaram por alguns instantes até que perceberam que algo estava errado.

— Ela não atravessou. — Erik correu de volta para o outro lado do portal, que, sem a luz de Beor, foi tomado por completa escuridão.

Ele correu para dentro e o frio da caverna o invadiu mais uma vez; Dahra estava caída no chão, bem à sua frente, tremendo.

— Dahra, Dahra… — Ele se inclinou até ela e colocou o braço debaixo de seu pescoço, levantando sua cabeça.

A rainha piscava, como se tentasse recobrar a consciência, mas seus olhos estavam virados, trêmulos.

— Dahra, Dahra, o que está acontecendo? Fica comigo, por favor — ele implorou, a cena o deixando apavorado. — Beor!!

Erik moveu o primeiro braço para baixo, até o ombro dela, e o outro passou por debaixo dos joelhos. Com um impulso ele se colocou de pé, carregando-a no colo.

— O… — ela balbuciou. — …eira, preciso….

— Calma, vamos te tirar daqui!

Beor e Florence esperavam do outro lado, tomados por pavor e confusão.

Erik atravessou mais uma vez com um pulo. Florence correu até ele, tirando os cabelos da rainha que caíam em seu rosto; era irreal imaginá-la assim, estava normal até alguns instantes atrás.

— Socorro, ajuda! — A voz do Outono ecoou pelo alto saguão.

— Erik, o que aconteceu?! Ela caiu do nada, ela estava bem agora mesmo! Ela vai ficar bem, não vai? — Florence perguntou, o desespero sufocando seu peito.

— Vai, garota. Se eu estiver certo, não é a primeira vez que passa por isso.

Um grupo de guardas vieram correndo até ele. Usif, que havia voltado para o palácio após deixá-los na base, correu até o local.

— O que você fez com ela?! — rosnou, já desembainhando sua espada antes mesmo de alcançá-la.

— Eu?! — Erik vociferou. — Não vê que eu não tenho nada a ver com isso? É o Inverno, a consciência dele deve estar se alinhando com a dela.

— Mas já?! — Usif olhou em volta, sentindo-se perdido sem a orientação da rainha. — Está muito cedo. Dahra sempre previa quando o evento estava chegando e organizava tudo de antemão.

— Bom, ela não fez isso dessa vez, provavelmente a ocupamos demais para que notasse alguma mudança — Erik respondeu, com a voz culpada.

Usif fitou os quatro, o desespero estampado em seu olhar, e secou as mãos suadas no colete.

— Homem! — Erik gritou para ele. — Você vai salvar sua rainha ou não?

— Mas é claro!

— Então nos diga o que fazer.

— Sim. — Usif recompôs a postura; Dahra era o mais próximo de uma mãe que ele já havia tido e vê-la naquele estado o fazia se sentir nada mais do que um garotinho perdido. — Precisamos levá-la até a árvore primordial, é o único lugar onde ela conseguirá resistir ao alinhamento. Caso contrário, o Inverno pode tomar a consciência dela por completo.

Um arrepio percorreu o corpo de Beor; sua mente ainda estava presa nas visões da runa e o exterior já tinha se tornado um caos completo mais uma vez.

— Guie o caminho — Erik demandou, apertando mais o corpo da rainha contra o seu.

Usif assentiu e começou a correr pelo palácio, com os três em seu encalço. Parando em frente a uma parede de pedra cinza lapidada com algumas formas, o guardião tirou seu catalisador do bolso, uma pequena adaga prateada, e rasgou a parede em um movimento vertical; o corte se abriu como uma folha de papel e revelou um largo lance de escadas que avançava abaixo da terra.

— Por aqui — ele indicou antes de adentrar o espaço, descendo as escadas com urgência. — Existem diferentes atalhos pelo palácio que levam até lá, a rainha fez questão de construí-los.

Erik correu escada abaixo, enquanto Dahra se contorcia em seus braços; ele sabia que ela estava lutando com todas as suas forças para retomar a consciência, mas a sentia fraca como um saco de areia, escorregando por seus braços.

A escada descia para o fundo da terra, sem dar qualquer sinal de onde acabava. Usif percorria aquele trajeto de forma constante, e os músculos de Erik começaram a arder, mas ele ignorou a dor, segurando firme o corpo de Dahra e mantendo o ritmo. Beor, Florence e mais cinco guardiões os acompanharam. Depois de longos minutos eles finalmente chegaram ao último degrau, que levava a um largo corredor, iluminado por pedras fosforescentes.

— Por aqui. — O guardião guiou.

O corredor era curto e dava em uma larga plataforma de metal, pendurada por correntes sobre um túnel profundo.

— Vamos subir naquilo? — Florence hesitou por um momento.

— É a única forma de chegarmos até a árvore.

Usif se aproximou e abriu uma pequena porta na grade de metal que cobria a plataforma, a única coisa que lhes dava qualquer tipo de proteção contra o vão que se estendia abaixo.

Todos entraram rapidamente, ficando apertados no espaço, e a grade foi fechada. O guardião foi até a extremidade esquerda, onde um pequeno compartimento estava acoplado, que se conectava às correntes que seguravam a plataforma. Usif apertou um botão e engrenagens abaixo deles começaram a rodar; com um tranco, a plataforma começou a descer. Ela se balançava de forma irregular, as correntes eram antigas e travavam em alguns momentos. Florence apenas fechou os olhos e desejou que aquilo acabasse logo; ficar na escuridão por tanto tempo era como estar de volta em seus pesadelos. Em um solavanco, a plataforma travou e desceu com tudo. As mãos da garota se fecharam de uma vez na pessoa mais próxima dela; quando percebeu, Florence estava agarrada com força ao braço de Beor, que se assustou de primeira e então lhe deu um sorriso preocupado.

— Ela vai ficar bem, Flo. — Ele colocou sua mão sobre a dela. — Tem que ficar.

O toque fez com que um pequeno calor corresse por sua pele; ela suspirou, tentando acalmar os pensamentos frenéticos.

A plataforma continuou a descer de forma irregular pelos próximos minutos, até que finalmente tocou o chão de pedra, para o alívio de todos. As pedras fosforescentes que cobriam as paredes do túnel ainda estavam por ali, pulsando de dentro da pedra bruta, mas assim que chegaram na caverna não eram mais elas que iluminavam a escuridão.

Linhas brancas costuravam as paredes, algumas bem finas, emitindo um brilho tímido, outras grossas, brilhando tão forte quanto tochas e crescendo como raízes. Beor demorou um pouco para entender e foi quando partiram depressa na direção de que as linhas vinham que ele percebeu: eram realmente raízes, crescendo e se espalhando pela pedra sem controle ou limitação. Não demorou muito para que a árvore primordial invadisse o olhar de todos, apenas uma curva à direita e outra à esquerda e a vista se abriu em uma grande e alta caverna, um vão cavado bem na profundeza da terra, onde a árvore milenar crescia no centro. Até mesmo Beor teve de fechar os olhos por um instante, acostumando-se com a luz. A árvore era mais alta que o palácio de Morávia, e os guardiões que transitavam por suas raízes não pareciam mais do que formigas. Beor se sentiu tão pequeno quanto um inseto e teve de segurar o fôlego, tentando não transparecer o quão aterrorizado estava.

— Ela não para de crescer, nunca — Usif explicou às pressas. — Ali! — Ele apontou para a base da árvore.

Os guardas correram até eles, todos confusos por verem visitantes naquele horário e pelo estado da rainha.

— O alinhamento! Ela *precisa* da cadeira — Usif explicou, correndo, já disparando em direção ao local, com Erik logo atrás de si.

Beor e Florence os acompanharam e ela nem havia percebido que ainda segurava com força a mão de Beor.

— Ah, desculpa. — Ela tirou a mão, o rosto com o semblante angustiado começando a ruborizar.

— Está tudo bem... ter medo, eu também estou amedrontado. — Ele engoliu em seco, os olhos ainda vidrados para cima.

— Da Dahra morrer, o Inverno nos encontrar e me levar com ele?

— Ah, isso também! Eu estava falando da árvore, mas isso é bem mais importante. — Ele balançou a cabeça. — É só que ela é... gigante.

— É assustadoramente linda.

Eles caminharam cada vez mais para próximo da árvore, avançando pelas raízes exteriores que tomavam toda a extensão, partindo o chão e por vezes obstruindo a passagem. O caminho até a base pareceu um verdadeiro labirinto e Erik mal acreditou quando chegou até o caule; o tronco era mais largo do que cinco casas colocadas uma ao lado da outra, e ele caiu de joelhos, de cansaço e perplexidade. Usif tirou Dahra de seu colo e a carregou até o centro do caule, onde pequenas raízes prateadas estavam entrelaçadas umas nas outras, formando o que parecia um assento, uma cadeira, que brilhava em uma luz prateada.

— Apenas a árvore pode lhe dar força suficiente para resistir ao alinhamento. — Ele a colocou gentilmente no espaço, seu corpo mole caindo e se ajeitando, enquanto os olhos lutavam para abrir.

As raízes se ativaram de imediato com o contato do corpo dela e se moveram, cobrindo seus braços e pernas. Em um suspiro pesado, Dahra abriu os olhos; ela estava de volta e dessa vez havia sido por pouco. Nunca havia sido pega tão desprevenida.

— Obrigada — ela sussurrou, o olhar preso em Erik, caído alguns metros à sua frente.

E ela então levantou a cabeça, tendo alguma conversa silenciosa com os galhos da árvore, e fechou os olhos.

— E agora? — Erik perguntou ofegante, colocando-se de pé.

Florence e Beor chegaram atrás deles, acompanhados de alguns guardas.

— Temos que esperar, a imersão geralmente não dura mais do que uma hora. Mas, para que ela acabe, Dahra precisa enfrentá-lo. Ela precisa lutar contra ele.

Dahra abriu os olhos e um vento gelado raspou sua pele. Ela estava em um campo aberto; Ogta se punha no horizonte, e sangue banhava a neve e a grama para onde quer que olhasse. Sabia onde estava, no campo de batalha onde seu marido havia morrido, onde havia se tornado rainha.

Era sua memória mais escorregadia e, como ela não entregava muito, não fazia muito esforço para escondê-la dele, por isso, em quase todos os alinhamentos, era o local para onde sempre iam. Ela havia tentado acessar a memória de Ofir inúmeras vezes pelos últimos anos, mas elas eram simplesmente intransponíveis para ela. Dahra não era uma estação, possuía apenas uma pequena porcentagem daquele poder e, mesmo com a ajuda da árvore, já sentia ele quase se esgotando somente para impedir que o Inverno acessasse sua mente; por isso, invadir a dele simplesmente não era possível.

— Ora, ora, rainha. — A voz de Ofir a chamou; ela ergueu o rosto e agora ele estava lá, parado alguns metros à sua frente. — Parece que finalmente tive êxito em surpreendê-la. Sempre tão preparada, tão bem treinada, mas me parece que não esperava por mim desta vez, estou correto? O que poderia tê-la deixado tão distraída?

O homem abriu um sorriso maligno. Sua pele era pálida e esquelética, o corpo esguio, uma longa túnica de pelo cobria seu corpo e cristais de gelo que saíam do próprio couro cabeludo coroavam sua cabeça, formando uma coroa medonha. O Inverno, a outra voz na sua cabeça, o seu inimigo pessoal por todos esses anos.

— Vamos acabar logo com isso. — Dahra bufou e, movendo a mão, uma grande espada prateada cresceu de sua palma.

— Não, hoje eu não desejo lutar, não é isso o que sempre fazemos? — Ele sorriu e deu um passo na direção dela. — Entenda, sabe que vai perder. Pode fazer o suficiente para tentar escapar de nossos pequenos encontros, mas *sabe* que, eventualmente, vai perder. Sabe que eu rastreio você a cada encontro, sabe também que roubou algo que é meu e está destinada a morrer pela minha lança. Sabe que eu ainda não ataquei sua desprezível nação por algum motivo, mas sabe também que logo eu o farei. Por que então ainda luta?

— Porque eu vou morrer tentando — ela rosnou, convicta.

— É claro, vocês, moravianos, veem a morte como uma espécie de glória, não é? É difícil para mim compreender como mentes inferiores e doentes funcionam. A morte é uma vergonha, um escape para os fracos, aqueles que nem mesmo mereciam estar vivos em primeiro lugar. Eu, no entanto, pretendo nunca a encontrar. E *você* vai me ajudar com isso. — Ele apontou a lança para ela e, com isso, o ambiente em que estavam mudou.

Dahra olhou em volta, ainda em estado de alerta, tentando entender o local; estavam dentro de uma casa muito pobre, era quente e as paredes não eram mais do que tecido fino sacudido pelo vento. Areia passou pelos seus pés.

— Por anos você vem tentando acessar minhas memórias, eu sentia isso, e agora posso lhe dar o que quer, o que sempre quis, apenas se me disser onde ela está.

— Onde está quem? — O corpo da rainha gelou e ela desviou o olhar, perguntando como quem não tinha ideia.

— Você sabe quem: a garota. A minha bússola. Um objeto vital na expedição que estou para fazer.

— O que é esse lugar? — Dahra mudou de assunto e apertou com ainda mais força a espada em sua mão.

— É onde eu nasci. — Ofir deu de ombros e se sentou em uma cadeira que estava caindo aos pedaços.

— Mas isso é… no outro continente — Dahra respondeu. — Está mentindo!

— Eu não poderia mentir sobre isso. Fui um imigrante e assim cheguei às Terras Invernais. Minha família foi assassinada no dia desta memória; olhe, o sangue da minha mãe ainda está fresco sobre a lona — ele falou sem qualquer remorso, apontando para um dos tecidos da tenda, coberto de vermelho. — Sou originário do deserto de Uthana e fui levado como escravo pelos mesmos contrabandistas que assassinaram meus pais. Um passado triste, compreende? Eu não tive escolha se não me tornar… mau — falou com uma pequena risada.

Dahra deu um passo para trás; seu corpo tremia, algo estava errado.

— Por que não atacou Morávia? Por que, em todo esse tempo, ainda nos poupa?

— Tecnicamente, vocês destruíram meus exércitos, todos os que eu enviei, o que é algo pelo que eu devo lhe parabenizar, mesmo que vá contra minha honra e orgulho. Mas a verdade é que eu sei que Morávia só vai cair no dia em que você cair junto e, até o momento, eu precisava de você viva.

— Para quê?

— Augusto confiava em você, portanto, a filha dele também confiaria; a localização dela chegaria ao seu conhecimento uma hora ou outra e, como sua consciência está cativa a mim, seria mais fácil esperar. O que eu ainda não compreendo é como ele pôde fazê-la desaparecer por tanto tempo… — Ele coçou o queixo, onde um pequeno cavanhaque de gelo começava a crescer.

— Por que precisa dela? — Dahra ousou perguntar; sua voz tremeu e Ofir levantou o olhar, interessado.

— Porque a garota é uma bússola, uma que nenhuma mão humana poderia fazer. Ela é a prova de que matéria escura e matéria estelar podem coexistir e é a prova de que aquilo que eu tanto procuro realmente existe. — Ele se levantou, o sorriso dando lugar a uma determinação doentia. — Mas você já sabe disso, não é? Ah, sim, agora sabe sobre o coração de Faídh!

Ele pulou para cima dela, com a mão esquerda estendida, mirando sua cabeça, Dahra abaixou a tempo e girou o corpo, atacando-o com a espada. A lança surgiu na mão do Inverno na mesma hora e ele revidou, batendo tão forte no encontro das lâminas que ela foi empurrada para trás. Seu corpo se chocou contra uma mesa de madeira que se desmontou; mesmo que nada daquilo fosse real, sua coluna ardeu de dor. Dahra se levantou arfando, uma outra espada surgiu em sua mão esquerda.

— Lembre-se — ela cuspiu sangue —, eu vou morrer *lutando*.

E então pulou para cima dele, um grito doloroso ecoando de seus lábios. Ela fincou as duas espadas em um X, e, apesar de ter conseguido se proteger, o Inverno cambaleou para trás. Seus olhos arderam em fúria e, em um movimento reto, passando por debaixo das espadas, ele fincou a lança no estômago dela, perfurando sua pele.

— Ahh… — Um grito fraco saiu de seus lábios e Dahra começou a cair para trás, ainda tentando segurar seu corpo em pé.

O Inverno se aproximou, forçando a lança ainda mais fundo, e colocou a mão em sua testa.

— Talvez morrer seja uma boa opção para você, afinal. É a única forma de se livrar de mim — ele sussurrou em seu ouvido, antes de ela apagar.

— AHH — Dahra despertou na cadeira, as raízes se desenroscando de seus membros. — Não, não, não!

— O que houve?! — Beor perguntou.

Ela se levantou com o olhar perdido e tateou a barriga, em busca de algum ferimento.

— Dahra, fale! — disse Erik, parando ao seu lado.

— Beor, abra um portal, agora mesmo! — ela demandou, caminhando até ele. — Leve Florence até o palácio, e Erik com vocês.

— Pelas estrelas, o que aconteceu?! — Erik puxou o ombro dela, fazendo-a olhar para ele.

— Ele viu, ele viu tudo. Ele sabe que Florence está aqui, precisam partir agora. Precisa cuidar deles, não pode deixar que o Inverno os encontre.

Os ombros de Erik cederam e, por um instante, ele pareceu fraco e pequeno. Ela estava confiando nele? Seria isso?

— Erik, por favor! Me prometa. Me prometa que vai cuidar deles.

— Eu não posso — ele falou com um sussurro.

— Por quê?!

— Porque não sou capaz, ele também tem controle sobre mim — admitiu.

— Não, não tem! Você é forte e… possui mais caráter do que todo o exército de Ofir. Não é o monstro que ele o fez acreditar que era, que todos nós fizemos. — Ela se aproximou dele e então o empurrou com força para trás. — Precisa protegê-los para mim e precisa fazer isso agora. Beor, o portal!

O garoto deu um pequeno salto, confuso e assustado, mas obedeceu, fincando sua espada no chão de pedra. O portal se abriu e o saguão do Palácio do Sol reluziu do outro lado.

— Precisam ir agora, ele está vindo para Morávia.

— Dahra, não. — Em um impulso Florence correu até a mulher e a abraçou, com lágrimas rolando.

— Ei, lembre-se da nossa conversa. — Ela afastou o corpo da menina e levantou seu rosto. — Precisa ser forte, escolher ser. Você é a nossa bússola — ela falou, encostando a mão no coração da garota.

Florence se afastou, enxugando as lágrimas, e Beor pegou sua mão e a puxou para trás.

— Não pensei que seria tão difícil me despedir de você e de seu palácio — Beor falou, com um nó entalado na garganta. — Obrigado por tudo, os boatos não mentiam: é a mulher mais magnificente que vive em toda a Terra Natural.

Dahra respondeu com um sorriso triste.

— Eu... — Erik tentou caminhar até ela, mas Dahra o empurrou mais uma vez.

— Vá. Por favor.

Ele abaixou o rosto e assentiu, caminhando até Beor e Florence.

— Eu vou te ver novamente? — Florence perguntou, o choro contido em sua voz.

— É claro! — Dahra forçou seu melhor sorriso. — Como não veria? Eu sou sua madrinha.

Os três atravessaram de uma vez o portal sem olhar para trás, pois sabiam que, se o fizessem, talvez hesitariam novamente. Fagulhas douradas piscaram no ar, enquanto o portal e a espada desapareciam em Morávia, deixando a rainha cercada por seus guardiões, mas com uma lágrima solitária rolando pelo seu rosto.

# 35

# Os intentos do Inverno

Ofir abriu os olhos. Estava sentado em seu trono de vidro, com o espelho oval que transmitia as cenas de sua consciência posicionado bem à sua frente. O alinhamento de consciências havia se encerrado e ele conseguira exatamente o que precisava.

— Ah, essa rainha maldita acabou por se mostrar muito mais útil do que eu imaginava.

Um senhor de sessenta anos e longos cabelos cinzas trançados e presos em um alto coque estava parado a alguns metros do trono, aguardando.

— E então, majestade? — ele ousou perguntar, a voz saindo de maneira polida e respeitosa.

— Tudo ocorreu exatamente como o planejado; a garota de fato chegou em Morávia.

— Excelente! Partiremos para lá então?

— Para lá? Não, acho que não será necessário. — Um sorriso maligno nasceu no rosto da estação, que se levantou, estalando os ombros, e começou a caminhar para fora do trono, enquanto dois outros servos levavam o espelho redondo embora. — Ainda falta uma peça final, mas ouso crer que ela também já está assegurada.

— E quais são as ordens então, meu senhor?

— Separe três dos melhores gruhuros que temos na minha guarda pessoal. Em especial aquele pai cuja família eu matei há não muito tempo; ele tem se mostrado um guerreiro exímio. Não poderei levar muitos na viagem, apenas os melhores. Contate também o capitão pirata e diga-lhe que não tardarei até estar com ele.

— Certo, majestade. — O homem prestou continência e então caminhou até a saída do cômodo.

— General Esko, espere.

O homem parou no meio do caminho e virou o corpo, aguardando.

— Você me serve há quanto tempo?

— Qua-quarenta anos, meu senhor. Desde que dizimou minha vila, no extremo norte.

— Ah, claro, me recordo dela, era um grupo de covardes, você foi o único que demonstrou temer a morte.

O homem assentiu, segurando ambas as mãos sob o estômago para impedir que o tremor fosse visível.

— Tem sido um bom servo, Esko, bom demais para que eu o deixe morrer. Sua vida humana lhe oferece mais vinte anos, talvez? É demasiadamente pouco — Ofir falou, começando a caminhar em direção a ele. — Sabe que os homens da minha guarda pessoal não envelhecem...

— Sei sim, meu rei, mas não penso que eu seria o mais apto para tal honraria. — O homem cuspiu as palavras; agora o medo já transparecia em seu olhar.

— Bobagem. — O Inverno balançou a mão, chegando mais perto. — Você se tornou digno.

O homem abriu os lábios para contestar, mas não disse nada, apenas os fechou novamente, com o tremor agora visível em todo o corpo.

O Inverno estava parado à sua frente com um olhar resoluto.

— Eu lhe farei a mesma pergunta que fiz quarenta anos atrás. — Ele abriu um sorriso malicioso e levou sua mão esquelética até o coração do homem. — Me diga, general, você ainda teme a morte?

Esko encontrou o olhar do Inverno e entendeu que seu destino já estava traçado, não teria a mínima chance de lutar contra ele. E, no final, era isso que ele havia feito durante toda a sua vida: fugido da luta. Não havia lutado quando entregara sua família para assegurar sua própria vida, nem quando orquestrava ataques sanguinários e injustos a pessoas que não teriam nem a chance de se defender, enviando tropas sem estar presente na própria batalha. Era um covarde e temia a morte, mas agora havia encontrado algo ainda pior para temer.

— Sim, senhor. — As palavras fluíram com facilidade em seus lábios; suas mãos não tremiam mais.

— Excelente. — O Inverno abriu um largo sorriso, as presas pontiagudas à mostra, e fincou suas unhas afiadas no coração do homem.

Esko se debateu de dor, enquanto uma camada de gelo começou a crescer a partir da ferida, onde o Inverno ainda mantinha sua mão. Ele assistiu com satisfação enquanto o corpo do general era coberto inteiramente por gelo, passando por uma transmutação.

O homem se debateu até que o gelo o tomasse por completo, cobrindo cada fio de seu cabelo e cada extremidade do seu corpo. Com a transformação concluída, ele ficou inerte e em silêncio, como uma estátua, não mais em dor, não mais capaz de sentir nada. Então, seus olhos se abriram. Eles haviam perdido todo brilho e cor; estava vivo, mas não era mais humano.

— Cumpra suas ordens, general — o Inverno demandou.

— Hum. — O homem gemeu, ainda capaz de entendê-lo por completo, mas tendo dificuldade em formar palavras, e caminhou em direção à porta.

Ofir esboçou um sorriso e o observou sair.

Sozinho no aposento, ele se dirigiu até um compartimento separado do cômodo, localizado atrás do belo mural entalhado em pedra e com diferentes joias adornando um desenho da própria estação, que cobria a parte de trás do trono, onde apenas ele e seus homens de guerra tinham permissão de entrar.

No largo cômodo havia um quadro onde estavam traçados os principais pontos da missão que estava orquestrando, e os nomes de Beor, Florence e Erik estavam presentes. Abaixo do quadro havia uma mesa de cristal, onde um livro antigo estava fechado, com o título na capa: *Registros da Guerra Estacionária*.

— Eu finalmente vou concluir o que muitas estações antes de mim falharam em conquistar. A garota me pertence, agora só falta uma última coisa.

# 36

# O mapa de Athina

Beor pisou novamente no palácio, três noites depois que o havia deixado. O lugar permanecia o mesmo, mas dentro dele tudo mudara. A ameaça do Inverno era ainda mais letal do que ele imaginava e o que estava em jogo era muito mais importante do que apenas Florence e uma possível segunda invasão às Terras do Sol.

Florence e Erik também atravessaram, e ele logo tirou a espada do chão, para não correr nenhum risco. Os três se olharam, confusos, sem dizer nada, enquanto alguns animais se aproximavam. No momento em que voltaram para as Terras do Sol, o calor invadiu seus corpos e aquelas roupas se tornaram insuportáveis, então eles se livraram o mais rápido que puderam das primeiras camadas, que caíram no chão, parecendo grossos cobertores.

— Seja bem-vindo ao Palácio do Sol, eu acho — Beor falou sem vida, com a mente ainda presa em Morávia e Dahra sendo deixada para trás.

O olhar de Erik percorreu todo o ambiente; ele havia sonhado por incontáveis anos em conhecer aquele lugar, mas não naquelas circunstâncias.

— Se o Inverno está mesmo indo até Morávia, eu acho que deveria voltar e ajudar, deveria lutar contra ele! — Beor falou em um impulso, reconsiderando; seu peito doía com a ideia de que agora todos os moravianos teriam que enfrentar o Inverno sem a ajuda de uma estação.

— Não agora, Beor, você ainda não é forte o bastante. Talvez enfrentá-lo agora seria um erro terrível e... irremediável. — Erik colocou a mão no ombro do garoto. — Muitos poderiam sofrer devido a isso no futuro.

— Mas e Dahra? Não podemos simplesmente deixá-los sozinhos nisso.

— Morávia já aguentou muitas coisas antes de você; eles já lutavam contra o Inverno antes mesmo de você nascer. Vão ficar bem. Sem contar que ele procura por Florence; no momento em que descobrir que ela não está mais lá, deve partir.

— E então ele vai vir atrás de mim... — A garota ofegou, dando um passo para trás.

— Ele vai tentar, mas é por isso que precisamos de um plano, precisamos de algo que possa distraí-lo, enganá-lo — Erik afirmou, tentando acalmá-la.

— Beor, você retornou! — Felipe entrou trotando para dentro da sala de descanso, um cômodo com nada mais do que alguns sofás e altas janelas, para onde ele havia direcionado o portal.

— Felipe! — Beor suspirou em alívio. — Voltamos, mas não pelos melhores motivos.

— Ah, você. — Felipe se afastou, notando Erik ao lado. — Parece que o Verão o encontrou, afinal.

— E aí? — Erik levantou a mão, visivelmente confuso com o olhar mal-encarado do cavalo.

— Senhorita, é bom tê-la de volta. — O cavalo se dirigiu para Florence.

— Obrigada, Felipe. Onde está Lúdain? — Ela olhou em volta.

— Ela está vindo, com certeza.

— Felipe, precisamos de ajuda. — O garoto olhou para a janela. — Gwair está no palácio?

— Não, ele partiu pouco depois de vocês e ainda não foi visto na torre.

— Ahr... — Beor resmungou, passando a mão com raiva pelo cabelo.

— O que aconteceu?

— Muitas coisas, mais do que eu poderia prever. Descobrimos por que o Inverno está atrás de Florence e *ele* descobriu que estávamos em Morávia. O que não nos deixou outra escolha senão retornar de imediato para cá; mas agora Morávia será atacada por nossa causa e não estamos lá para ajudar — ele falou, desabando no sofá mais próximo.

— O Inverno já tentou conquistar Morávia muitas vezes no passado e, mesmo sem a presença de qualquer estação, ele falhou — Erik lembrou, na tentativa de amenizar a situação.

— Sim — Florence assentiu, tentando se segurar àquela esperança.

— Uma coisa é fato, o Inverno não pode ir para a Terra da Escuridão Perpétua sem a Florence. Mas tem algo que não sai da minha cabeça. — Erik se aproximou deles. — Mesmo que ele realmente conseguisse concluir seu plano, como ele voltaria para a nossa terra? Pelo que eu sei, os lagos são apenas a porta de entrada, não de saída.

— Mas... a minha mãe saiu de lá. — Florence ergueu o olhar, com as sobrancelhas arqueadas.

— Como? Talvez se conseguirmos descobrir isso e impedir que o Inverno tenha acesso, seria uma forma de manipulá-lo ou até mesmo de obstruir o caminho. Uma forma de protegê-la. — Ele olhou para a garota.

— Era um rio, a minha mãe veio por um rio — disse Florence. — Ela sempre falava e pintava sobre ele.

Beor levantou o olhar.

— Um rio?

— Sim. — A menina balançou a cabeça, o coração acelerado pela adrenalina.

— Por quê? Já leu algo sobre isso? — Erik perguntou, inclinando o corpo para o garoto.

— Não li... Mas acho que sonhei. — Beor fechou os olhos e massageou a têmpora. — Sonhei com o Verão Louco uma vez, era como se eu estivesse acessando as memórias dele, na verdade. Ele estava em um cômodo do palácio que eu não reconheço e... ele tinha um mapa. — O jovem abriu os olhos. — Pensando agora, parecia bem um mapa da Terra da Escuridão Perpétua.

— O Verão Louco? Curioso. E como isso se conecta com esse rio? — Erik perguntou.

— No mapa havia alguns rios sinalizados. Foi um sonho estranho.

— Mas por que o Verão Louco estaria mapeando os rios da Terra da Escuridão Perpétua? — Felipe perguntou. — E por que você não comentou sobre isso antes?

— Foi só um pesadelo. — Beor deu de ombros.

— Talvez porque não tenha sido o Verão Louco a mapear — Florence comentou, e todos voltaram o olhar para ela.

— Como assim? — Erik perguntou.

— Quando estávamos pesquisando sobre a Terra da Escuridão Perpétua, Beor e eu descobrimos que uma Verão anterior, chamada Athina, foi quem pesquisou e registrou a maior parte dos livros que encontramos aqui. Parece que ela se tornou fascinada pelo assunto e gastou sua vida com isso.

— Esses livros, onde eles estão? — Erik perguntou.

— Na biblioteca — Beor respondeu.

— Então talvez lá seja o melhor lugar para começarmos.

Enquanto caminhavam até o andar de cima da ala, onde ficava a biblioteca, Felipe chamou Beor para trás.

— Meu Verão, eu sei o quanto ele nos ajudou na batalha da clareira, mas ainda não creio que seria o mais seguro mostrar-lhe cômodos importantes do nosso palácio desta forma.

Beor virou o rosto e franziu as sobrancelhas, pego de surpresa pela insinuação do cavalo.

— Mas, Felipe, Erik é um aliado; mais do que isso, é meu amigo. Eu confio nele e, durante todo o nosso tempo em Morávia, ele não me deu nenhum motivo para não confiar.

— Você tem certeza, Beor? Eu nunca fui com a cara dele, desde o primeiro momento.

— Mas você não vai com a cara da maioria das pessoas, vamos ser honestos — o garoto retrucou. — Não gosta de humanos.

— Bom… fato. Não gosto da maioria deles, mas não confiar é diferente, isso não acontece sempre — o cavalo sussurrou de volta.

— Felipe — Beor parou assim que chegaram no corredor da biblioteca —, você está preocupado, todos nós estamos. Mas isso não deveria nos fazer rejeitar os poucos aliados que temos nesse momento. Morávia era muito melhor do que eu poderia pensar, eles são bons, dignos de confiança, e Erik também é.

— Tudo bem. — O cavalo abaixou o olhar, ação que era rara para ele. — Você tem razão, toda ajuda conta e talvez eu seja mesmo apenas um cavalo rabugento.

— Você é muito mais do que isso, é meu conselheiro. Mas é rabugento também — Beor o provocou com um sorriso e apressou o passo para alcançar os outros.

Chegando à biblioteca, Florence os guiou direto para a prateleira que guardava o pequeno acervo sobre a Terra da Escuridão Perpétua, passando direto pela seção restrita ao Verão vigente. Quando Beor chegou perto dela, teve uma sensação estranha, um formigar nas mãos, como se o cômodo o estivesse chamando.

— Vocês podem ir, eu só vou ver algo aqui antes — ele comentou, sem pensar muito, e se dirigiu até a seção restrita, deixando Felipe para trás, que o observou com estranhamento antes de acompanhar as duas estações da terra.

Beor parou diante da porta da seção restrita e o vidro se abriu ao seu toque. Ele caminhou por aquele espaço, inspecionando cada detalhe, a mesa expositora com as relíquias, a estante com os

336

livros raros e o pedestal com o dicionário de alnuhium, esperando que algo em específico lhe chamasse a atenção. De início nada aconteceu e ele girou o corpo mais uma vez, tentando entender o que havia deixado passar. Dentro do vidro, onde estavam guardados aqueles poderosos objetos, que deveriam ser escondidos do restante do mundo, um específico se destacou. Ele se lembrou do sonho que tivera, em que o Verão Louco encontrava um cômodo que não existia no mapa original e abria a porta com uma... chave.

Ele se aproximou e ergueu o tampo de vidro; quando guardou a bússola do Sol ali um mês antes, desejou que nunca mais tivesse que mexer naquele receptáculo, que tudo permanecesse seguro e intacto, assim como estava. Beor tocou a chave; era um objeto frio, feito de ouro opaco, que não brilhava nem pesava muito. Ela estava amarrada em um pequeno cordão de couro que ele puxou junto, guardando-a no bolso da calça.

Florence e Erik já estavam sentados na mesa mais próxima à prateleira e completamente absortos no assunto quando Beor chegou.

— E então? Descobriram algo mais?

— Sim! — Florence respondeu, com os olhos cansados preenchidos por adrenalina. — Os registros que temos aqui nós dois já havíamos lido antes, mas uma coisa não pesquisamos: o diário pessoal de Athina. Eu o encontrei na seção de biografias. — Ela virou o corpo, sentada na cadeira, e apontou para uma prateleira a distância, que ainda era visível de onde estavam.

— É claro! Você é genial — Beor exclamou, aproximando-se dela. — E então?

— Bom, é confuso, ainda estou tentando entender. — Florence torceu o nariz, encarando o papel. — Posso estar enganada, mas me parece que ela de fato chegou a visitar a Terra da Escuridão Perpétua e voltar. O que é fantástico e ao mesmo tempo terrível, porque prova que o Inverno poderia fazer o mesmo.

— Não se preocupe com isso agora, apenas continue a leitura — Erik a encorajou. — Beor, você disse que viu um mapa em seu sonho, não foi? Existe aqui alguma seção específica de mapas? — ele questionou, levantando o olhar para o garoto.

— Eu não sei, mas podemos perguntar.

Beor olhou em volta e avistou Lyta, a mesma bibliotecária que o havia auxiliado durante todos os dias que passara ali; ela estava debruçada sobre uma pequena escadinha, a distância. Erik se levantou da cadeira e o seguiu.

— Lyta, querida, olá.

— Ah, senhor Verão, que bom que está de volta — a texugo respondeu, ajeitando os pelos de forma envergonhada.

— Sim, preciso novamente da sua ajuda. Nós teríamos alguma seção aqui na biblioteca focada exclusivamente em mapas?

— Mapas? — o animal repetiu a pergunta, refletindo. — Sim, mapas, temos. Não fica dentro da biblioteca, mas é um cômodo adjacente, onde eles costumavam ficar armazenados. Eu, inclusive, preciso organizá-lo; o último que fez isso foi o meu antecessor.

Ela desceu de sua escadinha em um pulo, tocando o chão.

— Queiram me acompanhar.

Lyta começou a correr velozmente pela biblioteca, com as quatro patas no chão, e Beor e Erik tiveram que apressar o passo para segui-la. Eles foram levados até o fim da biblioteca, onde havia uma porta de saída usada apenas pelos animais que trabalhavam ali. Ela dava para um corredor estreito onde, mais à frente, estavam os aposentos dos próprios funcionários.

— Aqui. — A texugo levantou o corpo e apontou para um quarto de porte humilde, onde uma porta de madeira pintada de verde guardava a entrada.

Beor caminhou até o local e encontrou um quarto empoeirado e estreito, porém longo, sem qualquer janela e que tinha apenas duas prateleiras, uma de cada lado, que se estendiam até o final, com diversos pergaminhos preenchendo o espaço.

— Na madeira vocês verão uma classificação que data a época em que cada mapa foi feito — Lyta orientou.

— Certo. — Erik caminhou para a frente, passando por Beor.

— Você lembra a época em que essa Athina viveu?

Beor piscou.

— Ela foi o oitavo Verão e a segunda mulher a assumir o cargo.... tente entre 2300 e 2400, algum desses séculos.

— Tudo bem. — Erik se adiantou em sua busca, passando a mão na borda da madeira empoeirada da estante. — Aqui temos 1700, 2000...

Ele caminhou até finalmente parar na data aproximada, e Beor surgiu logo atrás dele, inspecionando a estante da direita, enquanto ele olhava a da esquerda.

— Achei! — Beor exclamou depois de alguns minutos.

Ele puxou da estante uma longa capa de couro, cuja borda estava marcada com "Propriedade da oitava Verão".

— Excelente. — Erik correu até o seu lado, expectante.

Beor virou o material e percebeu que parecia mais leve do que deveria; ao abrir a tampa, constatou o que já desconfiava.

— Está vazio. Não está aqui — ele falou, frustrado.

— Droga, droga! — Erik deu um soco na madeira, externando sua frustração. — Você, texugo, não sabe onde está?

— Eu sinto muito, senhor. Como disse, esse cômodo não é organizado há muito tempo. Eu mesma estou em falta com ele.

— Não, tudo bem, Lyta. Não é sua culpa. — Beor estendeu a mão.

Ele devolveu a capa para seu compartimento e voltou o corpo para Erik.

— Bom, agora sabemos que não era só um sonho. Athina realmente desenhou um mapa que estava em posse do Verão Louco. Tudo o que precisamos é encontrá-lo.

Beor, Florence e Erik passaram o restante daquele dia na biblioteca, porém nada do mapa ou qualquer pista dele foram encontrados. Quanto mais Beor pensava sobre o cômodo que havia visto em seu sonho, mais confuso ele se sentia. A arquitetura do lugar não se encaixava com o restante da construção, e sua localização simplesmente não existia na planta atual.

Depois de algumas horas que Florence havia sido deixada sozinha com o diário de Athina, ela finalmente chegou até onde

Erik e Beor estavam, espalhados em um par de sofás que havia ao lado de uma grande janela na biblioteca; do lado de fora, as estrelas já haviam povoado o céu.

— Eu terminei. — Ela se aproximou, com a voz cansada.

— Finalmente. — Beor levantou o corpo, interessado. — E então?

— Athina era… *louca*, para começo de conversa — Florence respondeu, erguendo ambas as mãos.

Erik soltou uma risada, mas, ao virar o rosto e ver a seriedade no corpo da menina, também aprumou o corpo.

— Eu descobri que ela nunca teve marido ou filhos, como conta a história. Ela teve apenas um pretendente, quando se tornou a Verão, mas nunca conseguiu superá-lo, e se tornou tão obcecada com ele que convenceu a si mesma dessa falsa realidade. A Terra da Escuridão Perpétua alimentava essas ilusões, já que lá, de acordo com suas palavras, era o único lugar onde poderia encontrá-los. É bem psicótico, na verdade. — A menina coçou os olhos, desconfortável.

— Isso é horrível — Beor lamentou. — É triste saber que tantos Verões no passado falharam em cumprir com seu chamado.

— Mas e sobre a Terra da Escuridão Perpétua? Encontrou algo? — Erik perguntou.

— Athina era inteligentíssima, isso eu não posso negar. Ela mapeou e encontrou um padrão para os lagos escuros; ela fala da teoria de eles estarem conectados com os próprios rios da Terra da Escuridão Perpétua, mas não desenvolveu muito sobre isso. O que ela fala é que, na Terra Natural, existem duas formas de um lago escuro nascer: a primeira é em um local com pouca luz e vida humana, cavernas afastadas, geralmente. E a segunda forma é quando existe a presença de um habitante da Terra da Escuridão Perpétua por perto.

— Como o lago debaixo da sua cama — Beor comentou.

— Sim, exatamente como ele, apesar de que eu realmente não me lembro dele antes.

— Então a vila abandonada em que nos conhecemos... — Beor virou o rosto para Erik, lembrando-se do lago escuro que encontrou por lá. — Também possuía um habitante da Terra da Escuridão Perpétua?

— É possível, garoto, muito possível. Eles podem estar por aí.

— E é isso — Florence falou, desabando no sofá ao lado de Beor. — Isso foi tudo o que eu consegui absorver desse diário *deprimente*. Olha, eu sei que nós estamos correndo contra o tempo, mas eu gostaria de dormir, pelo menos por algumas horas. Podemos continuar essa pesquisa — ela gesticulou com a mão, começando a ficar emburrada — amanhã?

— Hã, sim, claro.

— Bom, se vocês quiserem eu posso partir; está tudo bem se não estiver confortável com minha presença no palácio e... — Erik falou, levantando-se em um pulo, o que fez Beor levantar também.

— O quê? Não! Você é mais do que bem-vindo, é meu convidado — Beor se apressou em dizer. — Pode passar a noite aqui.

— Tem certeza, garoto? É que o cavalo não parecia muito a favor da ideia — Erik questionou, com o semblante se apagando.

— Ah, Felipe não gosta de humanos, de quase todos eles. Não é pessoal.

— Quando se passa tanto tempo sendo julgado e odiado pelas pessoas, tudo meio que se torna pessoal.

— Eu entendo, sinto muito por isso, de verdade. Mas você provou sua honra para Dahra! Não acho que será difícil prová-la para um cavalo — Beor disse, abrindo um sorriso.

Erik sorriu de volta.

— Tudo bem, você deve estar certo. Nem todos são como o Inverno, é disso que preciso me lembrar. Aceito a estadia então.

# 37

# O cômodo oculto

Florence havia contado com o auxílio de Beor para fazê-la adormecer na noite anterior, mas isso não a impediu de acordar mais cedo do que todo o palácio naquela manhã. Quando seus olhos se abriram, insistentes, e se recusaram a fechar de novo, o sol estava começando a nascer e metade do céu ainda era noite. Ela se levantou da cama, irritada, e colocou o primeiro vestido que encontrou no armário, complementando-o com um corpete de couro e um cinto. Estar de volta ao palácio era tão bom, fazia-a se sentir segura de novo, mas a sensação pouco importava agora que sabia como o Inverno a estava caçando.

Quando abriu a porta, o corredor estava vazio e silencioso, sem qualquer sinal de alguma outra criatura acordada. Sua barriga roncava e ela começou a caminhar na direção da sala de jantar mais próxima. No caminho, algo lhe chamou a atenção. A sacada, que sempre ficava no final daquele corredor, antes dos dois últimos aposentos que encerravam o andar, agora estava bem à sua frente, quatro metros antes de onde deveria estar. Ela olhou para o lado, confusa, e a outra sacada ainda continuava lá;

quando voltou o rosto, não havia mais sacada duplicada, apenas uma parede lisa de pedra, bem na sua frente.

— Estranho. — Ela piscou e se aproximou da parede, em passos lentos. — Parece que você estava tentando passar despercebido, mas eu te vi.

Ela tocou a pedra gelada da parede, esperando que algo acontecesse, mas, seja lá o que estivesse ali, já havia ido embora; a parede era apenas uma parede.

Pouco tempo depois de Florence chegar à sala de jantar, enquanto ela experimentava alguns dos pratos servidos pelas duas ursas cozinheiras, Beor e Erik apareceram para o café da manhã.

— Finalmente. Por que demoraram tanto? — Ela empurrou a cadeira e se pôs de pé, assim que viu Beor passar pela porta.

— Bom dia para você também. — Ele coçou os olhos; finalmente havia dormido depois de um bom tempo.

— Eu acho que a gente deveria deixar o café da manhã para mais tarde. — Ela se apressou em falar, ao ver que os dois estavam prestes a se sentar.

— Por quê? — Erik cerrou as sobrancelhas, notando o olhar desperto da garota.

— Eu acho que sei onde está o tal cômodo oculto com que o Beor sonhou.

— Onde? — Erik perguntou de imediato.

— Aqui neste andar — ela afirmou, com um brilho diferente nos olhos.

— Como?! — Beor exclamou, soltando na mesa o pãozinho que havia pegado.

— Venham comigo! — Florence seguiu para fora do cômodo, guiando-os pelo caminho que fizera há pouco. — Eu acordei mais cedo e me deparei com algo estranho. Sabe quando a gente tem a sensação de ter visto algo e então, quando olha direito, não está mais lá?

— Hum, acho que sim — Beor concordou, de forma encorajadora.

— Então. Essa sacada estava exatamente onde sempre esteve, mas, caminhando pelo corredor até chegar nela, eu tive a impressão de ter visto, pelo canto do olho, uma sacada idêntica a ela, só que alguns metros antes de onde a original deveria estar.

— Você está dizendo que o cômodo se camufla, replicando a imagem de cômodos reais pelo palácio para passar despercebido? — Erik falou; toda aquela ideia começava a fazer sentido para ele.

— Exato! E talvez ele tenha um… padrão, não sei. Porque, logo depois que olhei, a ilusão já havia passado.

— Isso foi há quanto tempo? — Erik perguntou.

— Menos de uma hora, eu acredito.

— Então talvez a ilusão ainda esteja neste andar — Beor concluiu, com um brilho começando a nascer no olhar.

— Talvez! — Florence afirmou, e Beor notou que, mesmo com a sua vida tão em risco como sempre estivera, o semblante da garota parecia mais leve do que antes, e isso o deixou contente.

— Durante o grande congelamento, lobos do Inverno invadiram o palácio em busca de algo. Eles atacaram e partiram sem levar nada. — Comentou, trazendo à memória o que o conselho lhe havia contado.

— Provavelmente estavam procurando esse cômodo — Erik concluiu.

— Sim, e ontem eu encontrei, na seção particular do Verão na biblioteca, um objeto que nunca havia notado antes, esta chave. — Beor a tirou do bolso. — Ela estava guardada em um compartimento protegido por um encantamento forte que impede a entrada de qualquer pessoa que não seja o Verão. E, no sonho, o Verão Louco também usava uma chave.

— É isso! Talvez a chave revele o cômodo — Florence falou.

— Vamos procurá-lo, então. — E saiu andando na direção do corredor, fitando cada porta como se fossem criminosas prestes a dar-lhe um golpe.

— Tudo bem, vamos nos separar — Beor concordou, caminhando na direção dela. — Tentem olhar com o canto do olho.

Erik assentiu, e os três se separaram ao longo do corredor. Beor decidiu ficar com a outra extremidade e voou até a outra ponta, enquanto Florence ficou pelo meio do caminho, andando lentamente, fechando e abrindo os olhos. Nas duas extremidades daquele andar havia um lance de rampas, que subiam e desciam para outros andares do palácio.

Beor começou a fazer o trajeto de volta em direção à garota, com a chave nas mãos, posicionada quase como uma arma. Ele caminhou por alguns metros sem notar nada de diferente até que percebeu, no vão entre uma porta e outra, uma terceira porta, estreita demais para ser algo real do palácio, mas uma cópia tão idêntica às outras que, em um dia corrido, não a teria visto. Bastou ele focar seu olhar no vão que a porta subitamente desapareceu. Mas ele já estava correndo em direção a ela, empunhando a chave. Antes que pudesse ponderar sua ação, arremessou a chave de ouro na parede que deveria ser sólida, e, no lugar onde ela encostou, surgiu uma maçaneta, revelando, enfim, uma porta.

Beor suspirou sem acreditar: havia encontrado o cômodo oculto.

— Pessoal! — Ele arfou, o corpo tomado pela adrenalina. — Eu acho que encontrei.

A porta que surgira à sua frente era muito menor que as outras daquele andar e tinha um tom marrom enferrujado, parecendo madeira apodrecida. Ele ouviu os passos de Florence e Erik correndo em sua direção enquanto girava a chave na maçaneta.

— Garoto, você realmente encontrou! — Erik balançou os ombros dele, em comemoração.

Beor abriu a porta, respirou fundo e entrou no cômodo a passos lentos. Era um lugar simples e pequeno, porém o teto era da mesma altura dos outros aposentos daquele andar. Como no sonho, era um cômodo bem escuro, isso porque era um ambiente completamente fechado e sem janela ou qualquer saída de ar. A luz que entrou pela porta recém-descoberta parecia ser repelida pela escuridão, e alguns feixes brigaram entre si como pequenas cobras. No centro do cômodo havia uma mesa e, em cima dela, uma larga caixa de madeira, cuja tampa estava caída no chão. Beor se aproximou, e Florence e Erik o acompanharam.

— Então esta deve ser a peça que faltava — Erik comentou.

Beor assentiu, tirando um mapa enrolado de dentro da caixa.

Ele limpou com a mão o centro da mesa, que estava empoeirado e com teias de aranha, e começou a desenrolar o material.

Era um mapa feito à mão com tinta, e nele estavam ilustrados algumas porções de terra, como ilhas; todavia, pela descrição não havia mar, mas sim vazios de bruma. Quatro rios estavam marcados no território, todos distantes uns dos outros.

— Será que o meu pai não sabia disso? — Florence se inclinou sobre a mesa, seguindo o caminho dos rios com o indicador. — Seria uma forma segura da minha mãe visitar sua casa.

— Eu acho que não; o cômodo foi escondido pelo próprio palácio antes de o seu pai se tornar o Verão, provavelmente para proteger esse conhecimento.

— O que é isso? — Erik comentou, se aproximando e pegando de dentro da caixa um grupo de papéis costurados uns nos outros. Ele examinou o material, a mão levemente trêmula. — Parece um guia — ele mesmo respondeu à sua pergunta, lendo o texto. — Diz aqui que a única forma de voltar é através do alinhamento do rio que conecta as três terras, Abhain. Ele... muda de localização a cada ciclo estelar, que são os meses na Terra que há de vir, incorporando-se a um rio natural já existente tanto na Terra Natural quanto na Terra da Escuridão Perpétua — ele leu, franzindo as sobrancelhas; não parecia fazer total sentido. — Quando o rio se conecta nos três lugares ao mesmo tempo, temos a passagem de um lugar para o outro.

— É claro. Algumas semanas atrás Gwair, a águia protetora do palácio, me levou até um rio que cortava a Terra que há de vir. Pode muito bem ser *esse* rio.

— Parece complexo e confuso da mesma forma — Florence comentou olhando, pelo ombro de Beor, as anotações.

— Mas existe uma lógica, deve existir. E Athina provavelmente encontrou o rio, já que conseguiu voltar.

— Isso não é o que importa — a garota debateu. — Se o palácio escondeu o mapa, era para que ninguém o achasse. E agora nós o encontramos, encontramos a única coisa que possibilitaria ao Inverno voltar da Terra da Escuridão Perpétua. Precisa queimá-lo, Beor, por favor. Precisa queimá-lo agora.

— Sim, com certeza. — Beor balançou a cabeça. — Ao mesmo tempo… isso deve ter custado toda a vida dela, é triste que todo esse conhecimento desapareça.

— Triste? Esse conhecimento causou guerras! Fazer isso seria cortar as cordas do plano do Inverno; sem o mapa não existe caminho de volta. Poderíamos até mesmo prendê-lo lá para sempre.

— Sim… Isso seria ótimo! — O semblante de Beor se iluminou. — Podemos criar uma armadilha e jogá-lo dentro de um dos buracos negros.

— Não sei, ele ainda vai estar perto do coração…. — Florence ponderou, cruzando os braços.

— Mas ele não vai ter você. E não vai ter como voltar — o Verão respondeu. — O que você acha, Erik?

O homem estava imóvel alguns centímetros atrás deles e Beor pensou ter visto algo diferente em seu olhar.

— Eu não sei, acho que não vai funcionar.

— Queimar o mapa?

— Enganar o Inverno. Vocês não vão conseguir.

— Por que não? — Florence perguntou, virando o corpo e estranhando a mudança de tom do homem.

— Porque ele já sabe que o encontramos. — Erik suspirou, tragando o ar. — E vocês me trouxeram *exatamente* aonde ele queria.

A estação renegada ergueu o olhar, e este não era mais amigável como antes; pelo contrário, estava distante e ameaçador. Não parecia o Erik de até então.

# 38

# O traidor

Beor virou o corpo, as sobrancelhas franzidas; um senso de alerta que não havia sentido até então tomou seu corpo por completo.

— Erik? O que você quer dizer com isso?

— Que eu preciso do mapa, garoto, e... vou precisar da menina também. — Ele deu um passo para trás, tirando lentamente seu machado das costas, com o olhar resoluto e o corpo assumindo uma posição de ataque. Parecia uma pessoa completamente diferente.

— Então você estava... trabalhando para *ele*? Todo esse tempo?! — Beor perguntou, e sua voz saiu entrecortada; seu corpo tremia e o peito ardia em raiva e indignação.

— Dahra estava certa... ela estava! — Florence balbuciou. — Seu monstro! Como pôde?! Ela confiou em você; nós confiamos! — ela berrou, enquanto se escondia de forma involuntária atrás de Beor, sentindo sua pressão baixar.

— Eu fiz o que foi necessário — Erik rosnou. — E, sim, eu enganei sua *rainha*, me deixei ser levado como prisioneiro para eventualmente me encontrar com vocês.

— Como? Como sabia que íamos até Morávia? — Beor perguntou.

— O Inverno sabia, eu não sei como.

— Mas você me ajudou na clareira! Erik, você lutou *comigo*! Lutou contra os lobos do Inverno, por quê? Por que fez tudo aquilo? — o garoto questionou cerrando as sobrancelhas enquanto uma tristeza pesada se apossava de seu coração; sua mão já estava na espada, e ele sabia que teria de lutar contra o homem.

— Eu... eu queria fugir dele, por um momento, e eu pensei que pudesse. Mas foi um ato impulsivo, tolo, que me custou muito depois — o homem falou, e Beor percebeu que a maior cicatriz que agora cobria o seu rosto não estava lá meses atrás. — Eu *devo* lealdade a ele, o Inverno é minha família. É o meu sangue.

— Não é, não! Ele é um monstro, que perdeu toda e qualquer humanidade. Sem contar que você é descendente do Inverno *antes* dele, não de Ofir. Não deve nada a ele.

— Ah, Beor, não é assim que as coisas funcionam. O Inverno e eu somos estações paralelas; eu sou dependente dele, assim como meus poderes. Ou será que vocês dois não sentem? A conexão entre vocês? Como seus poderes e fluxos de energia parecem estar alinhados, combinados como se fossem uma coisa só? Isso não é sentimento ou qualquer outra coisa que possam ter pensado, é a conexão entre seus poderes; Florence é dependente de você, assim como eu sou de Ofir.

— Mesmo assim, você não precisa fazer isso. Pode lutar contra ele! — Florence gritou com lágrimas prestes a explodir por sua face.

Erik revirou os olhos, irritado.

— Lutar? Foi isso que o meu pai tentou fazer quando *seu* pai o assassinou, anos atrás. — Ele apontou em fúria para Florence. — Eu era apenas uma criança.

— Mas... você tentou salvar Augusto! — Beor debateu, lutando com todas as suas forças para não aceitar.

— Eu nunca me importei com Augusto — Erik respondeu com rispidez. — Mas confesso que... me importei com você. Por mais que não devesse me importar, eu não queria vê-lo morrer e não concordava com o que o Inverno pretendia fazer. Eu nunca quis me envolver além do que fosse o necessário e ser cúmplice na morte de uma estação primária não fazia *exatamente* parte da minha missão.

— E por que está fazendo isso agora?

— Porque eu aprendi a minha lição, eu não *posso* me livrar do meu sangue. Eu tentei, e isso não me trouxe nada de bom, pelo contrário. As pessoas viam a minha família como amaldiçoados e, não importa o quanto eu tente me afastar, isso continua sendo tudo o que veem em mim. Porque talvez seja exatamente isso que eu sou. E, se eu não posso fugir, que eu então aceite — ele falou com orgulho, levantando o queixo, mesmo que seus olhos também transparecessem uma pitada de dor. — E tem o coração. Você não entende, mas *ela* é a única forma de encontrá-lo. Estações procuram por ele há eras e agora ele finalmente pode ser achado. Você sabia que o primeiro a encontrar e registrar a existência de um lago escuro foi um Inverno? Boreas, o terceiro.

Beor sentia o chão girar, seu peito batia de forma acelerada, enquanto seu coração sangrava.

— Era ela, não era, quem você estava procurando quando te encontrei na vila abandonada? A sua missão? — As memórias voltaram para ele como um turbilhão, como peças se encaixando.

— Sim — Erik admitiu e desviou o olhar. — Eu estava traçando todos os lagos escuros do continente; ela precisava estar próxima de um deles.

— Então a invasão do Inverno, os ataques dos oghiros…

— Foi apenas uma distração; um novo Verão seria escolhido logo, e o Inverno teria que retrair, ele sabia disso. Mas o momento era simplesmente perfeito: Augusto estava fraco e senil, e Ofir queria a garota e o mapa.

— Eu confiei em você! — foi tudo o que Beor falou, com desprezo e raiva no olhar.

— E eu sinto muito que o tenha feito. De verdade. — Erik girou o machado em suas mãos. — Agora, me passe a garota.

— Não. Eu não posso e não vou deixar você fazer isso. — Beor deu um passo para frente, com um nó entalado na garganta e olhos pesados. Com a mão direita ele encostou no ombro de Florence, escondendo-a mais atrás de si.

Ela reagiu, pegando em sua mão, desesperada.

— Eu sinto muito, garoto, mas não pedi sua permissão — Erik respondeu, com sua arma em punhos.

Beor tirou sua espada da bainha e a levantou rente ao rosto.

— Eu não quero seu mal, é só me entregar a garota e... — Erik tentou fazê-lo mudar de ideia.

— Nunca. — O rosto de Beor se fechou, e o garoto partiu pro ataque.

Naquele momento, Erik era Augusto, que também o havia enganado; era o Inverno, que o atormentava dia e noite; era o amigo misterioso que o menino tinha feito na floresta e que agora o traía em sua própria casa. De todos os fardos que ele esperava vir com o manto do Verão, nunca imaginaria que a traição seria um deles.

A espada brandiu contra o homem, que levantou o machado, bloqueando o golpe. Beor saltou, pegando impulso, e girou a espada na direção contrária, ferindo Erik no quadril e fazendo-o cambalear para trás. Do chão de pedra cresceram duas colunas que trombaram com Beor no ar, cada uma o empurrando de um lado. Ele lutou contra as pedras balançando os braços com rapidez e voou para trás, livrando-se delas. Logo atrás, Florence notou o chão começar a se mover em volta dos seus pés e pulou de uma vez na mesa, guiada por instinto. Ela se levantou com dificuldade e equilibrou seu corpo na madeira, que estava quase um metro atrás de Beor, enquanto acompanhava o confronto com os olhos fixos em Erik. Seu peito ardia e o ar travava uma batalha árdua em seus pulmões; ela não estava segura naquela mesa e não estaria segura em lugar algum. Ele iria levá-la, ela sabia, por mais que lutasse, não conseguiria impedir isso. Queria muito acreditar que Beor seria capaz de protegê-la, mas sabia que nem ele poderia fazer isso, não permanentemente.

Logo à frente, Beor pisou no chão e, movendo a espada em um movimento de semicírculo, partiu ao meio as duas colunas de pedra que ainda estavam à sua frente. Os destroços cederam, revelando Erik do outro lado, que já pulava na direção dele empunhando o machado com as duas mãos. O Verão bloqueou o machado com a espada e voou para cima dele, forçando-o em direção ao chão. Erik caiu, mas o levou consigo, puxando-o pela capa, e aproveitou o momento para tentar atingi-lo com o machado, que passou raspando pelo braço de Beor, tirando-lhe algumas gotas de sangue dourado. O corpo do garoto bateu na parede esquerda do pequeno cômodo com um sonoro baque. Seu braço ardia de leve e ele não entendia como aquela arma poderia tê-lo ferido. Ele se levantou em um pulo e, quando foi tomar impulso para atacar Erik novamente, sentiu a pedra atrás de si se transformar em líquido e começar a fechar em volta do seu corpo, tornando a endurecer novamente em cada parte do seu corpo que cobria. Ele se debateu enquanto a pedra ia descendo, cobrindo o tronco e o braço, prestes a chegar na mão que empunhava a espada.

— ARGH! — ele gritou, incendiando seu corpo como da primeira vez que viu as estrelas.

Tudo era chama e seus olhos arderam em dourado, como duas lamparinas. A pedra derreteu à sua volta, e ele quebrou as partes ainda duras, se libertando.

Erik deu um passo para trás, surpreso.

— Impressionante, garoto. — O Outono engoliu em seco.

Beor saltou para cima dele, ainda em chamas, e Erik se esquivou em um meio giro, atacando-o de raspão pelas costas. Ainda assim, o fogo queimou o ombro do homem, que grunhiu de dor, usando a parede como apoio para o corpo.

— Eu não quero fazer isso, Erik, você me *salvou*! Ainda pode desistir, pode desistir agora…

— Você não entende? Se eu cheguei até aqui é porque não vou mais voltar atrás, garoto, eu não posso mais. — O Outono se recompôs, girando o machado em círculos no ar.

— Fez sua escolha, então — Beor declarou, a mágoa lhe corroendo os ossos.

— Há um bom tempo.

— Então eu também fiz a minha.

Beor fechou o rosto, o semblante endurecido e decidido. Ele apertou as mãos na espada, mirando-a em Erick, e do objeto saiu um grande lampejo de luz e fogo alaranjado que arremessou o homem contra a parede, fazendo um buraco no local e causando uma pequena explosão. Erik foi arremessado com força no corredor, confirmando aos animais assustados que os sons que vinham de dentro eram realmente de um embate. Todos saíram correndo, aterrorizados, para as extremidades do corredor, longe o suficiente para não serem atingidos, mas ainda conseguirem acompanhar.

Erik se levantou com dificuldade, estalando os membros doloridos, seu rosto e peito ardiam pela queimadura; como ele era uma estação originária do inverno, o fogo laranja era o mais letal para ele. Após se pôr de pé, o homem provocou uma pequena onda batendo seus pés sobre o chão de pedra, gerando uma corrente de ar que aliviou sua dor. Até aquele momento, cumprir sua parte no acordo com o Inverno vinha sendo muito mais doloroso do que ele previra; mas, agora, não mais. A dor fez seu sangue arder e correr mais forte, e a raiva subiu por cada memória, cada cômodo oculto de sua mente. Ele não precisava sentir remorso, não precisava pegar leve, os Verões passados já haviam feito muito pior com sua família. O demônio das cavernas: era assim que seu povo o chamava; talvez ele realmente fosse um.

Beor estava dentro do cômodo, parado em frente à mesa de Florence, prestes a atacá-lo novamente. Quando o garoto correu em direção a ele, Erik o deixou vir, aparentemente sem lutar, mas então um grito de Florence veio até seus ouvidos. A mesa estava sendo engolida pelo chão de pedra como areia movediça e ela se desestabilizou, caindo para trás. Beor virou o corpo em pavor e voou até ela, mas não chegaria a tempo.

Assim que a garota caiu no chão, a pedra começou a cobrir seu corpo, em forma líquida, formando uma espécie de armadura que foi tomando cada pedaço de pele, até finalmente chegar ao seu rosto, endurecendo tudo novamente.

— Não! — Beor gritou quando a alcançou, batendo na estátua da garota. — Liberte a Florence! Agora!

— Eu não vou fazer isso. — Erik deu de ombros e se aproximou.

Beor girou o corpo, os olhos em fúria.

— Sim, você vai! — ele bradou, partindo para cima de Erik novamente.

Suas armas se chocaram e se encontraram novamente, rangendo em um som estridente que ecoou pelo corredor, mas que não cortou nenhuma pele.

Coberta inteiramente por pedra, Florence estava prestes a explodir, as vozes em sua mente agora gritavam em um coro desconexo, cada vez mais alto enquanto sua respiração se esvaía. Ela pensou que ia desmaiar, mas em vez disso elevou seu tronco, em um movimento brusco e impensado de coragem. O casulo de pedra ao seu redor se transformou em areia fina, como a da praia perto de sua casa, caindo pelo chão e libertando seu corpo. Ela respirou ofegante, sem acreditar que ainda estava viva.

— O quê?! Como você fez isso?! — A voz incrédula de Erik veio do outro lado do aposento.

— Florence! — Beor exclamou, com o alívio estampado em sua voz, dando um passo na direção da garota e deixando Erik para trás.

— Não foi você quem me disse que eu era uma estação da terra? — Ela suspirou, encarando-o com um pouco mais de confiança. — Acho que seus truques não vão mais funcionar comigo.

— Eu não preciso mais de truques, você vai vir por conta própria. — Erik deu um passo para frente e passou a mão direita, que segurava o machado, em volta do pescoço de Beor, que estava bem à sua frente. A preocupação com a garota o havia deixado completamente vulnerável ao inimigo. Ele se debateu, pego de surpresa, mas era tarde demais; a lâmina já encostava em sua pele.

— Erik, me deixe ir — ele rangeu entredentes, com todo o corpo paralisado; estava completamente vulnerável agora.

— Deixa eu te contar a história desse machado, Beor. Ele é feito de folhas secas da Árvore Invernal, contrabandeadas por décadas através de guardiões corruptos; sim, eles existem, afinal, quem você acha que me entregou ao palácio? Ele foi forjado pelo próprio Inverno de presente para mim; disse que, como uma nova estação, eu precisaria de algo para impor meu poder. Ele não chega a ser um objeto estacionário, o que poderia ser frustrante, mas ele *pode* fazer uma estação sangrar, o que é bom o suficiente para mim. A dúvida é: será que ele também pode matar uma estação? — Erik apertou um pouco mais a lâmina, roçando a pele exposta do pescoço do garoto.

— Você não vai fazer isso. Você me salvou!

— Correção: eu não *queria* fazer isso, mas infelizmente não vejo outra forma. Então, garota, você vem comigo?

— Vou — Florence falou sem nem pensar duas vezes, dando um passo à frente. — Mas primeiro solta ele. Por favor.

— Essa é a questão; se eu soltar, ele vai me atacar de novo.

— Não, Florence, não! — Beor lutou contra suas pernas que queriam se mover, fitando a garota parada a um metro de distância.

— Está tudo bem. Eu não quero que morra por algo que é inevitável. Não tem como me salvar, Beor, ninguém pode. — Sua voz saiu estranhamente calma, conformada. — O meu pai não conseguiu e você também não vai. Mas obrigada por tentar, de qualquer forma, foi gentil da sua parte. Mesmo. — Ela lhe deu um sorriso triste e desviou o olhar. Odiava despedidas; elas faziam-na querer nunca ter vivido ou conhecido as pessoas em primeiro lugar.

— Se tudo der certo, não vai precisar se preocupar comigo de novo, Beor. O problema do Inverno não é exatamente com você, mas com as *estrelas*. Porém, eu ainda sinto muito por tudo ter se desenrolado dessa maneira.

Após falar isso, Erik baixou a lâmina do machado e cortou o peito de Beor com profundidade; o que causou um grito oco. O corpo de Beor caiu, e, antes que ele conseguisse reagir, o chão abaixo de si se abriu em uma cratera.

— Ele vai viver — Erik sussurrou para Florence, que se desmanchava em lágrimas.

Beor foi empurrado pelas próprias rochas para a profundeza da terra. Seu tronco bateu de novo e de novo em todos os pavimentos inferiores do palácio, quebrando piso após piso e afundando cada vez mais na escuridão. Seu olhar falhou e o sangue dourado que saía de seu peito deixou seu corpo enfraquecido, incapaz de reagir. Sua queda só foi interrompida quando sentiu a terra macia e gelada, mas uma camada de pedra se fechou acima dele, deixando-o preso. Ele pensou em lutar, mas não teve forças, então apenas fechou os olhos que fraquejavam e permitiu que a escuridão o levasse. No fundo de tudo isso, quando nada mais lhe restava, ele ouviu o suave e distante bater de um coração.

# 39

# O conselheiro

Beor sonhou que estava de volta à sua vila. Ele estava sentado no sofá da sua antiga casa, a que havia sido destruída pela explosão de calor, e Naomi e Nico estavam ao seu lado. Os dois amigos estavam sorrindo e com semblantes alegres.

— Você prometeu que iria voltar para nós e voltou! — Naomi falou, deixando o corpo cair no sofá com os braços abertos.

— Parece que o Beor cumpre suas promessas, afinal — Nico comentou e engatou uma risada.

— Menos uma, né? — Naomi falou, o tom se tornando instantaneamente sério. — Não conseguiu cumprir sua promessa para Florence, não a protegeu.

— Não, eu tentei! Eu...

— Está tudo bem, você esquece que é só um garoto às vezes. Não pode salvar todo mundo — Nico o interrompeu.

— Mas eu não sou só um garoto, eu sou o Verão! — Beor se levantou, irritado. — E eu *deveria* salvar todo mundo.

— É isso que você pensa que fez? — Kira saiu de dentro da cozinha, atenta à conversa. — Pensa que foi você que nos salvou do Inverno? Eu diria que, acima de tudo, você é quem foi salvo no processo.

— Mas é o que eu deveria fazer... — ele balbuciou, dando um passo para trás. — Foi por... por isso que eu fui embora. Que eu deixei tudo para trás.

— Você precisava ser salvo, meu menino, tanto quanto todos nós. E ainda precisa, neste exato momento. Não foi você quem matou o oghiro que o perseguiu na floresta nem quem libertou aqueles animais na clareira. Não foi você quem trouxe o Sol de volta, porque não foi você quem o criou. Ser o Verão não o torna todo-poderoso, o torna todo-dependente.

Beor fitou o carpete, enquanto as lágrimas se acumulavam na borda dos seus olhos.

— Peça ajuda. Ele responderá a você — sua mãe sussurrou antes de abraçá-lo.

Beor acordou sem conseguir respirar, o corpo se debatendo na terra, imobilizado. Ele derramou lágrimas de desespero e socou a pedra acima de si, sem qualquer resultado. O sangue havia molhado toda a sua roupa, e aquele sonho com sua mãe fez seu coração doer ainda mais. Ele havia falhado com todos eles, havia falhado com Florence e havia falhado consigo mesmo. Não conseguiria sair dali sozinho, e a consciência disso matou seu orgulho. De todas as pessoas da Terra Natural que ele pensou ter ajudado, agora era ele quem mais precisava de ajuda.

— Gwair — seus lábios fracos chamaram. — Gwair, eu preciso de ajuda. Eu preciso... que você me salve agora.

Seus olhos se fecharam assim que ele pronunciou a última palavra, e poucos instantes depois a pedra acima de si foi partida com um grande estrondo. Todo o teto impenetrável de rocha se quebrou em mil pedacinhos quando a figura da grande águia emergiu acima dele, mostrando um túnel irregular atrás de si, onde lá em cima, ao longe, o sol ainda brilhava. As garras do animal o cercaram e Beor foi erguido, seu corpo mole como um boneco de pano foi levado para cima pela águia. Ele sentiu sono e uma grande vontade de dormir, agora que estava seguro. E foi isso o que ele fez.

Beor despertou com o pôr do sol; ele estava na parte mais alta do palácio, o corpo deitado sobre o feno do ninho das águias. O teto acima de si era o próprio céu, povoado pelas estrelas, pequenos vislumbres e silhuetas da Terra que há de vir brilhando de forma incandescente, iluminando a escuridão. E com as três estrelas... na verdade, ele notou, com estranhamento, apenas duas das três estrelas, brilhantes e majestosas, e com um vislumbre fraco da terceira, ocupando o centro de tudo. O garoto virou o corpo, seu peito doía, mas não mais do que seu coração; ficaria deitado ali para sempre, se isso significasse não enfrentar as consequências dos seus erros. Se isso significasse não ter que encarar o seu fracasso. Mas Florence invadiu sua mente, a imagem dela parada à sua frente, disposta a ir com Erik, agradecendo-o por ter ao menos tentado.

— Não. — Ele se levantou com dificuldade, o feno emaranhado pelo seu corpo.

Ele poderia ter falhado além do que se poderia remediar, não percebendo as intenções de Erik e trazendo-o exatamente para onde o Inverno queria, mas Florence não merecia esse destino. Virou o rosto e encontrou Gwair na sua frente, observando-o.

— Eu trouxe ele até aqui, Gwair, eu dei ao Inverno exatamente o que ele queria.

— Não é culpado por ter um coração bondoso, Beor — a águia falou, pegando-o levemente de surpresa; o garoto notou que ela falava em alnuhium, como na primeira vez, e ele entendia por completo. Estaria ele ainda sonhando? Da última vez, foi apenas durante o sono que conseguira escutar o animal.

— Mas ainda sou culpado por ter falhado! Aposto que nenhum Verão foi tão burro assim antes. — Ele grunhiu, batendo com a mão na testa.

O pássaro soltou uma risada que o surpreendeu e assustou igualmente.

— Não acreditaria se eu contasse, mas existe um certo legado de falhas terríveis deixadas pelos últimos Verões.

— Você conheceu todos eles?

— Não só conheci como os acompanhei e instruí, desde Helvar, o primeiro.

— Se continuamos estragando tudo, por que as estrelas continuam nos escolhendo?

— Estações são instrumentos, canais para que a vontade e a luz das estrelas preencham a Terra Natural. Não lhes é esperado perfeição, mas sim disposição. Entregar tamanho poder na mão de coisinhas tão frágeis e propensas a se destruírem, como os humanos, parece ser de fato a coisa mais tola a se fazer, mas as estrelas não podem errar, o que nos leva à única conclusão: elas têm esperança em vocês.

— As estrelas têm esperança em mim? — ele indagou, descrente; se tinha algo que não possuía naquele momento era esperança, muito menos em si próprio.

— Sim, por isso foi escolhido.

— Mas eu acabei de estragar tudo! Isso já não seria um sinal de que elas erraram ao me escolher?

— Meu caro, você não é tão importante a ponto de que uma só falha determine o destino do mundo ou o impeça de ser quem foi criado para ser. Mesmo agora, nem tudo está perdido.

— Mas o Inverno tem o mapa; e Florence — Beor falou com desânimo, reforçando o óbvio.

— Todavia, tem algo que ele ainda não tem.

— O quê?

— O Verão.

Beor se surpreendeu com a resposta e sentiu o peito se encher de ar. Ele se lembrou do pavor que tomou seu coração nos primeiros dias de inverno e que foi posteriormente substituído por raiva e convicção, convicção essa que o levou a sair de casa, determinado a não deixar que o Inverno o levasse, ou levasse qualquer um de sua família.

— Eu estou errado? — Gwair o provocou.

— Não. — Beor cerrou o maxilar. O Inverno não o teria, nem antes, nem agora. — Mas eu ainda preciso de ajuda. — Ele suspirou.

— E é exatamente por isso que estou aqui. Você me chamou, não foi?

— Sim. — Beor sorriu em um misto de alívio e tristeza. — E então, o que eu devo fazer?

— Precisa ir atrás da garota, é claro, até a Terra da Escuridão Perpétua. Florence precisa de você, não como uma vida em apuros necessita de um herói, mas como uma alma solitária necessita de um amigo. Ela está em apuros, sim, não se engane; mas não cabe a você salvá-la, não do modo que ela precisa. O que deve fazer é lutar contra o Inverno, é seu destino, e o será enquanto um homem vil permanecer ocupando aquele posto. Você está destinado a derrotá-lo, Beor, saiba disso. Resgate Florence e o impeça de chegar até o coração, se possível; caso contrário, lute contra ele com todas as suas forças. No final, se o Inverno vai de fato alcançar ou não seu objetivo, isso não dependerá de você, mas sim da garota. Garanta que ela tenha essa chance.

Beor assentiu, mesmo que naquele exato momento sua mente lutasse contra o desejo de simplesmente voltar a dormir e ignorar tudo aquilo. Mas ele já não estava dormindo? Afinal, de que outra forma conseguiria ouvir a voz da águia? "Isso não importa", repreendeu a si mesmo, "não tanto quanto Florence sozinha ou meus deveres como Verão."

— Mas e se... eu falhar de novo? — fez, finalmente, a pergunta que o instigava a nem querer tentar. — Erik, o Outono, *acabou* comigo! Que chance eu tenho contra o Inverno?

Seu rosto ardeu em vergonha e as palavras saíram amargas.

— Existe algo sobre você que cativou a minha atenção desde muito antes de deixar sua vila, Beor. Você nunca foi o mais forte nem o mais rápido, e talvez os poderes do Verão não se desenvolvam tanto em você como fariam em alguma outra pessoa, ou apenas precisem lhe dar tempo. Mas um coração que não desiste, esse não pode ser fabricado, não é o tipo de virtude que pode ser gerada ao ganhar um punhado de poderes; é algo que deve nascer com a pessoa. Não precisa ser a estação mais poderosa e, a esse ponto, nem pode cobrar isso de si, mas, enquanto for a que não desiste, será mais forte do que o Inverno jamais seria.

Beor suspirou de forma pesada e assentiu.

— Agora vamos, em toda a Terra Natural o domínio de ambas as estações está ruindo, e isso é apenas o começo de tudo o que está por vir. Mas nós temos um lago escuro para encontrar.

A águia saltou até a borda do terraço, em posição para voar.

— Vamos?

— Sim... — Beor engoliu em seco e caminhou até ela.

Ele ergueu a perna para montar no pássaro como na outra vez em que foi levado até a Terra que havia de vir, mas foi barrado pelo animal, que se recusou a abrir a asa.

— Não precisa mais ser levado, agora voará ao meu lado. Afinal, você não está dormindo.

# 40

# A promessa cumprida

Beor saltou do terraço com a águia ao seu lado, e a sensação era de que estava voando pela primeira vez. Ele sentiu medo e a adrenalina correndo por todo o seu corpo, teria que tentar novamente, teria que continuar, não desistir, e agora estava correndo contra o tempo.

Gwair voava ao seu lado, guiando-o pelo horizonte; a cada instante que passava observando a águia, algo se tornava mais latente para Beor, algo que não havia percebido antes. A forma como o pássaro falava, como se já soubesse o que iria acontecer, e o fato de que nenhum animal era capaz de rastreá-lo ou saber para onde ele ia quando decidia partir. O fato de que não respondia a ninguém e parecia estar acima das próprias estações em questão de hierarquia, mas, principalmente, a forma como ele fazia Beor se sentir: seguro, em paz e capaz, mesmo que toda a realidade mostrasse exatamente o contrário. Era como se Gwair soubesse mais do que qualquer outra criatura da Terra Natural poderia saber, o que para Beor só tinha uma explicação: ele não era uma criatura dali.

— Como sabe para onde ir? — ele gritou para a águia à sua frente, a voz sendo abafada pelo vento.

— Só existe um lago escuro que ainda está em pleno funcionamento nesse território e você já esteve lá — a águia respondeu, mas, diferente da voz de Beor, sua voz saiu tão clara e forte, sem qualquer interferência, como se falasse dentro da cabeça do garoto.

*Impossível*, o garoto pensou.

Eles voaram por um bom tempo, e a ferida de Beor, mesmo enfaixada, começou a doer com mais intensidade, fazendo com que ele oscilasse no ar algumas vezes, mas o pássaro à frente parecia não notar, então o garoto engoliu a dor e continuou a segui-lo. Quando finalmente pousaram, chegando logo no centro da pequena comunidade abandonada, o corpo de Beor estava fraco e ele tocou o chão com alívio.

Gwair se dirigiu até a casa que um dia havia sido o lar de Florence e Beor o seguiu, vendo a garota em cada vão e em cada espaço vazio, torcendo de todo o coração para que ela estivesse bem.

— Você... não pode ir comigo? — ele perguntou, hesitante.

— Eu tenho outros lugares em que preciso estar e também não tenho domínio ou autoridade do outro lado; sinto muito.

— Gwair... você é da Terra que há de vir, não é? Você não só consegue viajar até lá, você *é de lá*. É para onde vai quando não está no palácio? — Beor falou, externando seu pensamento.

— Sim, poderíamos dizer que eu sou de lá — a águia respondeu, esboçando um pequeno sorriso, mas Beor sabia que havia mais além disso.

— Eu sabia! Tem certeza de que não pode me acompanhar? Você é tão poderoso e eu não queria ir sozinho — admitiu, desviando o olhar. — Não agora que eu me sinto tão fraco. Eu sei que você falou palavras bonitas, mas eu ainda não me vejo em nenhuma delas e, sem ofensas, sei que você é enviado das estrelas, mas neste momento eu só queria falar com *elas*. Se elas me chamaram para tudo isso, se elas têm assim tanta esperança em mim, por que permitiram que tanta coisa ruim acontecesse logo depois de eu me tornar o Verão? Por que parece que eu tenho que fazer tudo sozinho? Por que elas não aparecem como prometeram que fariam? Por que não falaram comigo até agora?!

— Meu caro Beor, é algo muito corajoso e igualmente tolo questionar a fidelidade das três estrelas. Você ainda não vê? Eu tenho cumprido a promessa que fiz a você, antes mesmo de chegar a prometê-la.

— O quê? — O garoto deu um passo para trás; de repente, a coisa mais assustadora naquele cômodo não era mais o lago.

— Não o chamamos para uma vida onde nós mesmos não estaríamos presentes. Eu o protegia antes mesmo de você me conhecer, quando aquele pássaro invernal foi mandado como espião para sua vila, caindo em sua janela, e quando o oghiro o perseguiu na floresta. Você me chamou agora e eu o salvei; até mesmo em Morávia eu estava com você.

— Co... como você estava em Morávia?

— Realmente não se lembra quando me viu?

Beor desviou o olhar do animal, tentando pensar. Gwair não estava lá, era óbvio que não, mas ainda assim ele revirou cada conversa, cada interação, tentando encontrar algo que pudesse ter deixado passar despercebido.

— O Lobo. Mochka — ele respondeu quase de imediato, com os lábios tremendo. Não fazia qualquer sentido, mas, ao mesmo tempo, fazia todo o sentido do mundo. Ficou claro naquele momento que a presença familiar que ele sentira quando encontrou o animal era a presença de Gwair.

— Sim, você conheceu as duas formas que eu assumo aqui na terra dos homens. Um feito para poucos.

— Formas? Então você é uma... — A voz de Beor falhou, enquanto seu peito era prensado contra os ossos, tornando difícil a respiração. — Não. Não, não pode ser. — Suas pernas ficaram bambas e ele começou a chorar sem qualquer aviso prévio. — Você é... uma das três estrelas?

— Eu sou. — O pássaro sorriu, contente em ser finalmente reconhecido. — Fui comissionado por Althair para aconselhar e instruir as estações, logo no início da luz. O meu papel é ser um conselheiro, guiá-los e orientá-los, e o lobo e a águia são as formas que assumo para fazê-lo.

— Você... é uma *estrela*. Aqui. Comigo? — a voz de Beor saía abafada; ele poderia muito bem desmaiar.

— É claro que sou. Eu nunca deixaria de cumprir minha promessa — Gwair acrescentou. — Mas não se assuste, algumas estações passadas nunca descobriram isso. Me conhecer de verdade é algo para poucos.

— Então vocês sempre estiveram no controle?

— É claro, nada pode realmente nos surpreender. Nem mesmo a traição de Erik.

— Se sabia, por que deixou que eu acreditasse nele? Por que não tentou me impedir?

— Porque até mesmo Erik, com suas motivações escurecidas, ainda serve ao nosso propósito. De uma forma que você não pode compreender, Florence precisava ser levada até a Terra da Escuridão Perpétua, já que ela não conseguiria ir para lá por conta própria. O que ela não pode é ser deixada lá sem ajuda.

— E o Inverno?!

— O Inverno deve ser parado da mesma forma, porém Florence ainda valia o risco. Temos esperança nela também.

Beor sorriu.

— Então nem tudo está perdido?

— Não estará enquanto brilharmos no céu. Mas a Terra Natural está fadada a sofrer nos dias que estão por vir, e muitas dores acometerão a todos enquanto este Inverno viver.

— Certo. — O garoto deu um pequeno pulinho, balançando os braços; seus olhos se moveram da águia para o lago. — Então tudo volta para o Inverno.

— É seu fardo acabar o que Augusto não pôde.

Enchendo o peito, o garoto caminhou até a abertura no chão, com passos lentos e contínuos.

— Encontrar Florence. Proteger o coração — repetiu para si mesmo.

— E lembre-se que o rio é a única forma de sair; estarei esperando vocês do outro lado.

Beor assentiu e virou o rosto, fitando a águia mais uma vez. Ele queria chorar e sentar no chão e fazer mil e uma perguntas, queria pedir para que pudesse ir logo para Alnuhia com ele, ao mesmo tempo que queria correr para contar tudo ao seus pais, sobre como uma das três estrelas havia caminhado e vivido com ele pelo último mês. Mas não podia fazer nada daquilo naquele momento, e talvez nunca, e estava em paz com isso. Florence precisava dele e, mais importante do que isso, *elas* ainda estavam no controle.

Ele inspirou fundo, tirando sua espada da bainha e mantendo-a bem rente ao corpo; então, pulou no lago de uma vez, com o mesmo movimento com que muitas vezes pulou no rio Abhain, que cercava sua vila, junto de seus amigos. Gwair desapareceu de vista e sua respiração parou quando o líquido escuro o envolveu por completo.

## PARTE 3

# A terra
# de trevas

# 41

# O ladrão mercante

A cabeça de Florence doía, enquanto seu corpo era sacolejado pela superfície instável em que fora colocada. Ela não sabia quanto tempo havia ficado desmaiada; a última coisa que lembrava era Erik acertando seu rosto com um soco que fez tudo apagar, logo depois de ter presenciado ele afundando Beor na terra. Beor. Seu coração deu uma fisgada. Ele tinha que estar vivo, era um Verão. *Eles não deveriam morrer tão facilmente, certo?*, pensou, aflita.

Suas mãos estavam amarradas nas costas com força e seus pulsos ardiam pela fricção com a corda. Ela abriu os olhos, ainda sonolenta. Mesmo desmaiada havia conseguido identificar o momento exato em que entraram na Terra da Escuridão Perpétua; as vozes haviam cessado, era como se finalmente houvessem conseguido o que tanto queriam. "Ela estava em casa", foi o último sussurro que ouviu. O chão em que estava jogada era liso, mas ao mesmo tempo não parava quieto, subindo e descendo a todo instante. Ela não conseguia enxergar muito no escuro, mas não foi necessária muita observação para notar que estava em um barco, um navio navegando em plena Terra da Escuridão

Perpétua. Ela pressionou as mãos na madeira e levantou o corpo com dificuldade, recostando-se na borda.

Florence se sentou de forma desconfortável e focou a luz azulada que vinha direto da proa do barco: o próprio Inverno. Um arrepio percorreu seu corpo ao notar que era ele, o homem que enviara os lobos para caçá-la sessenta anos atrás. Ela encostou a cabeça na madeira. O tempo não fazia mais sentido para a garota; ele já lhe havia tirado tudo, seus pais, sua época, menos aquele homem, seu perseguidor incansável. E agora ele havia conseguido o que tanto almejou; ela estava ali, acorrentada.

Como se sentisse seus pensamentos, o homem se virou; o encontro de seu olhar com o dele fez seu sangue gelar. Sua respiração saiu pesada, estava paralisada.

— Contemplem, a nossa convidada despertou — a voz do Inverno saiu metálica, sem qualquer emoção ou tonalidade humana. — Homens, tragam-na até aqui.

Dois homens cobertos de gelo, mas que ainda se moviam, caminharam até ela. Eles pareciam completamente fora de si, incapazes até mesmo de falarem, mas cumpriram a ordem, tirando-a do chão com brutalidade e a arrastando até a proa. Florence tropeçou, irritada, até ser finalmente libertada pelos homens, parando a pouco menos de um metro de distância do Inverno. Ele tinha a pele pálida, as estacas de gelo cresciam da sua cabeça em um formato de coroa e usava uma túnica branca sem corte, que o cobria até os pés. O Outono estava parado ao seu lado, iluminado parcialmente pela luz azulada da estação primária e incapaz de olhar Florence nos olhos. Ela o fitou, esperando o contato, enquanto seu sangue ardia de raiva.

— Florence Evoire. — O Inverno se aproximou dela com um passo, seus dedos esqueléticos com unhas longas pegando seu queixo. — Por quanto tempo eu ansiava encontrá-la. É uma pena que seu falecido pai acabou por postergar tanto esse momento; poderíamos ter acabado com isso mais cedo.

Enojada e com lágrimas nos olhos, ela puxou o rosto para trás, a raiva fazendo seu corpo tremer.

— Você matou meus pais… — balbuciou, entredentes.

— Bom, eles cometeram uma transgressão contra a ordem das estrelas, uma blasfêmia. Entenda, você é uma calamidade, um erro grotesco, portanto, a morte deles foi merecida.

— Se é assim, por que não me matou também?

— Porque acontece que você me é útil, mais útil do que eu poderia imaginar. Vai me ajudar a encontrar algo que eu procuro há *muito* tempo.

— Eu não sei o que espera de mim, mas vai fracassar. Eu não sei como encontrar esse coração.

— Eu não teria tanta certeza. O coração é a parte das estrelas que podemos tocar e ele está escondido nesta terra, mas seu poder não vem dela. Você é a única que possui ambas as matérias, a estelar e a escura, em seu sangue. É a única compatível com a própria ordem do coração. Não precisa encontrá-lo, ele chamará por você. — A criatura sorriu maquiavelicamente, expondo os dentes pontiagudos.

Ele se aproximou da borda do barco, observando a escuridão abaixo. Florence acompanhou o olhar dele e notou que não navegavam sobre água, mas sobre rocha e vazio. Ela tentou inclinar o corpo, mas não pôde ver como o barco se movimentava.

— Sabe, essa não é a minha primeira vez na Terra da Escuridão Perpétua, já estive aqui antes — o Inverno falou, voltando o rosto para ela a fim de continuar a conversa. — E, como deve estar pensando, eu já saí também. Eu procuro o coração há muito tempo, antes mesmo de seu pai ser escolhido pela espada. Eu pude vir apenas uma vez, logo depois o… — Ele hesitou. — O mapa que me servia como guia foi tirado de mim. Eu poderia tentar a sorte, mas é impossível que qualquer pessoa saia daqui sem ele. Essa embarcação mesmo em que estamos, eram piratas que foram sugados por um lago escuro que se abriu no fundo do oceano. Ande por alguns dias e verá inúmeros resquícios de nosso mundo por aqui. Apesar disso, esta terra é vazia, oca, como um espelho apodrecido da Terra Natural. Olhe. — Ele virou o rosto dela de forma bruta para a esquerda. — Névoas da ilusão, olhe para elas tempo suficiente e conseguirá enxergar o que quer que tenha perdido.

Florence afastou o rosto com raiva, mas o obedeceu; a porção de névoa era grande e maciça, mais parecendo uma nuvem acinzentada. Ela o fitou por alguns instantes pensando na única coisa que havia perdido que realmente importava: seus pais. De início nada aconteceu, mas depois de alguns momentos a névoa se dissipou, revelando um pedaço de terra onde duas pessoas estavam.

— Florence! — o vulto da sua mãe gritou do outro lado. — Você chegou! Você encontrou seu caminho para casa. Venha! — A figura idêntica à Amaranta estendeu a mão para ela.

— Mamãe? — a garota balbuciou, as pernas se tornando manteiga.

Ela deveria ter sido racional, deveria ter se lembrado de que era apenas uma ilusão, mas naquela hora nada mais importava. Tomada pelo desespero, ela correu em um impulso pelo convés, buscando se desvencilhar das mãos que tentavam agarrá-la, impulsionando os pés na tentativa de pular para fora. Erik a agarrou pelos braços e a puxou para trás, fazendo-a cair de maneira abrupta, as costas batendo no chão de madeira.

— Oh, não esperava essa reação. Parece que alguém está muito ansiosa para se reunir com os paizinhos, não é mesmo? — O Inverno soltou uma gargalhada que fez os pelos no corpo dela se arrepiarem. — Não se envergonhe, as névoas da ilusão têm esse efeito nas pessoas, e elas compõem praticamente tudo nessa terra. Escuridão e ilusões. Existem pessoas aqui que vivem como mendigos, mas a névoa os faz acreditar que moram em grandes mansões. Patético, não é mesmo? Me parece que sem a luz não há muito como reconhecer o que é verdadeiro ou não. — A estação deu de ombros.

— Eles não eram reais... — ela balbuciou, se levantando e virando o corpo para observar a névoa que era deixada para trás enquanto o barco avançava.

— Nada aqui é, mestiça, aprenda o quanto antes.

— Mas como... como nós estamos nos movendo? — Ela se debruçou sobre a borda, e para o seu pavor se deparou com um grande obscuro logo abaixo, a alguns metros do seu rosto. — AH! — ela gritou com um pulo para trás. — Como? O que é isso?

— Bom, nosso amigo aqui, coronel Vogs, capitão do *Ladrão Mercante*, descobriu alguns anos atrás uma forma de domar alguns obscuros e fazê-los mover o navio.

— Um navio sempre tem que navegar, entende? Mesmo sem água — o homem gritou da parte de trás, debruçado no mastro do navio.

— Como?!

— Dando alimento, é claro — o Inverno respondeu, apontando com a cabeça para frente.

Florence tomou fôlego e se aproximou da borda novamente. Seu olhar se encontrou com os monstros, eles estavam presos por correntes feitas de um material que se assemelhava a ossos e que brilhava de forma parecida com o colar que recebera de Dahra. Ela então olhou para frente, na direção em que a estação havia apontado, e seu peito se encheu de pavor ao ver dois homens, ainda vivos, pendurados na ponta do navio com cordas, a um metro de distância dos primeiros dos quatro obscuros que carregavam o navio. Eles gemiam e agonizavam, enquanto uma luz dourada era sugada deles lentamente. Ela tapou os lábios, tomada por pavor.

— Isso é...

— Tudo o que constitui uma pessoa: memórias, emoções, basicamente suas almas. É disso que os obscuros se alimentam — o Inverno respondeu e, à medida que falava, o sorriso desapareceu de seu rosto. Ele deu um passo em direção à garota. — Seria um destino terrível, não concorda?

Florence engoliu em seco e tentou se afastar, mas estava presa com a borda do barco atrás de si e a estação maléfica à sua frente.

— Seria — respondeu baixinho, sem piscar.

— E eu não quero que você tenha esse destino. Acima de qualquer coisa, preferiria matá-la com minhas próprias mãos, mas isso também não será necessário, *se* me levar até o coração. — O homem aproximou o rosto, os dentes pontiagudos brilhando.

O chão em volta da menina começou a congelar, cristais de gelo cresciam na madeira e subiam até ela.

— Eu não sei como encontrá-lo — Florence respondeu, cerrando o maxilar, recusando-se a ser intimidada. — E não me importo se me matar, você já tirou tudo de mim.

— Ah, não se engane, querida, tem sempre mais que eu posso tirar. *Sempre.*

— Terra à vista! — o capitão Vogs gritou, com sua luneta na mão, da parte de cima do barco.

Florence virou o rosto, ainda sem conseguir enxergar nada.

— Aonde estamos indo?

— Para a primeira parada da nossa expedição. O marco zero dessa terra, as três terras têm um. Ele foi o primeiro lugar a ser criado, o ponto onde tudo começou. Por isso, carrega impressas as digitais de quem o criou, runas que nem mesmo as estações conseguem decifrar. É de lá que vai rastrear o coração.

Florence abriu a boca para responder, mas o Inverno a interrompeu.

— E, se vai dizer que não sabe como, tem cerca de três horas para descobrir. — Com isso, ele se afastou, virando o rosto e sinalizando para que os dois zumbis de gelo a acompanhassem.

Florence soltou a respiração, sentindo o frio que tomava seu corpo se esvair.

— Soltem os homens! — O capitão berrou enquanto descia pela sua escada. — Deixem os monstros se saborearem da carne agora; encontraremos outros na volta.

As cordas foram cortadas e os homens caíram, sendo pegos pelas garras dos obscuros antes de afundarem no vazio. A garota tampou os ouvidos quando os gritos e o som de ossos esmagados ecoaram pelo ar.

# O visitante de cima

Beor caía em uma escuridão infinita. Quando pulou no lago, não sabia o que encontraria depois que adentrasse aquela terra estranha; sentiu seu corpo molhado e coberto pelo líquido enegrecido, mas logo um vão se abriu e o sugou em uma espiral que parecia não ter fim. Por alguns minutos ele perdeu a consciência e despertou aturdido, com a espada ainda em suas mãos, brilhando incandescente. Ele estava caindo em queda livre para dentro do vazio total e não conseguia ver nada ao seu redor além de pura escuridão; não tinha ideia se estava próximo do solo ou de qualquer outro lugar. Encontrar Florence naquele ambiente seria uma tarefa ainda mais desafiadora do que ele imaginara.

Prontamente aprumou o corpo e começou a voar, lutando contra a corrente que o levava para baixo. Seguiu com seus esforços até cortar algumas nuvens escuras e retomar o controle do seu próprio corpo. Segurou sua espada com ainda mais força, enquanto seu corpo flutuava no ar, e mirou para baixo, iluminando todo o seu corpo na esperança de que isso o ajudasse a ver algo à frente. A luz dourada refletiu na escuridão, que pareceu ainda mais larga e assustadora. Um rosnado veio à sua esquerda e ele girou o corpo igualmente aliviado e alerta: não estava sozinho naquele vazio. A figura de um obscuro com largas asas surgiu diante dele, pegando-o de surpresa. Os olhos do monstro brilhavam em vermelho e as garras nas pontas de suas asas se prenderam à capa do garoto.

— Ahh! — Beor se debateu e moveu a espada para cima, cortando a criatura em dois.

As garras se soltaram de suas vestes e ele voou para baixo, libertando-se do animal por completo.

Mais uivos ecoaram pela escuridão e o bater de asas se tornou cada vez mais evidente. Beor deitou o corpo e voou ainda mais para baixo, pedindo às estrelas que encontrasse alguma terra logo. Ele continuou com seu voo, sentindo o vento cortar sua pele, enquanto uma horda de obscuros o seguia. Uma pequena luz brilhou abaixo, quase imperceptível, e com ela veio um som de conversas e movimentação.

— Obrigado — ele sussurrou, com um pequeno sorriso.

Ainda estava em uma terra amaldiçoada, renegada pelas próprias estrelas, feita de tudo que era oposto à matéria estelar, mas pelo menos não havia enlouquecido, havia pessoas ali.

O esboço de uma pequena cidade caindo aos pedaços, cercada por um longo e infindável abismo de todos os lados, como uma pequena ilha à deriva, se aproximou cada vez mais de seu campo de visão, e ele voou em direção a ela. Era um pequeno elevado de terra em volta do que parecia ser vazio completo. Uma ponte caída aos pedaços marcava o início do lugar, que era preenchido por algumas dúzias de casas antigas. Todo o espaço foi se iluminando à medida que ele se aproximava; só então pôde perceber o quão forte ele próprio estava brilhando.

Parecia que a densa escuridão só havia projetado ainda mais sua luz, que no instante seguinte já cobria a cidade inteira. Pessoas começaram a sair de suas casas e gritar, algumas se ajoelhando, outras correndo assustadas, todas notando sua presença. Beor tocou o chão, sentindo se espalhar por todo seu peito o alívio de estar em terra firme. Percebeu que era plenamente visto ali, sem qualquer tipo de invisibilidade, e pressupôs que nem toda ordem e regra da Terra Natural devia funcionar igualmente naquele lugar.

— Olá! — Ele acenou com a mão livre, esboçando um sorriso. — Estou muito contente de encontrá-los, mesmo.

Algumas pessoas começaram a se aproximar, fascinadas, e tamanha atenção o deixou mais incomodado do que imaginava. Notou que havia bolas de luz flutuantes que pareciam estar presas a algumas daquelas pessoas, conectadas a elas por algum fio invisível, flutuando em pleno ar.

— Eu estou procurando uma...

— OBSCURO! — um homem gritou a alguns metros de distância dele, apontando para cima.

Beor levantou o rosto a tempo de ver o monstro planando bem na direção dele, e de imediato alçou voo, direto em direção ao animal, empunhando sua espada para atacá-lo.

As pessoas começaram a gritar e correr em todas as direções, sem qualquer norte, tomadas pelo desespero. Em poucos instantes a cidade havia se transformado em um caos completo que tomara as ruas. O último ataque dos obscuros àquela cidade havia sido mais de dez anos atrás, e, por mais que, ocasionalmente, alguém ainda fosse puxado para o penhasco por garras finas, a ofensiva dos monstros havia se tornado mais um folclore do que uma realidade.

Mais e mais obscuros chegaram até a cidade, seguindo o primeiro, todos atraídos pela luz de Beor. Eles voavam até o garoto e, no caminho, pegavam uma pessoa ou outra, alimentavam-se parcialmente de suas almas e, então, as devolviam para a terra. Pessoas começaram a cair do céu em diferentes partes da pequena comunidade, tornando a cena ainda mais horrorífica. Beor voou para o alto e começou a lutar contra eles, matando-os um após o outro. A espada era letal para os monstros; bastava um corte para que eles caíssem, indefesos, e os que não morreram rastejavam de volta para o abismo. Ele girou e girou, movendo o braço sem parar, enquanto seu corpo flutuava no ar, à medida que várias outras criaturas aladas se aproximavam, e foi matando uma por uma, até que os monstros finalmente cessaram o ataque, após o que pareceram horas.

Ele estava com sangue roxo de obscuro em seu rosto e alguns rasgos em sua capa quando tocou o chão novamente. Dessa vez, desceu em um lugar diferente, uma pequena praça que ficava diante de uma grande casa de três andares, e só então começou a notar os estragos que as criaturas haviam feito ali. Pessoas estavam caídas nas ruas, feridas, com suas janelas quebradas e a entrada de algumas casas destruídas. Estavam todas fitando o garoto, não o condenando, como ele próprio estava fazendo naquele momento, mas maravilhadas: ele era o grande salvador que tinha derrotado os obscuros. Uma mulher ferida foi a primeira que teve coragem de se aproximar dele. Ela se ajoelhou com o orbe de luz ao seu lado; aquela pequena fonte de luz foi logo ofuscada pela que emanava do Verão.

— Eu... eu sinto muito — Beor falou, envergonhado. — Não queria trazê-los à sua cidade, eu não fazia ideia, tudo aconteceu tão rápido.

A mulher tirou seu chapéu e pôs aos pés dele. E todas as outras pessoas que estavam em volta, e possuíam um chapéu, a seguiram e fizeram o mesmo.

— Não, não precisa. — Ele tentou impedi-las, balançando a mão. — Eu nem uso chapéu, é coisa de gente velha.

As pessoas continuaram a chegar, tendo mais e mais confiança nele, mas ninguém ousava falar uma só palavra; pareciam todos paralisados pelo choque.

O barulho de portas pesadas se abrindo atrás deles fez com que Beor e o círculo ao seu redor se virassem, quase ao mesmo tempo.

Da grande casa saiu um garoto mais baixo que Beor, usando uma armadura de cobre que parecia grande demais para ele. Ele se movia de forma desengonçada e fazia o máximo para manter um semblante sério, mesmo que seus olhos estivessem esbugalhados. De um lado o acompanhava uma senhorinha pequena, que se movia com a ajuda de uma bengala mecânica, e, do outro, uma garota que aparentava ser alguns anos mais nova e que olhava para Beor com deslumbre.

Beor notou, pela reação das pessoas, que o garoto deveria ser muito importante para eles.

— O Inventor... — algumas pessoas começaram a sussurrar umas para as outras, e assim Beor deixou de ser o centro da atenção.

— Fale alguma coisa — ele ouviu a senhorinha sussurrar para o garoto.

— Hum. — Ele coçou a garganta, dando um passo na direção de Beor. — Por acaso você foi enviado pelas três estrelas?

Beor arqueou as sobrancelhas, surpreso com a pergunta.

— Fui, na verdade fui, sim! Não sabia que vocês tinham conhecimento sobre elas aqui — ele respondeu, com um sorriso no rosto.

A resposta fez o semblante do garoto se iluminar dentro da armadura; ele olhou para a mulher e a garota com descrença.

— Ele estava certo, mesmo...

— Bom, fico feliz que saibam sobre as três estrelas. Eu gostaria de falar com quem está no comando, por favor. — Beor se apressou e deu alguns passos para frente.

O garoto dentro da armadura espiou em volta, inicialmente perdido, mas então aprumou o corpo e falou com a maior confiança que conseguiu.

— Sou eu.

— Você? — Beor questionou, pego de surpresa.

— É claro. — O menino abriu as mãos.

— Mas você é uma criança!

— Eu não sou muito mais novo que você, tenho certeza. — O menino cruzou os braços, ofendido.

— Não, eu não falei de forma ruim. — Beor ergueu as mãos, com um sorriso no rosto. — Isso é incrível, queria que na minha terra eles nos deixassem responsáveis por tudo.

— E eu queria que não — o garoto sussurrou baixinho. — Sou o Oliver, aliás. Quem é você? O antigo Inventor, Fagner, nunca me falou o seu nome.

— Eu sou o Beor. E sinto muito por ter trazido os obscuros à sua cidade, não era a minha intenção, mas acho que a minha luz os atraiu. — Ele abaixou a cabeça, reforçando seu pedido. — Mas o que disse sobre um inventor? Sabiam que eu estava vindo?

— Bom, é complexo. Os Inventores são quem governam a Cidade Escura, e só pode existir um por vez. Somos os únicos capazes de forjar os orbes de luz, nossa única forma de iluminação e que mantém a nossa cidade...

— Segura — a velhinha sussurrou; parecia uma espécie de professora para ele.

— Isso, segura — Oliver assentiu.

— Você não faz isso há muito tempo, não é? — Beor perguntou, compadecendo-se.

— Não, faz uma semana — o garoto admitiu. — O que acontece é que o Inventor anterior a mim ficou doente, por uma doença colocada pelas próprias estrelas, e ele sonhava... bom, com você.

— Comigo? — Beor exasperou-se, em choque. — Isso é fantástico. — Ele olhou ao redor, fitando cada rosto confuso e maravilhado que o observava. Todos sem qualquer pigmentação na pele, olhares cansados e roupas ao avesso ou em frangalhos. — Então até aqui as estrelas se comunicam.

— Você tem certeza de que não é uma estrela? — a pequena garotinha ao lado de Oliver falou, com um sorriso no rosto e os olhos brilhando.

— O quê? Eu? Não. Mas venho de uma terra onde as três estrelas brilham no céu toda a noite, onde são elas que governam tudo.

— Mas você brilha — a garota continuou.

— Bom, sim, mas isso é porque eu sou... — Ele hesitou por um instante, mas então percebeu que nada daquilo importava ali. — Sou uma estação, uma estação da luz, vocês não têm dessas aqui. Verão, prazer. — Ele deu mais um passo e abaixou o corpo, estendendo a mão para a menininha, que não teve vergonha de retribuí-lo.

Beor sorriu. A menina se afastou, com os olhos cerrados por causa da luz que ele emanava, mas totalmente eufórica com a ideia de que havia tocado nele.

— Então realmente existe uma terra acima? — Oliver conseguiu perguntar, maravilhado e com medo ao mesmo tempo; havia ouvido histórias sobre ela desde que era só uma criança crescendo na rua.

— É claro, a Terra Natural; é de lá que eu venho.

— E todos brilham assim como você?

— Não — Beor riu —, não é necessário. Temos o sol para nos iluminar e, como recentemente descobri, Ogta também.

— E quanto vocês pagam por essa luz?

— Hum, nada, é claro. — Beor respondeu com uma careta.

— Então a luz é de todos?! — o menino continuou, cerrando as sobrancelhas, descrente.

— É claro que sim — Beor respondeu com um sorriso triste, compadecendo-se daquelas pessoas. — Eu sinto muito que tenham que viver em um lugar como este e sinto muito pelo ataque também.

— Tudo bem, eu acho. — Oliver deu de ombros. — É tudo o que conhecemos.

Tudo aquilo era novo para Beor e ele poderia facilmente se perder em cada detalhe e pergunta que gostaria de fazer, mas foi lembrado de seu real motivo para estar ali. Ele deu um passo à frente, o corpo agitado.

— Olha, eu fico muito feliz de ter encontrado vocês, sua cidade, caro Oliver, parece adorável, mas preciso achar uma amiga, é por isso que estou aqui. Ela foi trazida até essa terra por um homem muito mau, meu maior inimigo, na verdade; eu estou destinado a matá-lo, mas ainda não sei como vou fazer isso. — Ele piscou, percebendo que estava se desviando do tópico. — Isso não importa, não tanto quanto Florence. Porém, primeiro eu gostaria de me redimir de alguma forma, nunca quis causar esse estrago. Tem muitas pessoas feridas pela cidade; a prefeitura poderia atendê-las?

— O que é uma prefeitura? — Oliver perguntou.

— Uma sede de poder que serve de auxílio para a população, basicamente.

— Não temos isso aqui — ele falou, confuso. — Nunca tivemos.

— Eu imagino que também não tenham hospitais, mas vejo que sua casa é a única bem iluminada. Poderia receber os feridos? Meus pais eram boticários, acredito que posso ajudar com o que for possível.

— Receber na mansão? — Os olhos de Oliver brilharam e ele virou o rosto para a senhora ao seu lado. — Senhorita Odds, podemos, não é mesmo?

A mulher fez uma careta como se desaprovasse a ideia.

— Ora, é sua mansão, criança, você escolhe.

— Então, sim. Com certeza podemos receber todos aqui. — O garoto abriu um sorriso; era a primeira vez durante a conversa que ele parecia confortável.

— Ótimo!

As pessoas olharam umas para as outras maravilhadas e aos poucos começaram a adentrar a mansão, os feridos de forma mais grave sendo trazidos pelas ruas por carroças ou grupos de pessoas.

— Eu gostaria muito de um mapa desta terra; ficaria muito grato se conseguisse um para mim — ele pediu, parando ao lado de Oliver.

— Claro. Senhorita Odds, poderia providenciar isso para o nosso convidado? — Oliver indagou, tentando não transparecer que não fazia ideia do que seria um mapa.

— Claro, Inventor — a mulher respondeu, sem reação, e saiu andando em direção à casa.

— Obrigado por ceder sua casa, Oliver — Beor agradeceu, começando a caminhar em direção à entrada, ao lado do garoto, e estendeu a mão para ele.

Oliver fez uma careta, sem entender ao certo o gesto, e respondeu pegando na pontinha dos dedos de Beor.

— Ah, de nada. A mansão é do Inventor. — O menino deu de ombros.

— Mas *você* é o Inventor.

— Pois é, sou sim. — O garoto coçou o capacete que pesava em sua cabeça.

— Por que não parece confortável com isso? — Beor riu. — Com a roupa e com o cargo?

— Porque há uma semana eu era um garoto de rua e agora tenho uma mansão com mais quartos do que seria necessário em qualquer lugar. É esquisito.

— Uau. Eu entendo exatamente como se sente — Beor refletiu, sendo levado por um rápido instante a Teith, mas então afastou aqueles pensamentos com a próxima pergunta. — E como foi escolhido para ser o novo Inventor?

— As estrelas puniram o último por sua ganância e avareza, ele cobrava pelos orbes e tudo; eu mesmo nunca tinha possuído um, porque, se eu não tinha nem uma cama, imagina dinheiro! Ele precisava de alguém para sucedê-lo e havia feito uma promessa para minha mãe há muito tempo, mas tinha esquecido de cumpri-la. Então, como desencargo de consciência, decidiu me escolher. E foi assim.

— Isso é horrível! Ele não parecia ser uma pessoa muito legal.

— É, mas também não era o pior dessa cidade — Oliver respondeu, percebendo que sentia falta do homem; mesmo com toda a sua corrupção, ele ainda era muito melhor naquilo do que Oliver jamais seria.

— Bom, não sei se alguém já te disse isso hoje, mas você está fazendo um bom trabalho. Na minha terra eu só governo animais, e isso já é difícil o suficiente.

— Obrigado. Mas eu não sei se vale, você acabou de me conhecer — o garoto respondeu, desanimado.

— É justo, mas ainda acredito que vai se dar bem. — Beor deu um pequeno tapinha no ombro dele. — Agora, vou precisar de apoio para separar os feridos. Pode me ajudar com isso?

— É claro.

Oliver, que ainda não conhecia a mansão tão bem quanto deveria, chamou um grupo de guardas e os colocou à disposição do visitante. Beor os orientou a organizarem os moradores em dois grupos: aqueles com as feridas mais leves e os mais graves; como os ambientes da mansão eram largos o suficiente para comportar a todos, cada grupo seria instalado em um cômodo diferente. Ele se surpreendeu com sua própria proatividade e desejou que os pais pudessem vê-lo naquele momento, em uma terra completamente estranha, reproduzindo muito do que havia visto dentro de casa. Tomou um tempo breve para agradecer às estrelas por ter nascido exatamente onde nasceu; se não fossem seus pais e a mansão boticária, não poderia ajudar em nada aquelas pessoas, já que ele mesmo havia colaborado para o sofrimento delas.

Horas depois as portas da mansão estavam fechadas, as pessoas divididas entre os cômodos, e cada ferimento mais leve havia sido lavado e coberto com tecido. Era uma comunidade tão pequena que todos os feridos couberam dentro da grande casa com menos dificuldade do que eles haviam imaginado. O grupo de pessoas em estado grave era maior do que Beor esperava e, para boa parte delas, teve que usar seus poderes para amenizar a dor e curar suas feridas.

Sentado agora à mesa da sala de estar, ele se sentia exausto com o tanto de força vital que havia consumido, seja na luta contra os obscuros, seja no processo de curar as pessoas, mas aliviado de ter conseguido ajudar. Os cozinheiros do Inventor entraram em choque quando souberam que teriam que alimentar todas aquelas pessoas, e Oliver demandou que todos fossem servidos com fartura.

Algum tempo mais tarde, quando a casa já havia recaído em silêncio de pessoas deitadas em colchões e macas, processando todas as impossibilidades que havia vivido em apenas poucas horas, Beor conseguiu um espaço em um largo sofá desbotado e rasgado, podendo dar algum descanso para suas pernas. As feridas da luta com o Outono estavam terminando de cicatrizar agora e ele ainda sentia o estômago um pouco dolorido. Por via das dúvidas, levantou um pouco sua blusa, e viu que a marca do machado havia se tornado um risco avermelhado na pele. Ele suspirou, ainda repassando a traição na mente. *Mas não*, sua consciência o corrigiu, *não é isso que importa agora, foque na garota.* Um dos guardas da casa apareceu na porta e o chamou.

Beor foi guiado até os aposentos privados do Inventor, e direcionado a uma pequena sala de jantar, com o teto coberto de teias de aranha, as paredes com o metal oxidado e a mesa ao centro um pouco irregular em uma das pontas. O jantar estava servido e Oliver, Mabel e Odds, que ele havia pressuposto que seria simplesmente a babá deles, estavam sentados.

— O mapa, como foi pedido. — Odds deslizou pela mesa um rolo de tecido, assim que ele sentou. — Preciso alertá-lo que não está completo; nenhum homem conseguiu mapear por inteiro nossas terras. Nele constam apenas as outras cidades com as quais tínhamos contato no passado, antes da destruição da última ponte.

— Certo, obrigado de qualquer forma.

Beor abriu o material, revelando o mapa; era muito precário e não parecia mais do que rabisco de crianças. Nele estavam desenhados quatro blocos de terra diferentes, o que ele pensou ser pequenas ilhas de terra, como aquela ali, que deviam existir em meio ao grande vazio.

— O que é esse risco aqui? — Ele apontou para um pequeno traço que estava do lado do pedaço de terra que indicava a Cidade Escura.

— É o rio de onde pegamos nossa água. Somos muito sortudos por tê-lo; muitos lugares na nossa terra não possuem qualquer fonte de água. Nossas antigas cidades vizinhas tinham acesso a água por meio de nós antes de a ponte de Madds ser destruída, penso que, infelizmente, já devem ter sucumbido por agora — a mulher mais velha falou.

Beor pegou o copo de água à sua frente, observando o líquido se mover, enquanto se lembrava, esperançoso, do mapa que Erik havia roubado dele.

— É claro! — exclamou, com tudo lhe voltando a mente. — Um rio seria uma boa forma de começar.

# 43

# A filha das duas matérias

Quando Florence pisou em terra firme, sentiu seu corpo muito mais pesado, como uma força que ela não compreendia puxando-a para baixo. O barco estava atracado no penhasco e os obscuros estavam quietos, como se estivessem armando algo por conta própria. Ela ainda não entendia como eles os haviam aprisionado. O zumbi de gelo atrás de si, que ela descobriu que era chamado de gruhuro, a empurrou com um grunhido e ela moveu o olhar do barco e começou a andar. Inverno e Erik andavam à frente, guiando o caminho, seguidos por parte da tripulação.

Florence estava logo atrás das estações, pressionada pelos gruhuros à frente e atrás. A luz do Inverno era o suficiente para iluminar todo o perímetro e mostrar um pouco do chão e das características geológicas do lugar. Tudo ali estava seco, morto, e ela duvidava que qualquer árvore pudesse nascer ali; o solo era rachado e a terra falhava em algumas partes, expondo o abismo escuro logo abaixo. O Inverno queria o coração e esperava que ela o guiasse até ele, mas Florence estava exausta, mal conseguia ter controle sobre sua mente e suas emoções, quanto mais sobre poderes que nem conhecia. Tudo ali estava errado, e a escuridão à sua volta parecia pressionar sua alma, tentando esmagá-la de uma vez. Ela entendeu então por que não ouvia mais as vozes: porque ali elas não eram um sussurro, uma sugestão; eram a realidade.

Eles caminharam por cerca de uma hora e meia e pararam por alguns minutos, para que Ofir e o capitão verificassem seus mapas. A garota havia sido deixada bem em frente a um vão, estando a um metro de distância do penhasco. Ela olhou em volta, notando a oportunidade que tinha; os dois gruhuros não prestavam atenção nela, estavam fixos no Inverno, como se esperassem novas ordens. Ela respirou fundo e deu um passo à frente; talvez cair não fosse tão ruim. Havia muito pouco pelo que viver naquele momento, e servir de arma para uma estação maligna não melhorava as coisas. Se morresse ali, o Inverno perderia sua bússola, ela estaria com seus pais, e talvez então aquele peso cessaria. Havia poucas pessoas que se importavam o suficiente para lamentar sua morte, Dahra e Beor talvez, mas, se o Inverno nunca encontrasse o coração, eles ficariam muito melhores. Ela deu mais um passo, o vento frio vindo debaixo soprou por seu rosto; sua queda seria silenciosa, nem notariam até que ela não estivesse mais ali.

— O que você pensa que está fazendo? — A voz de Erik surgiu ao seu lado, quando ele entrou em seu campo de visão.

Ela arregalou os olhos e impulsionou os pés para pular de uma vez, mas ele já havia agarrado seus dois braços, puxando-a para trás e fazendo ambos caírem no chão.

— Argh! — ela exasperou-se em dor e frustração.

— Você está louca?! — Erik grunhiu, arfando pelo susto.

— Seu monstro! — Ela começou a se debater, desferindo socos contra ele. — Por que não me deixou fazer isso?

— Porque todos nós precisamos de você. — Ele se levantou e, ainda com as mãos presas nos punhos dela, a puxou para cima. — Não vai a lugar nenhum.

— Beor confiava em você — ela rosnou, as lágrimas de cansaço e frustração rolando pelo rosto. — Dahra confiou. Como pôde ver tudo isso como *nada*? Como eles não significaram nada para você?!

— Eu não preciso me explicar para uma criança. — O homem afastou o olhar, que ainda transparecia resquícios de uma culpa que ele tentava ignorar.

— Criança que você sequestrou e está levando para a morte! Eu não sei o que o Inverno fez com você antes e não ligo para o quanto você sofreu; você teve todas as chances para fazer diferente, para provar que todo mundo estava errado, para ser o herói pelo menos uma vez, e as desprezou. Você é pior que o Inverno, sabia? Exatamente porque *podia* escolher não ser igual a ele, mas não o fez.

Florence virou o rosto e começou a forçar seu corpo para onde os zumbis estavam, até que Erik a soltou e a deixou ir. Ele olhou para trás e engoliu em seco; o penhasco era tão convidativo para ele quanto para ela.

Fazia um tempo que eles tinham retomado a caminhada quando o sinal de que estavam próximos de alguma coisa finalmente surgiu ao longe. Uma luz brilhou à distância; ela era tão forte quanto a que emanava do Inverno e iluminava todo o espaço ao seu redor.

— O que é aquilo? — Florence perguntou.

— Um dos fragmentos do coração — Ofir respondeu, com raiva na voz. — Pequenas lascas que caíram pela terra quando ele foi guardado aqui; existem algumas delas registradas. Elas emitem uma luz que vem da sua fonte, mas nenhuma é o coração.

Eles se aproximaram da fonte de luz, que brilhava constantemente e revelou ser uma pequena pedra no chão, não maior do que a canela da garota.

— Você acha que ele fez isso de propósito? Para que outros lugares ainda tivessem um resquício da luz? — ela não se conteve em perguntar.

— Não passa de um método de tortura. Deixar a essas pessoas apenas um gosto do que elas nunca terão por completo. Fazê-las ansiar e sonhar com a luz, enquanto continuam a viver na escuridão.

Florence abaixou a cabeça, deixando a luz da pedra tomar toda a sua vista.

— Então esse é o marco zero? — ela perguntou, engolindo em seco.

— Não, *aquele* é. — O Inverno apontou para uma formação de rocha logo à frente.

O solo era mais fundo do que o entorno e, apenas naquele ponto, no lugar das rachaduras havia inscrições cobrindo todo o chão, conectando umas às outras e formando um grande triângulo, com três círculos nas pontas, que brilhavam refletindo a luz do fragmento ali perto. A marca no chão aparentava ter se desenvolvido pelos últimos séculos, e parecia que tudo em volta envelhecia, exceto aquele triângulo.

— É agora, mestiça, que você entra em ação. — O Inverno se aproximou e pôs a mão na cabeça da menina, empurrando-a para a frente.

Florence rangeu os dentes de dor, o frio começou a se espalhar como uma forte dor de cabeça e ela não conseguiu relutar, apenas obedeceu e começou a caminhar.

Ela chegou até o centro do triângulo e só reparou que o Inverno não a estava acompanhando quando o frio cessou atrás de si. Todos estavam afastados, parados nas bordas do triângulo, apenas observando. Ela respirou fundo e olhou para baixo, notando o que acontecia. As runas brilhavam no centro do triângulo, assim como as bordas e os três círculos em cada uma das pontas. Ao mesmo tempo, a terra parecia tentar expeli-los, um brilho negro percorria as bordas, tentando subjugar a luz das runas, que lutava de volta, pequenas fagulhas saíam do toque das duas matérias opostas. Florence entendeu o que via, era o encontro da matéria escura que regia com a matéria estelar, o pouco que havia ali. Era isso que ela havia sentido, a presença da matéria escura era mais forte nas rochas do que no vazio e a fez se sentir pesada porque também havia matéria escura dentro de si; a terra a chamava de alguma forma.

Ela sentiu uma fisgada no peito que a fez cair de joelhos; ambas as matérias chamavam por seu sangue e ela não sabia a quem responder. A matéria escura a deixava forte e amplificava cada uma de suas dores, ela se apresentava como a que havia sido a grande companheira de sua breve vida e lhe dava todos os motivos para abraçá-la. Já a matéria estelar era estranha, forasteira para a garota, doía e a deixava fraca, a estimulava a se render, a abandonar o peso. Florence arfou, colocando a mão no chão para sustentar seu corpo; ela queria se entregar à matéria escura muito mais do que à estelar, mas uma pequena parte de si ainda permanecia pela curiosidade. Era como se no canto de seu olho algo estivesse esperando por ela, algo que ela precisava olhar para descobrir, e descobrir aquilo que estava escondido significava ter que continuar. Mas ela não sabia se conseguiria, nem mesmo se queria.

Sentiu a potente matéria escura começando a subir pelos seus braços como pequenas veias, reclamando-a de volta, deixando ainda mais forte sua determinação de não olhar. Mas foi então que ouviu. Batimentos de um coração, ecoando, se repetindo e chamando por ela. Suas mãos se enfraqueceram e as veias negras voltaram para o solo sugadas de uma só vez. Ela levantou o rosto, completamente hipnotizada pelo que ouvia; era a mais bela canção que já tinha ouvido e ao mesmo tempo era cheia de memórias, cheiros e imagens.

As runas onde suas mãos haviam tocado começaram a brilhar com mais intensidade e no próximo instante sua consciência estava pairando no ar, vendo toda a Terra da Escuridão Perpétua passando por ela. Abismos e mais abismos, terras partidas em pedaços, com poucas pessoas sobrevivendo, monstros aterrorizando a superfície e névoas criando realidades inexistentes. Se algum lugar poderia representar a mente de Florence com perfeição era ali, vazio e escuridão cobrindo tudo. Mas também *luz*.

Florence se encolheu ao vê-la, a luz brilhava com uma força ardida, traçando no céu um caminho que levava até ela. O coração de todas as coisas pulsava mesmo ali; no lugar mais desprezível de toda a existência, o maior tesouro estava guardado. Em meio a densas trevas, o coração de Faídh resplandecia. As batidas se tornaram mais altas em seus ouvidos, e ela percebeu que não só se parecia com uma melodia, mas *era* uma; a voz de Faídh cantava, não só para ela, mas para toda aquela terra, uma melodia que poucos podiam ouvir, mas que continuava, guardando uma promessa.

Ela, então, viu o coração com nitidez, escondido sob uma rocha que havia crescido à sua volta; viu a cidade que havia acima do coração, as pessoas que moravam naquela cidade e os monstros que cercavam aquelas pessoas. Em seguida, sua visão foi redirecionada mais para baixo, para a base do penhasco onde ficava aquela comunidade, toda coberta por névoa e obscuros, e enfim vislumbrou uma casa. Era uma construção precária, caindo aos pedaços, cuja parede era a própria rocha do pequeno pedaço de terra que se estendia para cima, por onde desciam fios de luz advindos do coração, lançando uma iluminação opaca sobre o ambiente. Ela já havia estado naquele local. Todavia, antes que conseguisse vasculhar a memória, tudo escureceu.

Florence abriu os olhos com dificuldade, seus braços ardiam pelo contato com as matérias, mas logo ela se levantou, recuperando o equilíbrio.

— Eu sabia, ela vive! — o Inverno exclamou com os homens ao seu redor, sustentando um olhar malicioso.

— O que quer dizer com isso? — Florence perguntou, virando o corpo para eles.

— Ninguém sobrevive ao marco zero. Todos os que são colocados no centro do triângulo morrem — o capitão Vogs foi quem respondeu —, tamanho o poder que sai do encontro das matérias.

— O marco zero é o único lugar, além do próprio coração, onde há matéria estelar viva nesta terra. A matéria estelar aniquila os que são daqui, e a potência da matéria escura nesse lugar em específico dizima os que são de fora — o Inverno completou, com os braços cruzados.

— Imagino que não tenha tentado entrar primeiro para descobrir, não é? — ela falou com raiva, percebendo que tinha sido usada como isca.

— Eu não estou em posição de correr riscos. Agora, o que você viu? — Ofir questionou, incisivo.

Florence engoliu em seco, o semblante estático, enquanto tentava não demonstrar nada, mas seus olhos esquadrinhavam o local com agilidade. Não iria contar, não poderia deixar que ele tivesse a localização.

— Eu... não vi nada. Apenas senti a força das duas matérias me puxando para baixo — respondeu com uma voz sóbria, buscando controlar os reflexos de todo o corpo.

— *Mentira.* Me diga o que você viu ou vou tirar de você à força. — O olhar do Inverno pesou sobre ela, enquanto seu semblante se tornava cada vez mais ameaçador.

— Eu não vou te dar nada! — ela cuspiu e, virando o corpo, começou a correr na direção contrária de onde eles estavam.

Erik impulsionou o corpo para correr atrás dela, mas o Inverno o impediu.

— Não precisa. — Ele colocou a mão no peito do Outono.

Era estúpido, Florence sabia, mas qualquer coisa seria melhor do que servir ao Inverno.

Enquanto corria, Ofir ergueu suas duas mãos e gelo saiu de seu corpo, percorrendo um caminho reto pela terra árida até os pés da garota, fazendo cristais se formarem no solo. Antes que Florence pudesse fugir, o gelo já subia pelo seu corpo, paralisando-a por completo. Ela se debateu e tentou fazer a mesma coisa de quando Erik a cobriu de pedra, mas isso era diferente; o gelo não apenas a paralisava, ele a deixava fraca, como se estivesse reprimindo qualquer poder que ela tivesse.

— Eu... *não* vou falar — ela insistiu, a voz saindo fraca pela energia que lhe esvaía.

— Não se dê o trabalho — o Inverno falou enquanto caminhava sozinho até ela; a cada passo ele parecia mais assustador e mais semelhante aos zumbis de gelo que comandava. — Você não vai precisar.

Ele colou a mão gélida sobre a testa de Florence e a cabeça da garota se ergueu, as pupilas imediatamente dilatadas. Ele estava invadindo sua mente.

# 44

# A trilha do abismo

— Eu não penso que essa seja uma boa ideia, caro Verão — a senhorita Odds rebateu, horas depois do jantar, ainda tentando convencer Beor. — O caminho até o rio é extremamente perigoso e poucas pessoas conseguiram fazê-lo. Ele fica depois do abismo e das névoas, tão profundo que nem podemos mensurar. Nós só temos acesso a ele pela benevolência de nossos antepassados que construíram os tubos de encanamento. Mas isso foi há muito, muito tempo.

Beor estava no escritório particular do Inventor; Oliver estava à sua frente na mesa, agora livre da armadura, e parecia muito mais confortável assim. Mabel, a menininha, sentara-se no sofá ao lado; Beor já havia reparado que ela não saía do lado de Oliver e se perguntou se eram irmãos. Já Odds estava sentada na cadeira ao seu lado.

— Se as pessoas já conseguiram chegar até lá antes, podemos conseguir de novo. Sem contar que eu sou uma estação, isso provavelmente já vai facilitar o processo — respondeu, confiante.

— Mas não... não seria justo como anfitrião deixá-lo partir sozinho — Odds falou, repreendendo com o olhar Oliver, que começava a ficar sonolento.

— Ah, é verdade, acho que não seria. Qualquer coisa eu posso ir junto! — disse Oliver, e seu olhar se iluminou com a ideia.

— Não pode, não, senhor! — Odds falou, cruzando os braços.
— Mas você não disse que eu sou o Inventor e posso *tudo*? — Ele fez uma careta.
— Menos deixar seu posto, *criança tola*. Quer dizer, Inventor.
— Ah.
— Olha, eu agradeço, mas não precisam se preocupar comigo, e ninguém precisa me acompanhar até lá. É só me indicar o caminho que eu sigo por ele. — Beor sorriu para os dois, tentando apaziguar o conflito. Não havia qualquer resquício de medo em seu olhar.
— Tudo bem. — Odds suspirou, se dando por vencida. — O que precisa saber é que o penhasco desce por metros sem fim. Até metade dele ainda temos um homem que mora em uma instalação suspensa, o nosso único mecânico, que garante que o sistema que traz a água continue funcionando. Depois dele o caminho é parcialmente desconhecido e não teremos muito para te guiar.
— Não tem problema, eu resolvo a partir de lá — Beor falou com otimismo.
Essas pessoas não conheciam o Inverno, por isso não sabiam que qualquer coisa ou criatura que não fosse ele não era digna do seu medo.
— Se é assim que deseja... — A mulher se ergueu da cadeira. — Só existe um caminho que leva até lá embaixo, e ele passa por dentro da mansão, então é por ele que devemos seguir.
— Certo, vamos, então! — Beor sorriu e se levantou.
— Você conhece o caminho, Inventor, pode ir à frente. — A mulher se virou para o garoto do outro lado da mesa, tendo o cuidado de não o atropelar.
— Certo — Oliver assentiu com o semblante sério. Já havia passado por aquele caminho uma vez, e a lembrança que lhe trazia não era a mais feliz.
— Vamos, então, até onde os orbes são feitos — ele falou sem emoção.

Os orbes de luz eram o maior mistério e a principal salvação da Cidade Escura. Decerto, a água era vital para a sobrevivência, mas, sem qualquer fonte de luz, eles facilmente teriam perecido ou não seriam mais que homens selvagens e bárbaros. A luz era essencial para a existência daquela cidade, e mesmo assim sua origem e fonte eram completamente desconhecidas para seus habitantes, salvo apenas o Inventor e seus servos.

Oliver guiou o grupo até o fim da mansão, onde se estendia uma porta simples cuja chave apenas ele tinha. Somente um guarda fora liberado para acompanhá-los. Passada a porta, um lance de escadas se abriu e eles desceram por lá, um por um, enquanto a ansiedade e expectativa cresciam em seus peitos. A escada os levou até um piso inferior da mansão, com poucos quartos e uma iluminação fraca. Eles atravessaram o espaço, tão grande quanto a casa em cima, pelo corredor central que o cortava. Os cômodos estavam abandonados e alguns completamente dominados pela escuridão; aquele andar era exatamente o oposto de tudo que o piso superior tentava ser.

Eles avançaram em silêncio até chegarem no outro lado da construção, onde uma grade imponente cobria a entrada de um túnel, que perfurava a própria rocha. Oliver girou o molho de chaves que carregava, iluminado pelo seu orbe de luz particular, além da luz que vinha de Beor, sacou uma chave maior e abriu o portão.

— Vamos, então — ele falou com receio, virando o rosto para trás.

Todos assentiram e o seguiram, Mabel, Beor, Odds e o guarda por último.

Eles caminharam túnel adentro, que se inclinava de forma suave para baixo, entrando mais profundamente na pedra. Foram alguns minutos de total silêncio e escuridão até que algo diferente finalmente surgiu à vista. Linhas douradas, como finas veias, começaram a aparecer pelas paredes e teto do túnel, decorando o local.

— O que é isso? — Beor perguntou, sentindo-se imediatamente conectado a elas, sem mesmo entender o que eram.

— Você verá logo — o Inventor respondeu.

Mabel se aproximou das pequenas veias e, curiosa como era, se pôs na ponta dos pés e tocou a mais próxima na parede, sentindo um leve e gostoso arrepio passar por seu braço.

— Elas fazem cócegas — comentou.

— Fazem muito mais do que isso. Nos mantêm vivos — Odds corrigiu.

Quando finalmente alcançaram a outra extremidade do túnel, as veias de luz eram maiores e cobriam quase todo o espaço. O túnel se abriu em uma larga caverna de teto baixo, de onde saía uma fonte de luz tão forte que cegou momentaneamente a todos, menos Beor, que, ainda assim, ficou maravilhado.

— Isso é... essa fonte de luz é mais potente que a minha — ele exclamou, perplexo. — Como pode ser?

— Eu não faço ideia. — Oliver o encarou pelo canto de olho e balançou a cabeça. — Só sei que é tão forte que a única forma segura de se aproximar é com esses capacetes — orientou, abrindo uma caixa de metal que havia na entrada da caverna e passando para o lado os capacetes enferrujados.

Os habitantes da Terra da Escuridão Perpétua se apressaram para colocá-lo, enquanto Beor, porém, começou a se aproximar da fonte de luz, ainda tendo dificuldade de ver seu formato. Os olhos do garoto lacrimejavam de tão forte que era o poder que emanava da luz, e a cada passo que dava a forma ficava mais nítida para ele. Era uma grande pedra que atravessava o próprio teto, mostrando que o que viam era apenas uma parte do todo. Beor esticou a mão, tentando alcançá-la, e, assim que tocou a superfície, ficou evidente para ele o que era aquilo.

— Esse som. — Oliver tampou o ouvido esquerdo, incomodado; o zumbido havia ficado mais forte, transformando-se em uma série de batidas. — É tão irritante quanto da última vez.

— Eu não ouço som algum, garoto — Odds comentou. — Deve ser sua emoção. É a primeira vez que vem aqui desde o incidente, mas lembre-se, esse é o dever de um Inventor: *continuar*.

Beor virou o rosto, ouvindo a conversa deles, mas, por mais que quisesse saber o que havia acontecido, a descoberta à sua frente era infinitamente mais importante.

Oliver coçou a garganta, já com o capacete, e caminhou até Beor.

— De acordo com Fagner, o antigo Inventor, isso é a lágrima de uma estrela. É a fonte de luz que usamos para criar os orbes. — O garoto apontou para alguns cabos que estavam presos à rocha, sugando a luz.

— Não. — Beor virou o rosto, com o semblante reluzente. — Isso não é apenas a lágrima de uma estrela, não, Oliver! É muito mais!

— Muito mais *como*? — O garoto deu um passo para trás, confuso.

— Esse... o que você tem aqui é *o coração* de Faídh. Ah, sim! A segunda das três estrelas criadoras.

— Um coração? — o garoto repetiu, confuso. — Então é dele que vem essas batidas?

— Batidas? Você ouve os batimentos do coração? — Beor voltou o rosto para o garoto, a boca aberta e o olhar cheio de curiosidade.

— Vocês realmente não estão ouvindo? — Oliver respondeu, cerrando as sobrancelhas dentro do capacete e achando aquilo irritante.

— Isso é fantástico. — Beor soltou uma gargalhada eufórica. — Bem aqui, debaixo da cidade de vocês. Mesmo agora as estrelas continuam me guiando.

Ele voltou o olhar para a rocha, maravilhado com sua sorte; havia praticamente caído em cima do coração, talvez, sem perceber, tivesse sido puxado para ele como um ímã. O fato era que as estrelas o levaram para o lugar exato em que deveria estar; o Inverno estava em busca do coração e cabia a Beor protegê-lo. Isso ainda não lhe dava o paradeiro de Florence, mas queria acreditar que ela estava perto.

— O coração de Faídh — repetiu para si mesmo, ainda processando sua descoberta às avessas (já que ele sequer começara a procurar); era como se fora o coração quem o tivesse encontrado.

Beor deu um passo para frente e encostou a testa na pedra, fechando os olhos; sentia a presença dela ali, a segunda das três estrelas, mesmo que estivesse estranhamente silenciosa. Ninguém sabia qual era a forma verdadeira das três estrelas; depois de sua descoberta com Gwair e desta na caverna, ao encontrar o coração que mais se assemelhava a uma grande pedra de luz, concluiu que sabia ainda menos sobre elas. Ser uma estação não lhe dava as respostas; pelo contrário, parecia aumentar ainda mais suas perguntas. O contato com a pedra parecia restaurar seu poder, recarregando-o instante após instante. Seu corpo começou a arder e as batidas do coração também se tornaram audíveis para ele, repetindo-se de modo constante, uma após a outra. O coração pulsava, estava vivo, de alguma forma; Faídh vivia, assim como seu coração, e por isso Beor também vivia, com matéria estelar correndo por suas veias com mais intensidade do que antes.

Os antigos registros estavam equivocados, a Terra da Escuridão Perpétua nunca fora abandonada pelas estrelas.

— Pelos céus, vocês não imaginam a sorte que têm — ele exasperou-se, emocionado.

— Sorte? — Oliver exclamou, quase ferido.

— Sim, sorte! Não sabe o quanto qualquer pessoa na Terra Natural daria para viver assim tão próxima de uma das três estrelas.

Oliver balançou a cabeça, irritado; ainda era estranho acreditar que aquela pedra fosse um coração, apesar de que ele também não fazia ideia de como um coração poderia parecer. O garoto não fazia ideia de muita coisa, e isso o feria mais do que conseguia externar. Uma semana atrás ele era um garoto de rua que ocupava seus dias se esgueirando pelas sombras, roubando alimentos e garantindo que ele e Mabel, sua única amiga, que havia crescido com ele nas ruas e por quem se sentia responsável, permanecessem vivos. Não existia expectativas maiores sobre ele, e estava confortável assim. Não feliz, não bem alimentado, mas confortável.

E agora ele tinha uma mansão, um cargo, uma senhora irritante que o seguia para todo lado e a sombra do antigo Inventor, que o havia escolhido por nada mais do que culpa. Mal havia se acostumado com a ideia, e então um garoto caiu das tempestades, como fora previsto, e agora lhe falava coisas sobre as *estrelas*.

— Não acho que Fagner sabia sobre isso. Ele nunca disse nada — comentou o garoto com o semblante distante.

— E não tinha como ele saber, não tinha como ninguém aqui saber. O coração *deve* ficar escondido, e assim ele ficou até... agora.

— O que quer dizer com isso?

— Sabe o homem mau que eu mencionei, o que raptou minha amiga? É exatamente isso que ele quer encontrar. — Beor apontou para a pedra. — É por isso que ele veio até a Terra da Escuridão Perpétua.

Odds, Oliver e Mabel o olharam, sem ainda entender a gravidade do que ocorria.

— Essa rocha que vocês têm aqui é muito mais do que uma fonte de luz, é poder inesgotável, matéria estelar pura, vindo direto das estrelas criadoras. É impossível determinar o que poderia ser feito uma vez que alguém tivesse a posse dela, impérios recriados, pessoas voltando dos mortos, esse é o poder que criou tudo. E tem um homem maléfico vindo atrás dela. Ele está fugindo da morte e das estrelas e pretende usar o coração para retomar seu poder e viver para sempre, talvez.

— Isso é terrível; se ele vier, será o fim da nossa cidade! — Odds exclamou, pela primeira vez perdendo sua pose sóbria. As pequenas mãos da mulher tremiam como varetas.

— Mas não vai ser, pois agora sei por que caí aqui. As estrelas me enviaram. — Beor sorriu. — Eu vou protegê-los, mas vou precisar de ajuda.

— Hum, claro, o que você precisar — Oliver respondeu, gaguejando.

Ele não era exatamente o maior admirador daquele pedaço de terra miserável em que viviam, mas era tudo o que conhecia, não gostaria de perdê-lo.

— Quantos guardas vocês têm aqui na cidade? Ou homens adultos dispostos a lutar?

Oliver virou o rosto para Odds, esperando a resposta, já que não fazia a mínima ideia.

— Tenho dez guardas que trabalham para o Inventor, mas muitos outros homens na cidade que podem ser acionados.

— Certo, vai ter que dar. — Beor falou, pensativo. — Traga todos os guardas que tiver para cá e coloque-os divididos, protegendo cada passagem até aqui. O Inverno pode prever que a cidade que guarda o coração seja muito iluminada, então talvez possamos confundi-lo com a escuridão. Mande uma nota para cada morador para saírem das ruas e se esconderem em casa com seus orbes; apagarem eles, se for possível. Quanto mais escuras as ruas, menos atenção vamos chamar.

— Certo. Já sabe o que fazer. — Oliver assentiu, sabendo que agora uma atitude era esperada dele. — Você ouviu, certo? Uhm, cumpra a missão. — Virou-se para o guarda que estava atrás de si.

O homem assentiu, com preocupação no olhar, e começou a caminhar de volta para o túnel.

— Eu não sei se posso salvar a cidade de vocês, mas *prometo* morrer tentando — Beor falou, assustando-se com suas próprias palavras. — Mas é claro que eu gostaria que não chegasse a esse ponto. Óbvio.

— Eu também não — Mabel comentou baixinho, olhando para ele com admiração.

— A descoberta do coração muda tudo, mas não o meu destino. Ainda gostaria de chegar até o rio de que me falou. Ele pode muito bem ser a minha passagem de saída daqui.

— Saída? — Oliver perguntou, curioso.

— Não é certeza, mas a única forma de sair daqui e voltar para a minha terra, a Terra Natural, é através de um rio mágico que corta as três terras e se incorpora aos rios já existentes, dependendo do posicionamento.

— Eu não entendi.

— Honestamente? Eu também não, mas é basicamente a única porta de saída daqui. Talvez eu compreenda melhor uma vez que o encontrar.

Oliver hesitou por um momento; o trauma da memória recente assombrando sua cabeça. Uma semana atrás estava ali, sendo apresentado para a fonte de luz pela primeira vez, com o homem excêntrico que era o antigo Inventor ao seu lado. Saber que o homem estava vivo havia aliviado seu coração por um curto momento, para no instante seguinte vê-lo ser levado pelos obscuros. Mesmo com a memória latente em seus pensamentos ele se forçou a dar a volta pelo coração, apontando para que Beor o seguisse. O lado oposto do cômodo, que era bloqueado pelo Inventor, mostrava ao fundo uma pequena abertura na pedra.

— Esse caminho dá para o lado de fora do penhasco; vai encontrar uma escada que o levará para baixo, até a base suspensa onde nosso mecânico mora — ele falou.

Beor notou que havia algumas marcas de garra próximo ao local.

— É apenas um mecânico?

— É o trabalho mais arriscado e solitário de nossa cidade, ninguém quer se alistar para ele. Vicente o exerce há dez anos e ele vai recebê-lo bem. Se ainda estiver vivo — Odds falou, engolindo em seco, alguns metros atrás deles.

— Tudo bem — Beor assentiu. — Eu volto o quanto antes, mas quero que tudo já seja posto em prática. O destino da cidade depende disso.

Ele lançou um sorriso breve para os que estavam à sua frente, deu uma última olhada esperançosa no coração e se dirigiu até o trajeto indicado por Oliver. Quando estava próximo dele, podendo até sentir o ar que vinha do lado de fora, alguém o chamou.

— Espera. Eu... vou com você — Oliver declarou com os olhos arregalados, não exatamente pedindo permissão.

— Não, garoto — Odds grunhiu, irritada com ele.

— Se é o mecânico que nos manteve vivo por todo esse tempo, então quero conhecê-lo. Não vou deixar o meu posto, mas, se vou ser o Inventor, preciso entender como as coisas funcionam. Fagner não teve exatamente *tempo* para me ensinar. — Ele virou o corpo, falando para a mulher e para a garota que estavam do outro lado.

— Leve um guarda com você, pelo menos! — Odds esbravejou. — E vá apenas até o mecânico e retorne.

— Eu não acho que preciso de guarda, *ele* lutou sozinho contra uma horda de obscuros — o garoto argumentou, não sabendo exatamente o que estava levando a tomar um ato tão irracional. Talvez fosse o desejo de vencer seu medo, de substituir a imagem de Fagner sendo arrastado pelos obscuros até o vazio por uma imagem do que o espaço realmente reservava. Ou talvez fosse por causa de seus pais, uma vez também levados pelos obscuros.

— Tudo bem — Odds se deu por vencida, e Oliver pensou se ela não ficaria assim tão frustrada se ele morresse.

— Mas, Oliver, é perigoso — Mabel exclamou, com um esboço de choro querendo formar em seus lábios.

— Você me conhece, Mabel, perigo é meu segundo nome. — Ele piscou para ela, que tentou fazer uma cara feia, mas não conteve o sorriso.

— Só volte logo, senão eu vou tomar seu lugar como Inventor. — Ela cruzou os braços. — Vou ser a primeira *Inventora* da Cidade Escura.

— A isso eu não me oporia — Odds falou.

Oliver apenas sorriu, pensando em como de fato voltaria, não por causa da sua obrigação com pessoas que nunca haviam lhe dado sequer um prato de comida, mas pela garota.

— Vamos — Beor chamou, chegando mais próximo do buraco na rocha. — Não temos tempo a perder.

Oliver assentiu e Beor saiu na frente, desaparecendo pelo buraco.

# 45

# A domadora de obscuros

Depois de vasculhar suas memórias, Ofir descongelou o corpo de Florence, que caiu como um peso morto no chão rachado. O lábio da garota foi cortado pelo baque com a pedra e seu rosto estava pálido. Caída no chão ela chorou, desejando que tudo aquilo acabasse logo ou, conforme considerou pela primeira vez, que as estrelas interviessem. Sua energia foi totalmente sugada pela invasão do Inverno à sua mente, que deixou seu corpo em um estado de choque. Os dois zumbis a pegaram pelo braço e começaram a arrastar seu corpo pelo chão, de volta para o caminho do barco.

— Parem, agora — Erik falou incomodado, se aproximando. — Eu a carrego.

Ele se abaixou e pegou o corpo fraco da menina, erguendo-a em seus braços. Ela virou o rosto e o encarou, sem dizer qualquer palavra, mesmo que seus olhos comunicassem tudo: medo, decepção, um pedido de ajuda. O Outono desviou o olhar, com um nó instalado em sua garganta.

— Está se compadecendo da garota, senhor Crane? — o Inverno falou a distância, permanecendo onde estava, mas com o corpo virado para eles.

— É claro que não, mas gostaria de garantir que ela estivesse viva até encontrarmos o coração. Por segurança.

— Você é um péssimo mentiroso. Honestamente, não sei como conseguiu enganá-los. — O Inverno soltou uma pequena risada e virou o rosto, indiferente. — Mas pouco me importa, estamos mais perto do prêmio do que eu esperava.

Eles fizeram o caminho de volta, percorrendo exatamente a mesma trilha que os guiou até ali, chegando até o abismo onde haviam atracado a embarcação.

— Tem algo errado — o Inverno falou no momento em que eles se aproximaram.

A estação aumentou a potência da sua luz, iluminando o caminho à frente até refletir na embarcação que estava parada na terra e, para a surpresa de todos, sem os obscuros à vista.

— Eles se soltaram! — o capitão gritou, levando a mão até sua espada na bainha.

A luz azulada do Inverno revelou corpos de alguns membros da embarcação caídos mortos no convés, e todos do grupo se colocaram em posição de alerta.

— *Como* eles se soltaram? — o Inverno perguntou, segurando sua lança rente ao rosto.

— Eu não sei, talvez tenhamos demorado demais para alimentá-los dessa vez, eu devo ter perdido o controle das horas — o homem tentou se explicar, a tensão emanando na voz. — Vamos dar um jeito, eu sempre dou, venho domando obscuros há mais de uma década.

Vogs respirou fundo e começou a caminhar com passos contidos, segurando suas duas facas nas mãos, então sinalizou para que seus homens o seguissem.

Um guincho veio da esquerda e todos se viraram de uma vez, procurando o monstro. Florence, que agora já tinha recuperado sua consciência, foi colocada no chão por Erik; ela quis se debater e xingá-lo, mas não tinha força para tal. No lugar de onde viera o som nenhuma figura estava à vista, e uma coluna espessa de névoa começava a se mover, bem na direção deles.

— Droga. Eles estão usando a névoa para se esconder. — Vogs pestanejou, recuando vários passos. — Vamos fazer um círculo e ficar juntos, é a melhor forma de vencê-los.

— O que exatamente está acontecendo? — Erik perguntou, tirando seu machado das costas.

— Obscuros usam a névoa para caçar, me parece que ela responde a eles, de alguma forma, trabalhando como uma só coisa para capturar a presa.

O capitão tirou uma bolsa surrada das costas e começou a mexer nela de forma frenética.

— Tomem, cada um pegue um. São ossos humanos queimados pela luz dos fragmentos, os resquícios da luz repelem esses monstros e ossos sem memória ou alma para sugar os deixam fracos; é desse material que nossas correntes são feitas. — Ele caminhou até cada um, de forma relutante, distribuindo os ossos. Até mesmo os zumbis pegaram um, mesmo que claramente não entendessem a situação.

Florence aceitou o osso, sentindo-se perdida; sua mente processava com lentidão o perigo à sua volta.

Os barulhos dos obscuros se tornaram mais altos à medida que a névoa se aproximava, e, com a chegada dela, todos se tornaram mais agitados. A névoa mostrava para cada pessoa uma imagem diferente, incitando seus desejos e anseios mais ocultos, hipnotizando-os e atraindo-os com essa isca até as garras de um obscuro.

— Ma-mamãe? — Um dos piratas ao lado de Vogs foi o primeiro a ser hipnotizado; ele começou a caminhar para frente, com os olhos lacrimejando.

— Mas que droga, Bolt, sua mãe de novo?! — Vogs rosnou, colocando uma das facas de volta no cinto e puxando o subordinado pelo braço com força. — Ela está morta, entenda isso! Quantas vezes vai cair no mesmo truque?

O homem balançou a cabeça, aturdido, e aos poucos voltou a si.

— Obrigado, chefe. — O homem abaixou a cabeça envergonhado, quando algo veio de dentro da névoa de maneira silenciosa, como uma linha em um anzol, e perfurou seu coração.

— Ah… — Sangue saiu pela sua boca, enquanto seu corpo caiu de joelhos. — Acho que eles me pegaram.

Mais duas linhas escuras, finas como a primeira, saindo da névoa, miraram certeiras no coração do homem. Elas se iluminaram quando uma substância dourada começou a passar por elas: a alma sendo sugada direto para os monstros.

— Ahhh — o homem agonizou sem desespero, aceitando seu destino. — Tudo o que eu queria era nunca ter me perdido dela.

— E assim sua alma começou a ser sugada e os monstros puxaram seu corpo, que desapareceu na névoa.

— Não, Bolt, não! — Vogs lamentou, com raiva e culpa em sua voz. — Mas que droga! É o coração, fiquem sabendo disso. O alvo deles é sempre o coração — o homem balbuciou, pegando suas duas espadas de novo e as posicionando rente ao peito. — Se o coração é fisgado, o corpo todo deve segui-lo, e assim você já está… praticamente morto.

O capitão limpou uma lágrima solitária e voltou à posição. Sabia que o seu imediato havia chegado na Terra da Escuridão Perpétua quando criança, tendo se perdido da mãe em uma viagem de peregrinação e caído em um lago escuro. Queria prometer a si mesmo que a memória do rapaz seria mantida, mas sabia que isso não era possível; naquele lugar ninguém lembrava, apenas sobrevivia.

Florence puxou o ar com dificuldade, o pavor tomou suas veias à medida que a névoa se aproximava cada vez mais. Ela começou a ver vultos de novo e fechou os olhos com rapidez, na esperança de não ceder ao controle, mas isso não fez diferença, os sons de sua casa começaram a ecoar ao seu redor, a música que sua mãe cantava nos raros dias felizes, o aroma de seu pai que preenchia todos os cômodos quando ele voltava e a canção que a banda tocava no dia da sua festa de aniversário. Tudo estava ali de volta, cercando-a por todos os lados, tudo o que ela havia perdido.

— Ah… — Ela arfou de dor, quando sentiu uma fisgada no seu próprio peito.

Abriu os olhos com dificuldade e viu a mesma linha negra perfurando seu coração, pressionando sua pele e ferindo ao mesmo tempo carne e espírito. Ela comprimiu os lábios, lágrimas amargas molharam seu rosto enquanto sentia a fisgada no seu peito aumentar. Se pegassem seu coração, a pegavam por inteiro, não é? Então ela estava praticamente morta. Ela fechou os olhos, querendo pensar em seus pais ou no dia exato em que a grande desolação havia tomado conta de seu peito, no dia em que decidiu que não havia esperança. Tentou buscar entre suas memórias, mas nada apareceu. Ela não via nada além de uma luz a distância, que era dourada e pequena, e crescia à medida que se aproximava, anestesiando a dor que se dividia entre a mente e o coração da garota. Florence abriu os olhos, o peito subindo e descendo com intensidade, e viu o momento em que o fio se dissipou, transformando-se em poeira bem na sua frente. Todos a olharam com confusão em seus semblantes, sem conseguirem acreditar; ela era, além da mais fraca, a com a mente mais flagelada do grupo, um prato cheio para os obscuros.

Florence deu um passo para frente e então outro, não tendo mais medo do que a aguardava além da névoa. Ela levantou a mão, movida mais por sua incredulidade do que qualquer outra coisa, e viu o material se dissipar, sendo sugado para sua palma até desaparecer. Não mais encobertos à sua frente estavam os quatro obscuros, que a fitavam ainda sedentos, rosnando como se sua alma fosse a comida mais saborosa que poderiam provar, mas a única que não poderiam tocar, o que os deixava mais inquietos. Ela observou cada um deles, o pavor ainda estampado em seu olhar, mas agora misturado com uma estranha calma. Estava viva, estava ali. Por todos os seus anos de vida, todas as vezes que dormia sonhava com obscuros, eles eram os atores principais de cada um de seus pesadelos, conhecendo seu nome e chamando por ela, sugando-a até eles. E agora eles estavam ali, à sua frente, não mais presos por um sonho ou restringidos a correntes, mas completamente soltos e reais, ainda assim *incapazes* de pegá-la.

Um sorriso se abriu em seu rosto, de surpresa e alívio, e ela abaixou a mão. Vogs e os outros piratas saíram detrás dela, começando a caminhar até os obscuros com os ossos em mãos. Os monstros rosnaram e ameaçaram atacar, mas haviam acabado de se alimentar e algo em Florence também os havia enfraquecido, por isso, quando as correntes de ossos voaram em volta de seus corpos, prendendo-os novamente, eles se retraíram e voltaram para a parte inferior do casco, aprisionados.

— Olha, isso acabou melhor do que eu esperava — Vogs falou, aproximando-se do grupo algum tempo depois. — Podem subir, todos.

O Inverno assentiu e todos o seguiram. Florence notou que o olhar dele estava mais vazio, distante, e se perguntou o que é que a névoa lhe teria mostrado. Qual seria o ponto fraco de um homem vil como aquele?

— Eu não sei como, mas você nos salvou, garota, não sabia que era uma domadora de obscuros. — Vogs se aproximou de Florence e falou baixo em seu ouvido, ainda assustado com o que havia acabado de presenciar; de alguma forma, estava vivo graças a ela.

— Eu não sou! Nem sei o que foi que eu fiz. — Ela virou o rosto. — Existe isso? Pessoas que conseguem domar obscuros?

— Conheci apenas uma mulher em todos os meus anos nessa terra maldita que podia. Aonde quer que ela ia os obscuros a seguiam, e eu aprendi sobre os ossos com ela. Não era nada mais do que uma velha irritante que se recusava a morrer; ela vagou por um tempo nas regiões mais conhecidas e então desapareceu por completo, nunca mais a vi.

— Eu não sabia que isso era possível.

— Pois é, tudo nessa terra é assim, parece que vai te destruir a princípio, mas depois te mostra que você é um pouco mais resistente do que pensava. Não todos, é claro… — Ele desviou o olhar e abaixou a cabeça.

— Há quanto tempo você está aqui? — Florence perguntou.

— Há vinte anos; cheguei um garoto e sou o único da tripulação original que ainda está vivo. Esses homens são habitantes daqui que recrutei no caminho.

— Você quer voltar para a Terra Natural? É por isso que está trabalhando pro Inverno?

— É claro, sobreviver não significa viver. Mais uns anos aqui e o pouco de sanidade que me resta vai se evaporar por completo. Eu só quero ver a luz do sol mais uma vez, garota, uma única vez — o homem respondeu, na tentativa de se justificar, e subiu pela rampa para dentro do navio.

Florence o seguiu, com os zumbis ainda atrás de si.

As cordas que prendiam o barco na terra foram soltas e o resiliente navio que havia sobrevivido a tempestades na Terra Natural e monstros na Terra da Escuridão Perpétua deslizou de volta para o abismo, por onde flutuou graças aos obscuros.

Com as pernas trêmulas pela adrenalina de tudo o que tinha acabado de acontecer, ela caminhou até a parte leste do barco, com a respiração dos zumbis ainda sobre sua nuca, e observou o vazio escuro que se estendia do lado de fora. Com dificuldade, foi encolhendo o corpo até se sentar da forma que fosse menos desconfortável. Sua cabeça girava pelas sequelas da invasão do Inverno à sua mente, seu estômago estava embrulhado e ela pensou que nunca mais seria capaz de comer qualquer coisa. Ela passou as mãos sujas pelo rosto suado, afastando os cabelos, e pegou o colar de seu pai que ainda estava em seu peito, escondido sob o seu vestido, e o apertou com força, enquanto processava o que havia acabado de viver. Tinha saído viva, *viva*! Ela viu aquele homem ser morto, arrastado pela garra, e por um momento pensou que aquele também seria seu destino. Mas, por algum motivo, ainda estava ali; mais do que isso, na verdade: fora a pessoa que conseguiu afastar os obscuros e dissipar a névoa.

Com a mente preenchida por um turbilhão de emoções, entre elas medo, surpresa e alívio, e com sua memória frágil, ela remontou o único conjunto de frases que sempre havia funcionado para acalmar seu coração. Por um bom tempo ela havia rejeitado aquelas palavras tal qual a escuridão rejeita a luz; agora, porém, depois de vislumbrar o coração de Faídh e senti-lo pela primeira vez, elas estavam na ponta da sua língua, tão vivas quanto em qualquer outra época.

— Eu acredito nas estrelas. Acredito na relva que me refresca. — Seus lábios tremiam pela adrenalina, e ela percebeu como sentia falta da natureza. — Acredito no vento que me alenta. Acredito no sol que me aquece. Acredito na bondade que nunca me esquece. Acredito nas estrelas, acredito que somos sua propriedade. Acredito na história da qual faço parte, acredito na restauração da humanidade e... — Ela respirou fundo; essa parte era sempre a mais difícil. — Acredito que sou amada por toda a eternidade.

Uma lágrima solitária rolou em seu rosto; não lhe causou dor nem aflição, pelo contrário, foi uma lágrima de alívio. O mundo havia explodido sobre os ombros de Florence e ela havia enfrentado tudo de pior que uma pessoa poderia suportar, mas ainda assim, milagrosamente, continuava ali, viva, respirando, podendo repetir as palavras de seu pai. Ela suspirou e fechou os olhos, encontrando consolo naquilo.

Ofir caminhou até o capitão, sua luz azulada iluminando todo o barco e um pouco do abismo abaixo, mas não revelando nada além da escuridão. Seu semblante estava endurecido e ele não havia falado nada desde o ataque inesperado dos obscuros; o que tinha visto na névoa mexera com ele mais do que o normal.

— E então, para onde vamos? — Vogs perguntou, com o olhar atento; ele tentava esconder, mas ainda era visível como ficava inquieto perto da estação.

— É um lugar que eu nunca tinha avistado antes. Vou te mostrar. — Ofir tirou a mão de dentro de sua capa branca e a estendeu para o rosto do homem. — Vai doer um pouco, mas você vai sobreviver — ele falou, segurando o rosto do capitão com força e passando para ele as memórias que extraíra de Florence.

# 46

# O engenheiro abandonado

Beor seguiu até o lado de fora da pedra, para onde a abertura na caverna dava, e encontrou uma escada em condição precária, presa à pedra, que levava a um elevador movido a correntes que estava parado alguns metros abaixo. Oliver o acompanhou, as mãos suando e o medo estampado no olhar, repreendendo a si mesmo por ser tão burro a ponto de tomar uma decisão dessas.

— Pegue a escada — Beor falou, dando um passo para dentro do abismo e flutuando acima dele, o que fez balançar levemente sua capa rasgada.

Oliver obedeceu, engolindo em seco, e caminhou trêmulo até a escada; desceu degrau por degrau, segurando com tanta força que, quando chegou à plataforma, os nós de seus dedos ardiam. Havia ali um compartimento quadrado, no qual entrou após abrir uma portinhola. Beor voou para dentro e parou do lado dele; em seguida, puxou uma corrente que estava acoplada ao elevador, fazendo-o descer. Em tese ele poderia voar até embaixo, mas não teria nenhuma instrução ou trilha para chegar de forma segura até o rio e, se aquelas pessoas já tivessem traçado um caminho, preferia segui-lo.

Os dois ficaram em silêncio por alguns instantes, enquanto a plataforma descia com lentidão.

— O que aconteceu com o último Inventor? Como ele morreu? — Beor finalmente fez a pergunta que tanto tomava seu pensamento.

O semblante do garoto mudou, transtornado diante daquela questão.

— Ele fingiu sua própria morte para toda a cidade, para começo de conversa, e foi por isso que fui nomeado o novo Inventor. Mas, assim que fui levado à mansão, descobri que ele ainda vivia, porém, por pouco tempo. Fagner tinha um... fio preso ao seu coração; o fio estava preso a ele e ia para onde ele fosse. Eu não entendi de início, mas nada conseguia fazer o fio se soltar, nem mesmo a mudança de atitude dele e tudo o que ele tinha descoberto sobre as estrelas. Acontece que o fio era a garra de um obscuro, e, uma vez que um obscuro pega o seu coração, o seu destino já está selado. Nós mal tivemos tempo, eu o vi sendo sugado — contou o garoto mais novo, com o peso na voz e o olhar distante.

Beor ouviu tudo com atenção, compadecendo-se da dor do garoto, que não era muito mais novo que ele; lembrou-se de como teve a mesma sensação de terror e incapacidade quando viu Clarke desaparecer na floresta, arrastado pelos oghiros.

— Eu sinto muito que teve de presenciar isso.

— Eu não estava pronto, ainda não estou. Não conheço aquelas pessoas e não faço ideia do que estou fazendo.

Beor não conteve um sorriso; no último lugar que imaginava, enfim encontrara alguém que entendia muito bem o que ele sentia.

— Oliver, acho que você e eu temos muito mais em comum do que imaginamos.

— Estamos ambos perdidos? — o garoto sugeriu.

— Acho que não. Estamos ambos aprendendo a ocupar um cargo sem ter ninguém que nos ensine como.

— Mas eu nunca quis isso. — O garoto abraçou o corpo, permitindo-se ser completamente honesto sem Odds por perto. — Uns dois dias atrás eu até tive vontade de voltar para a rua, acredita? Eu *sempre* quis sair de lá, mas não era exatamente isso que eu queria. Acho que só aceitei por causa de Mabel.

— Ela é sua irmã? — Beor perguntou, outra curiosidade que havia surgido.

— Não exatamente. — Oliver sorriu pela primeira vez. — Bom, não de sangue. Eu conheci os pais dela, moravam na rua também e cuidavam um pouco de mim, me davam restos de pães e outras coisas que encontravam no lixo. Eles morreram há alguns anos em uma epidemia terrível que tomou conta da cidade, e antes disso me fizeram prometer que eu cuidaria da Mabel. Venho tentando cumprir a promessa desde então.

— É um peso bem grande para se carregar tão novo — Beor comentou.

— Tudo é pesado na Terra da Escuridão Perpétua — o garoto respondeu dando ombros. — Eu estou acostumado.

O compartimento chacoalhou, indicando que haviam parado em um pedaço de pedra e encerrando de forma abrupta a conversa.

Beor olhou para o lado e notou uma curta trilha que levava até a base suspensa onde o mecânico deveria estar. Ele saiu do compartimento e indicou que Oliver o seguisse, então atravessaram o fino pedaço de terra um após o outro. A base era feita de metal e estava presa à pedra por ganchos que a seguravam na rocha. Uma portinha marcava a entrada, e Beor caminhou até ela e bateu. De início nada aconteceu, mas então um barulho veio de dentro, primeiro de passos se movendo, depois de um molho de chaves e, por último, do metal rangendo ao abrir a porta.

— Olá? — Um homem negro de olhos cansados e cabelo ralo, vestido com um macacão gasto, apareceu, com o semblante confuso. — O Inventor mandou vocês? Faz tempo que não recebo... — A voz dele falhou no momento em que percebeu que toda a luz que havia de repente iluminado a entrada vinha do garoto parado diante de si.

— Oi, eu sou o Verão e esse é o Oliver, o novo Inventor — Beor começou a conversa.

— Novo Inventor? — o homem repetiu, o olhar ainda fixo em Beor por algum motivo.

— Hum, sim. — Oliver levantou a mão, de forma desengonçada. — Sou eu, o sucessor de Fagner.

— Mas não passa de um garoto!

— Pois é. — O menino deu de ombros, concordando. — Não é o primeiro a dizer isso.

— Com todo o respeito, poderíamos entrar? É uma alegria conhecer o senhor! Acontece que aqui fora não parece tão seguro e… bom, eu preciso chegar até o rio e me disseram que você poderia ajudar. — Beor abriu seu sorriso mais convincente, mas o homem ainda o fitava como se tivesse visto um fantasma.

— Rio? — A voz do homem falhou ao responder; ele tinha as sobrancelhas cerradas e seu semblante parecia triste, como se o garoto à sua frente o lembrasse de algo que havia esquecido.

— Sim, eu brilho. — Beor levantou os braços, tentando supor o que causava tanto incômodo. — Podemos entrar?

— Ah, claro. Venham — o homem acenou com a cabeça e respondeu, conseguindo formar uma frase completa.

Beor assentiu e passou pela estreita porta, com Oliver logo atrás de si. Aquele cômodo suspenso não passava de um quartinho apertado com uma pequena janela do lado esquerdo. Do lado direito, uma parte da parede de metal era cortada, aberta para a pedra, em um compartimento quadrangular onde todos os cabos da tubulação estavam expostos. Além de uma grande caixa de ferramentas ao lado da tubulação, havia no cômodo apenas uma cama, uma cabeceira e dois orbes de luz que brilhavam no teto.

— Obrigado. Como você se chama? — Beor perguntou assim que o homem fechou a porta e se voltou para eles.

— Vicente — o mecânico respondeu, ainda parecendo distante.

— É um prazer. — O garoto piscou, tentando lembrar por que aquele nome parecia familiar; certamente já havia conhecido alguém com aquele nome antes.

— Você mora sozinho aqui? — Oliver perguntou, ainda observando o espaço. — Eu me tornei Inventor e não sei muito sobre como nada funciona.

— Pelos últimos oito anos, sim, sou apenas eu. Eu fui treinado pelo mecânico anterior pouco depois que cheguei na Terra da Escuridão Perpétua. Mas ele era muito velho, e morar tão baixo não ajuda na saúde. Sobre as tubulações, não sabemos quem as construiu, não existe qualquer registro, mas o meu trabalho mesmo diz respeito à manutenção e ao acompanhamento dos canos; se alguma coisa desse errado lá embaixo eu não poderia fazer nada.

Beor ouviu atentamente, até algo lhe chamar a atenção.

— Espera, você disse que *chegou* na Terra da Escuridão Perpétua? Não é daqui?

— Não. Eu morava em outro lugar, Nadur, uma terra com sol e árvores. Mas então caí em um buraco e fui trazido para cá.

— Um lago escuro? — Beor perguntou, a curiosidade estampando seu olhar.

— Eu imagino que sim. Era um grande lago, escondido na caverna dos campos de plantação da minha vila. Você também não é daqui, não é mesmo?

Beor cerrou as sobrancelhas, achando aquilo preocupantemente familiar.

— N-não, eu não sou, mas, por favor, me conte, há quanto tempo exatamente você caiu? Deixou família para trás? — ele perguntou sem saber ao certo o porquê.

— Eu caí há onze anos, um ato tão estúpido que me custou tudo. Deixei minha esposa e meu filho. Não mereço uma vida melhor do que este cubículo, não sem eles. Por isso aceitei esse trabalho.

— Filho? Tinha apenas um? — o garoto insistiu, sendo levado para longe do objetivo que o trouxera ali, mas incapaz de parar, notando como o homem o lembrava alguém.

— Bom, sim, um menino. Acho que ele teria mais ou menos a sua idade agora. Eu daria tudo para vê-lo só mais uma vez.

— Eu sinto muito, senhor, deve ser difícil viver aqui tão solitário — Oliver comentou.

— Eu me acostumei, longe da minha família qualquer lugar é solitário. — O homem deu de ombros.

— Hum, me desculpe. — Beor fechou os olhos, tentando controlar seus pensamentos. — Mas qual seria o nome do seu filho? — ele insistiu no assunto.

— Eu... não me lembro, não mais, a Terra da Escuridão Perpétua corrói nossas memórias, especialmente as que dizem respeito à terra de cima. Tudo nos é tirado, pouco a pouco. Eu tenho o nome dele na ponta da língua, mas faz tempo que não consigo pronunciar.

Beor murchou, desapontado; sua teoria parecia impossível, mas, por instante, quase teve um lampejo de esperança.

— Mas vocês não vieram aqui para isso, não é? A minha história triste não lhes importa. Querem chegar ao rio, certo? — O homem se levantou e cruzou os braços, tentando afastar aquelas memórias.

— Sim, eu gostaria de vê-lo — Beor respondeu, deixando o outro assunto morrer.

— E por quê, se me permite perguntar? Sabe que, quanto mais para baixo, mais obscuros vão encontrar, e você não passa de um menino. O que faz valer a pena o risco?

— Uma saída daqui — Beor respondeu, com um sorriso esperançoso.

— Impossível.

— Não completamente. Existe uma forma de sair da Terra da Escuridão Perpétua e é através dos rios, apesar de ser, de fato, bem mais complexo.

— Isso realmente poderia... poderia nos levar de volta? Para a Terra Natural?! — Um brilho pela primeira vez surgiu no rosto do homem abatido.

— Eu não vim para a Terra da Escuridão Perpétua para ficar preso aqui, na verdade nem posso, tenho responsabilidades demais lá em cima. Eu vim para salvar minha amiga e pretendo levá-la de volta comigo quando encontrá-la — o Verão falou, determinado.

Vicente apenas assentiu, sem conseguir responder; seu olhar se movia pelo cômodo como se estivesse pensando em algo.

— E então, como chegamos até lá? — Beor insistiu, na expectativa.

— Você me levaria com você? De volta para a Terra Natural? — o homem perguntou de forma hesitante.

— É claro! Eu ainda não sei como fazer isso, mas, se você fizer o caminho de volta com Oliver e ficar na Cidade Escura até eu voltar, prometo levá-lo.

— Mas e quem vai cuidar das tubulações? — Oliver perguntou, pela primeira vez se preocupando de fato com o assunto.

— Eu... talvez possa recrutar alguém, não existe tanto a fazer, na verdade — Vicente respondeu, com a vida voltando ao rosto pela expectativa de poder, finalmente, deixar aquela terra.

— Ótimo. Agora, o caminho para baixo.

— Certo. Existe uma trilha na própria rocha que leva até lá.

O homem avançou até a pequena porta e a abriu.

— Existe um outro vão na pedra um pouco mais abaixo, a única forma de chegar até lá é pulando, mas não é uma queda alta. De lá a trilha já começa a se formar; existe o risco, é claro, de ela ocasionalmente passar por alguns covis de obscuros, mas não tem como saber. Eu o aconselharia a levar um orbe, mas vejo que você não precisa.

Beor colocou a cabeça para fora, fitando a direção em que o homem apontava. Ele não via muito mais do que um vazio coberto por trevas, mas notou de forma quase imperceptível alguns vultos se movendo. Um vento frio passou pelo seu corpo e ele olhou para baixo, sentindo-se vigiado, mas então Vicente o chamou.

— Garoto, qual seu nome? O de verdade? — o homem perguntou, parado à porta.

Beor tirou o olhar do abismo e se voltou para o homem, sentindo o seu peito agitar mais uma vez.

— Beor — respondeu, depois de hesitar por um momento.

— Hum — Vicente disse, pensativo. — Gostaria de ainda lembrar nomes para saber se lembrava do seu.

Beor mal teve tempo de questionar o que aquilo significava, pois do meio da escuridão surgiu uma linha fina como uma corda, que se amarrou ao pé dele e o puxou para baixo de uma só vez. Seu corpo foi jogado para baixo na terra, mas ele retirou sua espada da bainha e a fincou na pedra, usando toda a sua força para se segurar.

— O que é isso? — perguntou em meio ao desespero, fitando o mecânico.

— Obscuros da névoa, consideravelmente piores do que os que voam — o homem respondeu, o terror estampado em seus olhos.

Uma segunda linha veio debaixo e atingiu em cheio o coração de Beor; seus olhos falharam, seus braços fraquejaram e, de repente, ele não tinha mais força para se segurar, seu corpo virou para trás e caiu, sendo engolido pelo abismo.

# 47

# A que lê as tempestades

Beor sentia o cheiro da grama molhada de Teith e ouvia seus pais conversando na cozinha, mas quando abriu os olhos percebeu que nada daquilo era real. Sua espada, que havia escorregado de sua mão, caiu logo abaixo de si, brilhando como ele, implorando que a pegasse de volta. Beor se debateu e uniu as duas mãos no fio que estava preso em seu peito, vendo-o brilhar até o ponto de derreter, e, liberto, mergulhou para baixo, em busca da sua espada. Ele esticou a mão, enquanto ambos caíam, e, quando finalmente conseguiu alcançá-la, ela estava molhada. Ele a segurou com estranhamento e terminou de descer o corpo, tocando o chão. Havia encontrado o rio, estava pisando agora na borda dele. Sua luz dourada iluminou toda a água, que, de tão cristalina que era, desaparecia completamente, refletindo a escuridão.

Antes que ele pudesse cantar vitória, o rosnar das criaturas à sua volta aumentou, anunciando que ele não estava sozinho ali. Beor virou o corpo, vendo sua luz iluminar inúmeros seres que o cercavam por todos os lados, obscuros sedentos por uma presa. Ele deu um passo para trás, segurando firme sua espada e estranhando o medo que cresceu pelo seu corpo; não havia temido os obscuros voadores e conseguira derrotar cada um deles, agora não seria diferente. Porém, aquele fio, a garra em seu peito, o fez se sentir momentaneamente fraco, e foi isso que ele temeu. Empurrando aquela sensação para o fundo, Beor colocou suas pernas em posição de batalha e girou a espada, pronto para o combate.

— *Haskta*! — alguém gritou a alguns metros de distância, fora do rio, e os obscuros, um a um, viraram seus corpos.

Para a surpresa de Beor, eles obedeceram à voz e se afastaram, abrindo caminho para ele até a areia negra que cobria a base do penhasco. Ele girou o corpo por algumas vezes, sem entender nada, mas os monstros não se moviam, ainda o olhavam com sede, mas não aparentavam mais nenhum ataque. Sem saída, ele caminhou até a terra firme, pelo caminho que eles tinham aberto. Sua luz foi iluminando o trajeto à frente à medida que ele andava; de início só havia areia e alguns ossos que brilhavam, até que ele viu uma pequena cabana feita de metal enferrujado caindo aos pedaços logo adiante e, parada na porta dela, uma senhora.

— Olá. Perdoe a agressividade dos meus obscuros, eu estava dormindo, não havia visto que era um humano, muito menos um habitante da terra de cima.

— Seus obscuros? E… como sabe que eu não sou daqui?

— Seu cheiro, eles o sentiram desde que você chegou, ficaram agitadíssimos. E, é claro, sua luz. — A mulher soltou uma risadinha.

Ela tinha cabelos brancos, uma pele enrugada e olhos pequenos. Usava várias camadas de roupas rasgadas, sobrepostas umas às outras.

— Como isso pode ser possível? Como alguém consegue viver aqui? Quem é você?

— Meu nome é Olga e sinto que temos muito o que conversar. Gostaria de entrar? — ela ofereceu, estendendo a mão.

— Tudo bem — Beor assentiu, não tendo exatamente uma escolha.

Ele caminhou receoso até a casa, notando pelo canto do olho que os obscuros continuavam a observá-lo. Fez uma careta para eles e entrou pela porta.

— Eu admito que é bom receber uma visita depois de tanto tempo, acho que estou sozinha aqui há tempo demais. Aceita um chá? — a mulher comentou, entrando na casa, construída na encosta do penhasco, com os filetes de luz do coração iluminando o local pela parede do fundo, que não passava de uma superfície de pedra.

— Vocês têm chá aqui?

— Eu tenho. Só que não está quente, infelizmente.

— Aceito, então. Mas… por que mora sozinha aqui? Por que não sobe até a cidade? Acho que ninguém de lá sabe sobre você.

— Oh, e é melhor que continue assim! Não gosto daquelas pessoas, especialmente daquele Inventor. — A velha fez uma careta e pegou a jarra que estava na mesa, virando-a em um pequeno copo de metal.

Beor olhou em volta e notou que havia ossos que brilhavam com uma luz amarelada pendurados em torno da porta e da única janela, cobrindo toda a superfície. A mulher serviu-lhe o copinho e Beor aceitou, desconfiado; o líquido era prateado e reluzia, fazendo lembrar um pouco a textura da água dos próprios lagos escuros.

— Isso não é chá, é? — Ele franziu o cenho.

— Não, é suor de obscuro. Mas prove, não é tão ruim quanto parece.

— Hum, eu não acho que… — Beor fez uma careta e sentiu o estômago embrulhar.

— Prove — a mulher demandou, o semblante insistente.

— Tudo bem. — Ele aproximou o copo da boca a contragosto e tomou um gole pequeno, já se preparando para o pior, mas abriu os olhos em surpresa quando sentiu o gosto do suco de morango com mirtilo que sua mãe fazia quando era criança.

— Não disse? — A velha sorriu, entusiasmada.

— Como isso é possível?

— Obscuros são seres vazios, produzidos pelo próprio vazio dessa terra; eles se alimentam de memórias e desejos, por isso o gosto é, na verdade, sua bebida favorita, seja ela qual for.

— Isso é fantástico — Beor falou, tomando mais um gole; se sua infância tinha um sabor, era aquele ali.

Enquanto ele se distraía com o líquido, Olga caminhou até a pequena mesa, onde havia duas cadeiras, e se sentou em uma delas.

— Venha, sente. Não temos muito tempo.

Beor virou o rosto para a mulher, confuso.

— Como sabe disso?

— Eu sei de muitas coisas, vai entender quando sentar a bunda aqui e me deixar te contar a minha história.

— Uhm, está bem — Beor resmungou, não gostando do lado ranzinza da mulher.

— Como você se chama? — ela perguntou, colocando os braços na mesa.

— Beor.

— Beor, eu sabia que você viria, mas não imaginava que teria essa aparência.

— Como... — Ele começou a perguntar, mas então se calou, percebendo o semblante da mulher.

— Obrigada. — Ela sorriu, satisfeita. — Sabe as tempestades de raios que cobrem o nosso céu? Eles não são fortes o suficiente para nos iluminar, mas *sempre* me disseram coisas. Eu nunca subi até a cidade porque minha família foi expulsa de lá há algumas décadas, jogada aqui para baixo como punição pelos crimes da minha mãe. Nós caímos todos aqui e eu tive que ver meus pais sendo consumidos pelos obscuros, morrendo bem à minha frente. Eu, porém, não fui morta, a névoa não funcionou comigo, nem suas garras, eles simplesmente não conseguiram encontrar o caminho até o meu coração porque eu não tinha mais medo, não deles; ser jogada daquele penhasco havia esgotado meu medo por inteiro. Era como se eu não fosse um alimento apetitoso para eles, então simplesmente me ignoraram e me deixaram viver.

Eu construí minha vida aqui ao longo dos anos, e morando tão próximo aos obscuros aprendi segredos sobre eles e passei a vê-los cada vez menos como uma ameaça.

— Quais foram os crimes da sua mãe? — Beor perguntou, sem perceber que a estava interrompendo de novo.

— Hum… você é atento. Minha mãe era uma espécie de vidente, ela via coisas no céu, nos trovões, e algumas delas aconteciam. A gota d'água foi quando ela predisse a morte do Inventor da época e uma semana depois ele faleceu.

— Deve ter sido horrível cair aqui.

— Perdê-los, sim, foi a pior dor que já senti, mas cair aqui, não; essa foi a maior bênção que eu poderia receber. E você sabe o porquê. — Ela cerrou os olhos, com um sorriso nascendo.

— O… lago! Você sabe que ele é mágico.

— É claro que eu sei, e é por isso que nunca parti. Mas existe uma outra parte na minha história que é ainda mais inesperada do que o fato de uma criança ter sobrevivido sozinha aqui com obscuros. Eu conheci um homem. Pois é. — Ela sorriu com um olhar doce. — Muitos anos depois, quando eu nem mais me lembrava da aparência de um rosto humano. Ele apareceu em um dia como todos os outros, era o mecânico do Inventor da época, havia caído da base suspensa em um acidente e eu ouvi seus gritos. Impedi que os obscuros o pegassem e o ensinei sobre os ossos — ela apontou para a porta —, como eles os repelem. Eu lhe ensinei a sobreviver e ele me ensinou o significado das palavras de novo. Descobrimos juntos que fazia vinte anos desde que eu tinha caído da Cidade Escura, apesar de que, para mim, o tempo não era mais um elemento relevante. A verdade é que a solidão vai nos fazendo esquecer a nossa humanidade, e Yohan me lembrou da minha. Como já deve imaginar, ele nunca voltou para cima ou para a base, sua vida lá era ainda mais miserável do que a vida que encontrou aqui. Nós nos apaixonamos e construímos essa casa juntos; sei que não parece muito, mas naquela época era o nosso próprio castelo. Nós tivemos uma filha e ela nasceu nas águas desse rio, e foi naquele dia que eu ouvi os raios do céu falando comigo pela primeira vez.

Beor ouvia atento, esquecendo-se da improbabilidade de tudo aquilo, apenas seguindo imerso na história da mulher.

— Eles me mostraram o futuro. Eu olhei para cima e, no alinhamento de cada um dos raios, eu tive um lampejo do que a vida dela seria. Me assustou de início e eu nunca contei para o meu marido, mas me arrependo, pois pouco depois ele se foi. Ele estava começando a sentir falta da cidade de cima e não havia como voltar, isso o abateu com uma tristeza profunda. Um dia ele estava desprevenido e a névoa o pegou, foi tarde demais quando eu percebi.

— Eu sinto muito. — O olhar de Beor caiu.

— Foi apenas mais uma das perdas que eu tive de aguentar. — Ela balançou a mão, sinalizando que aquilo não era o foco. — A minha filha tinha meses quando eu vi o rio brilhar pela terceira vez. Era rápido, como um curto lampejo, mas parecia que ele assumia outra forma, brilhando com uma luz cintilante e amarela no fundo, onde deveria ser a areia negra, e então voltando ao normal, como se nada tivesse acontecido. Eu sabia que naqueles breves segundos aquele não era o rio que eu conhecia. Quando ele brilhou naquele dia eu soube que ele estava destinado a levar minha filha até a terra de luzes, pois foi isso que os raios haviam me mostrado. Eu hesitei por alguns anos, mas morar por tanto tempo perto do rio havia me conectado a ele; eu simplesmente sentia quando algo estava diferente. A expectativa começou a crescer no meu coração, como se eu estivesse prestes a me despedir dela, então entendi o porquê: ela deveria partir. A vida que eu tinha aqui, que eu tive por todos esses cem anos, é uma vida miserável, vazia e sem cor. Assim como foi a vida da minha mãe e da mãe dela. Mas a da minha filha não seria, ela não viveria na escuridão como todas nós, ela veria a luz com seus próprios olhos. Por isso, naquele dia, quando estávamos dentro da cabana e eu senti os pelos do meu braço arrepiarem, eu a peguei no colo e corri com ela até lá, no exato momento em que o leito do rio emitia um forte brilho. Eu a joguei na água e entrei junto, desesperada para fugir daqui, mas, por algum motivo, o rio não me levou. Ela, porém, desapareceu alguns centímetros à minha frente. Tinha apenas seis anos.

— E porque você não foi depois? Você não sentia quando o rio mudava?

— Eu tentei, por vezes e vezes sem fim, mas ele se recusava a me levar, como se eu não estivesse destinada a deixar esse lugar, como se eu devesse ficar. A minha vida tem sido solitária e desde então eu tenho esperado.

— Pelo quê?

— Pelo motivo de eu ter ficado. Eu viajei pela extensão da Terra da Escuridão Perpétua e adquiri ainda mais conhecimento, mas nunca falei de onde eu vinha, porque sei que o rio é apenas um dos segredos que essa região guarda. Quando os raios no céu me disseram para voltar para casa eu voltei e tenho esperado você desde então.

— Esperado a mim?!

— Não exatamente, *aquela* que você procura. A minha neta.
— Um brilho resplandeceu no olhar da mulher.

Beor travou por um instante, a respiração lhe pareceu agarrada na garganta e seu cérebro não tinha ar o suficiente para processar.

— O quê? — Ele engoliu em seco, a respiração saindo pesada. — Você? Como poderia saber? Como... como sua filha se chamava?

— Amaranta — a senhora respondeu, serena.

— Como isso é possível?

— Viajando pela Terra da Escuridão Perpétua, eu entendi que não havia mais ninguém com o dom de ler as tempestades no céu da forma que eu fazia. Isso porque as tempestades são influenciadas pela fonte de poder que se esconde dentro desse penhasco e que eu não compreendo. Nascer na Cidade Escura, com tamanho poder escondido sob nossos pés, deu dons a algumas pessoas. Se procurar lá em cima vai encontrar uma ou duas pessoas com habilidades *incomuns*. Viver aqui, ainda mais perto dessa *fonte* de poder do que as pessoas de cima, aumentou a minha sensibilidade a tudo, inclusive às tempestades. Um dia elas me contaram da minha neta e eu venho repetindo o que elas me disseram desde então, me forçando a nunca esquecer.

*E há de ser,*
*que quando uma luz forte no céu brilhar,*
*e nem um obscuro sobre o rio sobrar,*
*nossa descendência há de retornar,*

*Aquele que procura por ela*
*será um arauto da sua chegada,*
*e quando o coração fraquejar,*
*minha linhagem será libertada.*

Beor ouviu tudo atentamente, os pés batucando no chão, enquanto sua mente trabalhava e um sorriso ia abrindo em seus lábios à medida que ele entendia o que estava acontecendo.

— Você é... uma sacerdotisa! Céus! Os sacerdotes existiam na Terra Natural e existem até mesmo aqui! — ele exclamou, perplexo. — Você mal sabe o que é e não sabe nada sobre as estrelas, mas ainda assim as tem ouvido esse tempo todo. Era o coração falando com você todos esses anos.

— Então acredita em mim? — Olga sorriu; seus olhos enrugados brilhavam. — Você é o sinal que eu esperava.

— Acredito, é claro que acredito! A mãe de Florence se chamava Amaranta — disse ele, eufórico.

— Florence — a avó repetiu, como se saboreasse o nome em seus lábios. — Ela deve ser tão linda quanto o nome.

— E... ela é. É deslumbrante — Beor respondeu, surpreso por admitir isso, e suas bochechas esquentaram por um breve momento.

— E onde está ela? Você a perdeu, não foi?

— Sim, eu não consegui protegê-la como prometi. — Ele abaixou o olhar. — Mas tenho motivos para acreditar que ela está vindo exatamente para cá. O homem que a sequestrou está em busca do poder que está escondido dentro do penhasco, o coração de Faídh.

Olga assentiu, sem falar nada, e se levantou da cadeira com um semblante pensativo, como se estivesse tomando uma decisão.

— Tudo bem, então. Acho que faz tempo suficiente e continuo não gostando daquela cidade, mas sei que é a hora de voltar. A minha descendência voltou, e eu não fiquei viva por cento e três anos senão para ajudá-la. Deve me levar com você de volta à Cidade Escura — ela declarou.

# 48

# O plano do Inverno

O peito de Florence se enchia cada vez mais de expectativa e temor à medida que o barco avançava na escuridão. Seja para onde for que estivessem indo, parecia se localizar literalmente no fim daquele mundo. Vogs não agia da mesma forma desde que o Inverno invadira sua mente; ele estava silencioso e parecia mais fraco, como se a invasão o tivesse deixado doente. Já havia se passado um dia que estavam navegando sem parar pela escuridão. Os obscuros começavam a se agitar abaixo sem comida, e um dos subordinados ajudava Vogs com o mastro nos momentos em que ele vomitava ou sucumbia no chão sem motivo aparente.

— Ele não vai sobreviver. — A garota ouviu Erik sussurrar atrás de si; ele havia notado que ela fitava o capitão, preocupada. — A invasão à sua mente foi fatal para ele, estilhaçou sua cabeça, está dando para ver. Talvez a única esperança é que ele se torne um zumbi como os outros.

— Mas eu sobrevivi. — Ela virou o corpo, o encarando. — Me esgotou de início, mas eu me sinto normal agora.

— Isso é porque você não é uma humana comum, é provavelmente a pessoa mais poderosa nesse barco — sussurrou, o olhar se dirigindo até o Inverno, que estava sozinho na proa, com o semblante ávido e ansioso.

— Mas não fui forte o suficiente para vencer você, para impedir que me sequestrasse.

— Você só não é treinada, é diferente.

— Por que está falando isso? Se está arrependido das suas ações, agora, sim, já é tarde demais.

— Eu não me arrependo, não posso me dar ao luxo. — Erik pigarreou. — Só sinto... que tenha de ser dessa forma.

— Fala como se eu já estivesse morta. Então nenhuma consolação vai servir. — Ela se afastou dele, pisando firme na madeira.

Se sentia atraída a Vogs, no mastro, e era difícil desviar o olhar; ele vira o que ela também tinha visto e isso estava lhe custando tudo. Notando que nem o Inverno nem os zumbis reagiram quando ela se moveu, ela se aproximou de onde o capitão estava e subiu lentamente as escadas até ele.

— Ah, oi, garota — Vogs a cumprimentou, baixinho; seus olhos estavam vermelhos e a pele de seu rosto tinha um tom azulado que definitivamente não era saudável.

— Oi... — ela respondeu no mesmo tom. — Como você se guia pela escuridão? Como sabe que estamos indo para o lugar certo?

— E-eu me guio pelos raios, veja. — Ele apontou para o céu. — Eles têm um padrão, eu já desconfiava disso há algum tempo. Na vi-visão que você teve isso ficou evidente para mim, o caminho que deveríamos seguir, até a borda do nosso mundo, onde os trovões e os raios nascem — ele falou com dificuldade e então arfou de maneira dolorida, como se não conseguisse respirar.

Florence assentiu, com o peito apertado por não poder fazer nada por ele, mesmo sabendo que o homem não merecia qualquer misericórdia.

Com passos tontos, o capitão se aproximou mais dela, abaixando o ombro para ficar do seu tamanho.

— Eu sinto muito, criança — ele sussurrou. — Por fazer parte disso. Parece que não vou ver o sol novamente, afinal.

— Não diga isso — ela respondeu, surpreendendo-se ao perceber que tinha pena do homem que estava sendo cúmplice do seu sofrimento.

— Mas, sabe, eu vi uma coisa. Não acho que era para ele ter mostrado, mas parece que escapuliu sem querer — Vogs continuou, fitando-a com os olhos arregalados e falando ainda mais baixo.

Interessada, ela se inclinou mais para ele. Quando o Inverno invadira sua mente, ele havia visto e remexido tudo, ela sabia porque sentiu seu olhar vil se esgueirando por cada canto de suas memórias. Mas ela não conseguiu tirar nada dele, nem sentiu ou viu coisa alguma.

— O que você viu? — ela ousou perguntar, os olhos fixos à frente, onde a estação estava, a alguns metros de distância, ainda fitando a escuridão em expectativa.

— Vi um pouco do que a névoa lhe mo-mostrou, o que ele tanto teme. Não fez sentido, era como se fosse outra pessoa, vivendo em uma outra época. Ele usava roupas antigas e, eu não sei, não era assim, era outra *coisa*.

Um obscuro rosnou abaixo e o convés tremeu, atraindo a atenção de todos, que, em meio ao silêncio lúgubre da embarcação, pareciam antes mais mortos do que vivos. O Inverno virou o rosto, alerta, e encarou cada um deles, então Florence entendeu que era hora de se afastar; a conversa infelizmente teria que terminar ali.

Ela escorreu de maneira silenciosa de volta para o convés, enquanto sentia o foco do Inverno preso a ela. Caminhou olhando para baixo, decidida a não fazer nenhum contato visual com ele, e se sentou no chão, ao lado de um conjunto de barris, onde recostou a cabeça e fechou os olhos, se segurando secretamente ao colar de seu pai mais uma vez, enquanto as palavras de Vogs martelavam em sua cabeça. Era impossível contar o tempo na escuridão, mas, para ela, parecia que já fazia alguns dias desde que deixara a Terra Natural; seu corpo coçava pela sujeira, parte de seu cabelo estava desgrenhado e duro pelo suor que havia secado, enquanto a outra ainda estava presa parcialmente a um coque baixo. Ela sentia frio e fome e se encolheu sobre a barra do vestido que um dia havia sido bege.

Desde que ela deixara Morávia para voltar ao palácio, sua vida havia se embolado na sequência de fracassos que a levaram até ali, sem o direito de descansar por algumas horas ou de pelo menos ter uma boa refeição. Parada ali, em um raro momento de silêncio no barco, onde todos, inclusive o Inverno, não tinham outra opção senão esperar, ela notou o quanto seu coração batia rápido. Não deveria estar agitada daquela forma, mas estava. Ela não queria contar e não falaria, mas tinha percebido há algumas horas que realmente *era* uma bússola. Ela podia sentir que estavam se aproximando do coração, era tão claro quanto vê-lo bem à sua frente, mesmo que não enxergasse nada. No curto momento em que Vogs se desviara da rota, ela tinha sentido também uma raiva e desolação repentinas, que rapidamente minguaram quando o barco voltou ao curso. Agora tudo o que sentia era uma estranha expectativa, crescendo no peito junto com as batidas do coração. Ela odiava isso, mas não conseguia abafá-la por nada, aquela expectativa crescente.

As horas passaram e ela se remexeu de um lado para o outro, incapaz de conter a ansiedade, até que acabou dormindo. Acordou assustada, com um pouco de baba seca coçando sua bochecha quando os zumbis a seguraram pelos braços e a colocaram de pé. No momento em que abriu os olhos e recuperou sua consciência, ela o ouviu, o coração batendo, pulsando, o som dançando à sua volta, sendo trazido pelo ar. Florence olhou em volta, assustada, e parecia que ninguém mais ouvia o som, todos estavam despertos e olhavam para frente com expectativa. O olhar dela parou no Inverno, que caminhava até ela, com passos sonoros e um sorriso macabro nos lábios.

— Estamos chegando e eu sei que pode senti-lo — o homem falou, se aproximando. — Você me levará até ele.

— Você deveria sentir também, não? Não é uma estação primária? — ela respondeu, dando um passo para trás, tentando fugir de seu toque. — Seu poder vem das estrelas, portanto, deveria poder senti-las.

O homem se aproximou, parando a centímetros dela.

— Por que não sente? — ela insistiu, sustentando o olhar dele, ávida para entender mais sobre a criatura.

— Porque elas me rejeitaram — Ofir rosnou, elevando a cabeça. — E quando algo não me é dado, então eu devo tomá-lo.

— Seu plano não faz sentido. Se é poder que você quer, não vai conseguir no coração, ele não vai te deixar simplesmente chegar e sugar todo o poder dele.

O Inverno soltou uma pequena risada que fez as pernas de Florence congelarem, como se ela estivesse sendo uma boba esse tempo todo.

— Mas o meu plano não é esse, criança ingênua. Me diga, qual é o órgão do corpo sem o qual uma pessoa não pode viver?

Florence engoliu em seco.

— O coração? — soltou em um sussurro.

— Exato. Não pretendo sugar o poder, pretendo esfaquear o coração, para que assim o corpo morra. E você, minha cara, é a adaga. — Ele sorriu, fitando o horizonte, enquanto o pavor subia pelas veias da garota. — Vamos matar uma estrela.

Uma fincada ardeu no peito de Florence, agora que tudo ia lentamente fazendo sentido para ela. Desde nova, ela nunca havia conseguido crer nas estrelas como seu pai, nem olhar para elas com esperança. Eram distantes e intimidadoras; se forem tudo o que seu pai dizia, as criaturas mais poderosas de toda a realidade, por que então se importariam com ela? Mas ela via agora, no último lugar em que imaginava alcançar tal entendimento, o direcionamento invisível daquelas que ela sempre viu no céu, mas nunca pensou que a viam de volta. Encontrar o palácio, ser recebida por Beor. A estranha águia que a havia ajudado no exato momento que precisava. O consolo de Dahra e suas palavras que queimaram em seu coração como nenhuma outra palavra antes fizera, impulsionando-a a voltar à vida, a querer viver. E por último o coração de Faídh, pulsando em seu próprio peito, atraindo-a e chamando-a para si. Não, as estrelas não estavam apenas no céu, elas estavam em toda sua vida. E só agora, quando já era tarde demais, ela percebeu isso.

— Você não pode fazer isso. É impossível. — Seu peito se encheu de uma determinação que Florence desconhecia; então, ela deu um passo à frente, em direção à estação.

— Você não faz ideia de quantas coisas impossíveis eu já fiz. — O homem voltou o rosto para ela e, em seu olhar azulado, a garota notou que havia algo escondido.

Florence hesitou por um instante, o homem pareceu ainda mais ameaçador que antes. Ela pensou o que exatamente o levou até aquele lugar, aquele estado.

— Você não vai conseguir. Elas não vão deixar — falou com convicção.

— *Elas* não ditam o fim da minha história. Não mais. Observe e verá — ele respondeu, irritado com a insolência da garota. — Agora tirem-na daqui.

O Inverno sinalizou para o gruhuro que estava logo atrás de Florence, movendo a mão e virando o corpo em direção à proa.

Em resposta ao comando do mestre, o gruhuro puxou Florence pelo braço, indicando que ela andasse, mas o movimento foi brusco e, como seu corpo já estava fraco, ela não teve forças para se segurar, então tropeçou, caindo no chão. Durante a queda, antes que pudesse reagir, o colar dourado de seu pai saltou para fora do vestido rasgado, encontrando o chão primeiro que suas mãos. Quando viu já era tarde, o fino vidro que compunha o pingente se quebrou, revelando um pequeno raio de luz que estava guardado ali dentro e que explodiu bem nos seus olhos. A sensação foi ardente e dolorosa, e ela pensou que ficaria cega por alguns instantes, mas o que aconteceu foi diferente.

Quando abriu os olhos novamente foi que entendeu: aquilo que estava contido na pedra não era luz, mas sim memórias; apenas as memórias *mais* felizes.

Florence contemplou, com espanto, o dia de seu nascimento, ela enrolada em uma manta lilás, da cor de seus olhos, adormecida.

Sua mãe a ninava com lágrimas nos olhos e um semblante vivo e feliz; ela chorava e soltava gargalhadas de alegria, como se não acreditasse no que segurava nos braços. Como aquela era uma memória de Augusto, Florence não pôde vê-lo, mas ouviu seu riso e também seu choro. Ele se aproximou de Amaranta e lhe deu um beijo, dizendo um "eu te amo" com a voz repleta de ternura.

A próxima memória era de anos mais tarde, o aniversário de quatro anos de Florence; eles haviam terminado o dia correndo até o mar, os três, e nadando sob a luz das estrelas. Na água, Florence era jogada do colo de um para o outro, e o som de gargalhadas preencheu a cena. Ela sorriu, com uma lágrima rolando pelo rosto; não se lembrava daquela memória. Por toda sua vida, o que os obscuros tinham feito sem que ela percebesse era apagar os registros das memórias felizes, fazendo-a pensar que aquela vida de tristeza e de dor era tudo o que ela conhecia, quando isso não era verdade. Florence havia conhecido a alegria, e aquele momento a lembrou disso.

A terceira memória a pegou de surpresa. Era o dia do seu aniversário de quinze anos; ela sabia disso porque o vestido verde-esmeralda que usou naquele dia estava pendurado na porta. Era cedo pela manhã, e ela ainda dormia no quarto.

Amaranta estava parada à porta, olhando-a, com Augusto ao seu lado.

— *Quinze anos, nós chegamos até aqui* — Amaranta *falou soltando um suspiro pesado.* — *Por muitos dias eu pensei que não conseguiríamos.*

— *Eu também, mas olhe para nós. Ela está viva, nós estamos vivos e a casa está inteira* — ele *falou, tentando fazê-la rir, mas tudo o que saiu foi um esboço de um quase sorriso e nada mais.*

*Augusto suspirou e tocou no ombro dela, chamando-a para a cozinha.*

— *Eu não sei como vai ser daqui pra frente, ela está fazendo quinze anos e isso atrairá o Inverno ainda mais. Mas, nesta manhã, não é com ele que eu estou preocupado. É comigo.*

O comentário fez Amaranta, que tinha o semblante distante e não muito engajado, arquear as sobrancelhas.

— O que quer dizer? — Ela cruzou os braços na defensiva.

— Tem algo que eu preciso te dizer, te pedir, na verdade, há muito tempo e nunca tive forças o suficiente.

— E o que é?

— Me perdoe — ele falou, de repente, sentindo um nó entalado na garganta.

— O quê? O que você...

— Me perdoe, Amaranta. Me perdoe.

A mulher piscou os olhos, irritada, tentando impedir que a onda de emoções transbordasse.

— Por quê? Por que agora?

— Porque nós fizemos muitas coisas erradas na nossa vida, eu, ainda mais. Eu errei mais do que sou capaz de consertar em vida, e isso me corrói por dentro. Mas uma coisa eu fiz certo, uma coisa nós fizemos: ela. — Ele olhou para a porta do quarto da filha, ao longe, com lágrimas nos olhos. — Nós fizemos uma coisa boa, Amaranta. Fizemos ela, e o que ela vai fazer para o mundo, ah, só as estrelas sabem.

— Sim — Amaranta assentiu, com os olhos marejados, baixando sua guarda. — Nós fizemos, sim.

Relutante, Augusto se aproximou para abraçá-la; havia um tempo que não faziam isso. Ele pensou que Amaranta o repeliria, mas ela não o fez; apenas deixou que ele a cobrisse com seus braços.

Ela começou a chorar baixinho, permitindo-se ser vulnerável depois de muito tempo, e ele chorou junto, abraçando-a com mais força.

— As três estrelas — ela falou em soluços —, você acha que elas podem nos redimir?

— Eu sei que elas podem redimir tudo o que está vivo e respirando. Então, sim, isso ainda nos inclui...

Eles se abraçaram mais forte e a memória se dissipou, levando Florence de volta para o convés sujo e escuro do barco.

— Algum problema, garota? — um dos piratas, cujo rosto ela não viu, perguntou, de cima.

Florence virou o rosto marejado, percebendo que ninguém havia visto as memórias além dela.

— Não. — Ela secou os olhos com um sorriso no rosto. — Problema nenhum.

# 49

# A batalha pelo coração

Horas mais tarde, Beor já havia retornado à cidade com Olga; Vicente e Oliver também haviam chegado mais cedo, e estavam todos seguros dentro da mansão do Inventor. A comunidade estava silenciosa e vazia, e nenhum orbe era visto nas ruas. Cada morador fez exatamente como lhes tinha sido orientado e, por isso, a Cidade Escura parecia abandonada quando o *Ladrão Mercante* atracou. Na verdade, de início não parecia haver cidade ou até mesmo pedaço de terra algum por lá, mas ao continuar em movimento a embarcação adentrou o que era a névoa mais densa que qualquer um deles já havia presenciado, que cobria a cidade inteira e a escondia do restante daquela terra.

Beor sentiu a presença do Inverno no exato instante em que o barco atracou; foi algo repentino e instantâneo, ardendo como uma alfinetada no peito. Ele segurou firme em sua espada, recompondo a postura e torcendo para que ninguém ao redor tivesse percebido.

— Ei, você está bem? — Mabel perguntou ao seu lado, a cabeça estendida para ele e a mão presa em sua capa.

— Eu estou. — Ele abriu um sorriso gelado e sem vida. — Vamos todos ficar bem. Você precisa ficar com Oliver, agora. — O olhar dele se dirigiu para o garoto próximo dos dois, que lutava o máximo para ser corajoso e transparecer confiança a todos, mas também tinha o medo estampado no rosto.

— Eles chegaram, não foi? — Oliver questionou, o peito subindo e descendo.

Todos os olhares na mansão, que estava terrivelmente silenciosa até aquele momento, se voltaram para Beor.

— Sim, chegaram. E sabem que estamos aqui.

— Então não vão dar meia-volta? — Foi a vez de Odds perguntar, com a voz falha e as palmas soando.

— Não. O barco... — Beor piscou, sentindo a forma da embarcação tocando na terra. — O barco acabou de atracar.

As pessoas o olharam como se ele tivesse decretado suas sentenças de morte. Eles, que haviam passado seus dias temendo os obscuros, descobriram que os humanos podiam ser ainda piores.

— Eu preciso ir até eles. Não peço que ninguém mais lute além de mim — o Verão disse, e seu olhar, passando por cada pessoa, acabou parando em Olga.

— Mas eu irei mesmo assim — a velha senhora declarou, decidida.

— Tudo bem — Beor anuiu, com alívio.

A idosa caminhou para o seu lado e, sem olhar para trás, ambos abriram as pesadas portas de metal.

O lado de fora estava silencioso e vazio, fazendo aquela parecer mesmo uma cidade abandonada. Uma horda de obscuros saíram das densas trevas assim que os dois pisaram a escuridão, guiados pelo comando de Olga, e cobriram a frente da mansão. A senhora usava um colar de ossos em seu pescoço, assim como uma tiara deles amarrada na cabeça; todos brilhavam com a mesma luz dourada que emanava de Beor: a luz do coração.

— Fique em terra com os obscuros por enquanto, e só os mande atacar quando ficar nítido que vou precisar de ajuda.

Tenho certeza de que não vão estar esperando por isso — ele orientou, virando o rosto para a senhora.

Naquele breve momento, olhando-a sob a luz amarelada, ele viu um pouco de Florence refletido nela.

— Tudo bem — ela assentiu e começou a caminhar para trás, desaparecendo entre os monstros.

Beor respirou fundo e tirou os pés do chão, alçando voo. Ele ainda não via o barco, mas sentia sua estrutura, atracada no penhasco oposto ao dos destroços da ponte de Madds. Como havia uma embarcação que navegava a Terra da Escuridão Perpétua, ele não sabia. Começou a voar para lá, de forma constante, controlando sua respiração e empurrando para o fundo qualquer medo que pudesse subir à superfície. Naquele instante, talvez ainda mais do que em qualquer outro na sua vida, ele tinha que ser corajoso. Alguns metros à frente, conseguiu sentir a consciência das outras pessoas no barco, mas uma se sobressaiu a todas as outras: Florence; ela estava lá, estava viva e não parecia estar ferida. Ele suspirou de alívio e aumentou a velocidade, cortando as ruas da cidade como uma linha dourada, até chegar ao local onde a embarcação estava parada. Ele tocou o chão, surpreso de início. Era realmente um navio pirata na Terra da Escuridão Perpétua; aquele lugar não parava de surpreendê-lo.

Toda a improbabilidade daquele momento e daquelas circunstâncias perdeu a importância quando o primeiro homem saiu do navio. O Inverno. O peito de Beor ardeu e foi como se ele não soubesse mais respirar. Fazia pouco mais de um mês que o havia derrotado pela primeira vez, na clareira da cabana de Augusto, mas já pareciam anos. O ataque dos oghiros a Teith e a árdua batalha na clareira não eram nada se comparados ao pavor que a própria aparência do Inverno causava. Ele era exatamente como Beor tinha visto nas memórias de Augusto. Seu rosto era magro e a pele repuxada; ele trajava uma longa bata branca, que cobria seus pés, e segurava sua lança com firmeza, enquanto uma coroa de gelo estava cravada na própria pele. O olhar dele se encontrou com o do garoto assim que ele pisou em terra, e seu semblante permaneceu duro, implacável, mas com uma faísca de surpresa e raiva no olhar. Era a criança que havia, por um breve momento, se intrometido em seus planos. Ofir virou o rosto e encarou Erik, com raiva; tinha acabado de descobrir que o Outono havia falhado em sua missão.

— Como? — perguntou, rangendo.

Erik fitou Beor a distância, incrédulo.

— Eu não faço ideia. — Sua voz falhou por um momento e ele tirou o machado das costas.

O Inverno pestanejou, cerrando os punhos, e começou a caminhar na direção do garoto, sinalizando para que o restante do grupo ficasse para trás.

Beor encheu o peito, ao ver o inimigo se aproximar, e começou a caminhar até ele, mas suas pernas falharam quando viu saindo do barco uma criatura feita completamente de gelo, puxando consigo Florence, que estava presa por correntes. O semblante da garota estava agitado, e seu estado parecia pior do que quando ela encontrara o palácio. Ao finalmente cruzar seu olhar com o de Beor, ela abriu os lábios e arregalou os olhos, com um sorriso de surpresa. Sabia que Beor estava vivo, mas como ele poderia estar na Terra da Escuridão Perpétua?! Ver o único rosto amigo que tinha em vida agitou o coração da garota.

— Me parece que estou atrasado, não sabia que tínhamos um encontro marcado aqui — o Inverno falou, enquanto os piratas no barco se perguntavam quem era o garoto que voava e emanava uma luz suave parecida com a do próprio Inverno.

— Pois é, vocês até tentaram me excluir da festa, mas parece que eu cheguei primeiro. — Beor fechou o rosto e girou a espada na mão, levando o pé direito para trás, sentindo todo o seu corpo alinhado com a arma e se movendo de acordo com o que ela guiava.

— Você só será uma inconveniência no meu caminho, assim como foi antes. Então vou pedir apenas uma vez, coisa que eu também não faço: não se dê ao trabalho, nós dois sabemos que vai perder — Ofir rosnou, as presas aparecendo. — Me mostre onde está o coração e talvez eu o deixe vivo.

Beor levou sua espada ao ar e a fincou no chão, fazendo o som retumbar pela pedra.

— Eu fui encarregado pelas estrelas de proteger o coração de *você* e é isso o que vou fazer. Não vou a lugar nenhum — afirmou, compreendendo o peso de suas palavras.

— Eu estou farto de Verões impedindo o meu propósito — exclamou o Inverno, com a voz seca, e estendeu sua lança, de onde saiu uma corrente de luz que atingiu o peito de Beor em cheio.

Beor tropeçou para trás, sentindo a carga do poder, mas sua espada ainda estava fincada na pedra, e ele não foi derrubado. Tirando a espada do chão, ele correu até o homem, que se apressou em sua direção como um caçador atrás de sua presa. A centímetros um do outro, seus objetos estacionários colidiram, exatamente como Beor havia visto na memória de Augusto; contudo, dessa vez ele não era mais o observador, mas sim aquele cuja vida era colocada em risco. Beor esperava que o Inverno fosse forte, esperava que ele fosse implacável, mas não esperava o que aconteceu quando as armas colidiram. Com a faísca de luz provocada pelo impacto, tanto ele como Ofir foram arremessados para trás; a luminosidade cegou a todos, e Beor teve a sensação de que conhecia Ofir mais do que deveria, como se algo os ligasse e ele não tivesse percebido até então. Ergueu-se com uma sensação estranha, a tempo de observar seu oponente conjurar uma runa que não se completou, desaparecendo no ar. *As runas não devem funcionar aqui, a própria terra repele a matéria estelar delas*, pensou.

Imediatamente após a tentativa frustrada, o Inverno tocou sua lança no chão, que começou a congelar, fazendo um rastro rápido e mortal até Beor, que alçou voo para escapar daquela investida, batendo a espada no caminho de gelo para criar uma corrente de brasas. O chão abaixo deles tremeu, e aquele pedaço do solo começou a rachar, o que assustou ambos.

— Ainda dá tempo de darem meia-volta e irem embora — Beor gritou.

— Eu acho que não — o Inverno respondeu, sinalizando para os homens às suas costas.

Erik juntamente com um dos zumbis de gelo correram em direção ao garoto, enquanto o outro permaneceu com Florence.

Os três cercaram o Verão e partiram de forma conjunta para cima dele; Beor deu um passo para trás perante a cena, ainda mantendo o equilíbrio e a coragem. Erik atacou primeiro, com o machado em mãos, mas Beor desviou e contra-atacou, com um golpe da espada nas pernas do adversário. Sangue saiu, o homem cambaleou e retrocedeu alguns passos. Em seguida, o Inverno atacou junto do gruhuro; eles lutavam como uma consciência só e Beor percebeu que Ofir o controlava. Ele voou alto e deu um giro no ar, fugindo de ambos. Logo em seguida seus pés tocaram o chão novamente e ele avançou, empunhando sua espada e rebatendo os ataques de início, mas recuando constantemente e sendo levado cada vez mais para trás, até chegar próximo a algumas casas.

Respirou fundo; sabia que, por mais poder que tivesse dentro de si, logicamente não poderia vencê-los, não ainda, não com tanto a aprender. Mas ele havia feito uma promessa para Gwair e planejava cumpri-la: iria continuar; não importava quantas vezes caísse, se levantaria de novo enquanto tivesse força em seu corpo. Quando partiu para cima deles mais uma vez, teve a impressão de que sua luz brilhava ainda mais forte, como se tivesse sido ampliada pelos seus pensamentos. Exatamente quando pensava sobre isso, o Inverno também alçou voo, avançando em direção a ele com alta velocidade, e, antes que Beor pudesse prever os movimentos do homem, sendo guiado pela espada, foi atingido pela lança, que chegou a adentrar sua carne, mas cujo poder arremessou seu corpo para trás. Com isso, o garoto atingiu a janela da casa que estava mais próxima, quebrando o vidro e caindo dentro da habitação.

Suas costas arderam com o baque e ele se deparou com uma família encolhida na parede, observando-o com olhos arregalados.

— Vai ficar tudo bem. — Ele se levantou, recuperando sua espada, que havia caído de lado. — Mas... fujam para a casa vizinha. Agora!

A família assentiu de forma nervosa e todos começaram a correr em direção à porta.

Beor impulsionou o corpo com os pés e atravessou de volta a janela, voando para fora. Erik tentou atacá-lo de surpresa, vindo da sua esquerda em um pulo, mas o garoto conseguiu se virar a tempo e caiu com força em cima do homem, o movimento ampliado pela raiva que sentia dele. Sem pensar duas vezes, em um movimento rápido, Beor cravou a espada sobre a clavícula de Erik, jogando-o contra a pedra; a arma afundou e o sangue começou a jorrar. Erik gritou, agonizando, e Beor deu um passo atrás, arfando, com a arma ainda presa na carne da estação traidora. Ele queria sentir qualquer compaixão pelo homem no chão, mas não conseguia; ele era o responsável por tudo aquilo. Tirou a espada com força, e o Outono grunhiu de dor. Sons vieram da escuridão entre as ruas, sons que todos ali conheciam muito bem. Ofir e os tripulantes do navio olharam em volta, todos acometidos pelo mesmo medo. Um sorriso de satisfação saiu dos lábios de Beor quando os obscuros abissais saíram das sombras, juntando-se a ele na batalha, com suas caudas finas e as garras balançando acima das cabeças.

— Como... como pode fazer isso? Como pode controlá-los?! — Ofir questionou, segurando a lança em frente ao rosto, a raiva queimando ainda mais em seus ossos.

— Eu não os controlo, só temos o mesmo inimigo em comum — Beor respondeu, partindo para cima do oponente mais próximo, o zumbi de gelo que brandia uma espada de metal enferrujada.

Ele avançou até a criatura e a feriu no estômago com a espada do Sol, sem qualquer hesitação. O zumbi caiu no solo com um baque, e no ponto em que a espada perfurou sua pele o gelo começou a derreter, revelando, para o horror do garoto, a agonia de um homem ainda humano.

— Me ajuda, me ajuda... — o homem pediu enquanto o gelo ia se esvaindo de sua pele, juntamente com sua vida.

Beor se aproximou, confuso com o que presenciava, e acabou hesitando em aceitar a mão do homem quando ele a estendeu, pedindo ajuda. No instante seguinte, o braço caiu e os olhos do homem perderam a vida.

— Ele os fez de escravos — Beor concluiu, com a raiva ardendo no peito.

Aquele homem provavelmente nem sabia pelo que estava lutando, devia ter sido tirado de sua casa, de sua família, para servir aos caprichos do Inverno.

O garoto olhou ao redor, procurando o inimigo e encontrando força e coragem para enfrentá-lo pela revolta que continuava a crescer em seu coração. Os obscuros dominavam Erik, estirado no chão, e lutavam com o outro zumbi, mas não tinham qualquer efeito sobre ele. Alguns piratas haviam saído correndo do barco, de onde os obscuros presos haviam se soltado mais uma vez, e acabaram se vendo no meio da batalha. Beor girou o corpo e, quando encontrou o Inverno, sentiu seus pés paralisados, completamente incapaz de se mover. A estação estava a metros de distância, mas caminhava em sua direção com os olhos cravados nos dele e arrastando Florence consigo, suas garras pontiagudas presas na garganta da garota, que o obedecia, caminhando trêmula ao seu lado.

Beor abaixou sua espada, tendo consciência de que aquilo não era só uma chantagem, o Inverno realmente parecia disposto a matá-la. Ele se aproximou dos dois a passos lentos.

— Deixe a garota. Agora — o Verão demandou, com a voz firme e o maxilar retesado.

— Não, eu não vou. A não ser que me leve ao coração — o Inverno respondeu, mostrando suas condições.

Beor desceu o olhar até Florence, que o fitava estática, como uma estátua de museu, mas ainda com um olhar doce.

— Oi, Flo... — Ele sorriu, o coração partindo mais uma vez ao vê-los naquela mesma situação do golpe de Erik.

— Você veio — foi tudo que ela conseguiu falar, engolindo em seco, mas ainda com um lampejo de esperança no olhar.

— Eu prometi que iria te proteger, e um Verão não quebra suas promessas. *Esse* não. — Ele abriu um sorriso triste, enquanto se aproximava com mais um passo.

— Ah, eu não creio que vá cumprir essa promessa. — O Inverno recuou um passo, puxando-a junto. — Acho que vai abandoná-la exatamente igual o papai e fazer ainda pior, vai vê-la morrer bem na sua frente. Isso se não me der o coração.

— Não faz isso, Beor. Ele está mentindo, ele disse que ainda precisa de mim — Florence falou pausadamente, seu corpo tremia, mas seu semblante estava em paz.

— Eu pareço estar mentindo? — o Inverno rosnou, apertando com mais força o pescoço dela, o que a fez tossir.

— Não, não, por favor — Beor falou, o medo escorrendo pela voz.

O olhar dele se encontrou com o de Florence de novo.

— Eu não posso... — ele sussurrou, com dor.

— Não mesmo. Eu senti ele, o coração. — Os olhos dela brilharam. — É maior que todos nós. A minha vida não vale isso tudo.

— Não mesmo — o Inverno declarou, pressionando as garras, determinado a agir.

— Espere! — uma voz veio ao longe.

Florence olhou aturdida, surpresa como, mais uma vez, ainda continuava viva. Ofir olhou a escuridão, irritado, sem conseguir discernir de onde vinha aquela voz, e todos os obscuros pararam de uma só vez, retraindo-se. Erik se libertou de suas garras e levantou com um pulo, o olhar ainda perdido nos pesadelos que aqueles monstros implantaram nele. Beor virou o corpo, mas já sabia exatamente de quem a voz vinha.

Olga saiu da escuridão de maneira lenta e melancólica, suas roupas esfarrapadas e em muitas camadas balançando pelo movimento, enquanto os ossos pendurados em seu pescoço e cabeça reluziam.

— Se você a poupar, eu lhe digo a localização do que você procura — ela falou, caminhando até onde estavam.

— Não! — Beor e Florence exclamaram ao mesmo tempo.

Os obscuros se reuniram ao redor da mulher, como se a escoltassem em uma formação de meia-lua.

— Quem é você? — o Inverno rosnou, perplexo ao ver o domínio que ela tinha sob os monstros.

— Ninguém importante.

— E por que está fazendo isso?

— Eu não lhe devo qualquer explicação, homem de cima — ela falou de forma ríspida e segura e, nesse momento, os obscuros se afastaram dela, começando a avançar em linha reta até o Inverno, mas ainda deixando aberto o campo de visão entre eles. — Me dê a garota e conseguirá o que deseja.

— Como consegue fazer isso? Feiticeira... — Ofir girou a cabeça de um lado para o outro, sentindo-se ameaçado pela mulher.

— Acha mesmo que eu sou a feiticeira aqui?

— Eu não vou libertar a garota, não tenho como garantir que está falando a verdade.

— Se tem algo que eu nunca fui, por todos esses anos, é mentirosa, e se digo que a garota vale mais para mim do que essa fonte de poder que desconheço, essa é a verdade. Solte-a, por favor — a voz dela suavizou na última palavra, transparecendo o quanto estava temerosa.

Os obscuros avançaram. Com a mão livre, o Inverno ergueu sua lança em posição de batalha. Beor se preparou, a respiração entrecortada. E Florence fechou os olhos.

— Me diga agora. — O Inverno jogou Florence para frente, e ela caiu bem nos braços de Beor, que a abraçou em um impulso, e logo em seguida Ofir apontou sua lança para ambos.

— Olga, não! — No mesmo momento em que recebeu a garota, firmando os pés no chão para que não caíssem, Beor virou o rosto para trás e gritou, mas já era tarde demais.

— A fonte que você procura é uma pedra de luz, está enterrada uns dez obscuros abaixo. Nessa direção — a idosa respondeu com dor nos olhos e apontou para a direção debaixo da terra.

— Ótimo! — o Inverno respondeu de imediato e olhou para Erik, distante alguns metros. — Você já sabe o que fazer, agora!

— Não! — Beor soltou Florence e alçou voo em direção a Erik.

Com sua espada em mãos, ele estava prestes a alcançá-lo, quando o homem o fitou uma última vez antes de afundar no chão, sendo engolido pela rocha.

— Pelas estrelas, não! — Beor fincou a espada no chão, de onde fogo saiu e começou a consumir toda a rocha em volta.

Por um momento tudo fez silêncio, o ar parecia mais pesado e a antecipação do que aconteceria estava prestes a consumir a todos.

A resposta veio no instante seguinte.

A terra começou a tremer violentamente por toda parte. O tremor provocou rachaduras em diferentes pedaços, se abrindo do solo uma após a outra, rasgos que começaram exatamente no ponto onde Erik havia afundado. Como camadas em uma cebola, aquele trecho de terra começou a se partir, pedaço após pedaço, revelando o que havia dentro. As ruas falharam, as casas ao redor foram engolidas pelo abismo; em instantes, o chão cedeu e todos caíram.

# 50

# O coração de Faídh

Beor se ergueu no ar assim que o chão cedeu. As pessoas se agarravam aos pedaços de terra e às bordas do abismo que se abria, tentando evitar a queda. A primeira coisa em que ele pensou foi em Oliver, Mabel e Vicente, mas eles deveriam estar abaixo da terra, na caverna do coração. Ele então voou até Florence, logo quando as mãos dela fraquejaram e ameaçaram soltar o pedaço de terra onde se segurava. Mas alguém passou mais rápido por ele e pegou a garota antes. O Inverno, que também voava pela escuridão.

— Beor! — Florence gritou, sendo engolida para baixo, levada em direção ao coração.

A terra continuava se partindo, mais e mais pedaços caíam gradativamente, expondo aos poucos a cósmica fonte de luz que guardava; a pedra do coração aumentava de tamanho a cada destroço que se esvaía, mostrando sua forma real: magnífica, gigante, capaz de consumir toda aquela escuridão.

*Mas a que custo? Toda a cidade será destruída*, Beor pensou enquanto voava até o escombro da casa mais próxima, onde uma família se segurava nas vigas para não cair. Um por um, ele os levou até um pedaço de terra abaixo, cujo solo era firme e ficava a alguns metros da caverna do coração agora aberta, exposta para todos, mesmo que ainda fosse impossível atravessar até lá, devido a um grande buraco que se estendia entre um lugar e outro. Ele fez o mesmo com um segundo grupo de pessoas que caía do outro lado, voando o mais rápido que foi capaz, então mergulhou até a base do coração, onde um dia havia sido a caverna que agora não tinha mais teto. No caminho, um obscuro pulou na frente dele, com Olga montada; estavam em uma das fundações de rocha que permaneciam firmes.

— Eu sinto muito, garoto, mas não podia deixá-la morrer — a idosa se desculpou com lágrimas nos olhos.

— Você bem disse que nunca gostou dessa cidade.

— Mas também não desejava sua destruição.

— Está tudo bem, garantir que Florence esteja segura ainda é nossa prioridade.

Olga assentiu, o semblante de tristeza sendo substituído por uma determinação feroz.

— Existe algo que você precisa saber. É a forma como vai conseguir tirá-la daqui.

— O lago?! — Beor perguntou.

— Sim.

— Quando?

— Eu não sei, eu nunca sei. Mas já faz anos, e o portal vai se abrir em breve, posso sentir em meus ossos, assim como sempre senti por todas as vezes antes. Você precisa estar pronto.

— *Preciso* estar com ela.

— Então vamos buscá-la!

Os dois pularam juntos até a pedra, mas, quando o lampejo da incandescente luz vinda do coração suavizou em seus olhos, a imagem que encontraram era a última que gostariam. Erik e o último gruhuro vivo seguravam os braços de Florence com violência, cada um a puxando de um lado, com o corpo da garota prensado sobre a pedra de luz. O Inverno estava parado à frente dela.

— Ah, que bom que vocês chegaram a tempo. Este será um espetáculo e, portanto, deve ser assistido — Ofir falou sem virar o rosto, sentindo a presença do Verão. — Vocês podem se juntar ao restante da minha plateia. — Ele apontou para o lado onde estavam Oliver, Mabel, Odds e Vicente, todos congelados no chão até o pescoço, apenas com a cabeça livre; eles choravam copiosamente, com o pavor estampado nos olhos.

— O que você está fazendo, Ofir? — Beor perguntou, dando passos cautelosos à frente depois de pousar próximo deles.

— Realizando um ritual. Não é disso que as estrelas gostam? Atos ilógicos de devoção?

— E por que precisa de mim?! — Florence gritou, enquanto se debatia mesmo sentindo a força de seus braços se esvaindo. — Eu já te trouxe até aqui!

— Porque eu não estava mentindo lá em cima, eu vou realmente matá-la — disse o Inverno, encostando a ponta da lança no coração da garota. — Dizem que, se um sacrifício for feito sobre o coração, Faídh terá a obrigação de aparecer. E é aí que ele estará mais vulnerável.

— Você quer invocar Faídh?! — Beor deu um passo à frente, não mais temeroso, erguendo a espada até a cabeça do homem.

— Para matá-lo! — Florence exclamou, o olhar de alerta fixo em Beor.

— Isso é impossível, é óbvio que não vai conseguir! — Beor gritou para ele, a espada ainda erguida. — Recupere seu juízo! Ele é uma das três estrelas *criadoras*.

— Hã, juízo? Isso eu já não tenho há muito tempo, criança — disse Ofir, enquanto direcionava a lâmina em direção ao coração da garota sem hesitar. — E eu já fiz mais coisas que se diziam impossíveis do que você poderia imaginar.

Florence fechou os olhos, enquanto sentia o tempo ao seu redor parar. Seus braços ardiam de dor, seu corpo estava sucumbindo ao cansaço, mas percebeu, naquele momento, provavelmente tarde demais, que pela primeira vez estava bem. Sentia-se bem desde os obscuros e o marco zero, na verdade, como se algo dentro de si tivesse mudado de lugar e ela só tivesse reparado agora. Não estava feliz, era óbvio, afinal, estava prestes a morrer de uma forma bem dolorosa; mas não estava *pesada*, e isso já significava muito. Ousou pensar na Terra que há de vir, Alnuhia; talvez encontrasse seus pais lá, e eles poderiam ir à praia mais uma vez como em seu aniversário de quatro anos. Esse pensamento lhe trouxe consolo, e ela fechou os olhos, conformada.

Uma lágrima de dor e despedida rolou pela sua face quando sentiu o objeto estacionário perfurar sua pele. Tudo tremeu. A ponta da lança subiu, afundando até o coração e atravessando o osso, batendo na pedra. A pedra atrás de si começou a pulsar com mais força, fazendo balançar os alicerces no chão; a intensidade cresceu e se amplificou até que um estouro de luz cortou o ar, cegando todos, que caíram desmaiados no chão de uma só vez, até mesmo Verão e Inverno. Parecia ser o fim de tudo, mas por algum motivo Florence permanecia acordada. Ofir estava caído no chão aos seus pés, e de fato havia uma ferida mortal em seu coração, que sangrava, mas ela notou, com estranhamento, que não sentia nenhuma dor. Seu corpo arrepiou quando percebeu que não era a única desperta ali; havia alguém atrás dela, esperando que a garota se virasse. Ele.

Ela encheu o peito e girou o corpo lentamente, com lágrimas já escorrendo pelo rosto.

— Você disse que sua vida não valia isso tudo — a voz masculina falou atrás dela. — Mas não é isso o que *eu* penso.

Ela virou o rosto e o encontrou; era um homem nos seus trinta anos, maior do que qualquer pessoa comum. Sua pele era amarela e brilhava como uma pedra preciosa; ele usava uma coroa na cabeça em um tom de dourado mais escuro e que descia se juntando às suas vestes, formando tudo uma peça só.

— Você... você é uma das três estrelas? Faídh? — ela balbuciou, as palavras saindo pesadas em seus lábios.

— Eu sou. — O homem sorriu, achando graça.

— Então vocês... são reais.

— Sempre fomos, apesar de sua resistência em acreditar. — Ele piscou.

— Me desculpa — ela falou entre soluços, com o coração ardendo de vergonha. — Eu sei que não vai entender, mas é que era tão difícil acreditar em *qualquer* coisa, não só em vocês...

— Eu entendo. — O homem deu um passo em direção a ela e o chão tremeu mais uma vez.

— O meu peito... era tudo *tão* pesado. — Ela pousou a mão sobre o coração sangrando, sentindo que a presença dele a impelia a falar. — Eu pensei que não me quisessem aqui, existindo, pensei que eu era um erro.

— Cada pessoa que nasce, até mesmo aqui na Terra da Escuridão Perpétua, é, de alguma forma, o maior acerto das estrelas. É o motivo pelo qual sustentamos a realidade: alegria da vida.

Florence soluçou, enquanto as lágrimas molhavam todo o seu rosto e desciam pelo pescoço, e seu nariz começava a entupir. Estava uma bagunça, ela era uma bagunça.

— Mas agora eu vou morrer, não vou? — Ela apertou a mão sobre o peito, o sangue manchando a palma. — Ele atravessou o meu coração...

— Isso não parece exatamente um problema para mim, você estava mesmo precisando de um coração novo, não? Um coração leve. — Ele sorriu, colocando a mão no peito. — Eu poderia te dar o meu.

Ela soluçou, incapaz de processar as palavras, e tudo o que saiu foi um choro amargo.

— O quê? Não...

— Para mim, você *vale* isso. — Ele a reconfortou. — Eu nunca tiraria meu coração voluntariamente, se não fosse para dá-lo para quem precisa. Foi por isso que eu o escondi aqui. E seu coração tem só alguns minutos de vida, eu diria, então, se não aceitar o meu coração, vai morrer e *me* partir o coração — ele riu, achando graça da literalidade da expressão — não te ver viver o futuro que planejamos para você.

— E vocês... planejaram?

— É claro que sim. Coisas maravilhosas, coisas dignas de ficar viva para ver.

— Mas é o seu coração! N-não vai te custar muito?

— Ah, vai me custar tudo. — Ele levantou os ombros, despreocupado. — Já me custou. Mas não se preocupe, eu não posso *morrer*. — Ele abriu um sorriso, o sorriso mais vivo e confiante que Florence já vira, sorriso que até o último dia de sua vida ficaria impregnado em sua memória.

Faídh desviou o olhar dela para o homem que estava caído abaixo deles, o Inverno.

— O Inverno nunca teria sucesso em sua missão de me matar, se está pensando. Ele se tornou um homem tolo, e sua insistência em fugir de nossa justiça acabou com o restante de humanidade que ele tinha. Mas a justiça não cabe a mim, e sim a Althair, e é ele quem Ofir encontrará em breve — ele falou, pela primeira vez com o semblante sério.

— Eu não mereço — Florence falou, puxando o ar com dificuldade, conseguindo controlar em parte as lágrimas. — Mas gostaria de... de... de viver — ela concluiu, como se doesse para ela falar aquelas palavras, como se querer viver quebrasse todas as mentiras em que ela havia acreditado sobre si mesma até aquele instante.

— E você nunca poderia fazer por merecer — Faídh respondeu, o olhar voltando para ela. — Então me deixe te devolver a vida.

Ele deu mais um passo em direção a ela e colocou a mão em seu próprio peito. Um coração dourado, preenchido por luz, começou a sair, atravessando as vestes como se fosse translúcido, e, a cada vez que o órgão batia, a pedra de luz atrás pulsava junto. Faídh segurou seu próprio coração nas mãos e o levou até o peito dela, de onde o sangue saía. O coração entrou, começando a se costurar na própria pele, e, naquele momento, toda a dor que Florence não tinha sentido até então veio à tona; sua vista falhou, era como se todo o seu peito pegasse fogo, uma mistura de sangue, carne e matéria estelar. A consciência começou a deixá-la, e a última coisa que ouviu antes de desmaiar foi Faídh falando:

— E eu ordeno, assim, o início da Primavera.

# 51

# O início da Primavera

Tudo escureceu e a mente de Florence se embaralhou em lampejos de coisas que havia vivido e cenas que não reconhecia, de um tempo que ainda não havia chegado. Ela se viu parada no fim das escadas que levavam a um grande palácio, com bandeiras azuis como o mar tremeluzindo no topo das pilastras de entrada. Viu uma árvore pegando fogo. O céu tomado pela escuridão. Algo sendo quebrado, partido em pedaços. Viu criaturas que viviam no submerso. Águas douradas. Lágrimas de despedida. Um templo sendo reconstruído. E Beor, alguns anos mais velho, adulto, sorrindo para ela, na sacada de um cômodo que dava para o oceano.

Ela abriu os olhos, comovida por todas as imagens e as sensações que cada uma delas lhe havia transmitido. Era dor, perda e alegria suprema. Um pouco do que seria sua vida. *Vida!* Ela apalpou o peito, assustada, e se levantou em um pulo, surpreendendo-se com o quanto se sentia forte. Todos os outros começaram a acordar, confusos e inquietos, e Faídh não estava mais ali. A ferida em seu peito não mais doía, mas a marca ainda se fazia presente:

o rasgo no tecido de suas vestes, onde a lança havia perfurado, e a cicatriz dourada sobre a pele anteriormente ferida.

O Inverno se levantou, na frente dela, o corpo tombando enquanto tentava retomar o equilíbrio.

— Você, o que você fez!? — ele pestanejou, apontando a lança para ela, com o olhar transtornado.

Florence abriu um sorriso e soltou uma gargalhada, que pegou todos de surpresa, inclusive Beor, que se levantava, auxiliando Olga.

— *Você* fez, seu tolo. Você invocou Faídh, e ele realmente apareceu. E ele me disse que Althair está atrás de você e que ele vai te encontrar em breve — ela respondeu, com um sorriso de satisfação no rosto.

— O quê? Não! — ele exclamou, cerrando as sobrancelhas e dando um passo para trás com a menção do nome, sua aparente calma prestes a entrar em ebulição. — Isso não deveria ter acontecido assim!

— Você pensou realmente que conseguiria dessa forma? Do que é que você está fugindo para ter se tornado *tão* desesperado? — Florence avançou até ele; seus pés a guiavam com coragem. — Não sei como eu tive medo de você.

O Inverno arregalou os olhos e saltou para cima dela, pegando-a pelo pescoço com agressividade e a erguendo do chão. Florence se debateu, assustada, mas segurou o braço dele com as duas mãos, os olhos ardendo em um poder que nem ela compreendia, e o homem não conseguiu mais sustentá-la. Soltou-a no chão e recolheu o braço, que parecia lhe causar uma dor profunda, como se estivesse tomado por uma espécie de infecção. Em meio à pele pálida do braço, manchas marrons cresceram aos poucos, endurecendo toda a região; junto com elas, brotos começaram a nascer, saindo de dentro das veias frias, e folhas surgiram em uma parte do braço que já parecia se transformar em madeira.

Florence observou os ferimentos crescerem nele, impressionada, e aquilo fez que ela sentisse ainda menos medo. De repente, ela ergueu os pés e percebeu que estava flutuando no ar, a alguns metros do solo, deixando seu próprio corpo guiá-la.

— Você matou os meus pais. Destruiu o meu lar. E pensou que iria me matar também. — Cada palavra retumbava em seu peito, ardendo e curando ao mesmo tempo. — Mas não vai.

Pela primeira vez em toda sua vida, Florence teve coragem. Ela cerrou os olhos e voou para cima dele; fez isso por sua mãe e por cada dia feliz que havia sido roubado delas, por todas as pessoas com quem se importava e que haviam sido feridas pelo Inverno. O homem tombou para trás, e os dois caíram no vazio que se estendia por entre os vãos das rochas. Vendo a cena ainda sem compreender, Beor pulou logo atrás deles. Sua luz iluminou o vão enquanto ele via os dois se debatendo, a mão de Florence presa no rosto do homem, empurrando-o, forçando seu poder (que mal compreendia) contra ele, fazendo suas veias saltarem para fora, na intenção de torná-las raízes. *Talvez ela realmente consiga matá-lo*, Beor pensou, maravilhado. Mas, então, Ofir mirou a lança no estômago dela e uma explosão de gelo os afastou, jogando a garota para trás. Beor mudou a rota e avançou até Florence, que estava rodopiando no ar prestes a colidir com uma pedra. Ele chegou antes disso, só para perceber que ela havia conseguido parar, suspensa no ar, por conta própria.

— Flo, você está bem? — ele perguntou, tocando em seu rosto e afastando com cuidado o cabelo dela da frente.

— Estou. — Ela ofegou, olhando para a barriga, que estava ilesa; apenas um pouco do tecido havia se queimado com o fogo do Inverno. — Obrigada por ter vindo atrás de mim.

Ela o surpreendeu com um abraço, que ele correspondeu prontamente, ambos flutuando em meio à escuridão.

— De nada, mas… O que foi isso? O que *aconteceu* com você? — ele perguntou quando eles se afastaram, sem conseguir conter um sorriso de admiração.

— O que mais aconteceria? — Ela sorriu de volta, ainda maravilhada.

— As estrelas — ele assentiu, compreendendo. — Espero que ainda me conte tudo.

— E eu vou, mas acho que fui inocente em tentar atacá-lo de uma vez. — Ela balançou a cabeça, olhando o entorno e percebendo que o havia perdido de vista.

— Ele não vai estar longe, a Terra da Escuridão Perpétua não conseguiu dar o que ele queria, e, mesmo que ele esteja fraco, ainda é mais forte na terra de cima; lá ele tem as runas, e elas não funcionam aqui. O que significa que temos o mesmo destino: ele vai tentar voltar também.

— O mapa! Estava com ele em todo instante, ele o guardava dentro da bata. Não vamos conseguir encontrar o caminho de volta sem isso — ela suspirou, colocando a mão na cabeça.

— Eu não diria isso. Temos uma coisa melhor do que o mapa. — Beor sorriu, seus olhos brilhando. — Sua avó.

Quando Erik despertou, seus olhos ardiam e ele teve a sensação de que havia dormido por muito tempo. De repente, tudo havia mudado. Em um instante ele estava parado a alguns metros do coração, com seu próprio coração pulsando violentamente no peito, acusando-o do crime de que ele estava sendo cúmplice, enquanto observava a garota ser assassinada de maneira cruel bem na sua frente. Fazia muito tempo que Erik Crane não acreditava em muita coisa, especialmente no sagrado, mas, parado ali, em frente àquela fonte de luz tão pura, tão incandescente, ele se sentiu mais sujo do que jamais havia sentido, como se a pureza do coração evidenciasse cada escuridão em si. No instante seguinte nada do que ele sentia ou pensava sobre si mesmo importava, porque tudo clareou e ele sentiu seu corpo desligar. Agora, enquanto tentava se levantar, seus olhos se reajustavam com dificuldade e ele reparou que nem a garota nem o Inverno estavam mais à sua vista. Teria Faídh os levado? A sua espinha arrepiou, pela primeira vez teve medo das estrelas.

Antes que seus instintos o alertassem ele foi atacado por um grande obscuro que desceu do desfiladeiro à sua esquerda, e sua garra, fina e longa, mirou direto em seu coração. Um arfado fraco saiu dos lábios do Outono, mas, como ele já havia entendido no incidente no ponto zero, uma vez que um obscuro pegava seu coração, não tinha como lutar. E, naquele momento, ele percebeu que nem mesmo queria lutar. Não mais. Seu corpo caiu com um baque no chão e a vista à sua frente foi mudando, tomada de névoa à medida que o animal se aproximava. A caverna aberta desapareceu, Ogta brilhava no céu, havia areia à sua volta e o mar moraviano se estendia à sua frente, brilhando em um tom efervescente de azul enquanto a neve fina caía por cima. Era uma bela cena, ele pensou, mas ainda sem entender o contexto, não parecia exatamente com algo que ele já havia desejado.

— Sabe, alguma parte de mim sempre torceu para que eu estivesse errada sobre você — uma voz de mulher veio do seu lado e ele virou o rosto, assustado.

Dahra estava ali, deitada na areia, com os braços expostos e um vestido verde-água que lhe cobria o corpo. Ela sorria para ele e tinha um semblante leve e pacífico.

Erik engoliu em seco, notando o rosto dela tão próximo ao seu, e engoliu bile, com a culpa lhe ardendo o peito. *Aquilo* ele já havia desejado. Muitas vezes — mais do que gostaria de admitir.

— Eu queria acreditar que, se existisse esperança para você, também existiria para mim — a mulher admitiu, desviando o olhar para o oceano. — A guerra destruiu nós dois, e nisso sempre fomos parecidos. Eu preciso admitir que… — Ela hesitou e Erik arqueou a sobrancelha, o interesse instantaneamente lhe ardendo por dentro.

— O que, minha rainha? Diga — ele pediu, esquecendo-se totalmente de que era uma ilusão.

— Toda vez que lutamos um contra o outro, toda vez que eu te via no outro lado do campo de batalha, uma certa euforia me preenchia. Talvez essa vez seria a última, talvez dessa vez você me mataria, ou talvez, como eu desejei secretamente, você me salvaria. — O olhar dela se encontrou com o dele. — Talvez, se eu encontrasse honra na última pessoa que jamais imaginei encontrar, eu de fato não saberia tudo sobre o mundo, nem sobre as estrelas... nem sobre os homens. — Ela engoliu em seco e pegou a mão dele. — E você me mostrou isso, Erik. Quando lutou por aquele garoto na clareira, quando me segurou em seus braços como se realmente se importasse e me levou até a árvore. Eu nunca havia sido cuidada antes, nunca havia sido carregada; pelo contrário, sou eu que, por incontáveis anos, carrego a todos. Naquele momento eu soube. — Os olhos dela lacrimejaram, com o rosto ainda mais próximo do dele. — Soube que eu estava errada sobre você por todos esses anos, e, pelas estrelas, nunca fiquei tão feliz por errar! Você é nobre e honrado, Erik Crane, nada como o Inverno, e agora eu vejo isso. Talvez você ainda não veja, mas eu vejo.

O rosto dela se aproximou, o nariz roçando o dele, mas, em um ímpeto, ele se afastou, corroído por vergonha. Ele fechou os olhos, por um instante, lembrando-se do toque de Dahra, de como seu corpo parecera fraco e delicado em seus braços, de como, na última vez que a viu, o ódio em seus olhos havia sido substituído por *alguma* outra coisa. Uma matéria estranha, desconhecida, que chamava por ele. Lágrimas ardidas escorreram por seu rosto, e ele deitou o corpo na areia, com a fumaça da mulher desaparecendo ao seu lado. Deixou que a areia o envolvesse, puxando-o cada vez mais para baixo, até que não enxergasse mais nada.

— Basta! Ele não é comida — uma voz distante ecoou, carregando-o lentamente de volta para a realidade.

A fincada em seu peito começou a se afrouxar e a névoa se dissipou aos poucos, levando-o a sentir mais uma vez seu corpo na caverna.

— Isso não significa que está livre — Olga falou, aproximando-se dele com o semblante severo.

Erik não esboçou qualquer reação nem lutou quando as garras do monstro deixaram seu coração e se enroscaram em seus braços.

Beor e Florence voaram lado a lado de volta para o coração, que continuava a pulsar sua luz, agora sem a rocha para encobri-lo. Boa parte daquela região, de repente, se viu exposta a uma iluminação maior do que já haviam recebido em gerações.

Erik estava na rocha onde a base do coração permanecia presa, caído, com caudas de diferentes obscuros abissais prendendo seus braços; Olga o vigiava, enquanto Oliver e Mabel estavam abraçados um ao outro.

— Eu encontrei, Flo, encontrei sua avó — Beor falou, guiando-a até a idosa.

A garota ainda estava processando a notícia dada minutos antes quando viu a idosa que tentara salvar sua vida, a mesma de seu sonho, parada a alguns metros de si. Caminhou até ela, receosa, e de início incrédula; Florence nem cogitava a probabilidade de ter algum parente vivo, nunca tinha se permitido ter esperança sobre muitas coisas. Mas, quando ela viu o rosto da mulher com nitidez, todas as suas dúvidas viraram água e escorreram pelo chão. Era sua mãe, exatamente igual a ela, era como sua mãe deveria parecer se tivesse tido a chance de envelhecer. Ela se aproximou da mulher, tropeçando em seus próprios pés.

— Oi, vó. Nós já nos vimos uma vez, não é? — Ela se aproximou, receosa, a voz começando a falhar pela emoção.

— Sim, eu te visitei em seus sonhos. Que bom que me encontrou. — A idosa, que já chorava, a envolveu em um abraço apertado que fez a garota se debulhar em lágrimas; era a mesma sensação do abraço de sua mãe, e ela não havia percebido o quanto sentia falta dele.

— Pensei que eu não tinha mais ninguém — Florence balbuciou, pela primeira vez, sentindo o gosto de lágrimas de alegria.

— Você sempre teve. E eu sempre soube que iria te encontrar, pequena. — Ela passou a mão enrugada na bochecha da neta, ambas sentindo como se olhassem para um espelho.

— A minha mãe sentia muita saudade daqui, de você — Florence falou, o gosto daquele sentimento ardendo em sua garganta. — Ela nunca superou o luto.

— E eu sentia a falta dela, *todos* os dias. Mas minha filha estava destinada a algo muito grande, algo que se concretizou em você, foi por isso que eu tive que dá-la para o rio.

— Rio?! — Florence piscou, a palavra a tirando do seu turbilhão de emoções, o seu caminho para casa.

— Sim. — Olga juntou as duas mãos da neta nas suas e as segurou. — E é por eles que vocês devem voltar.

Florence assentiu, maravilhada.

A idosa olhou para Beor, que estava atrás delas.

— O portal vai se abrir a qualquer momento e, se não estiverem lá, podem ficar presos aqui pelos próximos seis anos, que é quando o ciclo se repete mais uma vez. Existem outros rios nesta terra, mas conheço apenas o ciclo deste, tive tempo bastante para estudá-lo.

Florence se afastou da avó, a adrenalina correndo em seu sangue novamente.

— E onde fica o rio?

— Eu posso guiá-los até lá, mas temos que ser rápidos.

— Tudo bem — Beor assentiu, mas seu olhar parou em Oliver e Mabel, ainda trêmulos e distantes da conversa, apenas os observando. — Será que poderíamos levar mais pessoas conosco, pessoas dessa terra?

— O rio escolhe quem vai e quem fica — Olga explicou. — Vocês poderiam até tentar, mas não há certeza.

Beor assentiu e caminhou até as duas crianças.

Oliver limpou as lágrimas de seu rosto e inflou o peito, tentando parecer mais maduro.

— Vocês gostariam de ir comigo? Até a terra de cima? Acho que se dariam muito bem por lá.

Os amigos se entreolharam, confusos.

— Eu acho que deveriam ir, crianças, não é o tipo de oferta que terão mais uma vez — Odds falou ao lado deles; estava ferida e com o corpo encostado sobre um pedaço de terra.

— Mas e você? E a minha responsabilidade como Inventor? — Oliver questionou.

— Não existe mais mansão, menino, nem cidade. Portanto, não existe a necessidade de um Inventor. Essa fonte de luz agora é livre para todos, não poderemos mais controlá-la.

— Você gostaria, Mabel? De conhecer a terra de cima? — Oliver perguntou com a voz trêmula para a amiga, que estava agarrada nele como um animal assustado.

— É claro! — Os olhos dela brilharam. — Por favor, Oliver, precisamos ir.

Oliver respirou fundo; receber tamanha luz daquela rocha lhe doía os braços e a vista, mas principalmente o coração. Não sabia o que uma terra feita completamente de luz faria com ele, mas quis ser corajoso mais uma vez.

— Tudo bem, nós queremos, sim. — Ele voltou o rosto para Beor, sorrindo.

— Ótimo! Florence e eu podemos levar vocês até lá embaixo.

— Melhor do que isso, as crianças vão aprender a montar em um obscuro — Olga declarou.

— Peço que não me esqueça também, Beor — Vicente falou, dando um passo até eles com receio e o olhar baixo. — Gostaria de ver minha família de novo — falou humildemente. — Eu… eu me lembrei do nome de meu filho. Essa luz, ela me fez lembrar — o senhor falou com os olhos marejados.

— Lembrou!? — O coração de Beor deu um salto e ele correu para mais perto do homem. — E qual é?

— N… — Parecia difícil para o homem pronunciar o nome depois de tanto tempo. — Nico. O nome do meu filho era Nico.

O coração de Beor explodiu no peito e duas lágrimas involuntárias rolaram pelo seu rosto.

— Eu sabia! Você é o pai do Nico. — Ele exclamou em euforia. — Você nunca foi embora, nunca quis deixá-lo.

— Vo-você o conhece? Ele acha que eu o abandonei?

— Não importa. — O garoto sorriu e envolveu o homem em um abraço apertado. — Eu vou levá-lo para casa, Vicente. Vou levá-lo de volta para Nico.

— Muito obrigado, muito obrigado!

— E ele? — Florence perguntou, parada ao lado do garoto e olhando para Erik de canto de olho, a raiva ainda recente no peito.

— Temos que levá-lo também. Devolvê-lo à prisão de Morávia, da qual eu o tirei — Beor respondeu, com um amargor na voz.

A estação fitou os dois, sem desviar o olhar, mas não disse uma só palavra e não foi preciso, a culpa já o estava cobrindo por inteiro.

— Tem outra pessoa que eu gostaria de levar também — Florence falou de repente, o olhar distante.

— Quem? — Beor olhou para ela.

— Vogs. Um pirata da Terra Natural, o capitão do navio que nos trouxe até aqui, acho que ele está morrendo.

— Mas, se ele serviu ao Inverno, então é um homem mau! Foi cúmplice no seu sequestro! — Beor contestou, com raiva.

— Mas ele fez tudo só para ver o sol de novo; queria proporcionar isso a ele. É claro que ele não merece, mas... ninguém merece a luz de verdade.

Beor não conteve um sorriso e a observou, admirando-a ainda mais por sua bondade.

— Tudo bem. Precisamos encontrar o navio e, se ele não estiver destruído, talvez todos nós possamos voltar com ele.

# 52

# O rio entre as terras

Correndo contra o tempo, Beor voou pelos destroços do que havia sido a Cidade Escura, agora desmantelada e dividida em várias partes. Era arrasador ver os escombros das casas e as pessoas engatinhando em meio a destroços, à procura de um pedaço de rocha que ainda fosse firme e seguro. Ele queria parar e ajudar cada uma delas, queria tanto que lhe doía fisicamente, mas sabia que não podia, estava correndo contra o tempo. Florence vinha atrás dele, voando constante, mas em um ritmo um pouco mais lento, ainda pegando o jeito. Eles finalmente acharam o *Ladrão Mercante*, que por um milagre estava inteiro, pendurado na beira de um precipício, preso sob um pedaço fino de terra que não havia cedido, alto como uma coluna, enquanto todo o resto em volta havia ruído. Olga veio logo atrás, montada em um obscuro e com Mabel atrás de si, agarrada com força em seu vestido. Ela puxava com uma corrente de ossos um segundo obscuro que carregava Oliver e Vicente. Em um último vinha Erik, acorrentado e também preso à criatura pela cauda que se enrolava em seu pescoço.

Todos pararam no estreito espaço de terra que havia entre o vão e o navio, e Florence voou direto para o barco. Para seu alívio, ela encontrou Vogs ainda vivo, caído no chão, com as mãos ainda agarradas à base da roda do leme.

— Oi, capitão — ela falou, pousando ao lado dele. — É verdade o que dizem sobre o capitão ser o último a abandonar o barco, então.

— Garota? Você sobreviveu! Ah, f-fico aliviado. Realmente sinto muito — ele falou com a voz fraca, e então virou o rosto e cuspiu um pouco de sangue.

— Não sinta, existe uma forma de você se redimir.

— Qual?

— Se guiar, com a minha ajuda, é claro, este barco até um último destino. O destino final. A *nossa* terra — ela falou com um sorriso e expectativa na voz.

— É sério? — Os olhos dele piscaram e um pouco de vida voltou a seu rosto, o assustador poder da esperança.

— Sim. — Ela sorriu e o ajudou a se levantar, sentindo seu corpo pesado e fraco como um boneco de pano. Colocou-o estirado sobre a roda do leme, onde ele se segurou com a pouca força que tinha para manter o equilíbrio.

Em seguida, ela voltou até o grupo do lado de fora.

— Ele está vivo, agora entrem, todo mundo, vamos! — demandou.

As crianças foram as primeiras a obedecerem e correrem para dentro.

— O rio está logo aqui abaixo, não é? — ela perguntou, olhando para a avó.

— Sim, você o sentiu? — a mulher falou, com um sorriso de orgulho no rosto.

— Acho que sei sobre ele, acredito que sim, desde o primeiro momento em que chegamos. Só não sei como empurrar o barco até lá embaixo.

— Eu posso ajudar — Erik falou, pegando todos de surpresa. — Posso desfazer esse pedaço de terra e fazê-lo escorregar até lá.

474

— Não precisamos da sua ajuda — Beor respondeu de imediato, com o maxilar retesado e os braços cruzados. — Nada bom vem dela, não de verdade. Sem contar que a terra cedeu de qualquer forma, está mais baixa do que antes; um empurrão deve resolver.

Beor pegou Erik pelos braços que estavam presos nas costas e o guiou de forma bruta até o barco, levando-o até o mastro mais próximo. Ele evitou qualquer contato visual, e o homem também não fez muito esforço, apenas deixou que o garoto o amarrasse à madeira. Quando Beor terminou e saiu, Erik se assustou ao ver algo crescendo em seus pés; ele olhou para baixo e percebeu vigas saindo da própria madeira e cobrindo suas botas surradas, fazendo seus dedos se esmagarem um contra os outros. Ele levantou o olhar e encontrou Florence a alguns metros de distância.

— Só para você ter um gosto também — ela falou, antes de virar o rosto e descer do barco.

Todos já haviam entrado na embarcação quando a garota notou que Olga permanecia do lado de fora, parada com um semblante sereno, apenas os observando, com os três obscuros atrás de si.

— O que está fazendo aqui? — Ela correu até a mulher. — Vamos, vovó, vamos!

— Ah, eu não vou, querida. — A senhora abriu um sorriso, que, por mais honesto que fosse, não era capaz de mascarar sua dor.

— O quê? Como assim? Por favor, você precisa vir! — Florence se aproximou e puxou a idosa pela mão, que não respondeu.

— Eu não poderia, já tentei muitas vezes. O rio nunca me deixou passar. Ele escolhe quem vai, lembra? E eu entendi agora que te conheci, ainda mais do que antes, que sou destinada a viver apenas neste lugar, não conhecer nenhuma outra terra além desta, porque isso já foi cumprido nos meus descendentes. Em você. — A mulher se aproximou, secando uma lágrima que rolava no rosto da menina.

— Mas eu acabei de te encontrar... — Florence lamentou com um gosto amargo na garganta.

— Eu sei, mas não há tempo para despedidas, e essa *não* é uma. A Terra da Escuridão Perpétua precisa de mim, muitas pessoas vão vir por causa do irromper da luz. E eu estarei aqui, para recebê-las e principalmente para você, quando precisar de mim novamente, pois sei que nos veremos mais uma vez e nisso eu confio.

Florence se aproximou e a envolveu em um abraço; a mulher estava consolada e segura em suas palavras e devia ter razão, mas isso não fazia aquilo doer menos. No momento em que encostou nela, o corpo de ambas se arrepiou e a garota se afastou com um pulo.

— Está acontecendo, o alinhamento dos rios, agora! Vocês precisam ir!

Olga empurrou Florence em direção ao barco e os obscuros atrás de si se moveram até a navegação, prendendo suas garras na madeira e começando a empurrar. Florence correu até Beor, sem saber muito bem o que fazer, e presenciou quando uma corrente de pura luz saiu das mãos dele, ganhando mais consistência e se alargando a cada segundo, pressionando o centro do barco, que começou a tombar.

— Se segurem, todos! — Beor gritou, pegando Florence pela mão. — Vamos!

Eles pularam juntos para dentro do barco em um pequeno voo, enquanto o corpo dela permanecia arrepiado, sentindo uma onda de poder vinda de baixo, diferente até mesmo de matéria estelar, parecendo algo ainda mais antigo que isso.

O barco tombou e finalmente caiu, começando a afundar pelo abismo.

— Segurem firme! — Beor gritou mais uma vez, enquanto agarrava as cordas da proa do barco, mantendo a mão de Florence presa à sua com toda a força que tinha.

Mesmo sabendo voar, se um deles caísse para fora do barco, talvez, até retornar a ele, o portal do rio já estivesse fechado.

Do outro lado, Oliver e Mabel se seguravam com dificuldade nas cordas do barco e o sangue do garoto órfão deixou o corpo quando ele viu a amiga começar a subir, sendo levantada pela corrente de vento, por ser muito leve.

— Mabel, não!! — Ele se desesperou, soltando uma das mãos da corda e pegando com dificuldade as pontas dos dedos dela. — Segura a minha mão! Segura! — ele gritou com toda a força dos pulmões, vendo a cena se transformar em um pesadelo.

— Oliver! — ela gritou, com lágrimas nos olhos; era leve demais, e seus dedos escorregaram para fora dos dele.

— Não! — ele gritou desesperado, vendo o corpo da pequena amiga, a única pessoa com quem realmente se importava, sendo jogado para fora do barco.

Ele tentou ir atrás dela, mas suas pernas estavam presas na linha de cordas do lado do barco. Vicente, a alguns metros dele, tomou a única decisão possível no momento; ele era pai e não poderia deixar a garota ir e apenas assistir, mesmo que isso sacrificasse a única chance que ele próprio teria de ver seu filho novamente. Em um pulo, ele se soltou da madeira em que segurava e voou para cima, em direção à garota, que estava prestes a colidir com uma das paredes do abismo.

Descendo das encostas do penhasco, um obscuro abissal pulou no ar, pegando Mabel e Vicente com as garras no momento em que eles caíram. Ele tinha em seu corpo as correntes de ossos, mostrando que era um dos submissos a Olga. A criatura, a mando da domadora, salvou a vida da garota e do homem, segurando-os em suas garras, enquanto a outra parte do seu corpo permanecia presa à pedra.

— Oliver! — Mabel gritou mais uma vez, sua voz se tornando nada mais do que um sussurro à medida que o barco caía.

Tudo aconteceu muito rápido e Oliver estava decidido a saltar do barco também, mas então a embarcação tocou na água, com um sonoro baque, e no instante seguinte toda a Terra da Escuridão Perpétua desapareceu.

# 53

# O fim da era das luzes

Todo o ambiente ao redor deles se transformou assim que o navio colidiu com as águas. Todos foram molhados com o baque e, por um instante, pareceu que esse era o motivo de não conseguirem enxergar direito. Mas então ficou evidente que no momento seguinte já haviam deixado a Terra da Escuridão Perpétua. As águas do rio em que estavam eram azuis e cristalinas, e o rio corria com velocidade, uma corrente contínua e agitada os levando para frente. Beor abriu os olhos e mirou em volta, tudo era branco cintilante, para onde quer que olhasse, fosse no teto, os lados e o abismo abaixo; o azul do rio que continuava a correr em linha reta era a única coisa que destoava no vazio.

— Onde é isso? — Florence perguntou ofegante ao lado dele.

— Eu acho que é o vão *entre* as terras. O espaço que existe entre uma terra e outra — ele respondeu, engolindo em seco.

O rio serpenteava pelo vazio branco e brilhante de forma suspensa; sem qualquer chão à vista e movido mais por curiosidade do que coragem, Beor estendeu a mão para o ar e sentiu alguns grãos roçarem seus dedos.

No instante seguinte, o horizonte branco e calmo desapareceu e eles começaram a cair de forma violenta, o que os levou a se segurarem com força no barco mais uma vez.

— Ahhhhhh! — As vozes de todos se misturaram em gritos de pavor.

— Se segurem! — Beor berrou, enquanto apertava as cordas com toda a força.

Eles caíram de forma contínua e a posição do rio começou a mudar, ficando agora praticamente do lado do barco, completamente inclinada.

— Nós vamos cair! — Florence choramingou, vendo o abismo sem cor se estendendo do outro lado.

— Não vamos, não. — Beor fechou os olhos e fez uma pequena prece às estrelas; já haviam chegado tão longe.

Uma explosão de água cobriu a frente do barco e logo depois a correnteza começou a diminuir a velocidade. Toda aquela luminosidade se dissipou e foi substituída por cores e tons de verde. O rio agora corria abaixo deles novamente, de maneira calma e constante, enquanto árvores cercavam todo o caminho ao redor. Estavam de volta, haviam chegado à Terra Natural.

Beor sentiu quando o portal se fechou e o poder da água os deixou; estavam agora apenas em um rio comum, pequeno demais para o porte do barco, que atolou no instante seguinte. A parada abrupta do barco fez todos saltarem para frente, caindo no convés.

— Estão todos bem? — Beor perguntou, momentos depois, levantando-se com dificuldade.

Sua cabeça doía e ele se sentia tonto.

Florence não respondeu, mas virou o corpo e voou para o lado de fora do barco, vomitando na grama.

— Ela… ela ficou — Oliver falou de forma abafada do outro lado; ele estava caído no convés e olhava para cima com as mãos sobre o rosto sem acreditar, como se esperasse que Mabel caísse do céu a qualquer momento.

O sol queimava sua pele e o incomodava muito mais do que ele esperava; sua pele pálida e sem cor destoava de toda a vida em volta, era tudo terrivelmente assustador para ele e seus olhos ardiam, com dificuldade de enxergar.

— Eu sinto muito. — Beor virou o corpo e começou a caminhar até o garoto mais jovem, ajoelhando ao seu lado.

A imagem de Mabel e Vicente ficando para trás lhe perfurou o coração.

— Eu não queria vir sem ela, *não era* para eu vir sem ela! — O mais novo bateu a mão no chão, com os olhos ardendo pelas lágrimas que queriam sair.

Para o garoto que não sentia nada, seu peito agora ardia de dor e culpa. Sentia muito por não ter conseguido cuidar dela como prometeu que iria, como tinha a obrigação de fazer.

— Eu preciso voltar — ele declarou, levantando o rosto, com os olhos ainda fechados, sem conseguir suportar a luz do sol.

— Não, não tem como, você... — Beor parou e a frase nunca foi concluída.

Ele sentiu algo e levantou o rosto, fitando as árvores em volta com os olhos cerrados; algo o incomodava profundamente.

— Não, não pode ser. — Ele se esqueceu completamente do dilema de Oliver e voou até o lado de fora do barco, pisando na grama.

Depois de vomitar, Florence se arrastou de volta para a embarcação, caminhando até onde Vogs estava, enquanto seu corpo recuperava a força.

O capitão estava estirado no chão, com os olhos fechados; por um milagre não havia sido lançado para fora do barco antes.

— Capitão, você está bem? — Ela sacudiu os ombros dele com ansiedade. — Abra os olhos, capitão!

O homem gemeu com fraqueza e abriu os olhos parcialmente, com muita dificuldade. Os raios do sol o atingiram, esquentando sua pele e iluminando sua vista falha com tons de dourado.

— Eu voltei?

— Sim, é o sol, está vendo? — Florence apontou para cima, com um sorriso e olhos marejados. — Você conseguiu, você o viu de novo.

Aquilo não era só para ele; ele havia conseguido, havia voltado para a luz.

Vogs esboçou um pequeno sorriso e então seus olhos ficaram estáticos como vidro; com um último vislumbre do sol, ele havia deixado aquela terra. Florence aproximou a mão do rosto sem vida e fechou as pálpebras dele.

— Vá em paz, capitão — ela sussurrou.

— Não, não pode ser! — Beor exclamou, do lado de fora do barco, voando de um lado para o outro frenético.

A agitação dele atraiu a atenção de Florence, que se pôs de pé e, com esforço, conseguiu se erguer no ar.

— O que está acontecendo?! — Ela voou até ele, confusa.

— Eu conheço este lugar, na verdade eu *cresci* aqui. Esse é o rio que corta a vila em que eu nasci, estamos em Teith! — ele falou, exasperado.

Algo cintilante a alguns metros atraiu a atenção de Florence, que voou até lá. Na base de uma grande árvore, uma marca de gelo cintilava, cobrindo parte do caule e da grama.

— Beor... — Florence o chamou, engolindo em seco. — Ele também veio pelo rio, o Inverno. O que significa que, se estamos aqui...

Beor voou rapidamente até o lado dela, as pupilas dilatadas de preocupação.

— Ele também está — completou, com um tremor na voz.

O olhar dos dois se encontraram.

— Minha família — ele falou sem pensar duas vezes. — Está furioso porque arruinamos seus planos e vai querer se vingar.

Sem qualquer hesitação, o garoto saiu voando pelas árvores a toda velocidade, o coração batendo violentamente no peito. Florence o seguiu, lutando para conseguir acompanhá-lo, e ambos deixaram o barco para trás.

Beor mergulhou por entre as árvores, reconhecendo cada vez mais o caminho; quando a primeira casa apareceu, só faltou o coração lhe saltar pela boca, e, sem importar se as pessoas o viam, ele continuou a voar, agora passando por dentro da comunidade, tentando identificar qualquer rastro do Inverno.

O centro de Teith era agitado como em qualquer dia naquele horário e as pessoas exclamaram horrorizadas quando viram um menino e uma menina voando logo acima delas. Apegos caíram no chão e gritos ecoaram pelas ruas. Beor e Florence estavam fracos demais da jornada para se importar com isso, o garoto já não tinha mais controle da sua invisibilidade há um tempo. Além disso, tinham algo muito mais importante para se preocupar.

— Está tudo bem, está tudo bem! Eu não vou machucá-los, mas existe alguém aqui que vai. Vocês viram um homem todo vestido de branco? — Beor falou, apresentando-se às pessoas e acabando de quebrar o último de seus juramentos.

Florence desceu ao chão e caminhou até as pessoas, na tentativa de acalmá-las, mas só então percebeu que sua aparência estava horrível, parecendo ter saído direto de um livro de terror, e que sua tentativa de se aproximar as assustou ainda mais.

— Beor? — uma voz feminina chamou atrás deles.

Beor virou o corpo, tentando conter a emoção de ouvir aquela voz novamente.

— Naomi… Naomi! Oi, onde estão eles, você viu os meus pais? — Ele se aproximou dela, pousando no chão.

— Beor, você está… — A menina que estava com o cabelo caramelo preso em um coque deu um passo para trás, incrédula.

— Eu sei, não tenho tempo para explicar, vocês todos estão correndo risco de…

— COMO VOCÊ ESTÁ VIVO? — ela berrou, revoltada.

— Eu não posso explicar, não agora! Cadê os meus pais? — ele implorou, juntando as duas mãos.

Um pedaço de pedra explodiu em seu rosto, fazendo-o cambalear para trás e jogando Naomi alguns metros para longe. Fagulhas iluminaram o ar por um instante. Beor se levantou depressa, saindo do chão, e virou o rosto, notando a figura do Inverno emergindo de trás de uma barraca, subindo pelo ar.

— *Me causaram problemas o suficiente* — ele falou em alnuhium, agora que estavam de volta à Terra Natural e o idioma podia ser pronunciado. — E isso acaba aqui.

O homem o atacou com a lança, liberando uma corrente de luz azulada que rebateu na espada no exato momento em que Beor a levantou.

— Você não entende? Está quebrando o nosso mundo! O tratado foi desfeito por *sua causa*, as fronteiras estão instáveis por sua causa, até os nossos poderes estão instáveis! — Beor gritou, enquanto se defendia da fonte de poder com o objeto estacionário.

— Tudo já estava quebrado muito antes — o Inverno respondeu, movimentando a lança e atingindo uma casa a alguns metros de Beor com o fluxo de luz azul, que fez explodir toda a construção.

— Não! — Beor gritou, perplexo.

Ele cerrou os olhos, com raiva, e com um comando todo o seu corpo ardeu em chamas.

— Eu vou parar você, eu estou destinado a isso — declarou, voando até o homem, mirando em seus pés.

— Você está destinado a morrer *aqui*, onde já deveria ter morrido antes — o Inverno respondeu, voando mais alto e conjurando runas que se transformaram em cordas de gelo, prendendo os braços de Beor.

Beor rangeu e girou o corpo, libertando-se das amarras, que queimaram com as chamas douradas e fizeram o Inverno se desestabilizar acima. Florence aproveitou a deixa e partiu para cima do inimigo. Guiada por sua conexão com a terra, agora mais viva e latente do que nunca, convocou raízes debaixo do solo que explodiram para fora, serpenteando no ar em direção a Ofir. Porém, antes que o alcançasse, o homem pronunciou palavras inaudíveis e uma runa se abriu acima dela, de onde saiu uma correnteza de água podre com grande potência e a jogou no chão, afogando-a.

— Florence! — Beor gritou, vendo a garota se debater na grama com a água que não parava de jorrar.

Ele notou que a água era barrenta, como se a runa criacional não funcionasse com perfeição.

— Pare! — Ele voou para cima do Inverno, lançando com a espada sua própria corrente de luz, que atingiu o homem de raspão e fez a runa enfraquecer.

No chão, Florence tossiu copiosamente e virou o corpo, vomitando a água que havia engolido.

Beor alcançou o Inverno e tentou acertá-lo com a espada, movendo-a em círculos, guiado mais pelo objeto do que por sua própria experiência, mas o homem se movia com rapidez, rebatendo todos os golpes com a lança, o que causou explosões sonoras que fizeram tremer o chão. A esse ponto não havia mais ninguém nas ruas, as pessoas já tinham começado a correr desesperadas, porém, Naomi permanecia lá, trêmula, escondida atrás de uma das casas. No fim da rua, duas pessoas se aproximavam ao longe: eram Erik, que havia conseguido se libertar, e Oliver, que ainda mantinha o rosto coberto pelas mãos, cego pela luminosidade.

— Ah, finalmente você chegou, seu *imprestável*. Pensei que tivesse morrido — o Inverno falou no idioma dos homens quando Erik voou até ele, parando do seu lado.

— Seu traidor. — Beor cuspiu ao ver o homem, voando para trás até chegar ao lado de Florence, que, mesmo encharcada, já estava de volta no ar.

— Então chegamos aqui. Não era o destino que eu pretendia quando quebrei o tratado. Duas estações da luz e duas estações da terra. Talvez se eu matar ambos consiga pegar seus poderes e, assim, toda a minha missão arruinada não terá sido em vão — ele falou na língua dos homens.

Beor levantou sua espada rente ao rosto e Florence seguiu seu movimento, estendendo ambas as mãos, enquanto uma ideia começava a crescer em sua mente. Ela ainda era uma habitante da Terra da Escuridão Perpétua e, portanto, conseguia manipular matéria escura, o que sabia que enfraquecia uma estação da luz. *Mas não tem matéria escura aqui*, ela pensou, *a não ser dentro de mim.*

— Eu acho que consigo te dar uma chance, Beor, mas tem que ser rápido — ela sussurrou para o amigo ao seu lado.

— O quê? Florence! — Ele tentou alcançá-la com o braço, mas ela já tinha voado para frente, em direção aos dois homens.

Florence fechou os olhos e ergueu as mãos. Ela havia sugado a névoa dos obscuros para dentro de sua palma no primeiro ataque, então aquela matéria escura ainda estava dentro de si. Ela gritou, liberando o poder que seu corpo havia absorvido; com isso, uma névoa saiu de seus poros, levando consigo sua energia vital, e cobriu a visão dos homens, escurecendo todo aquele espaço.

Beor voou até Erik e o derrubou primeiro, ferindo sua mão com um só golpe e fazendo o machado cair no chão. Por algum motivo, a névoa não o afetava e ele sabia que Florence estava controlando isso. O Inverno veio na direção dele, mas parecia não mais conseguir conjurar qualquer runa; ele ergueu sua lança, porém o fluxo de luz saiu enfraquecido, enquanto figuras ilusórias que só ele podia ver, fantasmas do passado, sussurravam à sua volta. Beor o derrubou com um só golpe; sem o poder de conjurar runas ele era derrotável. O Inverno caiu na grama e o garoto caiu em cima dele e, com o punho em chamas, começou a socar seu rosto, sentindo a pele do homem se desmanchar sobre seus ossos. Ele o socou e socou, vez após vez, até seu punho formigar. E, tomado por um impulso, se levantou e empunhou a espada com determinação, mirando-a para baixo, prestes a pressioná-la contra o corpo do Ofir. Mas então a névoa falhou. O corpo de Florence tremeu no ar. Estava esgotada; usar matéria escura na Terra Natural era mais fatal do que ela poderia saber. Fechando os olhos, seu corpo despencou do ar, chocando-se contra o chão com violência.

— Não! — Beor gritou.

E esse curto instante foi tempo suficiente para que o Inverno, agora liberto das ilusões da névoa e tendo uma imagem clara da espada do Sol bem acima de si, pegasse sua lança com a mão direita e, com um golpe só, o mais certeiro e violento de sua longa vida, mirasse não no garoto acima dele, mas no centro do objeto. A ponta afiada e mortal da lança invernal colidiu com toda a força bem no meio da espada, que era segurada de forma despreparada acima da estação Invernal pelo seu dono, em um momento de distração. No instante seguinte o objeto estacionário do Verão foi partido em dois com um só golpe; uma forte luz irradiou daquela separação, e as duas partes da espada caíram no chão, queimando as mãos de Beor. O corpo do garoto vacilou no ar e ele tombou para trás, instantaneamente perdendo a habilidade de voar.

*Apenas uma estação pode matar uma estação. Apenas um objeto estacionário pode destruir o outro.*

— Não... *Nãooooo!* — ele gritou em pura dor e desespero, tateando a grama em volta, sentindo a vida se esvair de seu corpo.

O Inverno soltou uma sonora gargalhada que fez todo o chão tremer; parecia mais forte e mais terrível do que nunca, e tocou o chão, caminhando lentamente até o garoto desamparado.

— Você foi, de longe, o Verão mais miserável que existiu. Durou o quê? Apenas um mês? O bom é que tudo isso está acabando, estações e ciclos. Eu vou permanecer no final, é claro, e adoraria deixá-lo assistindo, mas vou ser misericordioso e te poupar da sua culpa — ele falou, com um sorriso estampado na boca monstruosa enquanto erguia sua lança.

No segundo seguinte o Verão iria morrer, um garoto que havia sacrificado toda a sua vida, tudo aquilo que lhe era mais precioso no fim da infância. Sua história seria resumida ao fracasso e, no futuro, ninguém se lembraria dele. O Inverno sugaria seu poder para alimentar seu corpo, que já havia vivido demais, e ele se autocoroaria soberano sobre toda a Terra Natural, sem mais estações, apenas um deus imposto, que levaria o mundo até sua completa ruína. Com a morte do Verão, morreria também a esperança e qualquer semente de ela poder renascer no futuro.

Foi nisso que Erik pensou quando se colocou de pé. Ele havia feito o teste com Beor e sabia que seu machado, dado ao Inverno por ele décadas antes, havia conseguido ferir o garoto. A ilusão que teve na Terra da Escuridão Perpétua voltou para si; iria morrer e condenar todo aquele mundo como o homem miserável que sempre havia sido? Não poderia ser algo melhor? Nem que isso lhe custasse sua vida? Se o Inverno não fosse parado agora, não seria nunca, e entendeu aquilo tarde demais. Ele era responsável por aquilo, responsável por aquele cenário. Sabia que não poderia derrotar o Inverno, e era em parte por isso que nunca havia tentado de verdade, mas, naquele instante, percebeu pela primeira vez em muito tempo que podia fazer *uma* coisa. Que podia não ser como ele.

Sem perceber o avançar do tempo à sua volta, Erik Crane correu aquela que talvez fosse a última corrida da sua vida, a única verdadeira. Seus pés passaram por cima da grama sem tocá-la, e, distraído pelo deleite de matar um oponente tão desejado, o Inverno não o viu chegar. Erik tinha apenas uma chance, e ele sabia que custaria sua vida. O rosto da rainha de Morávia foi a última coisa que ele vislumbrou antes de erguer seu machado. Ele impulsionou os dois braços para cima e, em um só golpe, mirou o centro da lança do Inverno, partindo-a ao meio, bem quando ele estava prestes a perfurar a cabeça de Beor.

A terra tremeu, o homem foi jogado para trás. Os dois objetos estacionários estavam destruídos. Um clarão saiu da lança partida e o Inverno urrou em choque, sentindo seu corpo enfraquecer.

— O que você fez!? — ele berrou, pulando para cima de Erik e perfurando o estômago do homem com metade da lança quebrada.

Erik caiu no chão, sangrando, mas finalmente livre.

As nuvens acima começaram a se dissipar, como se estivessem sendo sugadas, e, de maneira repentina, o sol desapareceu do céu, assumindo uma cor acinzentada e vazia, sem luz, mas que ainda não era a escuridão.

— Não, não! — O Inverno berrou, segurando as duas partes da sua arma nas mãos. — O que você fez, seu idiota! O que você *feeeez*?!

Ele começou a andar para trás, olhando para cima e para baixo de forma frenética.

— Eu preciso voltar, *preciso* voltar — Ofir balbuciou, começando a correr para fora da vila, sentindo derreter a coroa de gelo em sua cabeça.

O crepúsculo tomou o céu e isso, somado ao silêncio que se deu após a batalha, atraiu os moradores de Teith, que, ainda temerosos, começaram a sair de suas casas. Ferido, Erik se arrastou até Beor, que ainda estava caído no chão, em completo choque.

— Eu sinto... sinto *muito*, garoto — ele falou com dificuldade, pressionando a mão contra a ferida, as lágrimas presas em sua garganta.

Beor não respondeu; continuou a fitar a grama com o olhar vazio, como se nada mais importasse. Ele não conseguia chorar, não conseguia esboçar qualquer reação, não conseguia nem mesmo falar.

— Me escuta. Eu fiz isso para te dar uma chance. Está ouvindo? Se ele te matasse agora todo o nosso mundo morreria junto com você. Mas existe um caminho! Precisa partir para Filenea o mais rápido possível. A árvore do Sol está lá, e é a partir dela que vai conseguir recuperar seus poderes. Enquanto a árvore vive, o Verão também deve viver.

Beor continuou sem respondê-lo; seu rosto estava duro como uma pedra, mas uma pequena lágrima solitária rolou do olho esquerdo, externando uma porcentagem ínfima da sua dor.

— Garoto! Estou falando com você! — Erik se aproximou mais, sacudindo-o pelo ombro, e mesmo assim Beor não respondeu. — Você é o Verão, a única força que *ainda* pode parar o Inverno.

Beor apenas virou o rosto lentamente, raiva e culpa estampadas em cada centímetro do seu rosto.

— Eu falhei, eu perdi meus poderes. Não existe mais Verão.

# Epílogo

Quando o Sol e Ogta desapareceram do céu ao mesmo tempo, toda a Terra Natural entrou em colapso. As estranhas anomalias que aconteciam nas fronteiras eram apenas pequenos e leves presságios de todo o caos que se instaurou. Nas Terras Invernais, o gelo começou a derreter, e, nas Terras do Sol, tudo começou a esfriar e secar. Beor entrou em choque e, mesmo quando seus pais correram até ele e o abraçaram naquela tarde, não emitiu uma só palavra. Florence permaneceu desmaiada, em um estado de coma causado pelo esgotamento da matéria escura em seu corpo. Eles resgataram a garota e a levaram até a mansão boticária, e só então Beor conseguiu se levantar também, ainda sem palavras; ficou ao lado de Florence, até que os pais garantissem a ele que ela viveria.

Erik foi tratado pelo casal de boticários e os impeliu, com toda a intimidação e convencimento que pôde, a migrarem para Filenea, prometendo que lá seria o único lugar seguro para ficarem em um tempo como aquele. Com o Sol desaparecido no céu, pela segunda vez em tão poucos meses, e a promessa de segurança e tecnologia avançada, o líder, John, decidiu aceitar o conselho e preparou a comunidade para partir. Para Nico e Naomi não houve qualquer alegria em encontrar o amigo tão querido, já que ele não parecia mais o mesmo. O Beor que eles conheciam havia sido morto pelo Inverno naquela tarde; seu olhar era vazio como a sombra do garoto que ele havia sido um dia.

Com a quebra do tratado e sem mais estações sobre a terra, Erik teve de explicar a todos, em especial à família de Beor, tudo sobre as estações, o que havia acontecido e feito o garoto agir daquela maneira. Kira chorava e o abraçava constantemente; em um desses abraços, ele também chorou copiosamente, apenas por uma tarde, mas ainda sem externar uma palavra sequer. A culpa do fracasso estava entalada em sua garganta, impedindo-o de fazê-lo. Impedindo-o de falar.

No dia em que toda a comunidade de Teith partiria rumo a Filenea, Erik, com o ferimento tratado, foi até Beor.

— Não sei quanto tempo seu luto vai durar, garoto. Mas, se você está vivo, então ainda não está derrotado; tive de aprender isso da pior forma.

Beor, que fitava o céu crepuscular na janela, voltou seu olhar apático até ele. Não respondeu. Raiva e culpa continuavam estampadas em seu semblante.

— Olha, eu vou partir. Preciso voltar a Morávia, é exatamente para lá que o Inverno vai, já que agora a árvore primordial é a única esperança que ele tem de retomar seus poderes. Eu estou mandando seu povo inteiro para Filenea e espero que você o acompanhe. Precisa encontrar a árvore, mas eu não estarei lá, então não posso forçá-lo a fazer isso.

Beor o fitou, mais uma vez sem responder.

— Só… espero que encontre esperança suficiente para continuar. Foi por ter esperança *em você* que eu quebrei a lança. Pensei que seria bom que soubesse. Nossa terra não está condenada, não ainda. Eu demorei para entender isso e quando o fiz já era quase tarde demais. Mas a era em que vivíamos, a Era das Luzes, acabou e uma nova está começando. Nada vai ser como era antes.

Ele fitou Beor por mais alguns instantes, aguardando alguma resposta, mas nada veio.

— Eu sinto muito, Beor, por tudo. Você pode me odiar o quanto for, mas só saiba que não me odeia o quanto *eu* odeio a mim mesmo. Espero e *vou* morrer corrigindo meus erros — falou finalmente, colocando a mão no ombro de Beor, que se afastou em um movimento brusco. — Eu sinto muito. Seja melhor do que todos nós. Seja a nova estação de uma nova era.

Erik se despediu e partiu naquela manhã, e, logo pela tarde, toda a comunidade deixou Teith, abandonando finalmente o refúgio que haviam encontrado trezentos anos antes; sem saber, peregrinavam de volta para a terra natal, que pertencia a cada um deles por direito.

Na primeira hora da noite, mesmo com o céu acinzentado, as estrelas brilharam no céu. O corpo de Florence era levado por uma carroça e parecia dormir pacificamente, enquanto seu coração ainda batia.

Em determinado ponto da caminhada silenciosa, Beor levantou o rosto e estranhou quando olhou exatamente para o ponto onde as três estrelas sempre ficaram, mas apenas duas brilhavam no lugar. Então, ele sentiu um vento que fez todo o seu corpo arrepiar e avistou, rápido como um raio, Gwair passando por cima dos caminhantes. A Grande Águia os acompanhava naquela jornada.

# Glossário

| | |
|---:|:---|
| **aesthien** | o portal |
| **Alnuhia** | Terra que há de vir |
| **amhot** | estacionário |
| **earthrya** | criar |
| **mihulhya** | memória |
| **treaya** | árvore |
| **thil** | me, para mim |
| **thul** | suas |
| **valithrya** | revelar, descortinar, descobrir |

# Agradecimentos

Eu comecei a escrever a narrativa da Florence em 2021 e passei por muitas versões e ocasiões em que duvidei de que este livro ganharia vida. Ele parecia duro demais, difícil demais, como um quebra-cabeça de cinco mil peças que eu não me considerava capaz de resolver. Nesse tempo, os leitores nunca desistiram da tão aguardada continuação de *A escolha do Verão* e me escreviam constantemente, demonstrando seu desejo e expectativa por essa sequência. O primeiro agradecimento vai a você, que me mandou mensagem em algum momento falando sobre como o primeiro livro da série marcou a sua vida e o quão animado você estava para a continuação. Sua mensagem me deu força nos dias em que me faltava esperança.

Inclusive, a esperança foi o tema não só desta etapa da narrativa, mas de todo o processo de escrita. Eu nunca me senti tão fraca e impotente quanto em relação a este livro. Foram tantos desafios, antes e depois da escrita; eles cercaram todo o processo, e não houve um só dia em que acreditar nesta história tenha sido uma tarefa simples. E foi assim, por meio da dor e de muitas lágrimas, que o Senhor forjou a esperança em meu coração, queimou-a em meus ossos e costurou-a em minha pele.

Obrigada pelos seus paradoxos, *Jesus*, nos quais é através da dor que o Senhor planta alegria e através do fracasso aparente que faz triunfar a esperança. Sei que o testemunho de esperança que você quer gerar em mim não termina com essas palavras — na verdade, *começa* com elas —, e espero que isso seja o mesmo para cada pessoa que chegar a este livro. Obrigada pelo privilégio de ser quebrada e reconstruída pelo Senhor enquanto escrevo, e obrigada por ter me dado esta história. Eu a amo tanto, ela me custou muito e é, de certa maneira, a minha coroa.

Obrigada, pai, mãe e Isaque, por terem me encorajado e acreditado em mim em todos os dias, bons e ruins, e sonhado comigo em cada etapa do processo.

Obrigada, equipe da Thomas Nelson, por terem me recebido com tanta dedicação e me feito sentir parte de uma grande família. Obrigada, Brunna, minha querida editora e fada-madrinha, por amar meus personagens, tratá-los com carinho, caminhar comigo e confiar nesta narrativa. E obrigada, Samuel, por acreditar em mim e nos meus projetos.

Por último, obrigada, Beor, por me deixar continuar sua história; te ver crescer é a minha grande alegria e orgulho, pois eu me vejo crescendo junto com você. Obrigada, Florence, por ser canal para Deus tratar dores em mim que pareciam impossíveis e por me ajudar a me ver melhor através de você. Eu comecei esta história uma garota e a termino uma mulher; existe um abismo entre a primeira palavra escrita e a última versão, e glorifico a Deus por isso.

Narrar a série das estações tem transformado a minha vida, e mal posso esperar pelo próximo capítulo desta jornada que tem sido escrita dentro e fora das páginas.

Obrigada por ter ficado até aqui.

Até a próxima estação!

Este livro foi impresso em papel pólen soft 70 g/m² pela Vozes para a Thomas Nelson Brasil em 2025. Seguimos não usando alnuhium para fechar os arquivos, mas talvez as árvores tenham sussurrado a direção certa. Se você chegou até aqui, é sinal de que também ouviu os ecos da primavera — aquela esperança que, mesmo adormecida, sempre sabe o caminho de volta para casa.